무녀촌

한국추리문학선
21

무녀촌

고태라 지음

일러두기

- 이 소설은 픽션입니다.
- 인물의 배경 묘사를 위해 일부 서술과 대사에서 비윤리적 표현을 사용했습니다.
- 작중 명리 및 풍수지리 해석은 정통 이론을 근거로 하되, 민간 해석을 혼용했습니다.

등장인물

· 무녀촌

강춘례 : 당주무당
이옥화 : 세습무가 큰무당
금은슬 : 세습무가 장녀
금아리 : 세습무가 차녀
금가야 : 세습무가 막내
백목련 : 강신무 계열 큰무당
이기선 : 강신무 계열 큰무당
최단희 : 애동제자
박연주 : 애동제자

· 무곡리 주민

정대기 : 출장소 경찰관
이덕규 : 부두 노동자
탁선 : 비구니
나림 : 사미니

· 그 외의 인물

김내철 : 출장 악사
신불새 : 출장 악사
김개울 : 출장 악사
만초 선생 : 역학자
민도치 : 떠돌이 학자

목차

서장 009

1장　까마귀 마을 013
2장　떠돌이 학자 099
3장　귀신 맞이 195
4장　망아경 301

종장 416
작가의 말 428

"나에게는 최후까지 싸울 용기와 의지가 있노라."
- 김득구 -

서장

 강춘례는 벽시계를 흘긋거렸다. 그런 그녀 뒤에 모여 앉은 무녀들도 손가락을 접으며 수를 세거나, 손가락 마디를 하나씩 짚으며 때를 기다리고 있었다.
 한옥의 큰방에서 마침내 갓난아기의 울음이 울려 퍼졌다. 구름 저편에서 포효하는 뇌성처럼 우렁찬 성량이었다. 그런데 생명의 탄생을 알리는 경사로운 곡성을 받쳐줄 환호성은 좀처럼 나오지 않았다. 결국 아기를 안은 산파가 기꺼운 소식을 전했다.
 "아들이요, 아들. 음력 11월 17일, 그러니까 갑자년 출생이고…… 어라? 이것 봐라? 얘, 강 씨야. 네가 말한 시간에 딱 맞게 걸쳤다. 이거 대길이고 대복이다!"
 그러고도 곳곳의 역술원에 전화하여 균시차를 확인하고 나서야 탄성이 터져 나왔다. 그 콧대 높기로 유명한 무녀촌의 무녀들은 복덩이가 강림했다며 너나없이 야단법석이었다. 무녀들의 머리 꼭대기에서 군림하는 당주무당, 강춘례도 기어이

체통을 잃고 호들갑을 떨었다.

"위에서는 불기둥 세 개가 활활 타올라 양기가 천지개벽하듯 호령하고, 밑에서는 용암 두 개가 펄펄 끓어올라 양기를 쭉쭉 치솟게 하니……. 아아, 이 얼마나 경이로운 사주냐. 드디어 여기서도 사내구실을 하는 아이가 태어났구나. 아니, 백 년에 한 번 나오기도 힘든 사주인 게 어지간한 음기도 갈아 마실 팔자다. 대장군의 기상이요 영웅의 운명을 타고났다, 이 말이야."

강춘례는 갓 태어난 손자를 조심스레 건네받았다. 고 녀석, 울음소리 한번 창창하구나. 그리고 무녀들 틈에 끼어있는 셔츠차림의 중년 남자를 돌아보았다.

"선생, 아이의 이름은 생각해 봤소? 장차 이 땅을 구원해 줄 위인이 될 건데 음양이 조화된 이름이 좋겠어. 양陽의 광채로 음陰의 대지를 밝혀보자, 이 말이오."

남자는 금테 안경을 들어 올리며 말을 받았다.

"한데 강 선생님, 이 녀석 사주 형상이 엄동설한에 외로이 떠오르는 태양이라 까딱하면 팔자가 사나워질 수 있습니다. 병화丙火에 비견比肩까지 왕성해서 초장부터 혈기를 눌러줘야 딴 길로 안 새고 바르게 클 겁니다. 부처 이름 가迦는 막음을 뜻하기도 하는데, 여기에 풀무 야冶를 붙여보는 건 어떻습니까. 금씨 집안의 자식이니 금관가야가 연상되기도 하고 말입니다."

강춘례는 손자를 하염없이 바라보았다.

"가야라, 금가야라……. 이보다 좋은 이름이 또 없겠구나."

아기의 어머니도 감격의 눈물을 흘리고 있었다. 엊그제 꿈에서 용 한 마리가 승천하며 구슬을 하나 떨어뜨렸는데 빛깔이 참으로 영롱했다. 그런데 그 구슬이 도저히 손에 잡히지 않아 신묘하면서도 자못 불길하던 참이었다. 천신과 지기가 사귀어 잉태한 씨앗을 사람이 배었다는 태몽이리라. 아무렴, 이런 큰 그릇을 어찌 쉬이 수중에 넣을 수 있으랴. 분명, 분명히 이 아이는 훗날 이 삭막한 음지를 밝혀줄 보배로 빛날 것이다. 그녀는 아들의 건강한 목청을 자장가 삼아 깊은 잠에 빠져들었다.

때는 갑자년 병자월 병오일 병오시, 양력으로는 1985년 새해 첫 달의 겨울날이었다. 여자가 강하고 장수하며 남자는 약하고 단명하는 지세, 음기가 양기를 잡아먹은 극단의 음혈陰穴, 그 한복판에 있는 무녀촌에서 풍수의 이치를 뒤흔들 비범한 사내대장부가 태어난 날이었다.

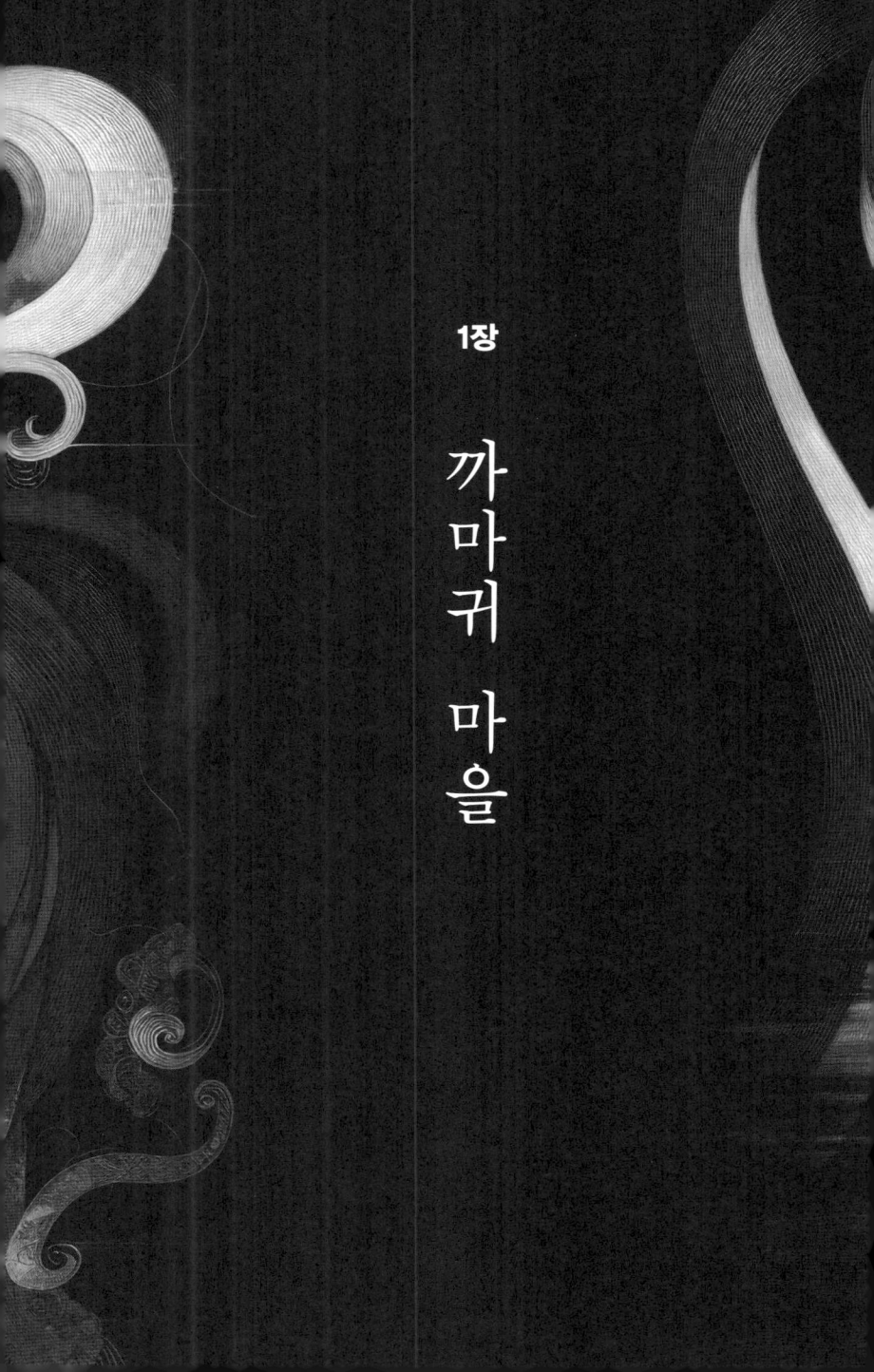

1장

까마귀 마을

14년 후

허름한 고무신이 총총거렸다. 탁선濁跣은 흐트러진 승복 저고리는 아랑곳없이 쌍심지를 불태웠다. 숨을 헐떡대면서도 환갑의 비구니는 거침없이 걸어 나갔다.

"할머니, 나 다리 아프단 말이야. 천천히 가."

탁선에게 손목을 붙잡혀 질질 끌려가는 솜털 가득한 얼굴의 사미니, 나림은 목줄에 묶인 강아지 신세였다. 탁선은 걸음을 멈추고는 나림 사미니를 내려다보았다.

"너, 밖에 나올 때는 할머니라고 부르지 말라고 몇 번을 말했어? 이 덜떨어진 것아, 내가 너한테 먹인 밥만 수천 그릇인데 아직도 이러니. 정신 안 차릴래?"

호된 질책에 호두처럼 커다란 나림의 눈이 젖어갔다. 탁선은 그녀의 어깨만치도 오지 않는 사미니를 실컷 혼내고서 고개를 돌렸다. 대궐 같은 전통가옥이 눈에 들어오자 부아가 치밀었다.

이 고얀 놈의 자식, 오늘 내 기필코 다리몽둥이를 분질러 주마.

탁선은 가옥의 솟을대문을 힘껏 밀어젖혔다. 그런데 막상 문지방을 지나 사괴석이 곱게 깔린 앞뜰에 들어서니 발이 굳어 버렸다.

중앙의 본채는 마차 열 대가 정렬한 듯 한눈에 담기도 벅차리만치 기름하니 화려했고, 좌우로 뻗은 날개채가 그 위용을 떠받들고 있었다. 웅장한 한옥에 몸이 에워싸이자 탁선은 새삼스레 위축되었다. 그녀의 초라한 절에 비하면 이 무녀촌의 본진은 금옥으로 장식된 황궁이었다.

하지만 탁선은 금세 기세를 되찾았다. 이 몸도 불문에 몸을 맡긴 수행자가 아닌가. 어차피 신령님도 부처님의 제자나 다름없고, 제아무리 용한 무당인들 항렬로 따지면 불제자의 후학이다. 석가여래 님을 직통으로 모시는 내가 꿀릴 게 뭐람.

"할머니, 할머니. 그냥 가면 안 돼?"

나림이 탁선의 소매를 잡아당겼다. 시장에서 물건값을 에누리하는 엄마를 말리듯 민망해 죽겠다는 표정이었다. 우람한 비구니는 꿈쩍도 하지 않았다.

"뭐? 너 또 이놈의 집 편들려고 그러는 거냐? 이 모자란 것아, 넌 머리에 든 게 목탁 소리냐, 방울 소리냐?"

그러고는 탁선은 목놓아 외쳤다.

"옥화 선생, 나와 보시오!"

앞뜰을 서성이던 애동제자 서넛은 언짢은 눈으로 탁선을 꼬나보았다. 이 고약한 여승이 또 무슨 꼬투리를 잡았길래 대낮부터 이리 뛰어왔으려나. 반면 때마침 무녀촌에 놀러 온 개구쟁이 소년들의 만면에는 희색이 돌았다. 저 마구니 같은 비구니 할머니가 오늘은 또 어떤 개그를 보여주려나. 소년들의 대장, 여드름쟁이 세호가 나림을 손가락질하며 말했다.

"우와, 빡빡이 소녀다. 빡빡이 소녀가 처녀 귀신한테 박치기 하러 왔다."

오줌싸개 태길이 애동제자 하나의 한복 고름을 잡아당기며 맞장구쳤다.

"처녀 귀신과 빡빡이 소녀의 피 튀기는 한판 승부, 무곡리의 울트라 그레이트 동방불패는 누가 될 것인가. 과연 승자는?"

세호 패거리가 새된 목소리로 웃어젖히자 나림은 부끄러움도 다 뒤로하고 그들을 쏘아보았다.

"야, 너희 죽을래? 진짜 가만 안 둬!"

사미니의 앙칼진 경고에, 애동제자들의 야무진 꿀밤 때리기에 세호 패거리는 음기에 눌린 듯 곧바로 움츠러들었다. 손쉽게 양기를 잠재운 소녀들은 이내 표적을 바꾸었다. 절을 등에 업은 까까머리의 나림 사미니와 무녀촌에 몸담은 댕기 머리의 애동제자들, 서로를 노려보는 열두어 살 또래들의 동공에 적의가 일렁였다. 각자 다른 신을 보필함에 따라 불거진 어린아이들의 기싸움은 치열하기가 검객들의 눈싸움 못지않았다.

"야, 이것아. 뭘 잘했다고 남의 집 앞마당에서 큰소리를 내? 얌전히 못 있어?"

그렇게 내지르는 탁선의 호통은 나림의 목소리보다 쨍쨍 울렸다. 탁선은 나림의 등을 후려갈긴 뒤 언성을 더욱 높였다.

"옥화 선생, 노니老尼가 할 말이 있으니 어서 나와 보시오. 가야, 가야 이놈의 자식 지금 어디 있소?"

이윽고 본채에서 쪽 찐 머리의 여인이 나타나니, 나림과 애동들은 눈싸움이고 기싸움이고 다 접어두고 자세부터 바로 고쳤다. 탁선의 달덩이 같은 얼굴, 아이들의 복숭아 같은 얼굴 한편으로 여인의 도도한 얼굴이 더해지자 둥그런 동산에 서리꽃 한 송이가 피어난 듯하였다. 한복 치맛자락을 나풀거리며 걸어 나온 쪽머리의 무녀, 이옥화가 입을 열었다.

"스님, 백주부터 이리 열을 내시고 어쩐 일이십니까."

티 없는 설원처럼 깨끗하고 냉연한 음색이 마당에 내려앉았다. 툇마루에 서서 탁선을 멀리 굽어보는 이옥화의 품새에는 무녀촌의 대모다운 위엄이 서려 있었다. 탁선은 흥 하고 콧방귀를 뀌고는 말했다.

"옥화 선생도 눈이 있으면 가야 그 자식 하고 다니는 꼬락서니를 보시오. 핏덩이 같은 놈이 허구한 날 노름판을 기웃거리질 않나, 틈만 나면 술병 들고 풍월을 읊질 않나, 하다 하다 이제는 여자애까지 건드려버렸소."

탁선은 나림의 정수리에 손을 척 올려놓았다.

"그 나이대 사내놈들이 다 그렇고 그렇기로 그래도 그렇지, 어떻게 출가 제자를 희롱할 수가 있소? 그것도 이렇게 새파란 애를 말이오. 그 좋디좋은 사주를 품었다는 남아가 아미타불님도 학을 뗄 탕아가 돼버렸으니 이를 어찌할꼬, 쯧쯧."

이옥화는 시선을 한층 내렸다. 나림 사미니의 걷어 올라간 승복 바지 아래로 드러난 복숭아뼈에 붕대가 감겨 있었다.

"하여 스님, 가야가 나림이를 해하기라도 했다는 말씀입니까."

"이 발목을 보시오. 가야랑 놀다가 이리됐다는데 가야 그놈이 얼마나 짓궂게 굴었으면 애가 이렇게 다쳤겠소? 어디 그뿐인 줄 아시오?"

탁선은 혀를 내두르며 말을 이었다.

"오늘은 나림이 애가 어디서 구해왔는지 고기를 굽고 있더랍니다. 내 참 어이가 없는 게 다른 데도 아니고 부처님 법당 뒤에서 그러고 있는 거요. 너 대체 무슨 천벌 받을 짓을 하는 거냐고 물으니까, 대답이 가관이더이다. 가야 그놈이 애한테 고기반찬을 싸 오라고 시켰다는 거요."

"그런 거 아니래도. 그리고 자꾸 놈, 놈, 하지 마."

나림이 탁선의 소맷자락을 잡아당겼다. 스승을 올려다보는 두 눈에 명백한 무안에 이어 영문 모를 불만이 어리기 시작했다. 그러나 탁선이 손바닥 매로 등판을 때려대는 통에 나림의 반항은 잦아들었다. 탁선은 당초의 볼일은 제쳐두고 딴지를 놓는 사미니를 구박하는 데 여념이 없었다.

 그런 그들을 바라보며 옥화는 이마를 부여잡았다. 하루가 멀다고 찾아와서 시비를 걸어대는 탁선은 그럭저럭 이해할 수 있었다. 무녀촌은 날이 갈수록 번성하는데 절은 가난을 면치 못하는 터라 승방의 지킴이로서 심사가 뒤틀릴 만도 했다. 기껏 따지러 와놓고 저들끼리 지지고 볶고 삶는 것도 가벼운 소동쯤으로 웃어넘길 수 있었다. 골칫거리는 줄기차게 말썽을 빚고 다니는 그 악동이었다.

 가야, 그놈이 말이요. 가야, 그 자식이 말이죠. 가야, 그 녀석이 말입니다…….

 이 작은 마을에서 안 좋은 일만 났다 하면 아들의 이름이 오르내리니 어미로서 미치고 팔짝 뛸 지경이었다. 옥화는 더 들을 것 없이, 누구에게랄 것도 없이 말했다.

 "가야는 어디서 무얼 하고 있냐."

 엄한 목소리에 애동들은 살금살금 눈치를 살피다가 세호의 등을 떠밀었다. 졸지에 금가야의 대변인이 되어버린 세호가 더듬더듬 말했다.

 "그, 그게요. 오늘 하루 종일 산책하면서 어저께 치수 형이랑 치고받고 싸운 거 반성한다고 했어요."

"치고받고 싸우다니? 그런 일이 또 있었냐? 이 녀석, 어째 옷이 다 찢어져서 집에 기어들어 오더라니……."

세호는 아차 싶었는지 입술을 딱 붙였다. 옥화의 머리가 과열되는 가운데 탁선이 말했다.

"아이고, 얼마나 대범한 팔자인지 바람 잘 날이 없네그려. 한데 반성이라니? 가야 그놈이 반성이라는 걸 할 줄 아는 종자더냐? 옥화 선생, 더 싸고돌 것 없소. 가야를 위해서라도 따끔하게 야단칠 필요가 있단 말이오. 선생이 못 하겠으면 내가 혼쭐을 내주겠소."

옥화는 툇마루에서 내려와 버선발로 마당을 밟았다.

"스님, 제가 가야와 얘기를 해보겠습니다. 가야가 나림이에게 몹쓸 짓을 했다면 내 손으로 요절을 내버릴 거요."

옥화는 두 팔을 걷어붙이고 대문으로 향했다. 애동들은 절절매며 우물쭈물 갈팡거렸다. 세호 패거리는 몸 둘 바를 모르고 허우적였다. 한낮의 태양이 그들을 내리비추며 땅바닥에 새겨진 크고 작은 그림자가 뒤엉키던 참이었다.

"그런 게 아니에요!"

울컥 외친 사람은 나림이었다. 그렁그렁한 눈으로 코를 훌쩍이는 모습이 자못 애잔함을 자아내었다. 옥화는 겨우 흥분을 수습하고서 한결 인자하게 말했다.

"그러면 나림이 네 입으로 무슨 일이 있었는지 소상히 말해 보아라."

 애동제자들은 언제 신경전을 했냐는 듯 간절한 눈으로 나림을 응시했다. 진상은 바른대로 고하되, 다만 마님의 노한 가슴이 식도록 적당히 각색해달라는 간청이었다. 탁선은 나림을 매섭게 노려보았다. 마찬가지로 진실은 이르되, 다만 아군에게 요긴한 말만 쏙쏙 골라서 하라는 엄명이었다. 담벼락에 줄지어 선 까마귀 무리까지 구경꾼이 되어버린 앞뜰, 기대와 우려가 섞인 시선 속에서 호두 같은 눈의 사미니가 입을 떼었다.

 "양 씨 아저씨네 황구 한 마리 있잖아요. 속이 아니꼬운지 맨날 짖어대는 애요. 어저께 할머니 심부름하러 나왔는데요, 황구가 밖에 나와 있었어요. 근데 걔가 저한테 확 덤벼드는 거예요. 저, 진짜 너무 놀라서 넘어졌어요. 황구가 막 컹컹거려서 아무것도 못 하고 있었는데요. 거기서 가야 오라버니가 반짝, 하고 튀어나온 거예요."

 가만히 이야기를 듣고 있던 탁선의 목젖이 꿀렁거렸다.

 "오, 오라버니? 너 지금 오라버니라고 했냐?"

 "할머니, 오라버니가 나쁜 말이 아니야. 선생님도 순우리말이라서 좋은 거라고 하셨어. 예의 바른 표현? 그런 거래. 애동 애들도 다 그렇게 불러."

 나림은 눈물과 콧물을 줄줄 흘리면서도 탁선의 손목을 잡고 발랄하게 흔들었다. 탁선이 입에서 불을 뿜으려니 옥화가 중재했다.

"스님, 나림이 말을 더 들어봅시다. 하여 어찌 되었냐."

"네, 가야 오라버니와 황구의 싸움이 시작됐어요. 오라버니가 황구한테 막 덤벼보라고 하는데 그게 정말 요사스러운 거 있죠?"

문맥을 따져보건대 '요사스럽다'는 어휘가 현재 상황에는 미적 효과로 작용하고 있음을 모두가 느낄 수 있었다.

"그래서요, 황구는 가야 오라버니를 물고 늘어졌어요. 아무래도 오라버니는 한복 때문에 거치적거리는 거 같았어요. 저는 넘어져서 도와드릴 수 있는 게 없었어요. 발목이 삐끗해서 일어서지지 않는 거예요. 어떡하지, 우리 가야 오라버니께서 다치기라도 한다면……. 이러고 있는데 옆에서 나뭇가지가 하나 보이는 거예요."

"그래서 가야 형 옷이 뜯어진 거구나. 보세요, 옥화 아주머니. 치수 형이랑 싸워서 그런 게 절대 아니에요. 황구 때문이었어요."

세호가 적절하게 추임새를 넣었다. 나림은 딩동댕 하며 화답하고는 말을 이었다.

"제가 나뭇가지를 가야 오라버니한테 던졌거든요? 오라버니가 나뭇가지로 황구를 팍팍 때리니까 황구도 도망갔어요. 저 때문에 한복이 엉망이 돼서 미안했는데요, 오라버니는 허허 웃기만 했어요. 자기가 멀쩡히 있는데 겉모습이 뭐가 중요하냐면서……. 나비가 사람인지 사람이 나비인지 어쩌고 하는 되게 예쁜 말도 했어요. 그리고 저만 무사하면 그만이라고도 했어요. 오라버니는 저를 되게 많이 걱정하셨어요."

나림의 서술은 시점이 변화무쌍한 것이 담백한 정사가 아니라 윤색된 연의 같았다. 옥화는 개의찮고 턱짓으로 뒷말을 채근했다.

"저는 발목이 부어서 움직이기가 힘들었어요. 그래도 걸을 수는 있었거든요? 그런데 있죠, 오라버니가 한복 저고리를 쭉 찢어서 제 발목에 묶어줬어요. 뭐랄까, 아프면서도 간질간질 했어요. 그리고 갑자기 저를 업어줬는데요. 제가 괜찮다고 했는데도, 대장부가 아픈 사람 두고 가는 거 아니라면서 그냥 업히라고 하시는데……."

나림은 울음을 뚝 그치고 배시시 웃었다. 달걀껍데기 같은 정수리도 붉게 무르익었다. 혈압이 상승한 탁선이 참다못해 다그쳤다.

"이 죄 많은 것아, 지금 웃음이 나와, 웃음이? 계율은 개나 주고, 망나니 같은 놈한테 헤벌레하고 다니는 게 그리 즐겁더냐? 걔한테 업히는 게 그렇게도 좋았어?"

"응, 나쁘지 않았어. 오라버니가 삐쩍 마른 줄만 알았는데 어깨랑 등은 되게 딱딱하더라고. 그런데, 그런데 그게 또 몸을

1장 까마귀 마을

콕콕 쑤시는 거야. 아아, 아프게 쑤신다는 게 아니라…… 아, 몰라."

또다시 등을 얻어맞았지만 가냘픈 몸만 들썩일 뿐, 나림의 맹한 미소는 흩어지지 않았다. 이상 기후 탓에 이번 겨울이 내내 따스했던 것도 사실이고 무곡리가 남해와 맞닿은 유난히 포근한 동네인 것도 사실이나, 2월 말답게 공기는 여전히 쌀쌀한데 열세 살 사미니는 저 혼자 봄바람을 맞고 있는 것 같았다. 탁선은 뒷골이 당겼지만 울분을 삭이고 따져 물었다.

"근데 어제는 일요일 아니었냐? 병원도 다 문 닫았을 테고. 가야 그놈은 널 업고 어디를 간 거냐? 어디 으슥한 데로 데리고 간 거 아니냐?"

"나도 절에 데려다주는 줄 알았어. 그런데 가는 길이 이상한 거야. 오라버니한테 어디 가냐고 물어봤더니, 응급실로 가는 중이니까 얌전히 있으래. 그리고 어떤 집에 가서 대문을 쾅쾅 두드렸거든? 거기가 김 원장님 집이라는 건 그때 처음 알았어."

"김 원장? 김 원장이 흔쾌히 받아주더냐? 그 좀스러운 양반이?"

"응, 쉬는 날에 덥석 쳐들어왔다고 버럭 하셨어. 낮잠을 주무시고 계셨나 봐. 원장님은 후아후아 하시면서 콧구멍을 벌름벌름하셨는데 가야 오라버니가 마당에 눕고 버티니까 알았어, 알았어, 하시면서 내 발목을 봐주셨어. 그래서 난 원장님 안방에 누워있었어."

 탁선은 어깨를 덜덜 떨며 눈을 꾹 감았다. 이번에야말로 금가야 그 개망나니를 응징할 명분을 확보했다고 믿었는데 오랜 염원이 역시나 물거품으로 돌아간 것 같았다. 친자 같은 아이가 다쳐서 격분하고, 금가야를 타도하겠다는 열의에 잠식당한 나머지 몸이 먼저 움직인 게 패인이었다. 중도의 미덕을 잃어버린 까닭이 사사로운 앙금에서 비롯되었음을 탁선도 알고는 있었다. 하지만 도량 밖에서는 눈이 뒤집혀 부처의 뜻을 거스르는 그녀가 있었다.

 "……너 거기 누워있는 동안, 가야가 이상한 짓 한 거잖아. 그렇지 않냐? 맞지?"

 "스님."

 옥화가 눈을 희번덕였다. 그제야 탁선도 대놓고 입방아질할 사안이 아님을 깨닫고 침묵했다. 급작스레 어색해진 분위기, 누구도 선뜻 입을 열기 힘든 기류 속에서 해맑게 설을 푸는 이가 하나 있었다.

 "가야 오라버니는요, 금방 떠났어요."

 아무도 뒷말을 보채지 않았건만 나림은 자진해서 떠들었다.

 "제가 물어봤죠, 오라버니야말로 약을 발라야 하는 거 아니냐고. 오라버니는 황구부터 찾아야 한다면서 가버렸어요. 전

오라버니가 다칠까 봐 말렸거든요? 그런데요, 황구를 잡는 것도 잡는 거지만 치료부터 해줘야 한다고 했어요. 자기가 때려서 상처를 줬으니까 돌봐줘야 한다는 거예요. 되게 어려운 말을 했는데 뭐였더라? 암튼 사람이랑 자연은 친구라서 싸우고 나면 꼭 화해해야 한다고 했어요."

그런데도 탁선은 집요하게 캐물었다.

"그래서? 그게 다냐? 뭐 더 있는 거 아니야? 그 녀석이 다른 해코지를 했다든가."

"응? 음⋯⋯. 참, 오라버니는 이랬어. 홍콩 할매 귀신이랑 다르게 나림이는 참 착하대. 근데 난 홍콩에 안 가봐서 홍콩 할매 귀신이 뭔지 잘 모르겠어. 중국산 마귀 같은 건가 봐."

'홍콩 할매 귀신'이 탁선을 빗대어 가리킴을 애동들과 세호 패거리는 익히 들어 알고 있었다. 탁선이 금가야를 지독히도 미워하게 된 계기 또한 마찬가지, 금가야가 그 험담을 입에 담다가 당사자에게 걸렸기 때문임을 잘 알고 있었다.

"이, 이것아, 그래서 고기는 왜 구웠는데? 그놈이 시킨 게 아니더냐?"

탁선은 도통 미련을 버리지 못했다. 나림이 생글거리며 스승의 마지막 발악을 잠재웠다.

"가야 오라버니도 황구랑 싸워서 힘들었을 거 아니야? 무녀촌 사람들도 풀떼기만 먹고. 그래서 기운 좀 내시라고 맛있는 거 준비해봤지롱, 히히."

 자꾸만 엇나가는 비구니와 사미니를 지켜보며 세호 패거리는 좋다고 자지러졌다. 그러나 옥화의 눈이 쓱 훑고 지나가자 웃음기는 사그라졌다. 오해가 차츰차츰 풀리고 있는데도 옥화의 노여움은 좀처럼 풀리지 않았다. 비단 나림의 사례야 칭찬을 보내 마땅하랴만 아들놈의 지난 행실을 헤아리건대 그녀의 속이 부글부글 끓는 것도 무리가 아니었다.

"저어, 제자가 한말씀 드리자면요."

 결국 애동들의 큰언니뻘인 최단희가 대모님의 심기를 누그러뜨리고자 나섰다.

"나흘 전인가, 까마귀 님 하나가 덫에 걸려서 끙끙거렸던 적이 있는데 가야 오라버니가 구해주고 다리를 고쳐줬습니다. 그랬는데 까마귀 님은 오라버니를 무시하고 쌩 날아갔어요. 그런데요, 그런데요, 가야 오라버니는 우리 까마귀 님이 참 새침하다면서 웃어넘기는 거예요. 어쩜 그렇게 너그러울 수 있을까요? 오라버니가 빡빡이 소녀를 도와준 것도 정이 많아서지 결코 나쁜 마음 때문이 아닐 겁니다. 비록 오라버니가 잡술에 빠삭하고 상당히 되바라지긴 해도……."

 거기서 단희는 잽싸게 말을 고쳤다.

"그렇다고는 해도요, 세상에 둘째가라면 서러운 대장부라는 건 부정할 수 없죠. 오라버니가 쪼끔 날리날리하긴 하지만요,

1장 까마귀 마을

아주아주 착한 어린이라는 걸 우리 모두 가슴 깊이 알고 있습니다. 얘들아, 안 그러니?"

그러자 애동들이 차례차례 동조하고 세호 패거리가 앞다투어 공조했다. 금가야에 대한 연소자들의 긍정적 여론에 나림은 흐뭇하게 고개를 끄덕였지만 이내 단희를 째려보았다.

"야, 너 뭐라 그랬어? 빡빡이? 너 진짜 죽을래?"

사미니와 애동들 사이에 거듭 불똥이 튀었으나 그것도 잠시, 옥화의 시퍼런 눈살에 앙증맞은 음기는 꺼져 들었다. 옥화는 가까스로 역정을 누르고 탁선을 돌아보았다.

"스님, 제가 보아하니 이번 일은 스님이 오해하신 듯합니다."

이쯤 되니 탁선도 물고 늘어질 거리가 없었다. 물론 이 아이들의 진술을 곧이곧대로 접수하기에는 그동안 금가야라는 망나니가 벌인 악행이 참으로 요망했지만, 제자인 나림마저 부처님은 버리고 그리운 임을 섬기고 자빠졌으니 맥이 탁 풀려버렸다. 금가야고 세숫대야고 오늘은 마귀에 씐 이 사미니부터 교화해야 할 성싶었다.

"뭐, 이번엔 내가 실례를 범했으니 사과하겠소. 한데 별개로 말이오. 가야 품행이 여간 방자한 게 아닌 건 맞지 않소? 불기운이 강해도 너무 강해서 내내 불타는 거 같은데, 옥화 선생이 알아서 찬물 좀 뿌려줄 거라고 보오. 이만 가보겠소."

탁선은 나림을 데리고 무녀촌을 빠져나갔다. 뒤이어 울리는 사미니의 애처로운 울음소리가 점점 작아지고 영영 들리지 않게 되었을 때, 옥화는 앞뜰을 둘러보았다.

"가야를 데려와라. 내 단단히 부르텄으니 어물쩍 넘어갈 생각일랑 말고 냉큼 날아오라고 해라."

...

요요가 줄을 타고 튀어 나갔다. 동그란 몸체가 손목을 따라 회전하며 허공을 가르다가 곧 떨어졌다. 역시나 하늘에 닿기에는 끈이 너무 짧았다. 요요는 여행을 마치고 귀가하듯 손바닥 품으로 돌아왔다. 손안에 착 감겨드는 감각이 손끝을 타고 온몸으로 퍼져나갔다.

가야는 솔밭에 벌렁 드러누웠다. 그리고 사과 하나를 꺼내 아삭아삭 씹고서 퉤 뱉었다. 그러자 까막새 한 마리가 다리를 절뚝거리며 다가왔다. 서너 발짝 옆에서 사과 부스러기를 집어 먹는 외눈의 까마귀, 금관에게 가야가 말을 걸었다.

"야, 금관 님. 넌 어떻게 생각하냐. 작년이랑 비교해도 너무 하지 않냐."

금관은 검은 눈으로 가야를 물끄러미 바라보았다. 아무런 대답도 없었지만 사과를 감칠나게 먹는 소리로나마 호응하는 듯했다. 가야는 눈앞에 흩날리는 옆머리를 귀 뒤로 넘기며 중얼거렸다.

"마을이 병을 앓고 있다는 얘기는 들었는데, 그래도 올해 무곡리는 너무 따뜻해. 2월 하순 같지가 않단 말이야. 음기가 축적되다 못해 터져서 산수가 독감이라도 걸린 건가. 이러다가 할머니 걱정대로 되는 거 아닌가 몰라."

사실 무녀촌이 자리한 무곡리가 양기를 상실한 것은 오래된 일이었다. 그러나 이상 현상이 반복되는 정황을 고려하건대 음기의 농도가 기어코 절정으로 치달아 온갖 잡귀와 역귀가 난립하는 듯했다. 기상 이변도 심각하다지만 영기가 흐르는 주산主山, 무녀들의 보루라고 할 수 있는 옥녀봉마저 원인 모를 사유로 영물이 병들고 식목이 시들기 시작했다. 무녀들이 우려하는 것도 음기가 정점에 도달해 이 무교巫敎의 성지가 척박해지지 않을까 하는 점이었다. 멀지 않은 도시에서도 지구의 종말이 도래했다는 낭설이 팽배하니 무녀촌은 여러모로 혼란한 시기를 보내고 있었다.

그렇다고 가야가 할 수 있는 일은 아무것도 없었다. 국보급 무당 강춘례를 위시한 무녀촌의 기대주인 동시에 유서 깊은 세습무 가문의 자제라고는 하나, 당장은 당골[1]도 아니고 고인[2]도 아니며 전수생도 아닌 어중간한 신분이었다.

---

[1] 당골: 호남에서 세습 무당을 이르는 말. 당골네, 당골래고도 한다.

"뭐, 어머니나 누나들이 어련히 알아서 잘하겠지."

그러자니 카랑카랑한 목소리가 울려 퍼졌다. 형, 형, 큰일 났어. 여드름쟁이 세호가 허둥지둥 뛰어오고 있었다.

"야, 너 때문에 금관 님 놀라서 달아났잖아. 무곡리 사내자식 아니랄까 봐 방정맞은 녀석일세. 넌 대체 뭘 하고 돌아다니길래 네 주변에선 큰일만 팡팡 터지냐."

"형만 따라다니니까 그렇지. 여기서 형 빼고 큰일 낼 사람이 어디 있어?"

가야는 한복 고름만 매만지다가 말을 꺼냈다.

"그래서 또 뭔데? 성식이가 돈 꿀은 거 가지고 집에다 꼰지르기라도 했대? 그러게 안 되는 실력으로 깝치지 말라니까."

"아냐, 화투 때문이 아니야. 그건 아직 안 걸렸어."

"그래? 그럼 할머니 인삼주 훔쳐 마신 거 걸린 건가."

"그런 적이 있었어? 아니, 그걸 형 혼자 마셨어?"

가야는 중지로 세호의 이마를 빡 때렸다. 힝, 왜 때려? 세호가 얼굴을 찡그리자 가야가 말했다.

"중학교도 안 들어간 코찔찔이 자식이 버릇없게 술타령이라니, 잘 돌아가는 동네 바닥이다. 노자 가라사대, 미색을 좇을수록 눈깔이 박살 나고 미식을 좇을수록 혓바닥이 작살난다는

---

2 고인(鼓人): 악사를 이르는 말.

데, 넌 어떻게 된 놈이 벌써부터 발랑 까져서 오색오미五色五味만 밝히고 다니냐."

"뭐야, 형도 열다섯 살밖에 안 먹었잖아!"

"열여섯이야, 이 자식아. 만 나이 들고 와서 맞먹으려는 꼴하고는. 야, 너 이렇게 또박또박 말대꾸하면 단희가 좋아할 거 같냐? 됐고, 맡겨둔 거나 하나 꺼내 봐."

세호는 발끈했지만 단희의 이름이 거론되자 돌연 히죽거렸다. 두 뺨이 발그레해진 여드름쟁이는 가야에게 담배를 공손히 물려주고는 불까지 붙여 주었다.

불은 장작을 만나야 힘을 쓰는 법, 나무의 신맛과 라이터의 불맛이 만나 피어나는 쓴맛, 이게 인생의 맛이지. 가야가 담배 향을 음미하며 목생화木生火의 이치를 깨우치고 있는데 세호가 펄쩍 뛰었다.

"아아, 홍콩 할매 귀신이 형네 집에 왔다 갔어. 옥화 아주머니가 형을 죽여버리겠대."

그 간결한 요약만 듣고도 가야는 사태를 짐작할 수 있었다. 그러잖아도 이옥화가 그를 벼르고 있음을 진작 파악한 터라 요 며칠 슬금슬금 피해 다녔는데 마침내 외나무다리에 들어서고 말았다. 어머니의 회초리 폭격을 피하려면 묘수를 짜내야 할 것이다. 잔머리를 굴리는 가야를 바라보며 세호가 몸을 배배 꼬았다.

"형, 형. 단희 있잖아. 아이참, 이거 형한테만 말하는 건데 내가 좀 쿵작쿵작해."

심란한 와중에도 가야는 세호의 사랑앓이에 신경을 곤두세웠다.

"알았어. 내가 잘 연결해 볼게. 그런데 너도 인마, 남자가 대차게 나갈 줄 알아야 님도 보고 뽕도 따지, 그렇게 촐싹거려서야 단희가 퍽이나 너한테 기울어지겠다. 급한 건 알지만 좀 묵묵하게 굴어. 사나이답게, 알았냐?"

가야는 풍선껌을 질겅질겅 씹으며 일정을 점검했다. 어머니의 공격을 방어하고, 세호의 연심을 잘 포장해서 단희에게 전달하고, 근래 들어 부쩍 사이가 꿍해진 애동제자 연주와 예진을 화해시켜야 하니 오늘도 할 일이 쌓여 있었다. 물론 그전에 시 한 수 읊으며 풍류를 즐기는 것은 빼먹을 수 없었다.

춘풍난일화기생春風暖日和氣生
봄바람 화창하니 햇살도 생기가 도네
가인약회심서명佳人約會心緖明
고운 임과의 가약에 마음도 밝아지네
의관정제기자화衣冠整齊氣自華
매무새 단정히 하니 기품이 차오르고
당당남아지앙앙堂堂男兒志昂昂

당당한 남아의 기개가 절로 솟아나네

 가야는 급조한 시에 만족해하며 한복차림을 가다듬었다. 그의 변화를 지켜보던 세호가 물었다.
 "뭐야, 그건? 버스 기사 아저씨 안경?"
 정갈한 맵시를 강조한 시구와 달리 가야는 선글라스를 삐딱하게 끼고 있었다.
 "이게 라이방이라는 거다. 태길이 큰아버지가 미군 부대 다니시잖아. 하나 부탁해 봤지. 어때, 봐줄 만하냐?"
 "와. 형, 멋있다. 영화배우 같아."
 "이 자식이 보는 눈은 또 있어 가지고. 아무튼 간다. 금관 님도 다음에 보자고."
 기대에 찬 눈의 세호, 나뭇가지에 걸터앉은 금관에게 차례로 손을 흔든 뒤 가야는 꽁지머리를 달랑거리며 집으로 걸어갔다. 그렇게 솔밭에서 나와 흙길로 접어들 때였다.
 "야, 가야금!"
 불쑥 들려오는 고함에 가야는 뒤를 돌아보았다. 선글라스를 슬쩍 내려보니 열다섯 보 남짓 떨어진 곳에 청재킷을 입은 덩치 하나가 서 있었다. 가야와 한판 붙었던 싸움쟁이 치수였다. 일전의 대결에서 승패를 가리지 못한 게 분해 결판을 내고자 찾아온 모양이었다.

가야는 선글라스를 고쳐 쓰며 눈을 가렸다. 치수의 무지막지한 손에 붙잡혀 나동그라졌던 쓰라린 기억이 떠올랐다.

치수도 가야만큼이나 강단이 세서 두 사람은 불과 세 학급 있는 분교 내에서도, 일탈을 모의하고자 주로 모이는 동네 둑길에서도 늘 투덕대기 일쑤였다. 그러던 어제 낮이었다. 도덕경 위에 동전 몇 닢 깔아놓고 판치기를 하다가 책 안쪽에 공기를 주입하는 문제로 주먹다짐을 했는데, 치수가 씨름깨나 하기로 유명했기에 가야가 힘으로는 도저히 당해내지 못했다. 중간에서 뜯어말리는 친구들이 없었더라면 한복 자락이 뜯겨나가는 것으로 끝나지 않았으리라.

지금은 말려줄 사람 하나 보이지 않고, 설사 그런 이가 있다 한들 두 번이나 남에게 기대 승부에서 물러나기는 남사스러운 일이었다. 대장부라면 코가 깨지든 이빨이 나가든 맞서야 했다.

이거 어머니 회초리에 종아리가 불나기 전에 얼굴부터 곤죽이 되겠는걸.

그러면서도 가야는 선글라스를 벗으며 전의를 불태웠다. 그런데 치수의 청재킷은 깃이 축 처져 있었다.

"나, 내일 전학 간다."

음색에도 결투를 위해 난입한 인간답지 않게 떨림이 맴돌았다. 황소만 한 덩치에 어울리지 않게 눈가도 젖어 있었다. 가야는 그제야 사정을 알 수 있었다.

"덩치는 산만 한 놈이 잔병치레를 그렇게 해대더니, 드디어 때가 온 거냐. 근데 개학이 코앞인데?"

"원래 재작년에 고모네 집에 가려고 했는데, 내가 좀만 더 있다 간다고 우겨서 늦어진 거다. 중학교 졸업은 여기서 하려고 했거든? 그런데 더는 할머니랑 엄마를 못 이기겠다."

그러더니 치수는 파병이라도 가는 양 탄식을 머금었다. 가야가 푸하하 웃으며 말했다.

"그래서 귀하의 목에 걸린 가시한테 작별 인사라도 하려고 찾아오셨나? 실성한 것도 아니고 왜 이래."

"인사도 인산데 부탁 하나만 하려고."

"부탁? 뭔 부탁? 사랑 고백할 거면 넣어둬라. 나 좋다는 여자가 한둘이 아니야."

미친놈. 치수는 비로소 웃음을 터뜨렸다. 하지만 그의 낯빛이 곧 진지해졌다.

"너 맨날 하는 말 있지? 남자가 한 입으로 두말하는 거 아니라고. 그럼 내 부탁도 꼭 들어줘야 된다. 듣기 전에 약속해."

"어째 맥락이 요상하게 흘러가는 거 같다? 그거랑 그거랑 뭔 상관인데? 이 자식 이거, 만년 꼴등답게 공부 지지리도 안 한 티를 다 내고 있네."

"공부고 뭐고 다 모르겠고, 대답부터 해. 어떻게 할 거야?"

"거 녀석, 질질 끌기는. 알았으니까 말해, 뭔데?"

"너도 알지? 우리 할머니 몸 안 좋은 거."

그 순간 가야의 얼굴에서 미소가 싹 사라졌다. 무언가 가슴에 걸려 떨어지지 않았다. 가야는 선글라스를 쓰며 뒷말을 기다렸다.

"우리 할머니, 소도 때려잡을 정도로 튼튼했잖냐. 그런데 어제 보니까 손발이 얼음장 같더라고. 수족냉증인가 하는 병에 걸렸는데 그게 다 양기가 없어서 그런 거래."

하기야 치수의 할머니가 칠순이 되어서도 늠름함을 자랑했던 까닭은 무곡리가 남자와 양기를 배척하고 여자와 음기를 가호하는 음혈의 지세이기 때문일 것이다. 치수의 할아버지는 불혹이 되기도 전에 돌아가셨으니까. 그런데 음기 과잉과 양기 고갈이 결국 그 강인했던 여걸들마저 위협하기 시작했다. 가야는 강춘례의 나이를 세어보았다. 그가 사랑해 마지않는 할머니도 어느덧 일흔을 향해 달려가고 있었다.

"아무튼 가야 네가 우리 할머니 잘 봐주면 좋겠다. 너희 할머니도 그랬잖아. 네 양기가 이 동네 구해줄 거라고. 네가 봐주면 우리 할머니도 불로불사 할 수 있을 거 아니야."

가야는 내색 없이 웃어 보였다.

"불로불사가 아니라 무병장수겠지. 넌 너희 할머니를 손오공으로 만들고 싶냐? 어쨌든 알았다. 내가 종종 찾아뵈마. 여기 뜨고 나서도 잘 지내고, 또 볼 수 있으면 꼭 보지 말자."

시큰둥하게 대꾸했지만 가야는 내심 고독을 곱씹었다. 한때 영원한 우정을 맹세했던 소년들의 얼굴이, 변함없는 의리를 위해 마주 겹쳤던 작은 손들이 생각났다.

이번이 몇 번째인가. 친구를 잃게 된 것이.

으레 있는 수난이라지만 그 다부진 치수마저 무곡리 남자들의 숙명을 걸머지게 되니 현실이 새삼 가혹하게 느껴졌다. 여드름쟁이 세호, 오줌싸개 태길이, 곱슬이 형태, 이 친동생 같은 녀석들과도 언젠가는 이별할 날이 오겠지. 그리고 나는 마을에 남아 음기를 정화해야 할 테고. 그런데 천지가 빚어냈다는 이 눈부신 사주가 과연 축복이라고만 할 수 있을까.

가야는 고개를 가로젓지도, 끄덕이지도 않았다.

...

가야는 능숙한 손놀림으로 대충 묶어두었던 장발을 한 땀 한 땀 땋은 뒤 머리꼬리에 댕기를 매달았다. 자유분방하게 펄럭이던 한복 저고리도 가지런히 정돈했다. 봉두난발의 망나니가 의젓한 도령으로 변신하는 순간이었다.

앞뜰 한복판에는 커다란 상이 몇 개 깔려 있고, 애동제자 네댓이 빈 그릇을 들고 분주히 움직이고 있었다. 며칠 남지 않은 당산제를 앞두고 애동들이 상차림 요령을 예행연습하고 있었다. 가야는 치수에게 뇌물 겸 이별 선물로 받은 초콜릿 상자를 꺼내 들었다. 애동들에게 쉬엄쉬엄하라고, 단것이나 같이 까먹자고 제안하려던 참이었다.

"야!"

난데없이 귓전을 때리는 쇳소리에 가야는 하마터면 "네!"하고 대답할 뻔했다. 처녀 귀신보다 더 사나운 것이 긴 생머리를 휘날리며 빽빽 내지르고 있었다. 사과처럼 작은 얼굴에 피부는 백자처럼 희멀건데 턱은 화살촉처럼 뾰족하고 눈매는 쌈발톱처럼 날카로운 여자, 가야의 작은누나 금아리였다.

"탕 줄은 육탕, 소탕, 어탕 순서라고 했지? 그새 다 까먹었어? 거기 말고 셋째 줄이라고, 깡통 같은 년아. 너, 누가 신주를 그딴 식으로 다루래? 진짜 이년들이 단체로 넋이 나갔나."

금아리의 드센 닦달에 앳된 애동들은 하나같이 울상이 되어 버렸다. 예쁘장한 상으로 상차림 과정을 하나하나 지적하며 우악스레 쏘아붙이니 피에 굶주린 은장도가 제멋대로 날아다니며 닥치는 대로 생명을 베고 자르는 듯했다. 고작 열여덟 살 먹은 무녀인데도 사람을 쪼고 조이는 실력이 가히 일품이라 금아리는 귀신 밥 좀 먹었다고 까불댈 짬밥의 애동에게도 공포의 대상이었고, 천하의 금가야마저 치를 떤 적이 한두 번이 아니었다.

가여운 것들. 미안하다, 우리 누나가 흉하기 짝이 없어서.

가야는 외측에 몸을 딱 붙인 채 금아리의 눈에 띄지 않도록 이동했다. 그렇게 본채의 툇마루에 발을 디뎌 안채에 몸을 들이고 복도를 지나 건넌방 앞에 멈춰 섰다. 무탈을 위해 비손[3]하고 장지문을 열었다.

"어머니, 다녀왔습니다."

여섯 평짜리 방 안에 이옥화가 한쪽 무릎을 세운 채 앉아 있었다. 아니나 다를까 소반 위에는 참나무 회초리가 올려져 있었다. 가야를 보자 그녀의 숨결이 가빠졌다. 눈동자에는 구제 불능의 아들내미를 바로잡겠다는 굳센 의지가 일렁였다.

그런데도 가야는 속으로 쾌재를 불렀다. 이옥화 옆에 큰누나 금은슬이 앉아 있기 때문이었다. 어머니가 회초리를 들기로서니 상냥한 큰누나가 말려줄 게 분명하므로 세 대 맞을 매 한 대로 줄일 수 있었다. 흉하기 짝이 없는 금아리를 본 것이 행운의 전조였다.

이옥화의 손이 회초리로 향하기 직전, 가야는 후다닥 달려갔다. 그의 손길이 쓸고 지나가자 이옥화의 관자놀이와 귀 사이에 장미 한 송이가 끼워졌다. 가야가 빨간 색종이로 손수 접은 꽃이었다.

---

[3] 비손: 두 손바닥을 문지르며 복락이나 액막이를 기도하는 행위.

"어머니, 오늘 여러 생각을 하면서 산책하다가 어머니를 흉내 내는 붉은 장미를 봤습니다. 그 아름다움에 혹해서 집에 데려올까도 싶었지만, 차마 꽃님을 꺾을 수 없어 아쉬운 대로 색종이로나마 어머니의 모사본을 만들어 봤습니다. 그런데 막상 보니 장미가 색이 바래는 거 같네. 이 불민한 자식이 어머니의 미색을 묘사하기는 역시나 부족한가 봅니다, 하하."

예기치 못한 선공에 회초리를 잡은 이옥화의 손에 힘이 빠져나가기 시작했다. 가야는 초콜릿 상자를 내밀며 굳히기에 들어갔다.

"어머니, 어머니, 요즘 당이 부족하시죠? 그래서 이 자식이 어머니의 기력 보신을 위해 특별히 진수성찬을 마련해 봤습니다. 멀리까지 나가 별미 중의 별미를 따오느라 무지막지하게 고생했지만, 어머니 기운이 조금이나마 살아나면 저에겐 고생도 기쁨이 될 겁니다."

가야는 초콜릿 하나의 껍데기를 벗기고는 어머니에게 친히 가져다 바쳤다. 그런데 후속타는 영 시원찮은지 이옥화는 미간을 찡그렸다. 결국 금은슬이 곁눈으로 문갑을 가리켰다. 가야가 가져온 초콜릿 상자와 똑같은 것이 문갑 위에 놓여 있었다. 치수가 여기 먼저 왔다 갔나? 가야는 입술을 달싹이다가 다음 수를 내놓았다.

"어머니, 제가 어제 공부한 바로는 노자 선생님은 상선약수

上善若水라고 하여 물처럼 유연한 태도로 차이를 수용하는 게 올바른 삶의 자세라고 했습니다. 도덕경에서도 이르기를 무위無爲를 표방할수록 만사가 이로워진다던데, 몽둥이는 내려놓고 꽃다발을 들어야 세상의 허물도 씻기지 않을까요?"

다시 말해 어머니가 노자의 가르침을 받아들여 아들의 개성을 너그러이 포용해달라는 뜻이었다. 무녀촌이 추구하는 무위자연을 아로새기며 처벌을 거두어달라는 호소였다. 이옥화는 기가 찬 듯 말했다.

"너는 어째 너 좋을 대로 갖다 붙여서 상황을 면하려고만 하는구나. 이 녀석아, 뻔뻔하기도 유분수지 노상 이런 식으로 얼렁뚱땅 넘어가려고 하냐."

말과는 달리 이옥화의 낯빛은 풀리고 있었으니 가야는 그제야 가슴을 쓸어내렸다. 도덕경을 판치기 도구로 활용하기 전에 잠시 훑어본 보람이 있었다. 가야는 어머니의 미소를 보는 게 좋았다. 금은슬도 가야를 적극 거들었다.

"어머니, 가야가 이번엔 좋은 일을 한 건데 넘어가시는 게 어떨까요. 가야가 아니었으면 나림이도 크게 다쳤을지 모르잖아요. 어쨌든 가야 너."

금은슬은 가야를 흘겨보았다.

"또 사고 치고 다니면 그때는 나한테 먼저 혼날 줄 알아. 알겠니?"

맏이로서 나름대로 위엄을 세우려는 듯했으나 토끼 같은 체구에는 여림이, 다람쥐 같은 눈에는 순함이 엿보이는 금은슬이었다. 그녀의 귀여운 경고에 가야는 헤헤 웃으며 고개를 끄덕였다. 큰누나의 온화한 꾸지람이라면 백번이라도 달게 받을 수 있었다.

이옥화는 이번에도 아들의 재롱과 딸의 지원 사격을 당해내지 못했고, 이윽고 세 사람은 오순도순 앉아 초콜릿을 나눠 먹었다. 분위기가 살가워지기를 기다려 가야가 말했다.

"그런데요, 어머니. 전 언제쯤 무업에 입문할 수 있을까요?"

자못 진지한 물음에 이옥화는 얕게 웃었다.

"무당이 되고 싶다는 녀석이 자기 앞날도 점칠 줄 모르면 어떡하냐. 정 궁금하면 먼산장군님께 여쭤보면 될 게 아니더냐."

"에이, 어머니랑 누나들도 점괘를 보지 않는데 저라고 도리가 있겠습니까. 할머니나 강신무 이모들한테 물어봐도 딱히 얘기가 없어서 못난 아들은 답답할 따름입니다요."

강신무가 신에게 선택당해 의지와 상관없이 불가피하게 입무入巫한 무당이라면, 세습무는 혈통으로 자연스레 무업을 승계했다. 강신무가 신의 강압에 의해 신의 도구가 되어 신의 결결한 입담을 고스란히 전파하는 무당이라면, 세습무는 신과 사람을 연결하는 중립적 매개체 역할을 담당할 뿐 신에게 종속되지 않았다. 무녀촌은 이옥화 일가로 대변되는 세습무와 그들의 명성을 듣고 문하로 들어온 강신무가 혼재된 공간이었다.

"가야 넌 그렇게나 무당이 되고 싶니."

금은슬이 말했다. 초콜릿을 오물오물 먹는 모습이 토끼가 풀을 뜯는 것 같았다. 가야는 큰누나의 입가를 닦아주며 대답했다.

"뭐라더라, 무당의 운명을 타고난 사람이 무당이 되기를 거부하면 신령님이 꼬장을 부린다며. 주변 사람들 괴롭히고 다치게 하고, 말이 신이지 거 더럽게 깐깐하다니까. 맞아, 어제 꿈에서도 신령님이 나와서 '이놈, 나를 받지 않으면 네 불알을 물어뜯을 것이니라.' 막 이렇게 협박하는 거야."

"꼬장이란다, 꼬장. 불알은 또 뭐고. 넌 어쩜 입 놀리는 게 강신무 신들린 양 험하니?"

"걱정돼서 그래. 괜히 신령님 심술에 누나가 휘말릴까 봐. 어머니, 저도 이제 열여섯이지 않습니까. 누나들도 어려서부터 금자매 당골로 이름을 날리는데 막내가 옆에서 꽹과리라도 쳐야 하지 않을까요?"

"치수 때문이로구나."

이옥화가 잘라 말했다. 가야는 머뭇거리다가 고분고분 인정했다. 그의 곁을 떠난 친구들이 재차 떠오르자 심정이 침울해졌다. 이옥화는 담담한 눈으로 아들을 바라보았다.

"자질만으로 걸물이 탄생한다면 세상은 군자로 넘쳐날 것이다. 무당이 무엇이더냐. 자기 속이 타들어 갈 것처럼 쓰라려도 힘든 이를 웃겨주고, 더없이 즐거워도 슬픈 이의 손을 잡고 울어주는 것이다. 귀신이 진저리나게 무서워도 외로운 넋이 보이면 함께 놀아주는 것이다. 사람의 얼굴을 하고 신의 가면을 쓰다가도, 때로는 신의 얼굴에다 사람의 가면을 덧씌우면서 산 자와 죽은 자를 돌보는 것이 무당이다. 춘하추동 담백해도 모자란 운명인데 진심은 없고 사심만 있는 사람이 어찌 무당이 될 수 있겠냐."

순천 세습무가의 여식으로 태어나 무녀촌으로 시집온 이옥화, 또 그녀의 장녀 금은슬과 차녀 금아리는 전통적인 세습무로서 신을 받지 않았고 공수도 내리지 않았으며 신점도 치지 않았다. 신들림을 통제하므로 신병이니 무병이니 하는 탈에 시달릴 일도 없었다.

그런데 가야가 일곱 살 때 신병을 앓았다. 당대에 세습무가로 정착한 이옥화의 금씨 가문에서 유일하게 강신무가 될 조짐이 나타난 것이다. 당시 강춘례는 손자놈의 그릇이 하도 커서 별의별 잡귀가 다 접신한다고 한탄하며 누름굿으로 가야의 신병을 다스렸다.

누름굿으로 신병을 누른 뒤에도 허주굿을 치르고, 내림굿에 솟을굿까지 받게 하여 온전한 무당으로 거듭나게끔 하는 것이 강신무의 성무 절차였다. 하지만 가야의 성무는 누름굿 단계에서 중단되었다. 이후로 무당이 되기는 고사하고 기본적인 덕목조차 학습하지 못했다. 열 살이 되기 전에 들어온 애동조차 이제는 그럴싸하게 북을 치며 실습을 나가건만, 가야는 이 어린 소녀들보다 굿에 대해 아는 게 없었다.

물론 가야도 그가 무당이 되지 못함에 있어 복잡한 사정이 있음은 어렴풋이 알고 있었다. 그러나 여기서 더 허송세월하면 몇 안 남은 동성 친구들도 무곡리를 떠나야 할 판이었다.

"마침 어머님과 긴히 대화를 나누기로 했다. 말이 나온 김에 네 일도 상의해 보마. 매사에 순리가 있는 법이니 성급히 굴지 말아라."

이옥화는 은은한 솔 내음을 남긴 채 방을 나섰다. 장지문이 닫히자 가야는 금은슬의 무릎을 베개 삼아 누웠다.

내가 분위기를 깬 거 같은데? 가야가 금은슬을 올려다보며 말했다. 너 원래 그런 거 잘하잖아. 금은슬은 쿡쿡 웃다가 말을 이었다.

"당분간 처신 잘해. 당산제도 얼마 안 남았고. 어머니나 이모들이나 다 예민할 때잖아. 할머니도 너 어디에 숨겨야 하는지 생각이 많으시더라."

가야는 벌떡 일어나 앉았다. 또 그날이 찾아왔군. 무녀들과 주민들이 한마음 한뜻으로 단합하는 당산제에서 그 혼자만 소외된다고 생각하니 착잡했다. 한 해의 길흉이 결정되는 그 중요한 날, 자기 혼자만 구석빼기에 틀어박혀야 하니 괜스레 심통이 났다.

"그러게 무당 좀 시켜주지. 그럼 민폐 끼칠 일도 없을 거 아니야. 나 하나 때문에 이게 뭐냐고."

"어른들도 다 생각이 있으니까 그러시는 거겠지. 너무 답답해하지 마."

금은슬의 독려에도 가야는 계속해서 툴툴거렸다.

"말만 태양의 사주니 영웅의 팔자니 하면 뭐해? 써먹지를 못하는데. 금도끼 손에 쥐어도 나무를 못 베면 허탕이지. 맞잖아, 안 그래? 그냥 소랑이든 호랑이든 내가……."

"야."

금은슬이 가야의 따귀를 올려붙였다. 다정하던 누이의 모습은 온데간데없이 그녀는 눈을 부릅떴다.

"너, 그 말 입에 담지 말라고 한 거 까먹었니? 안 그래도 그거 때문에 할머니가 얼마나 노심초사하는지 몰라서 그래?"

보기 드문 매서운 기세에 가야의 투정은 꺾일 수밖에 없었다. 매번 이런 식이었다. 가야가 그 이름을 말할 때마다 강춘례와 이옥화뿐만 아니라 엔간해서는 화내는 법이 없는 금은슬마저 어김없이 돌변하며 날을 세웠다.

소랑각시…….

무곡리를 음기가 만연한 음혈로 타락시킨 원흉이었다. 아울러 금가야의 육신을 노리는 섬뜩한 귀신이었다.

...

"장 사장, 나 강춘례올시다. 오늘 있다는 만남은 차일로 미루시오. 오늘은 상대가 기분이 구린 듯하니 어떤 꿀을 발라도 먹으려고 들지 않을 거요. 거참, 이 양반이 철 덩어리 굽다가 귀때기까지 굳어졌나. 왜 이렇게 말귀를 못 알아먹어? 내가 하는 말 계속 듣고 싶으면 토 달지 말고 시키는 대로 하소."

강춘례는 수화기를 패대기치고는 곰방대를 물었다.

"은슬이는 어떠냐. 좀 나아졌냐."

이옥화는 강춘례의 두꺼비 같은 뺨에 시선을 두고 말했다.

"열의는 느껴지는 것이 할머니같이, 할머니처럼, 할머니와 똑같게, 이 말을 입에 달고 삽니다. 고깔 하나 맞출 때도 어머님의 것과 색감이 다르다는 둥 어머님의 것에 비해 각이 안 잡혔다는 둥 극성이지 않았습니까. 지전을 만들 때조차 어머님의 것과 똑같은 풀기의 백지를 찾을 수 없다느니 하면서 어머님의 것을 물려받겠다고 난리입니다."

강춘례는 떫은 얼굴로 담배 연기를 내뱉었다.

"기물奇物이야 죽을 때까지 안고 가는 것이니 애착도 이해할 만하다. 하나 도구에 의지하는 건 당골이 할 짓이 아니다. 은슬이에게 절실한 것은 믿음이다. 자기 자신에 대한 믿음이 부족하니 신의 뜻을 전하는 데 의구심이 가득할 것이고, 자신을 의심하니 신에게 모든 것을 맡기려 들지 모른다. 이러한데 신을 맞기로서니 그것이 영험한 신명이 전하는 말씀인지, 어디서 굴러먹었는지 모를 개뼈다귀 같은 조상신이 지껄이는 군소리인지 골라잡을 수 있겠냐."

강춘례는 쯧쯧 혀를 찼다.

"명색이 세습무가의 맏딸이거늘 강신무 공수하는 것마냥 절절대고 있으니, 원. 이러다가 방울 들고 작두 타는 세습무가 나올지도 모르겠구나."

강춘례의 안방에서 고부와 함께하고 있는 또 한 사람, 백목련은 이런 이야기에 역시나 섞여들 수 없었다. 무곡리에 진출한 지 어언 20년, 무녀촌의 서열 3위로 발돋움하고 집단 내 강신무 계열 대표가 되기까지도 백목련은 세습무의 가치관에 익숙해지지 않았다. 무당은 입이 움직이는 대로 말해야 하고, 부채 하나 들고 쌀 한 줌 잡는 자세까지 신의 인도에 맡겨야 한다는 것이 강신무로서 백목련의 지론이었다.

"그래도 어머님, 아리는 여전합니다."

이옥화가 금아리를 언급하자 강춘례의 낯빛이 환해졌다.

"아리가 성격이 모질기는 합니다만, 판소리 다섯 바탕이 뱃속에 다 깔린 게 당골로서 흠잡을 데는 더 없는 듯합니다. 장차 어머님과 쇤네의 뒤를 잇는 데 모자람이 없을 것입니다. 그런데……."

마지막 타자를 호명하려니 이옥화의 얼굴에 그늘이 드리웠다. 강춘례는 복잡한 표정으로, 그러면서도 짐짓 쾌활하게 말했다.

"아니, 그래도 사내놈인데 좀 괄괄하면 어떠냐? 이 동네 여편네들만 해도 그렇지 않냐? 다 늙어서 이빨이 빠져나가도 여기저기 후리고 다니는데. 가야는 불덩어리 입에 문 이무기야. 일찍이 깨지고 부딪히고 찌그러져야 청룡으로 우화한다, 이 말이다. 그간 빌빌대는 남정네만 수두룩했는데 가야 같은 깡다구가 튀어나온 건 천행이야, 천행. 사주가 그리 말해."

그래 놓고 강춘례는 한숨 섞인 담배 연기를 내쉬었다. 백목련이 말을 꺼냈다.

"얼라들 얘기는 그만하고 당산제 얘기나 해보십시다. 가야가 숨을 구멍부터 찾아야죠. 작년까지야 곱상한 티가 남아있어서 골방에 처박아두면 그만이었는데 그새 쑥쑥 커서 그런지 이제 제법 사내 티가 납니다. 예년처럼 집구석에 숨겼다가는 각시한테 들킬지도 모릅니다."

당산제는 무곡리 및 무녀촌의 번영을 기원하는 정월 대보름 축제였다. 정성스레 만찬을 진설하고 무녀들이 단체로 굿을 하는 등, 여느 동제보다 호화롭게 진행되니 온갖 잡신이 제삿

밥 좀 얻어먹자고 너나없이 모여들었다. 하지만 무녀들의 입술이 바싹 마르는 이유는 따로 있었다. 정월 대보름은 옥녀봉에 머무는 귀신, 그 무섭다는 소랑각시가 마을로 내려오는 날이었다.

물론 호남의 주요 당골판[4]을 장악한 무녀촌, 그중에서도 노련한 세습무가 제를 주재하므로 당제 중간에 실수가 발생해 소랑각시의 노여움을 살 일은 없었다. 그런데도 무녀들이 궁리하는 까닭은 이맘때마다 점화되는 금가야의 거취 문제 때문이었다.

그러잖아도 양기가 넘쳐흐르는 금가야인데, 그 양기가 1년 사이에 장마철 강물 범람하듯 억세졌다. 양기를 탐하는 소랑각시의 마수를 피하기에는 그의 남성성이 부쩍 강해진 것이다. 이러하니 늘 해오던 대로 금가야를 보자기로 꽁꽁 싸매 골방에 숨겨놔도 양기가 밖으로 새어 나갈 위험이 있었다. 마을로 건너온 소랑각시가 금가야의 냄새를 맡는다면 그의 신변이 위태로웠다.

"가야를 잠깐 멀리 보내는 건 어떻습니까."

백목련이 말을 이었다.

---

[4] 당골판: 호남 무속에서 세습무가 신앙 활동을 시행하는 영적 공간으로, 무당이 소유한 굿터를 의미한다.

"군내리로 보내기에는 그쪽도 지세가 옥녀탄금형이라 각시의 끈이 닿을지 모르고, 둔전리로 보내자니 그쪽도 달집을 태우는 동네라 각시가 찾아갈 수 있습니다. 뭣보다 다 가까운 동네들이라 불안합니다. 차라리 도시로 보내는 게……."

"아니, 아니 되네."

이옥화가 말허리를 끊었다.

"가야의 기질을 생각해 보게. 지금이야 화기火氣가 식었다지만 국민학생 무렵까지 나는 물론이고 어머님께도 죽자 살자 대들던 녀석일세. 누름굿으로 치병한 적이 몇 번이요, 동네 사람 치고 그 애를 불길하다고 손가락질하지 않은 이가 없었어. 그런 애가 지금은 자네 같은 강신무에게까지 깍듯하지 않은가."

백목련은 슬그머니 입술을 깨물었다. 이 와중에도 강신무를 들먹이는 이옥화를 대하자니 비위가 상하기 시작했다. 이옥화는 백목련의 두 눈을 똑바로 보며 말을 이었다.

"말인즉 가야는 이제야 겨우 음혈에 적응했다는 것이야. 지난달에도 담벼락에 매달린 고양이 님 구하려다가 변을 당할 뻔했는데, 이렇게 뜨거운 녀석이 도시에 나갔다가는 객귀에 씌어 화기가 터질 수가 있네. 자칫하다가는 그간의 노력이 수포가 될 수도 있어."

"그럼 나보고 어쩌자는 거요?"

백목련은 무심코 목청을 높였다.

"형님, 그래서 내가 뻔질나게 아가리질 한 거 아니우? 가야가 진작 내림굿 받았으면 우리가 이딴 식으로 육갑 떨 일이 있었겠수?"

이옥화도 언성이 올라갔다.

"무슨 가당찮은 소리냐. 세습무가의 아이를 강신무로 키우자는 소리를 또 입에 올리려고 하는 거냐. 내 누누이 거절했거늘 자네는 어찌 내 뜻을 부스러뜨리려고만 하는가."

강춘례는 담배 연기를 뻐끔뻐끔 내뱉고 있었다. 간간이 밭은기침을 하며 목소리를 보탤 뿐, 두 무녀의 설전만 빤히 듣고 있었다.

"형님이야말로 너무하시오. 가야를 강신무로 키우자는 게 내 사리사욕을 위해 주접떠는 거란 말이오? 난 있잖소, 선생님이나 형님처럼 가야한테 큰 거 바란 적 단 한 번도 없소. 단지 가야를 위해서라도 한시바삐 무당으로 만들자는 거요. 각시 그년에게만은 제 몸 하나 건사할 수 있게 말이오. 가야가 나한테 물먹였다고 해서 내가 형님한테 속앓이한 적 있었소?"

"가야가 자네한테 했던 잘못은 내 입이 두 개라도 할 말이 없어. 자네에겐 평생을 사죄할 것이다만 그렇다고는 하나, 이 건은 별개가 아닌가. 세습무로서 걸어야 할 아이가 어찌 강신무의 노선을 탈 수 있겠는가."

강신무로서 무당이 되려면 그 절차를 가르치는 신어머니가 필요했고, 신을 받은 사람이 신을 내릴 줄도 안다고 신자식을 위한 스승의 역할은 응당 선배 강신무가 적격이었다. 제대로 된 내림굿을 집행할 수 있는 무당이 드문 실정에서 적잖은 신자식의 교육을 이수시킨 잔뼈 굵은 강신무, 백목련이 금가야의 신어머니로 적임자였다.

난점은 금가야의 정체성이었다. 금가야가 성무 과정을 완수하기까지는 못해도 7년이 소요될 터이다. 그 기간을 넘어서도 신부모와 신자식은 사제지간을 유지하는데 이 흐름에서 양자가 육친보다 돈독해지는 경우가 파다했다. 금가야가 강신무가 된다는 것은 이옥화에게 세습무로서는 혈통을 바꾸는 일이요, 어미로서는 호적을 파는 일이나 진배없었다.

"형님, 이 백 씨 보살이 더럽게 상스러워도 그리 골 빈 년이 아닙니다. 잠시만 맡아두겠다는 겁니다. 내가 형님이랑 한 지붕 아래 귀신 밥 뜯어 먹고 사는데, 가야가 나를 친엄마처럼 섬기면 내가 가만히 있겠습니까?"

백목련의 말투가 격해지는 한편, 강춘례의 이마에 핏줄이 불끈거렸다. 이옥화는 아랑곳없이 백목련을 쏘아보았다.

"자네도 가야의 행실을 잘 알 거 아닌가. 어미로서 책임을 통감 못 하는 바는 아니다만, 자네가 쓰는 어휘부터 살펴보건대 가야가 자네를 신엄마로 모시면 더 비뚤어질지도 몰라. 그게 아니더라도 세습무의 적통이면 강신무와 조상도 신격도 다를 것이야. 합이 맞기 어렵다는 얘기일세."

 백목련은 어금니를 사리물었다. 그녀 자신과 금가야가 합이 맞기 어렵다는 이옥화의 말은 어불성설이었다. 오행설만 보아도 불과 흙은 화생토火生土로 상생했다. 흙으로 만든 아궁이가 불을 피우듯이 토기土氣가 강한 백목련이 화기가 강한 금가야와 상극일 리 없었다. 백목련이 생각하니, 이옥화는 강신무라는 성분을 트집 잡는 게 틀림없었다.

 "뭘 엿 같아서 진짜. 형님, 내가 까놓고 말하는데 형님의 밉살맞은 구박은 정말이지 못 참겠습니다. 이 백 씨의 근본이 암만 천해도 그렇지 말끝마다 강신무, 강신무, 하면서 염장을 지릅니까? 당골만 무당이고 나는 개털 찌끄레기란 말입니까?"

 이옥화가 받아치려니 강춘례가 입을 열었다.

 "이년들이 미쳐 돌아버렸나? 어느 안전이라고 꽥꽥대고들 있어!"

 장지문이 미세하게 진동하는 까닭이 스치는 바람에 흔들려서인지, 당주무당의 대갈일성에 놀라서인지 분간할 수 없을 지경이었다. 두 무녀가 목을 움츠리는 가운데 강춘례는 백목련을 삿대질했다.

 "이 미련탱이 백 씨야, 네 꼬라지를 봐라. 너야말로 돼지우리에 빠진 년마냥 맨날 세습무 꼬랑지 붙잡고 끌어들이지 않냐? 마흔 살 처먹었다는 년이 같잖은 걸로 기나 세우고, 쪽팔리지도 않냐?"

 강춘례는 곰방대를 내던졌다. 장판에 그을음 자국이 하나 더 새겨지기 전에 백목련이 수습했다.

 곰방대를 잡고 있는 백목련의 손이 푸들푸들 떨렸다. 강춘례에게 머리를 조아리면서도 그녀의 가슴은 싸맬 수 없는 아픔으로 점철되었다.

 목련이 아홉 살 때 신병을 앓는 바람에 그녀의 부모는 논 두 마지기를 팔아 딸을 구원해 줄 무당을 찾아 나섰다. 목련은 몇 번의 사기를 당하고서야 영험한 신어머니를 만나 지난한 성무 과정을 거쳐 열일곱이 되었을 때 진짜배기 무당이 되었다. 이후 3년 동안 용하다는 찬사를 들으며 전북에서 손가락 안에 드는 무당으로 이름을 날렸다.

 하지만 실상은 신통찮았다. 점쟁이로서는 탁월한 축에 들었으나 정작 큰굿은 경험하지 못했던 것이다. 그도 그럴 것이 호남의 굿판이란 굿판은 무녀촌이 꽉 잡고 있고, 잘나간다는 지역 유지들도 고사를 지낼 때면 무녀촌 앞에만 줄 서고 있으니 한바탕 신명 나게 칼춤을 추고 싶어도 칼날을 갈 기회조차 없었다.

 굿을 치지 못하는 무당, 사제권이 없는 무당에게 '반쪽짜리 선무당'이라는 꼬리표가 달린다는 현실을 목련도 모를 리 없었다. 그래도 개 같이 벌어서 정승처럼 쓰는 것이 미덕이라고 자신을 위로하며 명성에 연연하지 않으려 했다. 그러던 어느 날, 한 민속학자가 방문해 건넨 물음에 그녀의 신당이 발칵 뒤집혔다.

흔히들 세습무 권역에서 불현듯 신이 들린 강신무는 근본이 없다고 혀를 차던데 이 견해를 어떻게 생각하느냐, 강신무는 신들림을 통제하지 못해 천박한 언행을 일삼아서 겸상 못 할 종자라는 험담이 공공연히 나도는데 이런 세습무의 하대에 강신무로서 반박할 말이 있느냐, 그런 울화통 터지는 질문이었다.

세습무가 어려서부터 기예와 절제를 체화한 귀족이면, 강신무는 족보 없는 뜨내기 광대였다. 고귀한 세습무가 보기에 강신무는 한낱 경쟁이에 지나지 않았던 것이다. 머지않아 출신 성분의 설움을 함께 노래했던 신어머니가 진도로 내려가 씻김굿의 전승자가 되어 문화재 보유자로 지정되었다는 소식을 들었을 때, 목련의 오기는 화산이 분화하듯 솟구쳤다.

그리하여 무당으로서 보다 기품을 갖추고자, 그 대단하다는 세습무의 굿을 배우고자 모든 체면 접어두고 무녀촌에 입문했다. 애동 아닌 애동으로 살며 천시당하기를 10년, 애동들의 신어머니로 살며 강신무를 양성하기를 10년, 자그마치 20년 동안 무녀촌을 위해 투신했다. 그런데도 여전히 찬밥 취급을 받고 있으니 목이 멨다.

"술잔이나 돌릴까 했더니 기분만 잡치는구나."

정적을 깨뜨린 사람은 강춘례였다.

"당산제고 나발이고 오늘 더 얘기할 기분이 아니다. 옥화 너는 나가서 애들이나 돌봐라."

그 중요한 금가야의 거취 문제가 해결되지 않았지만 이옥화는 시어머니의 뜻을 거스르지 못했다. 이옥화가 안방을 떠나자 강춘례는 남아있는 목련을 바라보았다.

"백 씨야, 하도 소리를 질렀더니 목구멍이 칼칼하구나. 술단지나 내와봐라."

목련은 강춘례에게 탁주를 한 잔 올렸다. 강춘례는 장지문을 흘깃거리고는 목소리를 낮췄다.

"이보시게, 백 씨 당골. 이 강 씨 할매가 미안하이."

냉랭하던 공기가 이완되며 강춘례의 얼굴에 어린아이 같은 익살이 번졌다. 목련은 한복 고름으로 코를 문지르며 말했다.

"아닙니다, 쇤네가 생각이 짧아서……. 죄송합니다, 선생님."

"어허, 인석아. 내가 미안하대도."

강춘례는 술을 쭉 들이켜고는 캬 소리를 내더니 목련에게 잔을 건넸다.

"예쁜 백 씨야, 내 어찌 네 심정을 모르겠냐."

그리고 목련의 잔을 채워주며 말을 이었다.

"하나 어미에겐 제 자식 욕하고 남의 자식 편들어야 할 때도 있는 법이다. 나도 강신무로 귀신 밥 먹기 시작해서 여기 들어박혔는데 목련이 너를 안아주면 가재가 게 편드는 꼴이 되지 않겠냐. 옥화한테 지랄 발광을 떨려니 팔불출 노인네가 되는 거 같아서 꺼려지더구나. 다른 시애미들은 며느리 휘어잡기 바쁜데 이 강 씨는 전생에 뭔 찢어 죽을 짓을 저질렀는지, 원."

"선생님의 큰 뜻은 쇤네도 잘 알고 있습니다. 무당들의 귀감이요, 둘도 없는 호인 같은 분이 마음 써주셔서 감사할 따름입니다."

강춘례는 호탕하게 웃었다.

"팔푼이 계집처럼 어리바리하던 게 엊그제 같은데, 세습무 밥 좀 먹었다고 주둥이에 제법 품위가 도는구나. 이렇게 잘하는 녀석이 아까는 왜 그리 입을 험하게 놀렸다냐. 아이고, 이 욕쟁이 강 씨가 위인을 여럿 만든 모양이구만. 그래, 맞다. 토생금土生金의 상생을 어렵게 배울 것 없다. 땅이 광물을 낳는다고, 사람은 진창을 굴러다녀야 비로소 철인이 되는 거다. 피부좋은 백씨야, 이 못난 선생 나부랭이한테 한 잔 따라봐라."

떨리는 손과 덤덤한 손이 술을 주거니 받거니 하면서 잔이 서너 번 맞부딪쳤다. 순배가 돌 때마다 사발 가득히 탁주가 넘실거리며 물줄기가 흩어지니 두 무녀의 소매가 젖어갔다. 그들의 대화도 덩달아 촉촉해졌다.

"백 씨 널 보면 말이다. 옛날의 내가 생생하게 떠오른다. 일제 놈들 쫓겨나고 양놈들 궁둥이 들이밀었을 때, 나는 서해에서 무업을 하고 있었다. 말이 무당이지 점바치[5]였어. 그쪽 동네도 별 홀아비좆 같은 세습무들이 꼴값 떨고 다녔는데, 무당이 뭔 벼슬이라고 별호까지 만드는 얼치기도 있지 뭐냐. 그 잘났다는 세습무 애들, 화랭이 패들 거느리고 양동[6] 하러 다닐 때 나는 공수쳐서 쏠쏠하니 재미를 보았다. 그 연놈들 부러울 게 없었어. 그것도 빨갱이 놈들 쳐들어오는 통에 얼마 못 갔다만."

강신무인 강춘례가 무녀촌에 입성해 기어이 당주무당으로 등극하고 세습무를 거느리게 된 배경에 목련은 남다른 존경을 품고 있었다. 일개 민초가 왕가를 정복했다는 신화만큼이나 극적인 드라마였다. 숱한 시련을 극복했으리라. 기예로 보나 심지로 보나 강춘례는 목련이 본보기로 삼을 큰무당이었다.

"길가에 널려있는 거지새끼들 다 거두고 고향으로 돌아왔다. 전쟁 피해서 기껏 귀향했거늘 무곡리 이년들은 더 모질이처럼 놀고 있지 뭐냐. 나도 고향이 여기인데 세습무 방귀 소리가 이 정도로 큰 줄은 스물을 한참 넘겨서 알았다. 그래도 어쩌겠냐. 생쌀이라도 씹으려면 춤부터 새로 배울 수밖에."

"그 심정, 쇤네도 다소나마 이해할 수 있습니다."

"인석아, 너처럼 귀여운 것이 알면 얼마나 알아? 뒤뜰에 당집 하나 짓는 데 얼마나 큰 반대가 있었던 줄 아냐. 세습무에게 신

---

[5] 점바치: 점쟁이를 달리 이르는 말.
[6] 양동: 무당이 곡식 및 제물을 거두는 것을 이르는 호남 세습무의 은어.

당은 필요치 않다느니, 강신무 주제에 세습무를 가르치려 든다느니, 거지발싸개 같은 소리를 다 들었다. 아무튼 말이다."

강춘례는 목련의 손등을 어루만졌다.

"백 씨 당골아, 내 며느리나 손주들이나 간판에 지나지 않아. 고관대작이라는 양반들이 명성에 얽매여 이곳을 찾기로서니, 우리가 아성을 유지할 수 있는 건 너희 강신무가 점을 기똥차게 잘 쳐서지 세습무가의 이름값 때문이 아니다. 요즘 세상에 돈 되는 굿판이 1년에 몇 번이나 있겠냐. 네가 기둥이다, 이 말이야."

호남의 무당집이 대개 그러하듯이 무녀촌 또한 며느리가 시어머니의 무업을 이어받는 부가계내고부계승父家系內姑婦繼承 방식이 뿌리 깊었다. 목련은 강춘례가 그녀에게만 넌지시 했던 말을 떠올렸다. 무가巫家도 개혁이 필요하다고, 고부간 따위를 사유로 당주무당 자리를 물려줄 생각은 추호도 없다고.

하기야 강춘례는 이런 인물이었다. 균형을 조율하며 공을 추구하는 전략가. 무녀촌의 번영에 모든 것을 바친 야심가. 그러면서도 금가야에게만은 간이고 쓸개고 다 내놓을 손자 애호가. 영혼이 되어서도 하늘에서 이곳만 굽어볼지 모른다. 속이 청량해진 목련은 화제를 되돌렸다.

"그럼 선생님, 가야 일은 형님과 다시 의논해 보겠습니다. 큰 소리 나지 않도록 유의하면서 얘기하겠습니다."

"아니, 내 가야를 위한 절묘한 피신처를 하나 찾아뒀다. 나무는 숲에 숨겨야 티가 나지 않는 법이고, 양기는 양기의 한복판에 풀어놔야 묻어가는 법 아니겠냐."

"무슨 말씀이신지요."

"가야는 산신님께 의탁하자꾸나."

목련은 수 초가 지나서야 강춘례의 심중을 알아차렸다. 이옥화가 들으면 길길이 날뛸 실로 위험한 도박이었다.

...

밤새 쏟아지던 비는 새벽이 되어 멎었고 여명이 틀 때는 땅이 말라 있었다. 정월 대보름날, 무녀촌은 아침부터 당산제 준비에 한창이었다. 굿은 물론, 줄다리기에 달집태우기까지 밤낮으로 이어지니 무녀들에게는 고단한 강행군이었다.

한옥의 주방에서는 김이 모락모락 피어오르며 전을 부치는 소리가 지직거렸다. 이옥화가 애동제자들을 지휘하며 요리에 몰두하고 있었다. 시어머니의 호출에 그녀가 자리를 비우자 금세 잡음이 나듯 수군거렸다.

"연주야, 두부전 하나만 소금간 좀 해."

잡담을 시작한 애동은 냄비 앞에서 탕을 끓이던 최단희였다. 전을 부치던 박연주가 마스크 위로 나온 눈을 찌푸렸다.

"왜? 배고파? 그렇게 먹어대다가 또 배탈 나면 어쩌려고. 그리고 언니 살 빼야 한다고 그랬잖아."

"이게 날 먹깨비로 아나. 내가 아니라 똘기 님 드리려고 하는 거야. 요즘 감기에 걸리셨는지 비실비실해서. 살은 알아서 뺄 거니까 잔소리 말고 시키는 대로 해."

"알았어요, 알았어. 가뜩이나 토실토실한 똘기 님인데 조만간 고양이 님까지 잡아드시겠네."

제기를 닦고 있던 새내기 애동제자 김정아가 끼어들었다.

"단희 언니, 똘기 님이 쥐 말하는 거예요? 만화에 나오는 그 똘기? 아까 그 징그러운 쥐새끼?"

"뭐? 쥐새끼? 젖병 같은 게 죽으려고."

단희는 마스크를 훌렁 벗으며 정아를 째려보았다.

"야, 신삥. 네가 엊그제 와서 개념이 없는 거 같은데 언니가 친절하게 알려줄게. 우리는 영물들을 함부로 부르지 않아. 그래, 닭 님이랑 돼지 님을 잡을 때가 많기는 해. 그런데, 오히려 그러니까 더 정중하게 모셔야 하는 거야. 자연은 사람 아래 있다, 이딴 생각은 버려. 알았냐?"

단희가 신입을 교육하며 으스대던 참이었다.

"야, 호빵."

질색하는 별명이 들려오자 단희는 고개를 획 돌렸다.

"누구야? 내가 그 말 하지 말라고 했지?"

그런데 동기나 후배가 단희의 호빵 같은 얼굴을 놀린 것 같지 않았다. 애동들은 얼어붙어 있었다. 단희도 사색이 되어버렸다. 어느새 출현한 흉하기 짝이 없는 것, 금아리가 막대 사탕을 물고 있었다. 금아리는 단희의 귀를 잡아당겼다.

"내가 제물 만들 때 입 잠그라고 했어, 안 했어? 마스크 똑바로 안 써? 탕에 더러운 침방울 튀면 네가 다 발라 먹게? 너 거기서 더 복스러워지면 춤출 때 몸태 다 망가져, 이년아."

자기는 머리도 안 묶었으면서. 그러나 단희는 금아리의 눈 밑 점조차 제대로 보지 못하고 깨갱거렸다. 금아리는 젓가락으로 두부 하나를 집고 입에 넣더니 곧바로 퉤 뱉고는 연주를 흘겨보았다.

"이년은 귀신 밥을 뭔 구멍으로 처먹은 거야. 야, 당제 음식은 간하는 거 아니라니까? 면피를 불판에 부쳐버릴까 보다."

그녀의 다음 표적은 정아였다.

"너, 장갑은 어디에 두고 맨손으로 제기를 만져? 참을 인忍 자 쓰는 것도 세 번까지라는데 네년들은 삼백 번도 모자라 삼천 번을 쓰게 해야 직성이 풀리겠냐? 네년들 꼬라지 보면 조왕신 할아버지도 뒷목을 잡으시겠다."

금아리는 손가락으로 단희의 이마를 꾹꾹 밀어내고, 손바닥으로 연주의 뺨을 툭툭 두드리고, 발끝으로 정아의 정강이를 톡톡 걷어차며 온갖 욕설로 아작아작 물어뜯고서야 사라졌다.

그녀가 주방을 떠나기 무섭게 애동들은 구시렁댔지만, 이옥화가 복귀하는 바람에 뒷담화의 시간은 후일을 기약해야만 했다.

"아, 아, 이장입니다. 무곡리 주민 여러분께 안내 방송 드립니다. 이따 4시에 줄다리기가 있을 예정입니다. 당산제 잘 봉행하라고 하늘에서도 비를 그쳐준 모양이니 많이들 오셔서 자리를 빛내주시길 바랍니다."

오후가 되어 당산나무 아래 공터에서 주민들이 남녀 두 패로 갈려 줄다리기를 시작했다. 14세 이하 발육이 느린 소녀는 남자 편에 가담했고, 줄다리기에 참여하지 않는 이들은 싸리나무 가지로 여자 편을 후려치며 노골적으로 남자 편을 지원했다. 남자가 이겨야 양기가 풍요로워진다는 절박한 믿음 때문이었다.

금아리는 밤에 있을 굿의 연행자 중 하나로 정결을 유지해야 할 의무가 있는데도 기다렸다는 듯 여자 편에 붙었다. 그녀가 한복 저고리에 속저고리까지 벗어젖힌 채 선두에서 밧줄을 잡아당기자 남자치고 눈 돌아가지 않는 이가 없었다. 단희는 나뭇가지를 꼭 쥐고 있다가 줄다리기에 열중하는 금아리의 팔뚝을 톡 때리는 것으로 갈굼에 대한 복수를 매듭지었다.

축제가 흥겹게 달아오른 그 시각, 무녀촌의 안방에서는 중대한 작업이 이루어지고 있었다.

"……할머니, 이렇게까지 해야 돼?"

가야가 참다못해 말을 꺼냈다. 강춘례는 가야의 얼굴을 붓질하며 실실거렸다.

"할미는 이러고 싶어서 이러는 줄 아냐. 이게 다 너를 위한 거야, 인마. 근데 넌 방울 두 쪽 달렸다는 놈이 살가죽은 어쩜 이리 보드랍냐. 아이고, 우리 손자 때문에 동네 처녀들 기가 다 죽어버리겠다. 어허, 인석아. 찡그리지 말고 얌전히 있어."

가야의 입술은 닷 발이나 나와 있었다. 꽉 끼는 저고리 탓에 불편해진 겨드랑이는 그럭저럭 괜찮았다. 파란색 고름에 새겨진, 여심이나 사로잡을 아기자기한 꽃 자수도 백번 양보해서 넘어갈 수 있었다. 그런데 한복 치마는 적응하려야 적응할 수가 없었다. 한술 더 떠 버선에는 앙증맞은 리본마저 달려 있어서 하루아침에 본바탕이 바뀐 것만 같았다.

"어차피 각시탈 써야 한다며? 여자 화장까지 할 필요가 있어?"

가야의 얼굴은 새하얗게 분칠되어 있었다. 강춘례가 손자의 두 뺨에 연지 곤지까지 찍어주니 혼례를 앞둔 새 신부가 탄생한 듯했다. 강춘례는 코웃음을 치며 가야의 머리를 콩 때렸다.

"각시탈? 네가 퍽이나 잘 쓰고 돌아다니겠다. 갑갑하다고 내던질 거 아니야? 할미 말이 틀렸냐?"

국보급 무당 아니랄까 앞날을 예견하는 솜씨가 가히 명불허전이었다. 강춘례는 가야의 한복 고름을 묶어주며 말을 이었다.

"네가 할미 말 잘 듣는다고 해도 그래. 안 그래도 밤중에 산길 타야 하는데 어디 나뭇가지에 걸려서 탈이 날아가기라도 해봐라. 각시는 고기를 뜯다가도 수컷 냄새가 콧구멍에 걸리면 발정 난 발발이 새끼마냥 뛰쳐나갈 요물이야. 여자보다 더 여자처럼 꾸며도 부족하다, 이 말이다."

가야가 금꽃으로 장식된 비녀라도 빼고자 협상을 시도했지만 씨알도 먹히지 않았다.

"사내놈 몸뚱이에 계집애 거죽만 씌운다고 활화산 같은 양기가 가려지겠냐. 차가운 금붙이 하나쯤은 달아줘야 뜨거운 기운도 한풀 꺾이고 그 요망한 각시년 눈도 속이지. 본디 금金이란 쌀쌀하면서도 순결한 음기를 품은 숙살의 기운이다. 너 예뻐지라고 금비녀 찔러주는 줄 아냐. 이게 다 부적이야, 부적."

가야는 손거울을 이리저리 돌려보았다. 섬세하게 다듬어진 눈썹도, 검게 덧칠된 눈가도, 붉게 물든 입술도, 모든 것이 경악스러웠다. 하지만 순순히 수그렸다.

"예예, 알겠습니다요. 그러니까 산신당 가서 나 혼자 놀고 있으면 되는 거지?"

"놀기는 인석아, 조신하게 웅크리고 있어야지. 365일 중의 300일은 더 노는 놈이 거기까지 가서 또 놀고 싶냐."

그러더니 강춘례는 새끼손가락을 내밀었다.

1장 까마귀 마을

"가야야, 할미 말 듣는 김에 하나만 더 약속해다오. 할미가 각시를 단단히 붙들고 있을 거고, 그동안 산신님이 널 지켜주시겠지만 절대로 방심해선 안 된다. 네 사주 생겨 먹은 게 엄동설한에 외로이 떠오르는 태양이야. 선빈후락에 대기만성형이라 불붙기도 전에 사그라질지 모른다고."

"내가 할머니 부탁만 아니었어도……. 오케이, 조신하게 있을게. 자, 약속."

비록 옥녀봉이 소랑각시의 거처라고는 하지만 애초에 산등성이는 숲으로 우거진 양기로 가득한 영역이었다. 게다가 옥녀봉은 봉우리의 뾰족한 형태로 인해 풍수에서 목형산木形山으로 분류되었다. 위로 솟구치려는 속성을 지닌 나무는 양陽의 활력을 상징했고, 목木의 산세라는 것은 양기가 풍족한 산을 의미하기도 했다.

그리하여 강춘례는 소랑각시가 마을로 내려온 사이, 즉 소랑각시가 보금자리를 비운 그 사이에 금가야를 옥녀봉에 은신시키고자 했다. 금가야가 산신당에 머무르면 산맥의 농후한 양기가 손자의 양기를 묻어주리라는 생각에서 비롯된 결정이었다. 호랑이 굴로 알아서 들어가는 모양새라 이옥화는 난색을 표했으나 등잔 밑이 어둡다는 시어머니의 설득에 마지못해 수긍했다.

가야로서도 당산제 날, 그의 운신을 살피는 데 급급해야 하는 무녀들의 눈치를 볼 일이 없으니 할머니의 명을 기꺼이 받아들였다. 그가 여자처럼 변장하는 이유 또한 한 방울의 양기도 흘리지 않게끔 무장해 혹시 모를 소랑각시의 습격을 예방하기 위함이었다.

"그건 그렇고, 사내자식이 고와도 더럽게 고와서 내 속이 다 꼬이는구만. 할미도 사내란 사내들이 편지 한 장 들고 10리 넘어까지 줄 섰던 시절이 있었는데 말이다. 세월이 참 야속하구나."

곰곰이 듣고 있던 가야는 헛웃음을 뿜었다.

"뭐야, 줄이 어떻게 10리까지 가? 무슨 아리랑고개야? 과거 미화도 어지간히 해야지 너무 말이 안 되잖아."

"진짜야, 인석아. 옛날에 할미가 얼마나 날씬했던 줄 아냐? 지금이야 뒤룩뒤룩 불어 터졌지, 은슬이 태어나기 전만 해도 허리가 네 허벅지만 했다. 얼굴도 뽀송뽀송한 게 아리는 쨉도 안 됐단 말이야."

"에이, 그건 진짜 아니다. 아리 누나만큼은 아니었겠지."

"인석이 중국 놈 빤스를 삶아 먹었나, 왜 사람 말을 못 믿어? 그래, 몸매는 아리가 끝장나지. 한데 얼굴은 내가 쪼끔 더 나았다. 정말이라니까. 아리가 슈퍼모델이면 할미는 미스코리아 정도 됐을 거야."

"또 이런다. 그래그래, 아리 누나 1짱 하고 은슬이 누나가 2

짱, 할머니는 3짱 시켜줄게."

"이 불효막심한 녀석 보게. 늙어빠진 할망구는 내다 버리고 누이들만 챙기고 자빠졌네."

강춘례는 뾰로통한 얼굴로 가야를 째려보다가 졌다는 듯 말했다.

"그래도 조손의 정이라는 게 있는데 1짱은 할미를 먹여줘야 하지 않겠냐. 안 되면 2짱이라도……."

그렇게 적당히 타협하고 순위를 재배치하고 나서야 강춘례는 화두를 돌렸다.

"자, 시험 시간이다. 무곡리의 금칙이 뭐였더라?"

"불시각不視閣, 불청각언不聽閣言. 각시를 쳐다도 보지 말고, 각시가 하는 말은 듣지도 말라."

"좋아, 그럼 낭랑한 목소리로 재주나 펼쳐봐라. 비상시엔 어떻게 해야 한다고 했지?"

가야는 눈을 감고 밤새 외웠던 것을 독송했다.

"중산의 신주와 원시의 옥문은 내가 한 번만 읊어도 귀신을 사멸케 할 것이며, 오악을 결박케 할 것이며, 현세의 끝에 들더라도 능히 마물의 목을 절단케 할 것이니, 도의 기운이 나의 처소를 수호하사 흉함과 삿됨은 남김없이 씻기리라."

"옳거니, 잘한다. 우리 손자답다."

강춘례는 어깨를 들썩이더니 차분히 말했다.

"하나 가야야, 옥추경玉樞經을 읊는 건 어디까지나 최후의 수단이다. 귀신의 뼈와 살을 녹이는 경문이라지만, 아무 때나 씨불이면 쌈박질에 이골 난 귀신 놈들 세트로 몰려와서 골통 맞쪼개자고 덤벼들지도 몰라. 각시까지 불러들일 수 있다고. 윗도리 까는 것도 정말 위험할 때나 해야 한다. 알았냐?"

가야는 가슴께를 매만졌다. 예복을 갖추기 전, 강춘례는 부적의 개념으로 경면주사를 이용해 가야의 상반신 맨살에 옥추경의 경문을 새겨주었다. 이옥화는 가야의 몸을 정화하고자 소금물을 넉 잔이나 마시게 했다.

"예예, 명심하겠나이다. 근데 할머니, 내가 무당이 되면 할머니가 이렇게 고생할 것도 없잖아. 올해 당산제만 끝나면……."

가야는 주춤거렸다. 강춘례의 눈이 돌연 삭막해졌다. 자세히 보니 그녀의 눈길은 가야의 얼굴이 아니라 그의 어깨너머를 향해 있었다. 안방에는 두 사람 외에 아무도 없고 강춘례의 시선이 박힌 벽에도 무구 몇 점 외에는 아무것도 걸려있지 않았다. 그런데도 그녀의 눈빛은 무섭게 번뜩였다.

"때가 되면 내 알아서 갈 테니 그리 보채지들 마십시오."

강춘례가 말했다. 톱날을 갈음질하듯 서걱서걱한 목소리였다. 두꺼비 같은 뺨이 꿈틀대며 한쪽 눈가에 경련이 일었다. 그녀는 한동안 벽과 눈싸움하다가 화장대를 밀쳤다.

"이놈들아, 이 강 씨가 한 갑자 넘은 구관이다. 네놈들이 눈깔에 불광을 낸들 내 눈썹 하나 까딱할 것 같으냐?"

격하게 씩씩대더니 강춘례는 휘청거렸다. 가야가 그녀를 부축했다.

"할머니, 왜 그래? 뭐가 있어?"

강춘례는 숨을 고르면서도 씩 웃어 보였다.

"글쎄다. 저승에서 내려온 선생들인지, 선생들의 탈을 쓴 밥풀떼기들인지 감이 영 잡히지 않는다. 요즘 눈이고 귀고 뜨이지 않는 게 신이 내 몸을 뜨려는 것인지, 내가 이승을 뜨려는 것인지 헷갈리는구나."

"뜨긴 누가 뜬다고 그래? 그런 말 하지 말라니까?"

가야는 할머니를 꼭 끌어안았다. 무녀들이 보이지 않는 상대에게 호통치는 소동은 더러 있기는 하지만 할머니의 증세는 근래 빈번해졌다. 만취할 때면 흑의 차림의 남자들이 안방에 들이닥쳐 눈을 흘긴다고 가야에게 호소한 적도 여러 번이었다. 그러다가 쓸쓸한 낯빛으로 가야가 듣기 싫은 말을 덧붙이기도 했다.

가야야, 내가 스러져도 너는 곧게 걸어야 한다. 너한테는 버거운 짐이겠다만 너는 마땅히 감수해야만 해. 대장부고 영웅이면 역경도 낙락히 둘러메야 한다는 말이다. 네 사주가 그래. 이 못난 할미가 미안하구나…….

물론 당주무당의 앓음은 조손 둘만의 비밀이었다.

가야는 코가 시큰해졌다. 그 건강했던 치수의 할머니마저 몸져누웠는데 가야의 할머니라고 마을을 가득 채운 음기를 당해낼 재간이 없었다.

"인석아, 눈에 고춧가루라도 들어갔냐? 왜 질질 짜고 그래?"

강춘례는 짐짓 껄껄대며 손자를 밀어냈다.

"내일모레면 장가갈 놈이 꼬부랑 할망구한테 볼썽사납게 안겨대고, 이게 뭔 동네 망신이냐. 사내대장부라면 엮여도 1짱이랑 엮여야지 할미처럼 볼품없는 2짱을 낚아채려면 쓰겠냐?"

가야는 입꼬리를 끌어올리려 애썼지만 좀처럼 뜻대로 되지 않았다. 울먹이는 손자를 바라보며 강춘례는 손가락 끝으로 그녀의 뺨을 가리켰다.

"이 노목에 나비 한 마리 날아와 엉겨 붙으면 시들어가는 나뭇결도 한결 정정해질 터인데, 어째 꿀 한 방울 떠먹여 줄 벌 님 하나 보이지 않는구나. 이 늙은 강 씨 나무에 입술 자국 남겨줄 임은 대체 어디 있을꼬."

가야는 겨우겨우 받아쳤다.

"하늘은 스스로 돕는 자에게 손길을 내미는 법이거늘, 이 울창한 숲보다 눈부신 거목은 뭐가 그리 급한지 한 치나마 높은 가지를 뻗고자 속이 훤히 보이는 꾀를 다 부리는구나. 이리도 욕심 많은 나무를 맞대하자니 물을 주려는 손도 주저하게 되고, 꽃을 심어 찬란함을 보태고자 하는 마음도 싹 사라진다."

강춘례는 흐뭇하게 웃었지만 이내 눈을 치켜떴다.

"잠깐만, 너 그래서 할미한테 뽀뽀 안 해준다고?"

"어, 안 돼."

"이거 무던하니 허허한 줄만 알았는데 은근 깍쟁이 같은 자식일세. 왜 안 되는데?"

"시든다는 말 해서 안 돼. 그리고 기껏 화장 다 해놨는데 망가지면? 할머니가 책임질 거야?"

가야는 퉁명스레 대꾸하고는 자리에서 일어섰다.

"뽀뽀는 옥녀봉 갔다 와서 해줄게. 나 먼저 간다."

가슴이 퍽퍽한 것도 잠시, 이가 갈렸다. 지글지글 전 부치는 소리도 마음 한구석을 끊임없이 긁어댔다. 툇마루를 밟기까지도 할머니의 당부는 저버린 채 젖은 눈만 이글거렸다.

각시 때문이야, 다 각시 때문이야…….

그렇게 뒤뜰에 쪼그려 앉아 땅바닥만 보고 있자니 수군대는 소리가 들려왔다.

댕기 머리의 조그마한 머리통 서너 개가 기둥 옆으로 튀어나와 가야를 훔쳐보고 있었다. 애동제자들은 가야 오라버니 얼굴이 너무 곱상하다느니, 오라버니는 옷걸이가 좋아서 뭘 입혀놔도 옷태가 산다느니, 저들끼리는 몰래몰래 쑥덕였겠지만 그 밀담은 당사자의 귀에 쏙쏙 들어왔다.

"우와, 형 되게 예쁘다."

입을 반쯤 벌린 채로 다가온 꼬마는 세호였다. 녀석은 뭐가 그리 신기한지 가야의 이마와 뺨을 연신 쓰다듬었다. 열렬히 사모했던 단희는 버리고 당장이라도 가야로 갈아탈 기세였다.

가야는 억지로 미소 지었다. 동생들에게는 불량한 티를 보일지언정 나약한 꼴을 보일 수 없었다. 사내대장부라면 항상 의연해야 하는 의무가 있었다. 그는 중지로 세호의 이마를 딱 때렸다.

"하나뿐인 사랑은 나 몰라라 하고 잿밥에 눈길을 주다니, 이거 지조 없는 녀석일세. 맹자 가라사대 선비에게 생업보다 중요한 게 절개라고 했다. 알아먹었냐, 이 의리 없는 자식아."

몽룡이를 배웅하는 춘향이처럼 수심에 젖은 애동들을 지나치며 가야는 목적지로 향했다. 담벼락 위에 앉아 있던 금관이 검은 날개를 퍼덕거렸다.

...

"우리가 이러고 있는 동안, 시세는 얼마나 올랐을까."

푸념하듯 말한 사람은 가죽바지를 입은 남자였다. 그 옆에서 걷고 있던 중절모를 쓴 남자가 혀를 끌끌 찼다.

"이 새끼는 허구한 날 주접이네. 길바닥에 굴러다니는 게 새

뼁인데 50년 다 된 고물에 침 질질 흘리고 싶냐? 49년산이면 기타 줄에 녹이 났겠다."

"49가 아니라 59라고. 에릭 클랩튼의 59 버스트. 형은 색소폰 분다는 인간이 이 명기도 몰라? 끽해야 오십도 안 된 사람이 골방 노인네처럼 굴면 어떡해? 벌써부터 열정이 식어서 되겠냐고."

"사람 조져서 1년 2개월 맞고 나온 새끼가 열정 타령은. 인마, 그 화르르한 심장으로 어르신들 관절부터 녹여봐라. 시골 잔치 한 200년 다니면 기타든 베이스든 다 지를 수 있으니까 깡깡이 줄이나 빡세게 튕기라고. 대장 아니었으면 밤무대도 구경 못 했을 새끼가 명기는 뭔 놈의 명기야."

직사각의 보스턴백, 피리를 담을 만한 일자형 케이스, 원통형 배낭, 삼인조 캄보 밴드가 황혼이 물드는 오솔길을 걷고 있었다.

무곡리의 어귀에 다다랐을 때 침묵을 지키던 밴드의 대장, 김내철은 산만한 아우들을 뒤돌아보았다. 김내철이 콧수염을 꿈틀거리니, 가죽바지와 중절모는 머쓱한 듯 실랑이를 멈췄다.

김내철은 무스탕 지퍼를 목 끝까지 올린 뒤 키다리 장승 앞에서 두 손바닥을 비볐다. 가죽바지와 중절모도 대장을 따라 비손했다. 그들이 무녀촌의 솟을대문을 넘으려니 강춘례가 뛰쳐나와 소리를 한 소절 뽑았다.

"이게 누구신가? 옥과 지역의 명물, 세습무계 예인들의 자랑, 장구재비들의 지양님[7]네, 김내철 화랑이 아니신가? 뉴욕, 파리, 모스크바, 런던, 전 세계 순회공연으로 다망하신 분께서 이 편벽한 곳에는 어인 일로 오셨을꼬?"

"예, 선생님. 원재비 내철이가 종재비들[8] 데리고 방아 한번 거하게 찧으러 왔습니다."

김내철의 답가는 묵묵했지만 운율은 맞추고 있었다. 강춘례는 김내철의 두 손을 잡고 흔들었다.

"김 화랑, 일광이 그새 푸석푸석해졌어. 김 화랑도 지천명이 꺾였는데 건강 유의해야지. 그러게 밖에서 고생하지 말고 우리랑 전속 계약하자니까. 양철통인지 드럼통인지 막되게 두드리다가 손목 나가면 옥체가 상하잖아. 딸내미는? 여전히 쟁쟁하신가?"

"각자 먹고살 길 찾다 보니 수저 맞들기가 쉽지 않습니다. 무소식이 희소식이라고 생각하렵니다."

"콩알만 하니 귀염귀염했던 게 나랏밥 자시기 시작했다니. 내 보니까 장군빨이 기똥찬 게 김씨 가문에서 큰 인물이 나겠

---

[7] 지양님: 호남 무속에서 조상님을 이르는 말.
[8] 원재비, 종재비: 고인을 이르는 남해안 세습무의 은어로, 각각 서열이 높은 고인과 낮은 고인을 가리킨다.

어. 굿 필요하면 언제라도 말해. 내가 특별 서비스 쏠게."

강춘례는 김내철의 어깨너머를 내다보았다. 익살스레 굴리는 눈이 가죽바지에 고정되었다.

"저 막둥이 양반 패션은 볼 때마다 야시시하단 말이지. 이보쇼, 섹시한 바지 입은 양반. 댁은 이 동네 궁둥이 깔고 앉을 생각 없수? 잘생긴 총각이 해금 좀 켜는 거 같기로 내가 아쉬워서 그래. 댁도 예쁜 아가씨 꼬셔서 장가는 가야 할 거 아니야? 무곡리 처자들이 미모로는 어디 가서 안 처진다니까."

그러자 가죽바지를 입은 해금재비, 김개울이 킬킬 웃으며 말했다.

"할매요, 여기 말뚝 박았다가 이 노총각들 골로 가면? 할매가 처녀 귀신이라도 중매해주시게? 메줏덩이랑 살림을 차려도 이승에서 구르렵니다."

중절모를 쓴 대금재비, 신불새도 말을 보탰다.

"하하, 어르신도 참. 미련 끊으시라니까 진짜 징하시네. 원래 아쉬운 사이일수록 감질나게 봐야 애틋한 법이라잖소. 매일매일 얼굴 보다가는 정이 들려다가도 떨어지지 않겠어?"

"너희들, 선생님께 뭔 망발이냐."

김내철이 눈에 힘을 주었다. 저음의 목소리, 짧은 한마디에는 묵직한 울림이 실려있었다. 아우들이 뻐딱한 자세를 고치려니 강춘례가 손을 저었다.

"어허, 김 화랑. 동관[9]끼리 뭘 그렇게 꼬장꼬장하게 굴어? 저저번 달에도 봤고 저번달에도 봤잖아. 다음 달에 또 볼 건데 편히 편히 해. 안 그래도 가락에 간 맞추는 고인 구하기 힘든 판에."

"아닙니다, 선생님. 이 녀석들이 나이만 먹었지 철이 들지가 않아서 말입니다. 저희 같은 악공들이야 선생님께 빌붙어 사는 처지 아닙니까. 아우들이 귀천을 모르는 게 맏형 되는 놈의 고민입니다."

"에이, 이 사람아. 고인 없는 굿? 그거 다 나이롱 굿이야. 고인이 살 대답을 못 받으면 당골도 우아름이 진다[10], 이 말이야. 알 만한 양반이 왜 이러시나. 그런다고 돈 더 안 줘."

당산나무에 걸린 오색 천이 달빛에 젖어 하늘거렸다. 솔가지가 촘촘히 엮인 달집이 제 몸을 달구어줄 불꽃을 기다리고 있었다. 그리고 백색 고깔을 두른 백의의 무녀가 연희의 서막을 알렸다.

"여기 금은슬이가 무곡리 주민들을 대표해서 인사를 올리옵나니 천신님, 지신님, 산신님, 용왕님, 당산마님, 까마귀

---

9 동관(同關): 무속에서 동업자를 이르는 말.
10 우아름이 지다: 무당의 노래가 음을 이탈하거나 박자를 맞추지 못해 고인의 연주와 엇나감을 이르는 말.

님…… 아유, 힘들다, 힘들어."

금은슬이 과장스레 헉헉거렸다. 김내철이 장구를 통통 치며 연극을 하는 양 장단을 맞춰주었다.

"이보쇼, 당골래. 개미 님에 매미 님에 개똥이 님에 개똥이 님 손주님까지 다 읊으시겠소."

굿이 연행되자 그 과묵하던 김내철은 신바람이 들린 듯 일거일동이 180도 변했다. 그가 장구채로 제사상을 가리키며 말했다.

"그러다 음식들 다 식으면? 당골래가 배에 품어서 데울 거유? 다들 배고프시다잖소? 신령님들, 영물님들, 지지리 궁상을 다 떠는 저 여편네를 대신해 이 장구재비가 양해를 구하옵니다!"

김내철의 큰소리에 호응하듯 북소리가 여러 번 울려 퍼졌다. 금은슬은 고인들을 흘기다가 목을 가다듬고는 축문을 이어 낭송했다.

"이 금은슬이는 하늘의 별만치나 소중하고 바다의 물방울만치나 많은 임들을 일일이 다 열거하고 싶지만서도 저 성급한 장구재비 양반이 하도 닦달을 해대니, 모든 신령님과 영물님께 사죄하옵건대 올해도 생략의 미덕을 발휘하겠나이다."

굿판은 한바탕 웃음으로 휩싸였다. 금은슬은 두 손바닥을 마주 비비며 또랑또랑한 목소리로 말을 이었다.

"올해는 연이은 재해로 인해 뒤숭숭한 풍랑 속에서 임들을 모시게 됨을 용서하시옵고, 세월은 흘러 단기 4332년 기묘년 대보름을 맞이하여 금은슬이와 전 주민이 정성을 모아 술과 음식을 진설하여 임들께 올리옵나니, 소생들에게 허물이 있더라도 부디 어여삐 봐주시옵고, 흔쾌히 제물을 흠향하시기를 간절히 바라옵고, 이곳 무곡리 주민들의 부귀영화와 다손다복과 무병장수를 알뜰살뜰 챙겨주시옵고, 저 장구재비 양반의 더러운 성깔머리도 고쳐주시옵고……."

"나는 왜 걸고넘어지는데!"

김내철이 성을 내며 장구를 연거푸 두드리자 북소리와 대금 소리도 줄지어 음을 고조시켰다. 야단스러운 시나위 반주와 떠들썩한 폭소가 멎고서야 금은슬이 말했다.

"비나이다, 비나이다. 저 장구재비 양반은 이 금은슬이가 젖을 물려서라도 사람 새끼로 만들겠나니, 임들은 저희가 하는 일마다 만사형통 잘 되는 데만 심혈을 기울여주옵소서. 못된 장구재비는 버리고 저희에게만 복을 나리시옵소서. 비나이다, 비나이다."

그러고는 옹기종기 모여 앉은 좌중을 째려보았다.

"얘, 이 서방아, 너 왜 얼이 빠져 있니? 어여 나와 지전 한 장 꼽아야 할 거 아니니? 서방이라고 불러주니까 진짜 서방이 된 거 같니? 아이고, 신령님들, 영물님들, 이 서방 저 인간이 어젯밤 꿈에 제 짝을 만났는지 있지도 않은 마누라 생각밖에 없는 듯하옵니다. 이 서방아, 이 서방아, 너 그러다가 각시한테 잡혀간다?"

김내철은 장구채를 빙글빙글 돌리다가 톡 떨구더니 손차양하고 좌중을 둘러보았다.

"뭐시라? 꿈에서 짝을 만나? 얼마나 예쁜 짝을 만났길래? 이 서방이 뉘시오? 그 꿈 내가 좀 삽시다. 한 오백 원이면 되겠수?"

굿판은 거듭 웃음바다가 되었다. 북과 장구, 대금과 해금이 어우러진 음악이 연주되며 금은슬의 아담한 몸이 유려한 선을 그었다.

당산나무 주변 공터는 고루고루 즐겁게 물들고 있건만, 최단희는 살얼음판을 걷는 기분이었다. 바로 옆에서, 나무 걸상에 앉아 굿을 구경하는 강춘례의 두꺼비 뺨이 일그러져 있기 때문이었다.

백목련도 있고, 금은슬도 있고, 다른 누구보다 금아리가 있는데 예순여덟의 강춘례는 이번에도 제의의 마지막을 자기가 장식하겠다고 선언했다. 후학들 앞에서 공무를 수행해야 하느라 긴장할 수도 있다. 하지만 그런 사소한 일로 만면을 구길 당주무당 할머니가 아니다. 장손녀의 치장이 불만일 것이다. 금은슬은 강신무 저리 가라 할 정도로 화장이 진했다.

세습무가의 맏이가 강신무처럼 기교에 집착하는 것이 강춘 례로서는 무척이나 언짢은 모양이었다. 세습무는 화려함보다는 수수함, 사치보다는 기품이 우선이라는 말을 입에 달고 사는 그녀이므로 화가 날 법도 했다. 강춘례는 본인 또한 강신무 출신이면서 세습무가 근본을 흐리는 것을 무섭게도 경계했다. 강신무도 아니고 세습무도 아닌 어정쩡한 것은 더더욱 혐오해서 금은슬이 그저 맹꽁이 광대로 보였으리라. 마치 명암의 대비처럼, 당주무당 할머니는 양가의 무당이 공존해야만 무녀촌도 번창한다고 믿는 것 같았다.

　가야 오라버니한테는 엄청 넉넉하게 굴면서…….

　이옥화까지 차가운 눈으로 장녀의 재주를 감상하고 있으니 단희는 그럴 처지가 아닌데도 연민을 느꼈다. 단희가 신이 들려 머리를 풀어헤칠 때마다 못 볼 꼴을 보았다는 듯 눈살을 찌푸리는 금은슬인데도 못내 측은했다. 그러다가도 자기 같은 강신무가 당하는 취급을 생각하면 콧김이 씩씩 나왔다.

　세습무라고 해서 강신 현상이 없는 것은 아니다. 단지 신과 거리를 두며 신과 동화되는 현상을 의지로 통제할 뿐이다. 단희는 무녀촌의 당골들을 보고 그렇게 확신했다. 따지고 보면 당연한 말이었다. 신기가 없으면 신에게 경배를 올릴 수도 없을 테니까. 그런데 강신무와 동급이 되기를 쉬쉬하는 세습무의 기질 때문에 잘못된 상식이 통용되는 것 같았다. 귀신 밥깨

나 먹었다는 타지의 보살들마저 세습무를 고상한 예능무藝能巫
로 착각하는데 강신무나 세습무나 거기서 거기라는 말이다.

하지만 단희가 이런 주장을 펼치고 있노라면 금은슬은 손사
래를 쳤고, 그 재수 없는 금아리는 평소보다 곱절은 더 재수
없게 입꼬리를 끌어올렸다.

신을 태워도 너희 강신무랑은 달라.

점이나 치고 노는 강신무 따위와 비교하지 마.

물론 대놓고 헐뜯은 적은 없었지만 금자매 당골의 낯빛에
는 그런 공통된 조소가 서려 있었다. 상전을 감히 넘볼 수 없
는 야생화로 태어난 것이 단희의 한이었다. 내가 신기만 좀 강
했더라도……. 점차 진해지는 분노에 단희는 볼을 부풀리다가
고개를 갸웃거렸다.

금아리가 굿판에 발을 디뎠는데도 마스크 위로 나온 이옥화
의 두 눈은 아까보다 탁했다. 이옥화의 짙은 눈썹이 떨리는 것
을 보니 꼭 신이 들리려는 것 같았다. 잡신이 판치는 이 굿판
에서 불현듯 접신하려는 신에게 예속되지 않으려 버티는 중인
지도 모른다. 단희는 도구를 챙기며 시선을 돌렸다.

북소리와 꽹과리 소리가 한층 쾌활해지며 산처럼 쌓아 올린
달집이 불을 먹고 열을 내기 시작했다.

도회지로 나간 아들의 무사안일을 기원하는 어머니, 치매를
앓고 있는 아버지의 쾌유를 기도하는 딸, 사시사철 파도가 빗

겨나가기를 염원하는 어민, 올 한 해만은 가뭄이 지나쳐가기를 소망하는 농민, 저마다의 소원이 적힌 쪽지가 달집과 함께 활활 타오르며 당산제는 절정으로 치달았다. 집채만 한 홍염은 보름달과 입을 맞출 듯 드높이 치솟았고, 불길이 토하는 잿빛 연기가 무곡리의 간청을 신에게 고하려는 듯 밤하늘 너머로 승천했다.

달집 주변에서 띠를 두르고 강강술래를 도는 주민들을 지켜보는 강춘례의 표정은 변함없이 험악했다. 이옥화도 별반 다름없었다. 거센 불길에 얼굴이 화끈거려서가 아니다. 금은슬 때문에 속이 메스꺼워서도 아니다. 백목련, 금은슬, 심지어 금아리마저도 안색이 좋지 않은 것으로 보아 다른 근심이 있는 게 분명했다. 한편은 잔칫집처럼 경쾌한데 한편은 초상집처럼 암울해서 단희는 질식할 것만 같았다. 그때 풍악과 함성 사이로 쉰 목소리가 스며들었다.

"……있는 것이냐."

강춘례가 말한 듯했다. 심부름이라도 시키려는가 싶어서 단희는 몸을 기울였다.

"……않는 것이냐."

시끄러운 소리 탓에 단희는 강춘례의 말을 알아들을 수 없었다. 다만 문맥과 아울러 언뜻 오싹해진 등골로 헤아려 뜻은 유추할 수 있었다.

각시는 어디에 있는 것이냐⋯⋯. 왜 오지를 않는 것이
냐⋯⋯.

...

 가야는 각시탈을 이마 위로 걸친 채 등산로를 밟아 나갔다. 무곡리에서 15년을 살았건만 옥녀봉에 오른 적은 이번이 처음이었다. 예전에는 산어귀만 알짱거려도 전후좌우에서 불호령이 떨어졌는데 홀로 산행하자 감회가 남달랐다.
 무녀촌이 주산에 의존하니 옥녀봉은 무곡리의 중심축이 되었고, 목형산인데도 토$±$를 상징하게 되었다. 오행에서 토$±$가 중앙을 대변하듯이 옥녀봉을 기준으로 동서남북을 정하게 된 것이다. 가야는 할머니가 들려준 고향 땅의 내력을 더듬어보았다.
 "옛날 옛적 무곡리는 처녀 총각이 다 잘 먹고 잘 살았다더구나. 풍요다산의 여신으로 추대되는 옥녀가 산신과 교합하는 형세이고, 가까운 곳에 남해안이 펼쳐져 있으니 음양이 어우러진 길지였다는 말이다."
 그런데 중종 17년, 조선이 국방을 위해 수군진을 축성하면서 무곡리의 지세는 변하기 시작했다. 옥녀봉에서 발원한 물이 진지에 가로막혀 빠져나가지 못하게 되었기 때문이다. 비록 물도 음陰의 한 갈래이기는 하나, 산의 양기를 잔뜩 머금은 채로 마을에 고여버리자 음양의 균형이 깨져버렸다.

"처음엔 좋았지. 양기가 득세해서 사내들이 용맹해졌으니까. 왜놈들이 쳐들어와도 다 물리칠 정도였단다. 한데 음기는 실세하니 여자들이 약해졌어. 시름시름 앓고, 별의별 질병을 다 달고 살고."

날이 갈수록 여아를 가진 주민들의 원성이 자자해졌다. 그리하여 무녀촌의 선조뻘이라 할 수 있는 당골래는 고심 끝에 처방을 내놓았다.

"당시 무곡리에는 색을 탐하던 여자가 하나 있었단다. 혼인한 남정네들한테까지 집적대다가 마누라들한테 맞아 죽었다나 뭐라나. 한데 이것이 귀신이 되어서도 사내들을 미혹했어. 당골래도 이 징그러운 원혼을 혼내고 달래느라 애를 먹었대."

결국 당골래가 마을 사내들의 남근을 깎아 제물로 바치고서야 여인의 질척한 한이 잦아들었다. 그리고 당골래는 만연한 양기에 대항하고자 이 여인의 넋을 음지에서 끌어올렸다.

"음기가 강하기 이를 데 없는 색녀를 신으로 좌정하고, 마찬가지로 음기가 강한 옥녀와 공존시켜서 양기를 억누른다, 그렇게 어그러진 음양을 바로잡는다, 이게 당골래의 의도였겠지."

양지로 올라온 색녀는 소랑각시로 숭배되며 욕정의 여귀에서 부귀다녀富貴多女의 여신으로 탈바꿈되었다. 소랑각시가 대량의 음기를 살포하자 병약했던 여자들도 원기를 회복했다. 크고 작은 전란으로 혼란했던 조선, 또 주요 격전지였던 무곡리에서 여자들은 농사일을 도맡아 군량미를 준비하고 약초를 캐 모아 부상병을 치료했다. 수군진과 소랑각시가 짝지은 무곡리는 열부와 열녀가 동거하는 이상향이 되었다.

"하나 아무리 견고한 바위라도 오랫동안 비바람에 시달리면 풍화되고, 쇠가 굳기로서니 언젠가는 산화되기 마련이다. 왜놈들이 하도 들쑤셔대니 수군진도 무뎌진 거다. 이러면 어떻게 되겠냐?"

"성벽에 빵꾸가 뚫리면 수맥이 다시 열리겠지. 옥녀봉의 물은 바다로 빠져나가고, 양기도 콸콸 새버리고."

"뉘 집 손자새끼인지 똘똘하구나. 당시 무곡리를 둘러본 한 대사는 이렇게 말했다. 백호맹白虎猛이요, 청룡쇠青龍衰로되. 뭔 말인지 예쁜 목소리로 풀어봐라."

"옥녀랑 소랑각시가 짬뽕돼서 음기는 하늘 높은 줄 모르고 뻗쳐 오른다, 반면 양기는 음기에 눌려 세를 펼치지 못한다, 이 말 아니야? 딱 우리 꼴이네. 여자는 드세고 남자는 맥을 못 추는 음혈."

대사의 예언은 적중했다. 남자들은 날 때부터 허약했으며 천수를 누리지 못하고 단명했다.

"그럼 아빠도……."

가야가 사진으로만 보았던 아버지를 언급할 때면 할머니는 어김없이 술병을 찾았다. 그렇게 메인 목을 술로 적셔야만 말이 나왔다.

 "물이 불을 끈다지만 우리 가야는 바다도 불바다로 만들 양화陽火가 될 거야. 하나 불도 영글어야 횃불이 되고 난로가 될 수 있는 거다. 너는 나설 때와 가릴 때를 알아야 해. 너무 일찍 타올랐다가는……."

 당산제 때마다 손자를 꼭꼭 숨기려 하는 할머니의 집념에서 가야는 아버지의 그림자를 느꼈다. 할머니가 두 번째 술병을 찾을 때면 가야는 뽀뽀로 위로했다.

 "거참, 욕쟁이 강 씨가 이렇게 물렁할 줄은 몰랐네. 이 할매는 명색이 국보급 무당인데 이름값을 못하는구만. 그래가지고 손자새끼 잘 간수할 수 있겠나?"

 그제야 할머니는 술잔을 내려놓고 원래대로 돌아왔다.

 "이 맹랑한 자식아, 이래 봬도 할미가 한때는 팔도 제일의 구관이었다. 욕쟁이 강 씨가 암만 끗발이 떨어졌어도 가보家寶 하나 못 지키겠냐?"

 "이야, 우리 강 씨 할매가 아직 죽으려면 멀었네? 알았어, 할머니가 나 지켜주면 나도 나중에 할머니 지켜줄게. 그래서 각시 누나는 어떻게 됐어? 아무도 손을 못 댔어?"

 "어떻게 되기는 인마. 각시 때문이다, 각시가 사내들의 양기를 빨아먹는 탓에 이 사달이 났다, 이렇게 됐지. 손을 대다니? 음기 죽이고 양기 살리겠답시고 각시를 제단에서 끌어내봐라. 또 어떤 지랄병이 터질지."

백 년에 걸쳐 동신급으로 승격된 소랑각시에게 도전하면 어떤 앙화가 도래할지 모를 노릇이었다. 주민들은 불만을 드러내지 못하고 각시가 또 남자를 잡아먹었다, 각시가 자꾸 심술을 부린다, 하며 '각시'라는 단어만 암암리에 거론했다.

"가만히 있으면 다 잘될 것을 당골래가 초쳤다는 거지. 당골래 딴에는 묘안이라고 자화자찬했겠지만 지금 보면 땜질이었을 뿐이다. 할미의 할미의 할미도 우리 조상님이 희대의 삽질을 하셨구나, 하고 혀를 찼을 거야. 그 업보를 우리가 다 뒤집어썼으니, 원."

가야는 요요를 돌리며 피식 웃었다. 당골래의 후손들이라고 해서 삽질의 오명에서 자유롭지는 않지. 태양신 삼족오를 통해 음기를 정화한답시고 까마귀 님들을 부양하다가 설상가상으로 무곡리는 까마귀 마을이라는 흉명까지 얻었으니까.

당골래가 잘못된 선택을 한 뒤 삼천리강산이 수십 번이나 변하고 나서였다. 무곡리가 저명한 여류 시인에, 재야의 여성 독립투사에, 이화중선 부럽잖은 판소리 명창에, 할머니 같은 국보급 무당을 배출하며 명실상부한 여풍 지대로 굳어질 무렵이었다. 젊은 남성이 농촌을 이탈해 격변의 물결에 동참한 정세에 맞춰 마을도 변혁을 맞아들였다.

"가업을 이을 것도, 부모를 봉양할 것도 없다. 타향에서라도 몸 성히 지내다오."

부모는 아들이 철들 시기가 되면 객지 아닌 객지로 떠나보냈다. 미성년도 피차일반, 소랑각시의 사슬이 닿지 않는 곳으로 유배 아닌 유배를 떠나야만 했다. 부모는 생업 탓에 고향에 뿌리가 박혔고, 뿌리 뽑힌 자식들은 이른 나이에 고향을 등졌다. 그것이 무곡리의 아들과 그 아들을 낳은 부모의 숙명이었다.

그래서 무곡리의 딸과 부모는 이 비뚤어진 지세를 축복하느냐 하면 그것도 이제는 옛말이다. 볕이 들지 않는 땅거죽에 어찌 만물이 무성할 수 있으랴. 무곡리의 음기가 극에 달하면 그 굳건한 여풍도 삭풍으로 변하고 끝내 마풍이 되는 것이다.

작은누나 금아리만 보아도 그렇지 않은가. 미색은 절세의 절색인데 눈매는 사납고 시도 때도 없이 이년 저년 땍땍거려서 칼집을 내던진 은장도가 검광을 뻔쩍이는 듯하다. 아니지, 그 악녀의 칼날을 감당할 칼집이 있는지도 의문이다. 친언니 금은슬에게도 야, 야, 할 정도로 인성이 실종된 인간이니까. 그런데 춤은 또 오지게 잘 추고 목소리는 꾀꼬리 같은 것이 가창력도 일품이라 1년 새 할머니의 총아로 거듭났다. 전북에서 문화재 보유자로 지정된 당골조차 성량이 부족한 나머지 우아름이 진다는 핀잔을 듣는다니 금아리는 가무를 겸비한 당골로 손

1장 까마귀 마을 **91**

색이 없었다. 그 불세출의 무녀가 싹수를 남김없이 말아먹은 것도 이놈의 땅 기운 때문일 거야.

그러고 보면 금아리를 바라보는 금은슬의 눈빛은 자못 복잡했다. 금은슬도 일찌감치 두각을 드러낸 신동인데 두 살 아래 여동생이 작년 전국무용대회를 제패하면서 잠재력이 폭발한 데다 막내 남동생은 천하 영웅의 사주라고 하니, 어딘지 모르게 위축된 듯 보였다. 더군다나 여동생이나 남동생이나 발랑 까진 것들이라 온화한 그녀로서는 더욱 기가 눌렸을지 모른다. 큰누나가 작은누나의 음기를 나눠 가지면 참 좋을 텐데.

어쨌거나 이 어그러진 음양을 정립하는 것이 무녀촌의 일대 과제였다. 소랑각시가 방출하는 음기가 무녀들의 신기를 강화하는데도 사양할 때가 오고 말았다.

"음식도 오미五味가 조화로워야 별미가 되는 법이다. 맵고 짠 것만 먹다가는 탈이 난다, 이 말이다. 지금 무곡리는 목木의 신맛과 화火의 쓴맛이 절실하다. 신기만 세다고 능사가 아니야."

그런 할머니의 바람대로 구세주가 강림했으니 다름 아닌 금가야였다. 무녀들은 가야가 장성해 소랑각시를 견제한다면 음양의 불균형이 완화되리라고 믿고 있었다. 물론 굿은커녕 무구 하나 다룰 줄 모르는 열여섯 살의 가야가 그 경지까지 가는 것은 훗날, 먼 훗날의 일이겠지만.

우거진 숲길을 지나 산 중턱에 이르러 가야는 멈춰 섰다. 손전등으로 멀찍이 떨어진 참나무를 비추자 난잡하게 뻗은 나뭇가지 아래 폐우물이 하나 보였다. 목욕을 좋아하는 소랑각시를 위해 설치한, 소랑각시의 안방으로 여겨지는 소랑정蕭琅井이었다. 소름 끼치는 흉물이라고 귀동냥으로만 들었는데 실제로 보니 음산하기가 저주받은 마굴로 연결되는 구멍 같았다.

그때였다. 촉이 곤두선 것은. 불쾌한 소리에 청각이 반응한 것은.

속삭임 같기도, 신음 같기도 했다. 파도가 으르렁대는 것 같기도, 들개가 그르렁대는 것 같기도 했다. 심한 소음은 아니지만 산속이 워낙 조용해서 또렷하게 들려왔다. 아무래도 우물에서 나는 소리 같았다. 그것 말고는 주변에 이런 소리를 낼 만한 것이…… 거기까지 미친 순간 가야는 흠칫할 수밖에 없었다.

돌이켜 보니 이상했다. 소랑정에 오고 나서 벌레 울음소리 한 번 듣지 못했다. 손전등을 돌려보아도 산짐승 한 마리 보이지 않았다. 산의 모든 것이 숨죽인 듯 지나치게 고요했다. 그런데도 우물에서는 기이한 소리가 계속해서 새어 나왔다.

가야는 진저리를 치다가 눈을 찡그렸다. 땀방울이 눈에 들어와서가 아니었다. 바늘로 찌르듯 얼굴이 쓰라렸다. 뺨을 어루만지는 밤바람은 시원한데 살갗은 따갑고 동공은 얼얼했다.

침착하자, 그게 남아있을 리 없어.

그러나 의심을 떨쳐내려 할수록 불안은 더욱 진득하게 달라붙었다. 우물 안을 두 눈으로 확인하지 않고서는 마음을 다잡을 수 없을 성싶었다.

가야는 소랑정으로 걸어갔다. 풀밭을 지나 흙길을 디뎌 소랑정과 가까워질수록 땅바닥이 딱딱해졌다. 다른 영역에 들어선 듯 지반이 울퉁불퉁했다. 손을 쉴 새 없이 움직였다. 귀신을 자극하는 옥추경을 쉬이 읊을 수 없으므로 의지할 물건은 흑백의 태극 문양이 새겨진 요요뿐이었다.

소랑정에 붙어 손전등을 내리비췄다. 몸은 최대한 내빼고 먼눈으로 우물 안을 들여다보았다. 일렁이는 검은 물결만 흐릿하게 보일 뿐, 속은 알 수 없었다. 허리를 수그려야 그나마 우물 안을 헤아릴 것이다.

한 손으로 손전등을 꽉 쥐고, 다른 손으로 우물 테두리를 잡았다. 돌덩이에 닿은 손바닥이 저릿저릿했다. 전류가 흐르는 듯한 통증에 급히 손을 거두었다. 손전등은 지킬 수 있었지만 반대편에 들린 요요가 땀에 미끄러졌다. 손가락에서 고리가 빠져나가며 요요는 우물 속으로 떨어졌다.

가야는 그대로 굳어버렸다. 수면에 부딪혀 되돌아 울려오는 소리가 예사롭지 않았다. 요요라고 해보았자 두 냥 무게에 지나지 않을진대 소랑정 안에서는 사람이라도 입수한 듯 첨벙대는 굉음이 요동쳤다. 마치 물속에서 잠든 것이 깨어나 헤엄치

듯이.

 망연한 시선이 우물 속으로 고정되었다. 눈길이 미치는 범위는 여전히 막막했지만 시커먼 것이 꿈틀거리고 있음은 볼 수 있었다. 그리고 냉기가 얼굴을 스쳤다. 우물 밑바닥에서 역류하는 잔바람인지 입김인지 모를 것이 피부를 핥고 지나갔다. 고막도 진동했다. 정체불명의 신음이 점차 크게 들리기 시작했다. 무언가 돌벽을 짚어가며, 숨을 몰아쉬며 엉금엉금 기어 올라왔다.

 설마, 아직 이곳에…….

 각시탈을 쓰기도 전에 뒤로 나자빠졌다. 손전등을 주워들 새 없이 얼굴부터 만져보았다. 손바닥에 끈적한 것이 묻어났다. 뺨에 실금이 그어진 채 가느다란 핏줄기가 흘러내렸다. 미지의 존재에게 공격당했다는 사실을 비로소 확신했다.

 가야는 네발로 기어가며 우물에서 떨어졌다. 좀처럼 일으켜지지 않는 몸을 풀포기나마 붙잡고 세우려 했다. 그런데 이마가 땅에 처박혔다. 강한 압력이 그를 넘어뜨렸음을 분명히 느꼈다.

 신발을 벗고 눈을 가늘게 떴다. 발목에 시퍼런 멍 자국이 둥그렇게 이어져 있었다. 무언가 움켜쥔 흔적이었다.

 각시는 떠나지 않은 것일까. 아니, 그랬다면 애당초 산에 진입했을 때 진작 달려들었을 것이다. 우물 언저리에 남아 있던 귀기가 나를 위협한 것일까. 그렇다기에는 너무나도 직접적이고 호전적이다.

아니면, 마을로 건너갔다가 돌아왔을지도…….

가야는 미친 듯이 뛰었다. 산신당으로 향할 생각은 접었다. 산에서 내려가야 한다는 일념뿐이었다. 그 와중에도 그를 뒤쫓는 기척은 생생하게 느껴졌다.

가까스로 몸을 추슬러 산어귀에 다다르니 먼 곳에서 비명들이 굽이쳤다. 가야를 기다리고 있던 것은 할머니가 사망했다는 비보였다.

2장

떠돌이 학자

무녀촌의 수장이 타계했다는 부고는 우레처럼 무곡리를 강타했고 반나절도 되지 않아 전국으로 퍼져나갔다.

황해도 출신의 김 씨 만신, 제주도의 곽 씨 심방, 강원도의 삼선 보살, 강춘례와 자웅을 겨루었던 일대 무당들은 각자의 신당에서 비손하고 잔을 올렸다. 이에 질세라 무녀촌과 암중에 친선을 도모 중인 각계 고위층 인사들은 비밀리에 대리인을 급파하여 그들의 길흉을 좌우했던 강 선생에게 조의를 표했다. 강춘례의 상가는 양복을 차려입고 갖가지 묵직한 배지를 단 조문객으로 들끓으며, 부조금 봉투와 애도의 편지가 폭설이 쏟아지듯 겹겹이 쌓여갔다.

가야는 할머니의 영정만 하염없이 바라보았다. 머릿속이 텅 비어버려서 조문객들의 인사도 제대로 받지 못했다. 이틀 전만 해도 손자와 놀아주었던 할머니가 흙으로 돌아갔다. 하루하고 반나절 동안 애절한 눈빛을 보냈건만 초상화 속 할머니는 눈을 껌벅이지도, 입술 한 번 뻐끔하지도 않았다.

그런데.

골백번을 생각해도 이상했다. 할머니의 죽음이 도무지 석연찮았다. 어머니에게, 목련이 이모에게, 누나들에게 물어보아도 화재사라는 대답만 돌아올 뿐 자세한 이야기는 전해 들을 수 없었다. 그래서 어제 장례식 첫날에 단희를 붙잡고 캐물었다.

"할머님이 달집 앞에서 춤을 추시는데요, 갑자기 불이 살아났어요."

잡신들의 배를 채우는 뒷전, 즉 동제의 결말로 향하고 있을 무렵이었다. 달집에 붙은 화염이 최고조로 솟아오르던 바로 그때였다. 불덩이가 곱게 타는가 싶더니 일그러진 형태로 거듭나 불티를 튀겨댔다. 바람이 약했는데 불꽃은 분수처럼 출렁였다. 그 앞에서 강춘례가 독무를 이어가고 있었다. 춤사위가 격해지며 무복이 정신없이 펄럭였다.

"또 이상한 게요, 할머님 춤추시는 게 왠지 뻣뻣해 보였어요. 꺾여야 되는 몸이 자꾸 뚝뚝 끊기는 거 같다고 해야 하나? 뭔가 팔다리에 매달려서 방해하는 거 같은? 꼭 귀신이라도 붙은 것처럼……."

이윽고 사납게 이글대는 화마가 강춘례에게 달려들었다. 마치 뱀처럼 움직이는 불길이 그녀의 팔을 휘감더니 온몸을 집어삼켰다. 그렇게 할머니는 전신화상을 입고 사망했다. 이야기를 듣자니 가야도 가슴이 탄화되는 것 같았다.

안 돼, 슬퍼할 때가 아니야.

가야는 엄지손톱 밑의 살을 깨물며 옳고 그름을 따져보았다. 올해 당산제를 위해 지은 달집은 예년보다 훨씬 거대했다. 그만큼 불줄기도 장렬했다. 위험할 만도 하고 사고가 날 만도 하다.

이 지점이야, 모순은 여기서 나와.

달집 주위에서 뛰어논 사람이 한둘이 아닌데 할머니만 당한 것이 수상했다. 할머니의 무복에 기름이 묻어있었을까. 그랬다면 할머니 본인이 모를 리 없잖아. 기름이 어느 정도 증발한 상태에서 불이 붙었다는 건가. 그렇다고 해도 사람을 통째로 태울 정도는 아닐 텐데. 굿판에 가스라도 퍼져 있었으려나.

전부 다 아니야.

애당초 불은 할머니만 노렸다. 애동들과 주민들이 그렇게 뛰어다녀도 화마는 할머니만 공략했다. 그것도 당제의 끝자락에 이르러 모두의 이목이 주목된 순간 광고라도 하듯 할머니만 잡아먹었다.

가야는 엄지손가락을 잘근잘근 물어뜯었다. 손마디의 표피가 반쯤 뜯겨 나갔을 때, 그는 기어코 무너져 내렸다.

달집의 규모가 특별히 컸던 까닭이 이해되었다. 화火는 근본적으로 양陽의 속성을 가지고 있다. 불이 거셀수록 어둠은 사라지고, 냉기는 열기로 전환되며, 음기는 양기에 밀려 자리를 잃게 된다. 할머니는 손자가 염려됐을 것이다. 따라서 산과 굿판에서 동시에 방출되는 양기로 소랑각시의 주의를 분산시키려 했을지 모른다. 소랑각시의 눈을 돌리고자 궁여지책 끝에 내놓은 방편이 나의 산행과 더불어 극대화된 달집이라는 말이다.

그런데 각시가 옥녀봉에 출현한 나의 양기를 감지하고 거처로 돌아왔다면, 그리고 할머니가 의도대로 전개되지 않는 흐름에 각시를 불러들이려고 주술로 도발했다면, 그래서 각시가 할머니를 적으로 지정해 신벌을 내렸다면…….

"여사님과 자제분들이 얼마나 상심이 크시겠습니까. 삼가 고인의 명복을 빕니다."

조문객의 위로에 답례할 새 없이 가야는 비틀거렸다. 나 때문이 아닐까. 할머니는 나를 지키려다가 그렇게 된 게 아닐까.

"얘가 쪽팔리게 질질 짜고 있네."

조문객이 빈소를 나가길 기다려 금아리가 가야의 멱살을 붙잡았다.

"손님들 앞에서 주접 쌀래? 이딴 게 뭔 도련님이라고. 이럴 거면 그냥 꺼져, 등신아."

이옥화의 눈총과 금은슬의 만류에도 금아리는 기세를 늦추지 않았다. 결국 가야는 홀로 빈소를 빠져나왔다. 앞뜰에 빼곡하게 깔린 돗자리와 평상을 지나치려니 갈라진 목소리가 불러 세웠다.

"가야야, 할머니 일은 정말 유감이다."

무곡리의 비구니 탁선이었다. 승복을 말쑥하게 입은 채 가사를 두르고 목탁까지 들고 있었다.

"할머니가 손자를 참 귀히 여기셨는데 너도 상심이 이만저만이 아닐 거다. 네 할머니, 극락에 가셨을 거야. 할머님께 누가 되지 않게 네가 훌륭한 후손이 되어 공덕을 쌓으면 좋겠구나."

가야는 땅만 내려다보며 웅얼거렸다. 고맙습니다, 스님. 못나게 굴어서 죄송해요. 앞으로는 잘할게요.

대문 밖에는 짚신 세 켤레와 밥 세 그릇, 엽전과 간장이 놓인 아담한 상이 할머니를 모시고 갈 사자들을 마중하고 있었다. 햇빛에 반짝이는 근조등까지 보이자 슬픔을 가눌 길이 없었다.

가야는 수그려 앉아 고개를 푹 숙였다. 굴건이 눈 밑까지 내려오면서 삼베가 물기로 얼룩졌다. 눈물로 목을 축이며 갈증을 달래기를 수차례, 이내 발소리들이 들려왔다.

"형, 괜찮아?"

세호 패거리와 나림 사미니가 가야를 둘러싸고 있었다. 밥공기만 한 얼굴들이, 보석 같은 눈망울들이 애틋함으로 반들거렸다. 작은 손들이 어깨를 주무르고 토닥이자 가야는 그대로 주저앉고 싶은 충동을 억누르기 어려웠다. 하지만 애써 허리를 곧추세웠다.

"괜찮아, 이 자식들아. 형이 누군데."

간신히, 아주 간신히 입꼬리를 끌어올렸다.

"생각해 봐라. 할머니야 어디를 가도 호령할 두목인데 낙담할 게 뭐가 있겠냐. 우리 할머니, 벌써 염라대왕이랑 맞짱 뜨고 있을지도 몰라. 강 씨 할매와 염라대왕의 일대일 한판 승부, 과연 누가 이길 것인가. 태길이 너 누구한테 걸 거야?"

그리고 선글라스로 두 눈을 가렸다. 무대에 오른 광대처럼 그저 천연스레 웃어 보였다. 가야가 속에 없는 농담을 늘어놓으니 앓는 소리 사이로 웃음소리가 슬그머니 섞여들었다. 심정 같아서는 이 아이들에게 안겨 대성통곡하고 싶었지만 가야는 꾹 참고 동생들을 끌어안았다. 마음은 천 길 낭떠러지로 떨어질지언정 몸뚱이는 지탱해야 했다. 대장부답게 곧게 걸으라는 할머니의 당부를 따르려면 기꺼이 버텨내야 했다.

그때 스무 보 남짓 거리에서 집을 향해 다가오는 남자가 보였다. 고급스러운 검은 코트로 보아 외지에서 출장한 어느 기업 회장님의 수행인 같았다.

이만하면 됐어. 아리 누나 말마따나 쪽팔린 꼴은 그만 보이자. 이별은 받아치는 것이지, 받아내는 게 아니다.

가야는 손님맞이를 위해 동생들을 물리고 선글라스를 벗었다. 삼베옷을 정돈하고 굴건을 고쳐 쓰고서 손님과 얼굴을 맞댔다.

"고인의 손자 금가야가 인사드립니다. 멀리서 와주심에 감사드립니다. 어려운 시기에 문상해 주셔서 큰 위안이 됩니다."

가야는 두 손을 모은 채 손님을 바라보았다. 예리한 눈매와 날카로운 턱선의 남자였다. 그런데 관상은 또 웃는 상이었다. 불현듯 가야가 연상한 닮은꼴은 어수룩한 고양이였다. 뿔테 안경을 쓴 고양이가 셔츠 위로 얼굴을 내밀고 있는 것 같아서 가야는 무심코 헛웃음 섞인 기침을 냈다.

"손자분 얘기는 익히 들었습니다."

검은 코트 차림의 사내가 입을 열었다.

"제 이름은 민도치라고 불립니다. 애도의 뜻을 전함과 아울러 장례가 무탈하게 갈무리되기를 바랍니다."

앞뜰로 들어서는 그를 뒤따르다가 가야는 고개를 갸웃거렸다. 기껏해야 20대 중반 되었으려나. 조문객 중에서 저렇게 젊은 사람은 처음이었다. 누가, 어디서 보냈을까. 넥타이를 매고 있지 않은 사람도 저 고양이상 남자가 유일했다. 그나저나 캐리어는 왜 끌고 온 거야. 다들 요기만 하고 돌아가기 바쁜데 저 민도치란 사내는 무곡리에 며칠 숙박할 작정인 모양이었다. 정체가 뭘까. 가야는 돌연 현기증을 느꼈다. 그가 남긴 말이 뇌리에 맴돌았다.

장례가 무탈하게 갈무리되기를 바랍니다.

가야의 불안은 전혀 예상치 못한 방향으로 현실화되었다. 이윽고 발견된 할머니의 유품에는 일주일 동안 거행하는 장례식을 무탈하게 갈무리할 수 없게끔 할 내용이 담겨있었다.

...

 강춘례의 조문을 끝마친 검은 코트 차림의 사내, 민도치는 앞뜰을 둘러보았다. 조문객의 행렬이 변함없이 길었다.
 숫자 19가 풍수적으로 둥근 원, 영원한 선순환을 의미한다고 하여 건물의 최상층이 아니라 19층에 집무실을 차린 회장님도 있는 세상이다. 그러잖아도 미신적 자문의 수요가 넘쳐흐르는 판국에 전국구 무당 한 명이 이탈해 공급이 줄었으니 높으신 양반들은 인재의 소실에 골머리를 앓을 것이다. 무녀촌의 남은 무녀라도 전속으로 계약해 거래를 지속하고자 하는 바람이 클 터였다.
 그렇다고 존안이 다 팔린 거물들이 한날한시 한곳에 모이는데 하필 그 장소가 풍기로 만연한 땅이라면, 다음 날 신문에 비난이 빗발치는 기사가 실릴 것이 불 보듯 뻔했다. 그들이 대리인을 파견한 내막에는 강춘례를 이어 당주무당이 될 후임, 이옥화에게 눈도장을 찍으려는 속셈이 깃들었으리라. 노출에 민감한 정·재계의 수행원들이 구태여 배지를 차고 식장을 누비는 모습만 보아도 알 수 있었다. 이 조문의 물결은 낭만의 향연이 아니라 하청을 선점하려는 물밑 경쟁이었다.

붐비는 인파 속에서 도치는 어렵사리 빈 평상을 찾아 앉았다. 소복 차림의 소녀들이 상을 치우려니 누군가 지팡이를 짚으며 다가왔다.

"아냐, 아냐, 나 아직 안 갔어. 치우지 마, 치우지 마. 막걸리 하나 더 갖다주고."

금테 안경을 쓴 노인이었다. 오후 3시도 되지 않았는데 식장의 술이란 술은 자기 혼자 다 빨아들였는지 얼큰하게 취해있었다. 잔뜩 달아오른 취기로 확신하건대 함께 있다가는 구설에 싸잡혀 엮이기에 더할 나위 없이 좋아 보였다. 도치는 슬금슬금 달아나려 했으나 노인이 그를 잡아두었다.

"괜찮아, 괜찮아, 앉아도 돼. 여기 말고 앉을 데도 없는데. 우리 젊은 형씨는 어디서 오셨나?"

어지간히도 말동무가 없었는지 노인은 들뜬 안색이었다. 도치는 속절없이 대답했다.

"오기는 서울에서 왔죠, 하하. 제가 고인과 인연이 있는 건 아니고 거동이 불편한 지인이 대신 좀 다녀오라고 부탁해서 찾아온 겁니다. 대화 즐거웠습니다, 어르신. 저는 이만 일어나겠습니다."

하지만 노인은 모처럼 만난 말동무를 곱게 보내줄 생각이 없었다.

"그래그래, 강 선생님의 높으신 인망이야 두말하면 입 아프지. 여장부야, 여장부. 누님 같고 형님 같은 분이라서 따르는 아우들이 많았을 거야. 자네도 강 선생님 지체는 잘 알지?"

도치는 도주의 기회를 엿보며 대강대강 비위를 맞춰주었다.

"아무렴요, 무당의 현대화를 주창하신 진보적인 분이었다죠. 무악에 가요를 접목하려고 했던 것이나, 무당 자격증의 필요성을 역설한 것도 그렇고요. 기부액도 어마어마하다고 들었습니다. 어르신께서는 강 선생님과 친분이 두터우셨나 봅니다?"

"나야 강 선생님이랑 무척 가깝지. 은슬이, 아리, 가야, 내가 다 이름 지어줬는데. 자자, 우리 강 선생님을 위해 한잔하세. 뭐야, 술 안 해? 그럼 나 혼자라도 걸쳐야지. 강 선생님, 나도 얼마 안 남았어요. 우리 조만간 하늘나라에서 짠 하자고요!"

노인이 사발을 들어 올리며 감회에 젖은 틈을 타 도치는 구두를 향해 움직였다.

"이거, 이거, 참으로 보기 좋은 우애입니다. 저도 두 분이 조속히 재회하시기를 두 손 모아 기도하겠습니다, 하하. 그럼 어르신, 또 뵙겠습니다."

도치의 푼수 같은 실언에도 아랑곳없이 노인은 구멍 난 물주머니처럼 말을 쏟아냈다. 한 사발, 두 사발, 했던 말 또 하고, 들었던 말 또 듣고, 노인의 술주정을 받아주기가 여간 고역이 아니었다. 그런데 노인의 주책맞은 입이 강춘례의 사망 정황을 언급하기에 이르렀을 때, 민도치는 고양이 같은 눈을 번쩍였다.

"불이 덮쳤다고요? 강 선생님을?"

그러자 금테 안경의 노인, 만초 선생은 술이 깬 듯 목소리를 낮췄다.

"나도 납득이 안 돼. 멀쩡하게 잘 타던 불이 강 선생님한테 뻗쳤다는 게 요상하잖아. 달집 태울 때 육칠십 명은 넘게 모였고, 다 강강술래하고 소지 태우고 했는데 강 선생님만 그렇게 됐다는 거야. 달집 태우는 시골 동네에서 가끔가다 사고가 나는 건 맞아. 그런데 이렇게 한 명만 저격하듯 태웠다는 얘기는 머리털 나고 처음 듣는다니까."

만초 선생은 막걸리를 단박에 들이켜고는 중얼거렸다.

"뭐, 저주니 뭐니 하는 실속 없는 소리 하려는 건 아니지만 뭔가 떨떠름해. 나도 무곡리에 온 게 오랜만인데 그새 많이 바뀌었어."

"바뀌다니요?"

"저기 옥녀봉 있잖아. 10년 전만 해도 저러지 않았어. 보기만 해도 옥녀의 상서로운 정기가 눈에 잡혔다니까. 지금은 그때랑 달라. 좌우 꼭지가 묘하게 비뚤어졌다고 해야 하나? 비 때문에 무너진 게 절대 아니야. 듣자 하니 산짐승도 산에서 도망쳐 나온다는 거야."

도치는 담장 너머를 내다보았다. 손에 잡힐 듯 먼 거리에 산봉우리가 흐릿하게 솟아있었다. 능선은 부드럽고 녹음도 푸르지만 구름이 산마루를 덮고 있어서 옥녀봉은 흡사 음울한 베일에 싸여 눈이 멀어버린 산형이었다. 강춘례의 기이한 죽음에 이어 무곡리에 갓 도착했을 때 보았던 불길한 징조까지 가산되자 도치의 목덜미에는 한 줄기 전율이 흘러내렸다.

"그것도 그런데."

만초 선생이 말했다. 사발을 들고 있는 주름진 손이 아까보다 더 경련했다.

"나 어렸을 때 살던 동네에 돌 거북이가 하나 있었거든? 거북이 석상 말이야. 머리는 동구 밖으로 향해 있었고. 근데 틈만 나면 거북이 머리가 동네 쪽을 돌아보고 있는 거야. 돌 거북이가 제멋대로 움직였다, 이게 아니라……."

"맞은편 동네 사람들이 돌려놓은 거로군요."

도치가 말을 가로챘다.

"시골에서 자주 볼 수 있는 일이죠. 거북이는 살기를 퇴치하는 영물이니 거북이 눈이 향한 곳은 재수가 없다고 여겼을 겁니다. 자기네 마을이 악지惡地로 보이면 안 되기에 주민들 간 다툼도 치열했을 법하죠."

"젊은 형씨가 잘 아네? 민속이라도 공부했나? 그래, 반대로 말하면 거북이 똥꼬 뒤에 있는 게 좋다는 거지. 낮에는 우리 동네 사람들이 밖으로 돌려놓고, 밤에는 맞은편 동네 사람들 몰려와서 우리 쪽으로 돌려놓는데, 동네끼리 이틀에 한 번꼴로 패싸움이 났지 뭐야."

만초 선생은 활짝 열린 대문을 가리켰다.

"여기 오는 길에 솟대 봤어? 장대같이 기다란 것들 들판에 몇 개 꽂혀 있잖아. 꼭대기에 나무로 만든 까마귀 달려 있고. 암만 봐도 요상해, 까마귀 부리가 다 마을 쪽으로 향해 있는 게. 까마귀가 마을의 액운을 가지고 훨훨 날아가야 정상인데 여기는 화를 불러들이고 있단 말이지."

아무렇지 않은 척 넘겼으나 도치도 내심 초조하던 참이었다. 금가야라는 소년에게 건넸던, 장례를 무탈하게 갈무리하기를 바란다고 말했던 것 역시 역방향의 솟대 때문이었다.

필시 누군가 솟대의 방향을 바꾸어 놓았다. 언제부터인지는 몰라도 무곡리는 흉과 화가 응집될 수밖에 없는 삿된 형세를 취하고 있었다. 더 수상한 것은 이를 모를 리 없는 무녀들이 솟대를 정방향으로 되돌려놓지 않는다는 점이었다. 무곡리의 솟대는 상단의 머리 부분, 까마귀 형상의 조형을 360도로 돌릴 수 있도록 설계한 듯한데 이런 변칙적인 구조부터가 심상찮았다.

"그리고 자네, 여기 문상객들 봐봐. 다 양복쟁이들밖에 없지?"

도치는 무녀촌의 앞뜰을 유심히 살펴보았다. 옷차림으로 보건대 무녀와 애동제자, 악사인 듯한 박수 몇몇을 제외하고는 무속과 무관한 이방인으로 북적였다. 대한교신연맹大韓交信聯盟이라는 문구가 새겨진 근조기는 호화롭게 뻗들대건만 협회 소속의 무당은 코빼기도 비치지 않았다.

"내가 어제부터 와 있었는데 김 씨 만신도 그렇고, 강원도 삼선 보살도 그렇고, 심지어 송당리 곽 심방마저도 안 왔어. 생각해 봐, 한반도에서 비길 데 없는 명무名巫로 정평 난 강춘례의 영결식인데 무당들이 아무도 안 왔다고. 강 선생님이랑 교분은 둘째 치고 거드름이라도 피우고 싶어서 한 명쯤은 얼굴 내밀 만한데, 오리지널 무당은커녕 경쟁이 하나 안 왔어요. 괜한 소리 같지만……."

타지의 무속인이 강춘례의 장례식을 외면한 이유는 무곡리에 꺼림칙한 존재 내지는 현상이 도사리고 있기 때문이다. 만초 선생은 그렇게 말하고 싶은 듯했다. 그리고 강춘례의 변고 역시 귀신의 소행으로 어림잡는 표정이었다. 그러나 민도치는 이를 달리 보았다.

앙화나 신벌 따위가 아니다. 또한 사고가 아닐지도 모른다.

아무래도 서울행은 미뤄야 할 것 같았다. 불과 몇 시간 전, 이 근방에서 마무리한 볼일의 불미스러운 여운이 채 가시기도 전이었다.

...

  당산나무 주변은 이틀 전 화마의 흔적이 역력했다. 검게 탄 나뭇가지와 잿더미, 바닥의 그을음과 진흙탕이 당시의 소란을 말해주었다.

  도치는 발길을 돌렸다. 까마귀 깃털이 듬성듬성 널린 시골길을 걷고 머지않아 경찰 출장소를 볼 수 있었다. 그는 유리문을 당차게 열고 깡마른 몸을 집어넣었다.

  "수고 많으십니다. 다름이 아니라 여쭤볼 것이 있어서 찾아뵀습니다."

  접수대 너머로 경찰관 한 명이 서류를 보고 있었다. 외진 시골답게 무곡 출장소는 1인 체제로 돌아가는 모양이었다. 서른두세 살쯤의 경찰관이 도치를 친절하게 맞아주었다.

  "예, 무슨 일 때문에 오셨습니까. 아아, 서울에서 오신 분인가 봐요? 강춘례 선생님 조문하러 오신 거예요?"

  춘추 재킷의 어깨에는 이파리 배지가 세 개 달려 있고, 명찰에는 정대기라는 함자가 쓰여 있었다. 정대기 경장은 반듯하게 다려진 근무복을 입은 데다 머리에 젤을 바르고 스프레이까지 뿌린 단정한 용모를 하고 있었다. 깔끔한 접수대 위에는 손소독제까지 구비되어 있었다.

  도치는 미리 준비한 복분자와 다과 세트를 탁자에 올려놓았다. 난데없는 선물 공세에 정대기는 눈을 빛내더니 탁자를 두고 도치와 마주 앉았다. 도치는 즉시 본론으로 들어갔다.

"강춘례 선생님께서 작고하신 날 있지 않습니까. 듣기로는 달집의 불이 강 선생님 한 분만 덮쳤다고 하더군요. 동네가 동네다 보니 사고를 미신과 연관 지으려는 주민도 몇몇 나올 법한데 이래저래 고생이 많으시겠습니다."

"그런 게 없지는 않죠. 무당들 모인 무녀촌인데. 이 동네가요, 아직도 금기 같은 게 있어요. 뭔 귀신이 한 마리 있는데 그게 보여도 모른 척하라는 거야. 신고식 때 그거 듣고 웃었다가 된통 혼난 거 있죠?"

원래 사람이 구김살이 없어서인지, 선물 다발에 감동해서인지 정대기는 커피까지 대접하며 도치의 오지랖을 받아주었다. 그가 청자 같은 얼굴에 미소를 띠며 말을 이었다.

"달집태우기라는 게요, 굉장히 위험해요. 불똥이 좀 날리는 줄 알아요? 옆에 있으면 얼굴이 익을 정도라니까. 이런 얘기는 좀 그렇지만 이게 화재를 만드는 건데 불이 어디로 튈지 아무도 모르잖아요. 5년 전인가, 바람 때문에 달집이 넘어질 뻔한 적도 있었대요. 여태 탈이 안 났던 게 용한 거죠."

"한데 그렇게나 큰불로 당제를 장식했다면 소방 도구 역시 충분히 준비해두지 않았겠습니까. 그런 것치고는 사태가 급변한 듯해서 말입니다."

"그렇죠. 소방서가 없으니까 소화기니 소방 호스니 다 가져다 두죠. 소화전도 근처에 있고. 근데 워낙 갑자기 터진 일이라 소방대 대원들도 당황했나 보더라고. 사람이 살면서 소화기 쓸 일이 몇 번이나 있겠어요? 막상 닥치면 안전핀 뽑을 정신도 없을걸요?"

"해서 경장님도 현장에 계셨습니까."

정대기는 싹싹하게 웃으며 손을 휘저었다.

"그게 절대 안 돼요. 이 동네 당산제가요, 주민들 거의 다 나와서 기도하는 행사예요. 좀도둑 새끼가 빈집 털기 딱 좋은 환경이란 말이죠. 혼자 밤새 뺑이 치느라 죽을 맛이라니까요."

"아하, 경장님도 사건 현장을 직접 목격하시지는 못했다, 이 말씀이로군요."

정대기의 낯빛이 변색되었다. 사람 좋은 웃음이 가라앉고 눈가가 일그러지자 청자에 금이 한 줄 그어진 것 같았다.

"예예, 제 두 눈으로 못 본 게 참 안타깝네요. 근데요, 선생님. 나는요, 그런 거 보고 싶어도 볼 처지가 안 돼요. 동네에 경찰이라고 달랑 하나 있는데 주민들이랑 놀 틈이 있는 줄 알아요?"

정대기의 표정이 한층 험악해졌다.

"그리고 사건이라니? 뭔 사건이요? 뭐 나온 게 있대요? 그나저나 어디서 온 분이세요?"

사람이 일순 확 변하는 것으로 보아 이 경찰관은 다혈질 기질이 있는 듯했다. 그의 붉으락푸르락한 얼굴을 바라보며 도치는 검지를 내저었다.

"사고라고 하기에는 괴상한 점이 많지 않습니까. 무작정 사고일 것이다, 재해가 분명할 것이다, 이리 단언하기는 몹시 이르다고 생각합니다만."

끝내 청자 같은 얼굴이 쩍 갈라졌다.

"댁 같은 인간 알아, 경찰은 콩나물 대가리 반쪽만큼도 안 믿고 뭐라도 꼬투리 잡고 싶어서 안달 난 인간. 저기요, 안 그래도 청에서 나와서 샘플 다 긁어갔거든요? 추가 조사가 필요하면 조사를 하면 되고, 수사가 필요하면 수사를 하면 되고, 알아서 잘할 거예요. 좌우지간 그쪽은 어디서 온 누구신데?"

도치는 앞머리를 비비 꼬며 자초지종을 점검했다. 진상 규명이 순조롭게 착수될지 의문이었다. 경찰의 역량을 불신해서가 아니었다. 조직의 체계 특성상 수사가 지체될지 모른다는 불가항력에서 비롯된 염려 때문이었다.

소사燒死에서 범죄성을 특정하기는 몹시 까다로운 일이다. 강춘례의 경우처럼 개방된 장소에서 전소되었다면 더욱이 난해한 작업이다. 남은 조직을 면밀히 검사하고 현장의 잔해물을 수집해 정밀하게 분석한들 긴 시일이 소요될 것이다. 악운이 따라 화학 성분의 농도가 낮아지거나 변형된 상태라면 몇

주가 지나도 원인을 판명할 수 없다. 무엇보다 현장의 목격자들, 무녀들과 주민들의 진술이 사고 쪽으로 합치되어서 세심한 감정은 다른 중요한 사건에 치여 후순위가 될 공산이 높아 보였다.

뒤로 밀려날지 모르는 수사를 앞으로 바짝 당기려면 관심부터 끌어모아야 했다. 도치는 접수대를 가리키며 말을 꺼냈다.

"정 경장님은 차림새도 그렇고, 머리 모양새도 그렇고, 위생을 상당히 중시하시는 듯합니다. 저런 손 소독제는 병원에서나 볼 수 있을진대 가족분 중에 의료계 종사자가 계십니까."

"눈치 한 번 귀신이시네. 큰누나가 종합병원 간호사예요. 그게 왜요?"

도치는 소파에서 일어나 접수대로 걸어갔다. 그리고 손 소독제를 한 움큼 짜냈다. 알코올 향이 확 퍼져 나왔다.

"불이 쇠를 녹여 그릇을 만든다지만 온도가 너무 세면 대장간까지 재로 만들 수 있습니다. 이런 고농도 알코올 젤도 쓰임새에 따라 참사에 불붙이는 도화선이 될 수 있습니다."

도치는 손바닥을 마주 문지르며 말을 이었다.

"물론 이런 액체에 가까운 알코올 젤은 금세 증발하니 방화용 연료로 불합격이죠. 그러하면 알코올 젤보다 더 끈적하고 휘발은 한참 더딘 물질, 이를테면 보습제나 바디 오일을 옷의 표면에 묻혀 열전도율을 높인다면 그 옷을 입은 사람 또한 연소되기 좋은 상태가 되지 않겠습니까. 스프레이로 분사하든, 스펀지로 바르든, 아예 대야에 넣어 적셔버리든, 화장품의 글리세린 성분은 섬유에 흡수되어 잔류하니 착용자가 맨눈으로 이상 여부를 확인하기도 어렵고 말입니다."

그리고 소파로 돌아와 푹 앉았다.

"당연히 글리세린은 윤활유 역할만 담당할 뿐, 발화제가 없는 한 화염이 몸을 덮치게끔 할 수 없습니다. 다만 글리세린이 고착된 옷 어딘가에 기폭제가 설치되어 있었고, 그 발화 장치가 여러 이변과 화합했다면 인체가 순식간에 불에 휩싸일 수도 있습니다."

불퉁하게 이야기를 듣고 있던 정대기가 언성을 높였다.

"뭐예요? 지금 강 선생님 얘기하는 거예요?"

도치는 이를 드러내며 웃어 보였다. 정대기가 입을 뻐끔대다가 말했다.

"그런데 발화 장치라뇨? 현장에서 그런 장비가 나왔다는 얘기는 못 들었는데."

"그렇죠, 그렇죠. 장비씩이나 대동하는 술수는 너무 거창하죠. 화재와 동시에 자멸하는 일회성 장치여야 이런 흉계가 간계라는 이름값을 할 수 있을 겁니다. 아울러 작고 가벼울수록 간계는 더 교활해질 테고 말입니다."

정대기가 진지하게 경청하기 시작했다. 민도치는 뿔테 안경을 추어올리며 짓쳐나갔다.

"흔한 물건으로는 폭죽이 있겠으나 저는 화약 캡슐이 더 효과적이라고 생각합니다. 알약 크기의 화약 캡슐을 치렁치렁한 무복의 옷단이나 고름 사이에 부착하면 착용자가 옷을 샅샅이 뜯어봐도 알아차리기 힘들죠. 이렇듯 사전에 글리세린으로 채색되고 화약 캡슐로 공작된 무복을 강 선생님이 입고 굿에 임한다고 가정해 봅시다."

도치는 한 박자 쉬고 말을 이었다.

"춤사위가 격렬해지면 땀이 흐를 터이고, 땀이 흐르면 무복이 젖을 터이고, 무복이 젖으면 굳어있던 글리세린도 액체화될 터이고, 글리세린이 액체화되어 끈끈해지면 달집에서 튀는 불똥은 무복에 붙을 겁니다. 특히 무복처럼 폭이 넓은 한복은 불씨가 튀어도 모르고 지나칠 수 있죠. 아울러 땀의 수분과 염분이 캡슐을 녹이기 시작할 터인데, 이리되면 캡슐 안에 숨어있던 화약도 서서히 모습을 드러냅니다. 티끌 같은 불꽃이라도 화약 및 글리세린에 옮겨붙으면, 연쇄적인 점화 반응으로 인해 극단적인 인체 발화가 나타날 수 있습니다."

정대기는 침착한 듯 보였지만 그의 입에서 새어 나오는 나지막한 감탄사를 민도치는 놓치지 않았다. 그는 넥타이 매듭을 당겨 내리고는 말했다.

"근데 생각해 봐요. 냄새가 나잖아요, 냄새가. 내가 쓰는 스프레이부터가 과일 향 풀풀 나는구만. 사람을 불태울 정도면 몇 통은 발랐을 텐데 강 선생님이 무복 입으면서 냄새를 몰랐겠어요?"

따지는 어투보다는 보충을 청하는 태도에 더 가까웠다. 정대기가 저자세로 호응하자 도치는 흥에 취해 꺼드럭댔다.

"글리세린 자체가 무취의 물질입니다. 글리세린 대신 시너를 사용한들 다른 냄새로 덮으면 그만입니다. 향수가 될 수도 있고, 방향제가 될 수도 있으며, 살충제가 될 수도 있습니다. 허나 더 자연스러운 것이 있습니다. 다른 곳도 아니고 무녀촌인데 향을 태우면서 무복을 축원했을지 모를 노릇 아닙니까. 진한 향냄새가 옷에 배어들면 엔간한 독한 냄새도 묻힐 수 있습니다. 강 선생님이 흡연자라면 후각을 속이기는 더 쉽겠죠."

정대기는 벌떡 일어서더니 팔짱을 끼고 실내를 돌아다녔다. 그렇게 몇 분을 계산에 몰두하고 나서야 자리로 돌아왔다.

"그래서요, 그게 진짜 가능한 거예요?"

"불가능한 것은 아닙니다."

추론에 도취하고 뜨거운 반응에 심취한 나머지 민도치는 정대기를 향해 손가락 총을 빵 쏘았다. 그러나 정대기의 안색이 무서울 만큼 심오해서 방정맞은 손가락은 수습될 수밖에 없었다. 무안하게 움직이는 권총 모양의 집게 손이 턱밑을 감싸고 애꿎은 유리문을 겨누려니 정대기가 입을 열었다.

"성함이 민도치 선생님이라고 하셨죠? 그런데 뭐 하는 분이세요?"

"별 대단한 사람은 아니고 그냥 이것저것 관심이 많은 한량입니다."

애매한 답변에도 깊이 파고들지 못할 만큼 정대기는 사건 가능성에 꽂혀있었다.

"일단 알았어요. 연락처 두고 가시고요. 그래서 이제 서울 올라가시는 거예요?"

"아뇨, 아뇨, 마을 정경도 좋고 해서 며칠 쉬려고 합니다. 이 동네, 여인숙은 따로 없습니까."

"여인숙이 있는지는 나도 못 들어봤는데 이런 동네야 널린 게 무허가 하숙방이죠. 근데 여기가 내일부터 도로 공사에 들어가요. 우회로라곤 산길밖에 없어서 당분간 동네 밖으로 못 나간다고 봐야 되는데 괜찮겠어요?"

그러고 보니 무곡리로 진입하는 유일한 도로는 일부 구간이 붕괴되어 있었다. 그러잖아도 노후화되어 있던 차에 며칠 전 내린 국지성 호우가 침하를 가속한 듯싶었다. 지반이 불안정해서 중장비를 투입하기도 여의찮을 터, 복구 완료까지는 최소 3일이 소요될 것이다.

도치는 태연히 고개를 끄덕였지만 불안을 억누르지 못했다. 역방향의 솟대가 잊히지 않았다.

...

"상중에 할 얘기가 아니라는 건 저도 알고 있습니다. 그렇지만 형님."

백목련은 독촉장을 날리는 듯한 눈초리로 이옥화를 쳐다보았다.

"강 선생님의 뜻을 보전하려면 단도리를 일찌감치 해야 합니다. 장례가 끝나고 실시해도 모자랄 판인데, 그래도 시간은 빠듯합니다."

백목련과 더불어 강신무로 활동 중인 이기선이 거들었다.

"그렇지, 뭐. 더 왈가왈부할 게 뭐 있어? 옥화 선생도 강 선생님 뜻에 반대하지 않겠지. 며느리가 그러면 쓰나."

이기선은 강춘례 다음의 고령자였고 그저께부터 무녀촌 내 최고령자가 되었다. 그러나 이런 회의 자리에서 늘 말석에 앉았던 인물인데 오늘따라 성미가 급했다. 이기선이 말을 이었다.

"옥화 선생도 동의하죠? 지금이야 알맹이가 아리송해졌지 강 선생님 성분도 강신무잖아요. 세습무, 강신무 나누면서 혈통 따지는 게 이제 좀 구닥다리 아니겠어요? 내년이면 세기가 바뀌는데 우리도 쇄신할 생각을 해야지."

두 강신무에 맞서는 이옥화는 한쪽 무릎을 세워 앉은 채 입술을 붙이고 있었다. 그 옆에서는 금은슬이 방석 위에 꿇어앉아 나무 탁자만 빤히 바라보았다. 금아리는 벽에 기대 다리를 꼬고 앉아 얼레빗만 만지작거렸다.

그렇게 안채의 큰방에는 이옥화를 주축으로 한 금씨 가문의 세습무와 백목련과 이기선으로 대표되는 강신무가 양편으로 갈려 있었다. 상석이 비어서인지 쌍방의 눈동자에는 전에 없는 서슬이 어려 있었다.

"그런데 이모님들."

이옥화의 회답이 늦어지자 금은슬이 나섰다. 세습무가의 맏이는 백목련과 이기선을 번갈아 보았다.

"아직은 할머니의 의중을 분명히 안다고 할 수 없습니다. 내용부터 경위까지, 이해되지 않는 것투성이잖아요. 그걸 유언이라고 하기에는……."

"그게 뭔 갯지렁이 말라비틀어지는 소리래?"

이기선이 말을 잘랐다.

"당황한 건 알아. 그건 우리도 똑같다니까? 한데 의중을 모른다니? 애동애들 앉혀놓고 물어봐라, 언년이 강 선생님 의중을 모른다고 할지. 은슬이 너, 눈에 이끼라도 낀 거 아니냐."

"이모님이야말로 두 눈 비비고 다시 보시지요."

금은슬은 이기선의 처진 눈을 마주 보았다.

"하나부터 열까지 묘하잖아요. 이다음에 어떤 구절이 나올지 누가 안다고 장담할 수 있을 것이며, 이 유서가 유서라고 부를 수 있을 만큼 할머니의 진심이 깔려있는지 어느 누가 알겠습니까. 할머니는 시조를 만들고 노실 때도 농담을 섞으셨던 분이 아닙니까. 워낙 장난을 좋아하는 분이셨으니 이것만으로는 할머니의 뜻을 헤아리기에 큰 무리가 있지요."

체구는 아담하니 다람쥐를 연상케 했고 단발머리로 감싼 앳된 얼굴은 인형 같은데 금은슬은 이기선의 큼직한 풍채에도 밀려남이 없었다. 이기선도 후퇴 없이 받아쳤다.

"은슬아, 내가 누구 좋자고 이러겠니. 이런다고 나나 목련이한테 떨어지는 거 하나 없어. 너도 생각을 해봐라. 강 선생님이야, 강 선생님. 선생님이 뭔 칠푼이 무녀리도 아니고 이런 유서를 허투루 쓰셨겠냐."

이기선은 콧방귀를 끼고는 말을 이었다.

"아니면, 내가 강 선생님 혼이라도 불러서 참말인지 물어보기라도 하랴? 아아, 그래봤자 강신무 신들리는 꼴 역겨워하는 귀족분들은 코 막고 내빼겠네."

"형님, 말씀이 지나치시오."

백목련이 이기선을 말렸다. 그리고 이옥화를 응시하며 못을 박았다.

"장례를 마치는 대로 성무 수업을 시작하겠습니다. 형님이 허락하실 것으로 알고 있겠습니다."

초저녁이 되어 조문객이 전부 빠져나가고 잠잠해진 지 오래지 않아서였다. 갈등의 불씨는 안방의 문갑 아래 비좁은 틈새에서 발견된 쪽지 한 장이었다.

나 강춘례는 평생을 무당으로 살며, 많은 이의 고민을 듣고 숱한 어려움을 구제하는 보람찬 생을 살았다. 나를 지지해 준 무당과 고인을 포함한 모든 동관, 또 이 욕쟁이 강 씨를 찾아준 인내심이 깊은 단골들에게 심심한 감사를 표하는 바이다. 이 유언은 내가 영면에 들었을 때를 대비하여 남기는 것이다.

언제 작성된 유서인지는 알 수 없었다. 다만 적은 구김과 바래지 않은 종이의 때깔로 보건대 며칠 되지 않은 것으로 추정되었다. 유언이 변호사의 공증을 받았는지도 알 수 없었다. 하지만 전대 당주무당의 글씨체가 어떠한 법적 효력보다 더한 위력을 띠고 있었다. 강춘례 본인이 글귀를 한 자 한 자 또박또박 적었음에 이의를 제기하는 자는 아무도 없었다. 그런데 금은슬이 유언의 낭독을 마친 순간, 조상살이 끼어버릴 일이 생겼다.

나는 무녀촌의 당주무당으로서 다음과 같이 유언한다.
하나. 나의 명의로 된 재산은 전부 기부하여 없이 사는 이의 곡식을 마련하는 데 쓰이도록 한다. 마땅한 기부처를 알아보는 일은 나의 며느리 이옥화에게 위임한다.

하나. 당주무당 자리는 나의 손자 금가야에게 물려주기로 한다. 모든 동관은 금가야의 말문이 트일 수 있게 지원하고, 돌아오는 금가야의 생일날에 입무식을…….

유서는 거기서 끊겨있었다. 필시 내용이 이어져야 하는데도 종잇장은 손으로 찢은 듯 동강이 난 채로 실체를 드러냈다. 나머지 반은 어디에서도 보이지 않았다.

누가, 무슨 사유로 유서를 훼손했는지는 불명이지만 가야가 생각해도 큰누나의 반론에는 맥이 없었다. 예고 없는 유언이라 하기에는 죽음이 임박했다고 종종 호소하던 할머니였다. 게다가 이기선의 말대로 허튼소리를 문자로 기록할 당주무당이 아니었다. 이 반쪽짜리 유서만으로 강춘례라는 인물의 유지는 고스란히 전해졌다.

당주무당 자리는 나의 손자 금가야에게 물려주기로 한다.

차기 당주무당은 누가 뭐래도 이옥화였다. 그다음 주자가 백목련이었다. 그런데 이 쟁쟁한 후보들을 금가야가 제쳐버렸다. 50대 후반의 관록을 갖춘 이기선 같은 우수한 강신무도 있고, 무녀촌의 쌍벽인 금자매도 건재한데 풋내기 금가야가 무거운 왕관을 쓰고 말았다.

무당이 되고 싶을 뿐이지 우두머리가 될 욕심은 없는 금가야였다. 무리를 통솔하는 능력은 고사하고 새끼무당마저 못 되는 열여섯 소년이었다. 이렇게 해서 개인이나 집단이나 득을 얻을 일은 절대로 없다. 가야는 할머니의 의도를 도저히 셈할 수 없었다.

"아유, 웃겨라. 별꼴이야, 정말."

금아리가 까르르 웃어댔다. 그녀는 긴 생머리를 빗질하며 주변을 둘러보았다.

"어머니나 이모들이나 다들, 너무 대놓고 꼬운 티 내는 거 아니야? 이럴 거면 탈이라도 쓰지 그랬어?"

그러더니 금아리는 엉덩이를 털고 일어났다. 금은슬이 금아리의 손목을 붙잡았다.

"어른들 다 계시는데 넌 혼자 어디 가게?"

"내가 어디를 가든 네가 알아서 뭐 하게, 맹추 같은 년아. 이거 안 놔?"

하나는 앉아서 하나는 서서 금자매는 눈빛을 치고받았다. 언니는 눈꺼풀을 떨어가며 동생을 올려다보고, 동생은 입꼬리를 씰룩이며 언니를 내려보았다. 그러기를 수 초, 금아리가 금은슬의 손을 뿌리쳤다.

"재미없어, 이딴 거. 난 굿이나 준비할래."

금아리가 장지문을 열어젖히고 퇴장하자 한결 싸늘한 바람이

가야의 피부를 쓸어내렸다. 달관한 듯 논의에서 물러났지만 작은누나도 유쾌한 심정은 아닐 것이다. 자타공인 불세출의 무녀가 새 발의 피도 안되는 막냇동생한테 추월당했으니까.

가야는 굴건을 눈 아래까지 눌러썼다. 할머니의 빈소는 큰방과 겨우 문 두 개를 두고 있었다. 할머니의 영전을 지키고 있는 사람은 급작스러운 초상에 발이 묶여버린 장구재비, 김내철뿐이었다. 이 구도를 떠올릴수록 난감은 사그라지고 낙담이 몰려들었다.

낮에 있던 장례식은 외지 손님들을 위한 형식적인 절차였다. 할머니를 진정으로 위령하는 의식은 내일 밤에 연행될 씻김굿이었다. 씻김굿이야말로 무녀촌이 거행하는 진짜 영결식이었다. 유서로 인한 분란은 할머니를 보내드리는 성스러운 의례를 올리기까지 하루도 남지 않아 발생한 일이었다. 아직은 일어나서는 안 될 충돌이었다.

모든 동관은 금가야의 말문이 트일 수 있게 지원하고, 돌아오는 금가야의 생일날에 입무식을…….

입무식은 내림굿 과정을 통틀어 일컫는 것이었다. 요컨대 금가야를 강신무로 키우라는 유언이었다. 세습무가 됐든 강신무가 됐든, 무당이 될 수 있다면 뭐가 됐든 가야는 상관없었다. 백목련이나 이기선을 신어머니로 모시기로 친어머니에 대한 사랑은 한결같다고 맹세할 수 있었다. 반면 세습무가의 큰 어르신이자 금가야라는 자식의 어머니는 생각이 달라 보였다.

"목련이 자네도 말했다시피 지금은 상중일세."

이옥화가 마침내 입을 열었다.

"당장 내일 어머님을 씻겨드려야 하는데 심란이 가중되면 망자를 제대로 위로할 수 있겠는가. 이 얘기는 일후에 나누도록 하지."

"형님, 마음이 편치 않으신 건 잘 압니다. 하나 일후라고 하기에는 너무 멉니다. 식이 끝나는 대로 의논해 보도록 합시다."

백목련은 한발 물러서면서도 이옥화를 조이기를 잊지 않았다. 이기선이 비웃음이 고인 얼굴을 들이댔다.

"그런데요, 옥화 선생. 나 궁금한 게 있는데요. 옥화 선생이 뻐근한 게 가야 때문이죠? 하긴 그렇죠, 세습무가의 자제분이 강신무가 된다니 심사가 뒤틀어지기야 하겠죠. 다른 꿍꿍이가 있어서 이러는 건 아닐 거예요, 맞죠?"

찰나의 미동만이 무릎 위에 얹힌 손을 스치고 지나갔을 뿐, 이옥화는 그 이상 동요하지 않았다. 금은슬을 만류하는 이옥화의 몸짓은 차분할 따름이었다.

어머니와 목련이 이모가 알력을 다툼하는 데 세습무와 강신무의 갈등을 넘어 차기 당주 자리도 걸렸음을 가야도 알고 있었다. 차기 당주를 향한 낙선자의 거센 반발도, 할머니가 임종했을 때 치러질 한바탕 내홍도 충분히 예견하고 있었다.

그런데 상황은 최악으로 꼬여버렸다. 당주가 되지 못한 이들이 세력 확장을 위해 당주가 될 금가야를 쟁탈하고자 전쟁이라도 벌일 성싶었다. 할머니도 이를 내다보았을 텐데 대체 왜 그런 유언을 남긴 것일까. 다른 어떤 것보다 무녀촌의 영광을 바라던 사람이 아니었던가. 손자를 금지옥엽으로 아꼈다고 해서 이런 결정을 내리지는 않았을 터이다. 그 무엇보다 손자를 더 끔찍이 위한다고 한들 이러면 아니 되었다.

속이 부대끼자 가야는 큰방을 벗어났다. 그 길에 할머니의 영정 사진을 흘깃거렸다. 물어보고 싶은 말이 한 무더기였지만 왠지 모르게 눈을 마주칠 면목이 생기지 않았다. 오늘 아침에도 목련이 이모는 무슨 영문인지 의를 저버리는 수가 아니냐고 어머니에게 항의했는데, 그 의라는 것을 기어이 저버렸다는 생각이 들었다.

앞뜰로 나오려니 문간을 서성이는 까막새 한 마리가 눈에 띄었다. 흔하디흔한 까마귀이지만 비어 있는 한쪽 안구와 절뚝이는 다리로 보아 금관이 틀림없었다. 금관도 마음고생이 심했는지 야위어 있었다. 하기야 거의 이틀을 못 놀아주었다.

이 까마귀 님이 외눈이 되어버린 사연에 대해서는 가야도 아는 바가 없었다. 다만 시력이 저하된 탓에 무리에서 도태된 나머지 홀로 먹이를 구하려다가 다리마저 부상을 당했음은 짐작할 수 있었다. 금가야를 졸졸 따라다니는 까닭도 먹이를 챙겨주는 사람이기도 하거니와, 몇 안 되는 벗으로 여겨서일 것이다. 무당이 되지 못해 무녀촌을 겉돌아야 했던 가야에게도 소외감을 빠짐없이 공유할 수 있는 하나뿐인 친구였다. 며칠 전만 해도 동병상련의 처지라며 신세를 한탄하기에 바빴는데 오늘이 되어 돌아보니 그 과거가 사무치게 그리웠다.

가야는 주방에서 과일을 하나 슬쩍했다. 그리고 대문 밖을 나서 풀피리를 불며 마을을 한 바퀴 돌았다. 시골길 곳곳에 떨어지는 잘게 부수어진 복숭아 조각과 처량한 곡조가 남기는 자취를 금관이 따라 걸었다. 밤이슬을 맞으며 청승맞게 풍월을 읊자 한 점의 시름이나마 달님에게 떠넘길 수 있었다.

그렇게 돌고 돌아 옥녀봉의 산어귀가 시야에 들어올 때, 금관이 퍼뜩 날아올랐다. 마치 귀기를 느끼고 도망치는 듯한 날갯짓이었다. 가야도 흠칫거렸다. 소랑정에서의 악몽이 떠오르자 등골이 서늘해졌다. 그러나 금관이 달아난 것은 인기척 때문이었다. 선글라스를 내려보니 산기슭에 웬 호리호리한 남자가 서 있었다.

민도치…….

그 많은 조문객 중에서 유독 기억에 남는 이름이었다. 가야는 선글라스를 벗고 그의 등을 향해 말을 걸었다. 그런데 몇 번을 인사해도 민도치는 아무것도 듣지 못했다. 귀에 이어폰이라도 끼고 있나. 결국 그의 두 어깨를 덥석 붙잡았다.

"선생님, 안녕하시냐고요?"

그러자 민도치는 화들짝 놀라 몸을 떨었다. 그 꼴이 하도 극성맞아서 가야는 이틀 새 처음으로 진심 어린 웃음을 낼 수 있었다. 그러고 보니 오늘 오후에 처음 만났을 때도 코트를 입은 고양이가 떠올라서 실소를 터뜨렸었지. 민도치의 놀란 가슴이 가라앉기를 기다려 가야가 말했다.

"뭘 또 그렇게 놀라시고 그래요? 내 간이 다 떨어지겠네. 산책이라도 나오신 거예요?"

민도치는 어지간히도 민망한지 입술을 구석구석 핥고서야 말을 꺼냈다.

"마을을 좀 구경할까 해서 말입니다, 하하. 가야 씨라고 했죠? 식사는 했습니까."

"밥이야 뭐……. 근데 여기서 뭐 하고 계셨어요? 장승 보고 계셨어요?"

그들 앞에는 사람 크기의 황색 장승 다섯 개가 눈을 부라리고 있었다. 민도치가 장승들을 가리키며 말했다.

"이 장승들은 전부 장군의 형상을 하고 있는데, 다소 희소한 비보풍수의 사례인 듯해서 말입니다."

"비보풍수요? 그게 뭔데요?"

가야는 자기가 묻고도 얼굴이 후끈거렸다. 무교의 성지에서 자랐다는 놈이 자기 고향의 민속을 외지인에게 묻고 있으니 괜히 남사스러웠다. 물론 책 몇 권 읽고 경문 몇 개 주워들은 까막눈이긴 하지만 외지인이 가야의 사정을 참고해 줄 리는 없었다.

"비보풍수라고 하면, 간략하게 요약하면 이렇습니다."

그러나 민도치는 임자를 만났다는 표정으로 신나게 떠들었다.

"장신구 같은 개념이죠. 다리가 짧은 사람은 굽이 높은 신발로, 탈모가 불만인 사람은 가발로 콤플렉스를 가리지 않습니까. 이렇듯 지세의 약점을 보완하며 균형을 맞춰주는 것이 비보풍수입니다. 무곡리는 양기가 정전된 곳이니, 양기를 공급하려면 강한 남자의 조각상을 전면에 배치해야겠죠. 여장군은 빼고 대장군만 내세워야 음기도 제어될 테고요."

그러고도 풍수 이론을 퍽 장황하게 재잘대는데 이야기를 다 들으려면 막걸리 두세 짝을 비워도 양이 모자랄 성싶었다. 가야가 적당한 호응 끝에 대화를 정리하자 민도치는 아쉽다는 낯빛으로 담배를 한 개비 물었다. 그는 호주머니를 뒤지더니 가야에게 손을 내밀었다.

"실례지만 불 좀 빌릴 수 있겠습니까."

가야는 주저 없이 라이터를 건네려다가 멈칫거렸다.

"불이라니요? 무슨 불? 제가 담배라도 피운다는 거예요?"

민도치가 고개를 끄덕이자 가야는 입을 헤벌렸다.

"저기요, 선생님. 저 열여섯 살이에요. 담배고 술이고 라이

터 하나 쉽게 못 사는 미성년자라고요. 제가 그렇게 삭았어요?"

"아뇨, 아뇨, 더할 것도 없고 덜할 것도 없이 열여섯 그 나이로 보입니다."

가야는 상복 소매를 킁킁거렸다. 향냄새만 진하게 묻어나왔다. 입술에 손바닥을 대고 입바람을 후후 불어보았다. 상큼한 복숭아향만 그득했다. 정곡은 찔렸지만 당당하게 내질렀다.

"웃기는 분이시네. 맹자 가라사대, 사람의 병은 남을 가르치고 싶어 하는 욕심에서 발병한대요. 남을 지적해도 얕은 식견으로 함부로 깔아뭉개지 말라는 거죠. 제 낯짝이 상당히 불량한 건 맞는데요, 사람을 겉만 보고 판단하면 안 된다니까요?"

"허나 맹자가 이르기를, 온 힘을 다해 친구의 허물을 들추는 게 참된 도리라고 하지 않았습니까. 이건 좀 안 맞나? 여하간 불이나 한번 빌리고자 하는 것이지, 가야 씨의 비행에 트집을 잡으려는 건 아닙니다. 제가 말해봤자 들어먹을 낯짝도 아닌 듯하고……. 뭐, 황순원 선생도 파릇파릇할 무렵부터 음주를 즐겼다지 않습니까."

가야는 돌연 추억을 머금었다. 이렇게 언어유희로 절묘하게 운을 맞춰주며 놀아주던 사람은 할머니뿐이었다. '친구'가 나오는 구간에서 한 번 더 북받쳤다. 남아있는 동성 친구가 거의 없는 그로서는 연연할 수밖에 없는 낱말이었다. 비록 이 민도치라는 남자는 되는대로 갖다 붙였을 테지만, 그런데도 그의 교양은 메마른 가야를 아련한 습기로 침습시켰다.

"뭐 하는 분이시래? 되도 않는 말로 끼워 맞추기나 하고. 근데 어떻게 아셨어요? 저 담배 피우는 거."

민도치는 가야의 오른손을 턱으로 까딱거렸다.

"그 엄지손가락 끝마디, 라이터의 휠을 돌리다가 생긴 물집이 터진 게 아닙니까. 한창 방황하는 시기를 보내느라 물집이 딱딱하게 굳기에는 이른 때이니 간혹 터지는 일이 있었을 겁니다. 가야 씨는 실로 불건전하게도 일찌감치 흡연자의 문신을 새겨나가는 애연가 유망주겠죠."

그 엄지손가락의 상처는 할머니가 죽은 정황을 복기하다 깨물어 뜯어서 만들어진 자국이었다. 그러하되 칠야삼경에 실한 가닥도 찾아낼 눈썰미임은 부정할 수 없었다. 저 커다란 뿔테 안경이 시력을 향상시키는 특수장치일지도 몰라. 금관 님한테 씌워주면 어떨까. 그건 그렇고 이 민도치라는 남자는 보기 드문 별종이군. 약간 허술하기는 해도 꽤 똘똘하고, 나름의 점복으로 분석하면 악인은 아닌 것 같아.

민도치는 의기가 양양한 듯 까불대더니 담배를 거꾸로 물고 불붙이는 불상사를 저질렀고, 이내 빈 담뱃갑을 뒤적이며 장탄식을 뿜어댔다. 가야가 인연을 맺은 의미로 소중한 돛대를 선물하고 나서야 그의 얼굴이 활짝 피었다.

"한데 이 장승들 말입니다."

민도치가 말했다.

"여러모로 공사가 다망하실 줄은 알지만, 그래도 마을을 지켜주는 신목神木인데 보수가 시급해 보입니다. 조금 뭉개져 있어서 말입니다."

"뭉개지다니요? 그거 며칠 전에 새로 칠한 건데."

가야는 초점을 모아보았다. 장승 하나에 균열이 일어 있었다. 표면은 고르게 닳았지만 목 부분은 칼로 긁어낸 듯 손상이 작위적이었다. 나무 한 번 잘못 베어도 동티가 날 수 있는데 마을의 수호신이 이리 아프게 되면 흉조가 들었다고 할 수 있었다.

"혹여나 해서 말하는데 사람의 소행일 겁니다."

민도치의 경박하던 목소리가 낮아졌다.

"장승의 색깔이 선명하리만치 누런 것으로 보아 후가공을 거쳤을진대 이러면 흠집을 내기가 쉽지 않죠. 전동 도구까지는 아니더라도 헤라 칼 같은 스크래퍼가 필요할 겁니다. 허나 사포라고 할지라도 열심히 긁다 보면 결실을 볼 수 있습니다. 의아로운 것은 방법이 아니라 동기입니다. 혹시……."

민도치는 말을 얼버무렸다. 뒷말을 잇기가 상중에 있는 유족에게 결례라고 여기는 기색이었다.

하지만 가야는 그의 속내를 읽었다. 가야도 의혹을 품고 있던 참이었다.

누군가 음모를 꾸미고 있는지도 몰라.

그 누군가가 할머니의 죽음에 직접 관여했는지, 무언가에게 괴변을 사주했는지는 알 수 없지만, 일련의 사건에 사람이 개입했다는 의심을 뿌리칠 수 없었다. 양기를 관장하는 장승을 훼손한 것도 무언가의 음기를 북돋우고자, 무언가를 이용해 할머니를 죽이고자 하는 간사한 꾀에서 비롯되지 않았을까. 그 무언가, 즉 소랑각시가 당제 때 순순히 마을로 이동하지 않은 것도 그 누군가가 중간에서 주술로 농간을 부렸기 때문이 아니었을까.

조사할 가치가 있어. 아니, 그래야만 해.

다만 혼자서는 힘에 부치는 일이었다. 가족들과 강신무 이모들은 할머니의 장례식, 또 격화된 대립각에 귀를 기울일 겨를이 없을 것이다. 아니라고 믿고는 싶지만 그들 중 하나가 범인일 가능성이 아주 크다. 출장소의 정 씨 삼촌도 미덥잖은 구석이 있는 데다 어쨌거나 무곡리 주민이기에 용의자로 분류되었다. 그렇다고 세호나 단희 같은 아이들에게 수사에 동참하라고 명할 수도 없는 노릇이었다.

아쉬운 대로 붙잡고 매달릴 사람은 한 명이었다. 어느 댁 자제인지는 모르지만 도움을 청할 사람은 하나였다. 적어도 할머니의 죽음과 아예 무관한 사람임은 확실하니까. 너의 구명

줄이 되어줄 귀인이라고, 아까부터 가슴속 신령님이 침 튀기며 속삭이고 있으니까. 가야는 귀인의 어깨를 끌어안았다.

"저기, 민도치 선생님. 돛대가 얼마나 귀한 건지 아시죠? 저 좀 도와주세요."

...

가야는 붓을 내려놓고 거울에 비치는 맨몸을 바라보았다. 가슴, 배, 팔에 옥추경의 축향신주가 빼곡하게 쓰여 있었다. 할머니의 달필에 비하면 어설퍼도 자기 손으로 자기 몸에 칠한 점을 감안하면 그럭저럭 나쁘지 않았다. 금禁, 궁弓, 매鷹, 살殺의 부적을 태워 재를 긁어먹고 48신장의 존함을 하나하나 호명하니 천만의 요귀와 삼재팔난이 꼬리를 내리고 줄행랑치는 것 같았다.

물론 빈틈없이 방비한들 소랑각시에게 잡히면 끝장이다. 할머니의 말마따나 이런 호전적인 무장이 외려 소랑각시의 심기를 긁어 위험을 자초하는 악수가 될 수도 있다. 하지만 당산제 이후로 금가야의 존재는 이미 소랑각시에게 노출되었을 가능성이 컸다. 그렇다면 죽이 되든 밥이 되든 이판사판으로 덤벼들고 싶었다.

가야가 무녀들의 눈을 피해 옥녀봉에 들른 까닭은 사건의 단

2장 떠돌이 학자

서를 찾기 위해서만은 아니었다. 진실을 추적하는 것도 중요하지만 이에 앞서 반드시 회수해야 할 물건이 있었다.

흑백의 태극 문양이 새겨진 요요, 그 보물은 가야의 중학교 입학을 기념하는 할머니의 선물이었다.

열네 살이 되기까지 비록 신병을 앓으며 걱정을 사기도 했고, 되바라진 품행으로 빈축을 사기도 했지만 하여간 가야는 건강하게 성장했다. 가야가 워낙 장난감을 좋아하는 터라 할머니는 사랑하는 손자에게 진귀한 명품을 하사하지 않고는 못 배기고 있었다. 당시 해외 음료 브랜드의 로고가 새겨진 요요를 가지고 놀던 가야를 염두에 두었는지 할머니는 솜씨 좋다는 장인들을 몸소 찾아다녔다. 하나뿐인 손자, 오로지 금가야만을 위한 요요를 빚어내려 했다. 물론 그 바람이 쉽게 이루어질 리 없었다.

"이 양반아, 이걸로 왜 못 만드는데? 잡귀 쫓는 데 복숭아나무만 한 게 없다, 이 말이야. 내가 따블에 따블을 준다잖아. 몇백이든 쥐여줄 테니까 잔말일랑 말고 만들어 보소."

할머니는 요요의 제작을 의뢰하는 와중에도 손자를 보호하는 데 효과적인 수가 무엇인지 골몰했다. 그러나 복숭아나무는 무르고 부드러워서 요요의 몸통으로 가공하는 데 제한이 있었다. 귀신 몇 마리를 한입에 잡아먹고서 태평하게 이를 쑤실 할머니마저 끝내 현실에 승복하고 말았다. 그런데도 불굴의 무녀답게 기어이 차선책을 내놓았다. 할머니는 도교의 태극 문양을 요요의 양면에 참으로 고급스럽게도 각인시켜 가야에게 내주었다.

"인석아, 목구멍에 찐 감자라도 쑤셔 넣었냐. 네 상판 보니까 내 속이 다 퍽퍽하다. 왜 그리 시르죽었는데? 내 눈엔 멋있기만 하구만. 봐봐, 이게 눈깔 빠질 정도로 빤딱거리는 거야."

너무나도 고전적인 장식의 요요에 가야는 입술을 비죽였지만 고성능의 야광 기능을 탑재시킨 할머니의 감각에 곧 헤벌쭉거렸다. 그리고 각양각색의 요요는 버려두고 태극의 요요만 빙빙 돌렸다. 장난감에 흥미를 잃어버린 분교 내 남자애들조차 가야의 요요에는 눈독 들였으니 남 부러울 것 없던 나날이었다. 돌이켜 보니 할머니에게 고맙다는 말을 하지 못했다.

가야는 손등으로 코를 문지르며 옥녀봉의 등산로를 밟아 나갔다. 민도치와 결의한, 까놓고 말해 민도치를 끌어들이고 난 이튿날 새벽이었다. 이제 막 3월에 접어들었는데 해님은 뭐가 그리 조급한지 일찍이도 깨어나 빛살을 늘어지게 퍼뜨렸다. 산 중턱에서는 암벽을 따라 떨어지는 폭포와 그 아래 고인 옥녀탕이 비경을 이루고 있었다.

그런데 옥녀탕의 수면이 파문을 그리는 것이 그 인간이 물속에서 잠수하고 있는 모양이었다. 아니나 다를까 물보라가 치는 동시에 검은 머리칼이 솟아올랐다. 이내 물기 어린 나신이 물살을 가르고 나와 뭍으로 올라섰다.

역시나 금아리였다. 오늘 연행될 씻김굿의 주무主巫로서 부정을 씻고자 목욕을 나왔을 것이다. 그녀는 솔가지를 느릿느릿 휘저었다. 매사 철저한 독기로 일관하던 작은누나는 보이지 않았다. 그곳에는 정결을 수호하는 데 집념하는 곧디곧은 무녀만이 우뚝 서 있었다. 새벽녘 산자락의 계곡물이 차가웠는지 알몸에서는 김이 모락모락 피어오르는데, 그런데도 몸태는 의연하기 이를 데 없었다.

그리고 굵직한 호통이 울려 퍼졌다. 빽빽한 나무 사이, 거구의 남자가 웬 깡마른 남자의 멱살을 틀어쥐고 있었다.

무곡리의 주민 이덕규였다. 이덕규가 을러대는 사람은 다름 아닌 민도치였다. 이덕규의 우악스러운 손놀림에 민도치의 머리가 이리저리 흔들리니 뿔테 안경이 얼굴에서 떨어져 나갈 것 같았다. 이덕규는 석상 같은 얼굴을 붉히며 쏘아붙였다.

"어쩐지 이상하다 싶었어. 주민들이 새벽 댓바람부터 산에 오를 리 없는데. 너, 언제부터 아리 따라다녔냐?"

민도치는 울상이 되어 말했다.

"아닙니다. 전 단지 다른 볼일이 있어서 산에 들른 것뿐입니다. 한데 사람이 물에 빠진 줄 알고 혹시나 해서……."

"지랄하고 있네. 그럼 여기는 무슨 볼일로 기어 올라왔는데? 산세가 어떻게 생겼는지 관측이라도 하려고 왔냐?"

민도치는 응당 그런 의도로 옥녀봉을 탔다고 열변하듯 고개를 끄덕였으나 이덕규는 코웃음을 쳤다.

"기생오라비 같은 새끼가 어디서 구라질이야. 내가 너 같은 새끼 한두 번 본 줄 알아? 좀 맞자, 이 새끼야."

이덕규의 무쇠 주먹에 맞았다가는 민도치는 뼈도 못 추릴 터였다. 가야가 끼어들었다.

"잠깐만요, 삼촌. 이분, 이상한 사람 아니에요."

"가야? 넌 여기 웬일이야?"

가야를 향한 이덕규의 음색은 자상했지만 질책의 울림도 실려 있었다. 울룩불룩 핏줄이 불거지는 손등을 보자니 금단의 영역에 제 발로 들어선 가야를 나무라고 싶은 듯했다. 가야는 실실 웃으며 이덕규의 어깨를 주물렀다.

"에이, 삼촌. 사나이 가는 길에 덜 닦인 길이 있으면 있지, 못 갈 길이 어디 있어요? 저도 이제 무당이 될 몸인데 슬슬 퀘스트 접수해야죠. 손님들 몰리기 전에 레벨 업이나 할까 하고 나왔어요. 일단 진정하세요. 멱살도 좀 놓고요. 안 그래도 뒤숭숭한데 괜히 또 사고 터지면 삼촌이나 우리나 좋을 거 없잖아요. 이분은 변태 같은 놈이 아니에요. 제가 보증할게요."

이덕규는 민도치를 밀쳐버렸다. 민도치가 꼴사납게 나자빠진 사이, 유리처럼 깨끗한 목소리가 들려왔다.

"뭐해, 너희?"

물에 흠뻑 젖은 금아리가 수건으로 몸을 가리고 있었다. 새끼손가락으로 무심하게 귀를 후비는 그녀의 모습은 할머니를 여읜 손녀 같지 않았다. 그러나 온 정신이 씻김굿과 동화되어 눈물 한 방울 흘릴 겨를조차 없음을 가야는 알고 있었다. 수건 사이로 빠져나온 허벅지에 난 수많은 붉은 점 또한 슬픔을 잊고자 대바늘로 찌르다가 남은 흉터일 것이다.

금아리는 과연 가야를 꾸짖지 않고 이덕규가 민도치를 헐뜯어도 아무런 언짢음이 없었다. 버림받은 고양이처럼 널브러져 있는 민도치를 내려다보며 그녀는 피식 웃었다.

"어땠어? 봐줄 만하디?"

민도치가 뭐라 항변하기도 전에 금아리는 가녀린 몸을 돌려 떠나갔다. 이덕규가 민도치를 눈질하며 그녀를 따라 내려갔다. 가야는 민도치를 일으키며 옷을 털어주었다.

"괜찮으세요? 덕규 삼촌이 평소엔 되게 순한 사람인데 우리 식구 일이면 항우처럼 변신할 때가 있어요. 제가 대신 사과드릴게요."

"저 덕규 삼촌이라는 분은 서른이 넘은 듯한데 양기가 전혀 꺾이지 않은 모양입니다. 남자가 귀한 무곡리에서는 희소한 재목이군요, 하하."

민도치는 색골로 몰리고 바닥에 굴러다닌 게 분하지도 않은지 헤프게 웃었다. 꼭 동네 바보 형을 보는 것 같았다. 가야는 바보를 좋아했다. 바보들끼리는 재고 따지고 계산할 필요가 없었다.

"덕규 삼촌이 하나밖에 없는 장정이다시피 하죠. 사주에 나무가 네 개나 있다고 하더라고요. 우리랑은 되게 친하게 지내요."

"그렇군요, 그렇군요. 작은누님도 듣던 대로 대단하십니다."

"네, 저 누나는 평소에도 흉하기 짝이 없는 인간인데요. 탯줄 끊을 때부터 악령에 씌었다는 소문이 있어요. 악령이 저 누나한테 씌었다는 소문도 있고요. 그리고 말 편하게 하세요. 제가 한참 어린데."

가야가 요요를 찾고자 옥녀봉에 등산한다고 언급했을 때, 민도치는 그 또한 옥녀봉을 상세히 조사하고 싶다며 동행을 요청했다. 아울러 가야가 소랑정에서 겪었던 괴현상을 설명하자 민도치는 밤의 우물을 아침에 맑은 눈으로 관찰함으로써 논리적인 해석이 가능할지 모른다고 주장했다.

"그것보다 이 산, 무녀들의 영산이라기엔 관리가 엉망이군요. 가시박 같은 잡초가 심하게 무성해서 말입니다."

민도치가 일대를 두루 가리켰다. 덩굴 식물이 산골짜기의 묘목들을 칭칭 감고 있었다. 마치 초록색 괴물이 나무에 기생하는 모양새였다. 진달래와 철쭉은 흐드러지게 피어있는데 빽빽한 이파리 사이로 삐져나온 나뭇가지는 살고자 허우적대는 손바닥 같았다.

"왜 저러지? 얼마 전에 정리했는데. 지난달인가, 군인 형님들까지 와서 다 같이 삽질했거든요?"

"삽질이라니요? 제초 작업을 했다는 말입니까?"

"네, 그거 때문에 큰소리도 나왔어요. 할머니는 저거 내버려 두면 흉산이 될지 모르니까 싹 갈아엎어야 한다고 했는데, 어머니는 또 안 된다고 반대하셨나 봐요. 결국 할머니의 케이오 승이었지만요."

"하기야 주산이 상하면 산신님도 앓으실 터이니 할머님의 말씀이 옳습니다. 허나 어머님의 반론도 일리는 있습니다. 금오도에도 옥녀봉이 있는데 그쪽 동네는 벌채를 일절 금하고 있답니다. 옥녀봉의 산신은 여성형으로 그려지기 때문이죠. 산의 초목을 베는 것은 여신의 옷을 벗기는 대죄라는 겁니다."

그러고도 전국의 옥녀봉이란 옥녀봉은 다 나열하는데 산을 열 바퀴 넘게 돌아도 강의는 끝나지 않을 듯싶었다. 음료수를 우수수 쏟아내는 고장 난 자판기처럼 수다가 끊이지 않는 귀인이었다.

시답잖은 잡담을 주고받으며 솔방울과 잔가지를 밟아 나가니 이윽고 한편에 덩그러니 놓인 소랑정을 볼 수 있었다. 쨍한 햇살을 받은 이른 새벽의 폐우물은 나흘 전 밤의 괴이함은 온데간데없이 평온이 감돌고 있었다. 그런데 소랑정 주변의 흙바닥을 응시할수록 그들의 눈이 가늘어졌다.

평범해 보이는 흙바닥에 하얀 입자가 군데군데 섞여 있었다. 민도치가 구둣발로 흙을 걷어내자 그 밑에서 하얀 가루가 드러났다. 우물 주변 1미터 반경에 하얀 가루가 수북이 깔려있었다.

민도치는 장갑을 끼고는 가루를 한 움큼 집어 향을 맡았다.

"냄새로는 무엇인지 알 수 없지만 이쪽 지반만 유달리 단단한 것을 보아 석회 가루인 듯합니다. 석회 가루가 짧게는 몇 년, 길게는 십수 년이나 토양에 축적된 듯한데 그 오랜 시간 동안 많은 양의 비가 내렸을 터이니 석회도 그만큼 땅속으로 침투했을 터이고, 이로 말미암아 지반도 다져진 거겠죠. 무녀촌은 주기적으로 석회 가루를 뿌려놓는 듯합니다."

그는 몇 번을 콜록콜록하다가 말을 이었다.

"석회 가루야 산성화된 토양을 중화하려는 목적으로 흔히 사용한다마는, 이렇듯 우물 주변에만 뿌려져 있다는 점과 흙으로 덮어두었다는 점을 미루어 짐작하건대 다른 용도가 병행됐을 겁니다. 석회는 살충에 효력이 있는 데다 물기가 스며드는 것을 차단하죠. 이런 연유로 시신을 매장할 때 묘지 보호의 차원에서 방벽으로 활용되기도 합니다."

"잠깐만요, 우물이 무덤이라도 된다는 거예요? 저 안에 시체라도 있다는······?"

"아뇨, 아뇨, 그건 아닐 겁니다. 석회가 살균의 속성이 강한 만큼 벽사에도 신통하다고 알려져 있습니다. 오행으로 따지면 불순물을 베어버리는 칼, 즉 금金으로 분류할 수 있겠죠. 옛 홍콩 영화만 봐도 이런 기물이 많이 쓰이지 않았습니까."

동전 검으로 귀신을 물리치는 영화 속 장면이 가야의 뇌리에 떠올랐다. 할머니도 금金은 순결하면서도 음기가 강해 더러운 것을 정화하고 사악한 것을 절단한다고 했다.

"이를 반대로 보면 혼백이 이승으로 나가는 것을 붙잡아두는 구속장치가 될 수 있습니다. 아마도 무녀들은 석회 가루로 각시의 이탈을 묶어두고자 했을 겁니다."

민도치는 발치에 있는 쇳돌을 톡 건드렸다.

"더군다나 흙과 돌로 이루어진 산은 토土를 표상하므로 석회와 옥녀봉은 토생금으로 상생하죠. 철을 생산하는 땅이 자식 같은 석회를 아낌없이 포용하니 봉인의 힘도 강해진다는 겁니다."

석회 가루는 금시초문이지만 소랑각시의 봉인에 대해서는 가야도 언뜻 들은 바가 있었다. 요컨대 소랑각시가 대보름날에만 마을로 내려오되, 그 외의 날은 무녀들이 매일같이 산에 올라 치성을 드리면서 상호 간 불가침 조약을 체결했다는 이야기였다. 그렇다고는 하나 할머니와 무녀들로서는 안심할 수 없었으리라. 무녀촌이 소랑각시를 억제하고자 마련한 주물이 석회 가루였을 것이다. 무녀촌의 비밀을 알게 되면서 가야는 갈증이 해소되는 듯한 청량감을 느꼈지만 이내 흡연의 욕구도 일었다. 가족들과 이모들, 애동까지 다 꿰고 있을 보안을 인제 와서 깨닫게 되니, 또 이방인의 입으로 건너 듣게 되니 텁텁하고 섭섭했다.

"당산제 날 밤, 가야 씨는 이 근처에서 동물과 곤충의 울음을 듣지 못했다고 하지 않았습니까. 얼굴이 따갑다고 했고 손바닥이 전기에 감전된 듯 찌릿했다고도 했는데, 이는 석회 가루가 날린 까닭일 겁니다."

"네? 저를 후린 게 석회 가루라고요?"

"강한 알칼리성의 석회 가루는 수분을 빼앗고 단백질을 분해하는 속성을 지니고 있습니다. 피부에 닿으면 통증, 발진, 홍반을 유발하거니와 안구에 충혈을 일으키며 시력을 손상시킬 수 있죠. 땀으로 젖은 피부에 반응하면 자극은 배가되고 자칫하다가는 화상을 입을 수도 있습니다. 아울러 경면주사는 황화수은으로 구성된 화합물이고, 수은은 독성이 강한 중금속입니다. 경면주사를 부적처럼 몸에 바르는 것만으로는 악영향이 미미하지만, 독성이 독성이니만큼 과민반응을 일으켜 염증에 체감을 더할 수 있습니다."

가야는 괴현상의 실체를 어슴푸레 알 수 있었다. 당산제 당일 소랑정에 당도했을 때 온화한 기후 탓에 요요가 손가락에서 미끄러질 만큼 땀을 흘렸다. 산의 영물들이 대피한 이유도 소랑각시의 음기 때문이 아닌지도 모른다. 자극적인 석회 가루가 소랑정 근방, 나아가 멀리까지 퍼지며 산짐승과 산새와 곤충을 쫓아낸 것은 아니었을까. 그러자니 또 다른 의문이 돋아났다.

"근데요, 선생님. 저 발목이 부어 있었어요. 누가 잡아당겨서 넘어뜨렸다니까요? 그게 혹시……."

"아뇨, 제 생각은 다릅니다."

민도치는 검지를 휘저었다.

"귀신이 가야 씨의 발목을 손아귀에 넣고 조였다기보다는 다른 어떤 것이 작용했다고 봅니다. 듣기로는 그때 옥녀봉에 오르기 전에 마셨던 음료가 있다고 했습니다. 넉 잔이나 마셨다고 했죠."

가야의 생각이 미치기도 전에 민도치가 말했다.

"소금물입니다. 소금은 민속에서 남다른 주력呪力을 발휘하는데 충북에서는 쑥에 소금을 섞어 태우면서 역귀를 물리칩니다. 석회 가루와 유사하게 귀신을 무찌르는 데 영험하다는 거죠."

"맞아요. 여기서도 불 지르는 귀신 쫓아내려고 소금물 뿌리면서 화재 막이를 해요. 저도 어머니가 하도 성화를 부리셔서 날마다 소금물을 진탕 마셨어요."

민도치는 손가락을 탁 튕겼다.

"예, 가야 씨가 귀신들에게 당할 봉변을 우려해 소금물을 권하셨을 겁니다. 한데 과도한 염분 섭취는 부종을 유발하기도 합니다. 라면을 먹고 자면 얼굴이 붓는 것처럼 말이죠. 이렇듯 쉽게 부을 수 있는 몸 상태에 다른 요인이 더해지면 예기치 못한 멍울이 질 수도 있습니다."

가야는 손뼉을 짝짝 쳤다. 그가 신고 있던 양말, 발목 부분에 리본이 둘러져 있는 여성용 버선이 떠올랐다. 소금물을 넉 잔이나 흡입한 뒤 산행했으므로 시간이 지나고 운동량이 증가함에 따라 피부는 부었을 게 틀림없었다. 발목을 감싼 리본의 조임도 미세하나마 강해졌을 것이다. 또한 소랑정 근방을 서성일 때 풀밭을 걷고 있었다. 리본의 매듭이 헐거워지며 끝단이 풀과 엉겼다면 넘어질 수도 있는 일이다. 그 과정에서 일어난 마찰로 발목에 멍이 들 수도 있는 노릇이었다.

귀신에 맞서는 민도치의 지성에 가야는 감탄했다. 할머니가 들었다면 비전문가의 셈법이라며 콧방귀나 꼈겠지만, 가야가 보아도 민도치 대 소랑각시 1차전은 귀인의 완승이었다.

"저기요, 선생님. 아직 끝난 게 아니에요. 제가 말했잖아요, 우물에서 이상한 소리가 났다고. 그어어어, 하는 소리요. 그르르르, 라고 해야 하나? 제가 장담하는데요, 그건 산 것이 낸 소리가 절대 아니에요. 석회 가루 때문에 영물 님들도 다 떨어져 나갔을 텐데 누가 그런 소리를 내겠어요? 이건 과학으로 설명이 안 된다니까요. 제가 오버하는 게 아니에요. 진짜라고요."

가야는 엄지를 혀끝에 붙인 채 새끼손가락 끝을 이마에 갖다

댔지만, 민도치가 미간을 모으자 동작을 그만두었다. 그러나 민도치는 가야의 경솔한 손놀림이 아니라 그만의 연구에 꽂혀 있었다. 그가 싱긋 웃어 보였다.

"우선 우물 안이나 살펴봅시다."

소랑정 안은 물이 한참 올라와 있었다. 태극의 요요와 낙엽 몇 장이 떠다니는 우물물은 고즈넉한 정취만 자아내었다.

"당산제 전날 내린 호우는 지하수의 물길에도 영향을 끼쳤을 겁니다."

민도치는 우물가에 배를 깔고 대롱거렸다.

"지하수의 수위가 급격히 상승하면서 유속이 급속했다면, 이 과정에서 물줄기가 토양과 암석층을 비롯한 산지 곳곳을 통과했다면, 이런 물의 흐름을 하필 뻥 뚫린 우물이 소화했다면, 우물 안에서 공명하는 웅웅거리는 저음의 소음이 밖에까지 새어 나갈 수 있습니다."

가야는 우물 안을 노려보며 귀를 기울였다.

"날씨가 따듯해도 우물 밑바닥까지 포근할 순 없죠. 온도가 낮아질수록 공기의 밀도는 높아지는데 이런 조건, 이를테면 천지 사방이 식어버리는 밤이라면 음파는 굴절되며 더 멀리 전파됩니다. 낮에 듣는 소리보다 밤에 듣는 소리가 더 큰 것처럼 말입니다. 보는 바와 같이 우물은 원통형 구조로 되어 있죠. 우물의 돌벽이 소리를 반사할수록 기이한 메아리가 만들어질 터이고, 석회 가루 때문에 산짐승들이 달아나 조용한 환경이 조성되었다면 음량은 한결 커질 겁니다. 가야 씨는 여러모로 심신이 예민했을 터인즉, 이렇다 보니 소리가 더더욱 선명하게 들렸겠죠."

가야는 용기를 쥐어짜 우물 밑바닥을 꿰뚫어 보았다. 공포가 마르며 희망의 샘물이 우러났다. 민도치가 방점을 찍듯 말했다.

"저도 제 소견이 진리라고 단언하는 것은 아닙니다. 다만 피력하건대, 가야 씨가 소랑정에서 겪은 일은 세상사의 이치를 근거로 논파하는 편이 어느 모로 보나 사리에 맞습니다."

가야는 흥분한 나머지 민도치의 등을 팍팍 두들겼다.

"이야, 진짜 똑똑하시네. 내가 사람 보는 눈은 있다니까. 선생님, 아니 오늘부터 형이라고 부를게요. 아니다, 이 금가야가 큰형님으로 모시겠습니다."

그러자 민도치의 두 뺨에 홍조가 번졌다. 서방님과 합방하는 새색시처럼 수줍음에 물든 낯빛이었다. 대체 무엇이 그를 낯간지럽게 했는지 가야가 생각하니 아무래도 '형'이라는 호칭 때문인 듯했다. 가야는 형님, 형님 하면서 민도치를 띄워주다가 머리를 고쳐 묶었다. 마지막 관문이 남아있었다. 그는 손가락 끝으로 오른쪽 뺨을 가리켰다.

"근데요, 도치 형. 그때 우물 안을 보는데 뭐가 긁고 갔어요. 그래서 도망치다가 넘어진 건데요. 이 뺨의 상처는 왜 그런 걸까요? 이건 석회 때문이 아니에요. 딱 봐도 칼 같은 걸로 쓱 그은 거 같잖아요."

가야는 명쾌한 해답을 기대했으나 민도치의 말문은 좀처럼 열리지 않았다. 민도치는 앞머리를 비비 꼬며 이맛살을 찌푸릴 뿐이었다. 끝내 그는 이렇다 할 답을 제시하지 못했다.

가야는 뺨에 난 상처를 더듬었다. 보고 싶은 것만 보고 있던 것은 아니었을까. 발목에 남은 뚜렷한 멍 자국을, 요요가 우물에 빠지면서 났던 첨벙대는 소리를, 그저 자연과 우연의 산물로 잘라 말할 수 있을까. 할머니는 늘 이렇게 말했다. 눈에 보이는 것만 보는 자는 세상의 절반밖에 못 보는 헛똑똑이라고.

"한데 이 석회 가루 말입니다."

민도치가 말머리를 돌렸다.

"제 주장이 모조리 틀렸다고 치고 귀신이 한 짓이라고 가정해 봅시다. 이 말인즉슨, 각시가 날뛸 수 있게끔 판을 깔아준 사람이 있다는 말이 됩니다. 억지로 땅을 파헤치지 않는 한 석회 가루가 밖으로 퍼질 리도 없을뿐더러, 장승이 훼손된 정황도 인위적입니다. 살펴보건대……."

누군가 금가야를 위협했다. 그 위협은 석회 가루로 인한 직접적 공격일 수도 있고, 소랑각시의 속박을 풀어 금가야를 궁지에 몰아넣으려는 주술적 공격일 수도 있다. 민도치는 그런 말을 하고 싶다는 기색이 역력했다. 그의 표정은 예의 풀이가 막혔을 때보다 더 심각했다.

"당산제 제일, 가야 씨를 해하려는 사람이 있었다면 그날 어색하게 행동한 사람도 있기 마련입니다. 옥녀봉에 올라 석회 가루를 건드리는 과정에서 어떠한 흔적을 남겼을 겁니다."

가야는 눈을 감고 범인의 정체를 점쳐보았다.

주민은 아니다. 그럴 만한 이가 보이지 않는다. 절도 아니다. 탁선 스님이 금가야라는 문제아를 아니꼽게 여기기로 사사로운 앙금에 불과하다. 상처 여부로 시비를 가릴 수도 없다. 지금은 석회 가루로 인한 피부의 이상 증세가 완전히 가라앉았을 것이다.

당산제 당일은 어땠더라. 그날 유난히 이상하게 행동했던 사람은······.

강신무 이모들이야 전통적으로 진한 화장을 하기에 유별나다고 할 수 없었다. 화장만으로 목련이 이모와 기선이 이모를 의심하기에는 부당하다.

어머니는 제물을 준비할 때뿐만 아니라 달집을 태울 때도 마스크를 끼고 있었을 것이다. 다만 어머니에게는 불을 꺼림칙하게 대할 수밖에 없는 사연이 있다. 큰누나는 평소보다 두껍게 분을 바르는 데 여념이 없었다. 당산제의 주무 중 하나로서 자신감을 고양하고자 치장에 집착했을 만도 하다. 그런데도

2장 떠돌이 학자

그들의 행보가 자꾸만 마음에 걸렸다.

작년 정월 그 사건이 있고 나서 불을 멀리하는 어머니, 그리고 불세출의 무녀로 거듭난 작은누나에 밀려 주눅이 든 큰누나. 공교롭게도 올해로 접어들어 각자의 처지에 몰두해야 하는 사정이 생겨버렸다. 설상가상으로 민도치가 의외의 부분을 찔렀다.

"작은누님이 당산제 굿의 주무인데도 줄다리기에 참여했다고 하지 않았습니까. 장갑을 끼고 줄다리기를 해도 손바닥에 화상을 입을 수 있습니다. 화상을 치료하는 연고를 보란 듯이 드러내 놓고, 무척이나 자연스레 바를 수 있는 상태가 되는 거죠. 석회 때문에 생긴 화상을 줄다리기로 인한 화상으로 묻을 수도 있다는 겁니다."

그렇게 주요 용의자는 이옥화, 금은슬, 금아리로 좁혀졌다. 어머니, 큰누나, 작은누나, 애석하게도 모두가 혈육이었다. 선글라스 안으로 숨고 싶어도 어디서 떨어뜨렸는지 손에 잡히지 않았다.

"모든 것이 아리송하다만."

민도치는 목소리를 내리깔았다.

"할머님께서 가야 씨에게 큰 자리를 물려주신 이유, 이것 하나는 알겠습니다."

...

"이 쳐죽일 놈들아! 뭐? 정신병자? 사기꾼 할망구?"

노발대발하며 술잔을 내던진 사람은 금씨 남매의 이름을 작명한 만초 선생이었다. 앞뜰에 모인 문상객들의 시선에도 아랑곳없이 그는 침을 튀겨댔다.

"너희 사장부터가 큰 선생님으로 모신 게 강춘례야. 너희 같은 샌님 새끼들이 백날 으스대도 그분 발끝 따라갈 거 같아? 어디 더러운 입으로 귀한 분을 욕해?"

만초 선생은 정장 차림의 두 남자를 야단치고 있었다. 갸름한 얼굴의 남자와 퉁퉁한 남자, 조문을 기다리고 있는 외지인들이었다. 갸름한 얼굴의 남자가 주위를 두리번거리고는 말했다.

"어르신, 갑자기 무슨 말씀이세요? 혹시 저희가 고인에게 실례되는 말이라도 했나요? 진정하시고 차분하게 얘기해 보시죠."

"이게 어디서 시치미를 떼? 너희가 무당 보기를 아무리 좆으로 알아도 그렇지, 그게 초상집에서 할 말이야?"

"아이고, 우리 어르신께서 과음하셨나 보네. 어르신, 오해가 있는 거 같은데 기분 푸세요. 뭘 잘못 들으신 거예요."

자, 폐 끼치지 마시고 앉으시죠. 갸름한 남자가 사근사근 달랬으나 만초 선생은 삿대질을 멈추지 않았다.

"이것들이 날 귀머거리 취급해? 야, 내가 너희 엄마 장례식

가서 그딴 식으로 주둥이질하면 너흰 기분 좋겠냐? 뒷담화도 때와 장소를 가리면서 까야 하는 거야, 이 버르장머리 없는 새끼들아."

갸름한 남자는 만초 선생에게 팔짱을 끼며 통통한 남자에게 턱짓했다.

"어르신, 자꾸 이러시면 곤란합니다. 아시겠지만 저희는 심부름꾼이에요. 일면식도 없는 고인을 욕할 이유가 어디 있겠어요? 강 부장, 넌 나가 있어."

하지만 강 부장이라고 불린 통통한 남자는 이미 뚜껑이 열려 있었다.

"늙다리 노땅이 보자 보자 하니까. 남의 엄마는 왜 끄집어내고 염병이야. 너희 엄마는 너한테 이러라고 가르쳤냐?"

뭐? 간나 새끼가 어디서 적반하장을. 만초 선생은 지팡이를 불끈 쥐었다. 강 부장은 풍선 같은 배를 들이대며 만초 선생을 밀어붙였다.

"나이 먹고 쪽팔린 것도 모르는 영감탱이야. 쳐볼 테면 쳐봐. 왜? 못 치겠냐? 내가 먼저 쳐 드려?"

흰 구름이 한가롭게 떠다니는 하늘 아래, 애꿎은 평상이 걷어차이며 장노년층 남자들의 권법이 격돌하기 직전이었다. 만초 선생은 환갑을 넘긴 데다 다리가 불편한 노인, 따라서 40대 후반의 강 부장이 우위를 점할 수밖에 없는 대결이었다. 누구라도 만초 선생을 위해 수건을 던져야 할 판이었다. 그러나 내공을 분출하던 강 부장은 뒤로 밀려나기 시작했다.

"듣는 귀가 하나밖에 없는 줄 알아? 아저씨들이 선빵 쳤잖아. 왜 방귀 뀐 놈이 성을 내고 그래?"

강 부장의 뒷덜미를 잡고 끌어낸 사람은 해금재비 김개울이었다. 대금재비 신불새도 목 관절을 풀었다.

"이 인간들도 맺힌 게 많나 보네. 힘이 남아돌아서 안달 난 거 같은데 연약한 어르신네는 놔주고 또래끼리 풀어봅시다. 깽값 물기 없다는 각서만 써주쇼."

건장한 고인들이 가세하자 강 부장은 단전이 쭈그러들었다. 김개울이 강 부장의 넥타이를 잡아당겼다.

"아저씨들이 할매 흉봐서가 아니야. 할매 돌아가시기 전에 이제나저제나 안방 드나든 기도파 의리파가 우리 대장이거든. 할매 씹는 건 우리 대장 씹는 거라고."

일대일 승부가 집단 구타로 번지려니 김내철이 양자를 떼어놓았다.

"상갓집에서 잡음들 낼 셈이냐."

대장의 꾸중 한마디에 신불새와 김개울은 혀를 쏙 내밀며 물러났다. 김내철은 정장 차림의 남자들을 돌아보았다.

"댁들은 이만 돌아가시오."

"잠깐만요, 우린 아직 조문도 못 했어요. 이것도 업무차 온 건데…….”

"그냥 돌아가시라고.”

김내철의 음성은 나직했지만 주먹을 쥐었다가 말기를 반복하는 그의 손은 붉어져 있었다. 백목련까지 등판해 악다구니를 쓰며 빗자루를 장창처럼 휘두르자 정장 차림의 두 남자는 밖으로 꽁무니를 뺐다.

가야는 툇마루에서 그 난장판을 지켜보았다. 김개울의 말을 더듬자니 사고 전에 내철이 삼촌이 할머니의 안방에 들른 듯했다. 온갖 악기와 북춤에 능통하고 웅변까지 빼어난 김내철, 손꼽히는 당골조차 한 수 접는 풍류의 대가라면 굿의 연출에 대해 할머니와 논의할 만도 했다. 그런데도 어딘지 모르게 내밀함이 느껴져서 찜찜함이 가시잖았다.

그러다가 소금을 뿌리고 있던 백목련과 눈이 마주쳤다. 그녀는 대청으로 다가왔다.

“할머니 모셔드리지 않고 나와서 뭘 하고 있냐.”

백목련의 화장기 없는 뽀얀 얼굴은 오늘따라 유독 핼쑥한 게 소주를 몇 잔 걸친 듯했다. 다소 부담스러운 대면을 가야는 발판으로 삼았다.

“이모, 이모, 할머니가 당제 때 입었던 무복이요. 그거 조각이라도 구할 수 있을까요?”

“그게 무슨 소리냐?”

가야는 짐짓 훌쩍이며 말했다.

"할머니가 마지막으로 입으셨던 옷이고, 더군다나 무복이라 천 쪼가리라도 있으면 기념으로 간직하고 싶어서……."

가야의 열연에 백목련의 눈이 촉촉해졌다.

"다 타버렸는데 뭐가 남았겠냐. 할머니는 훌훌 털어내셔서 편히 쉬실 수 있는 거야. 이승에 옷이 남았으면 미련에 묶이셔서 좋은 곳에 못 가셨을 거다. 할머니는 저승에서 새 옷으로 갈아입으실 테니까 잘된 일이라고 생각해라."

응원이고 덕담일진대 '잘된 일'이라는 말만 머릿속에 맴돌았다. 가야는 내색 없이 눈물 연기에 집중했다.

"그래도 도저히 구할 수 없을까요? 빨래하다가 노리개가 떨어졌을 수도 있고, 말리고 털다가 단추가 뜯겨 나갈 수도 있고……. 누가 빨고 누가 말린 거죠? 알려주세요, 제발요."

민도치가 말하기를, 달집태우기 사건의 실마리를 풀려면 할머니가 입었던 무복에 대해 관리 절차를 자세히 조사해야 한다고 했다. 끈질긴 무복 타령에 백목련은 미간을 찌푸렸으나 가야가 서럽게도 끅끅거리니 별 거리낌 없이 말해주었다.

때는 당산제 당일 새벽, 무복을 세탁한 사람은 금은슬이었다. 이후 금은슬이 마을굿 예행연습에 홀로 매진하느라 금아리가 건조를 담당했다. 그런데 금아리는 예측 불가의 변덕쟁이답게 줄다리기를 하고 싶다며 칭얼거렸다. 그리하여 이옥화가 무복을 거둬들였다. 이옥화는 제물로 만들 식자재를 점검하느라 눈코 뜰 새 없어서 백목련이 무복을 넘겨받았다. 백목련은 무복이 신의信衣로 탈바꿈되게끔 간소한 축원을 올린 뒤 강춘례에게 전달했다.

"환장하겠네. 뭔 옷가지 하나 가지고 이 사람 저 사람 달라붙어서 헷갈리게 해."

아뿔싸, 머리가 과부하된 나머지 무심코 본심을 꿍얼거렸다. 찔끔한 가야는 그 길로 등을 돌려 빈소로 향했지만 백목련에게 어깨를 붙잡혔다. 매끈하기만 하던 백목련의 이마에 주름이 잔뜩 잡혀있었다.

"이놈아, 귀신 밥 먹겠다는 놈이 신복을 평범한 옷가지 취급해서 되겠냐? 나 때는 저고리 한 장 갤 때도 뉘여 개면 회초리질을 당했다. 호텔 직원 뺨치게 옷을 잘 개야 무당 흉내 좀 낼 수 있는 거야. 굿만 잘 치고 옷을 걸레짝처럼 다루는 무당이 있을 거 같냐?"

그제야 가야는 그녀가 애용하는 향수 냄새를 고스란히 맡을 수 있었다. 갓 깎은 유자 껍질에서 나온 향기처럼 톡톡 쏘아야 목련이 이모다웠다. 존경해 마지않는 참스승과 작별했다고 해서 풀이 죽을 사람이 아니었다.

백목련은 픽 웃으며 손날로 가야의 목을 톡 때렸다. 그러고는 움푹 들어간 목소리로 말했다.

"할머니가 가야 너에게 남겨주신 거, 그게 너한테는 가장 큰 유산이야. 정말 힘들겠지만 할머니가 늘 네 곁에 계실 거라는 건 알아둬라. 나도 선생님 유언을 받치기로 작정했으니까 울고 싶으면 나한테 와서 울어도 된다."

가야는 손바닥으로 눈을 가리며 정황을 분석했다. 내철이 삼촌과 목련이 이모, 할머니가 돌아가시기 전 독대한 인물들이었다. 공무 외의 사정으로 할머니를 찾아갔을 수도 있다. 할머니와 내담 중에 뜻하지 않은 살의가 형성됐을 수도 있다. 다만 둘 다 할머니를 극진히 모셨다는 점이 내키잖았다. 안타깝게도 할머니와 사사건건 부닥쳤던 어머니에게 의심의 추가 기울었다. 특히 그 사건이 있고 나서 어머니는……

심란한 마음도 잠시, 한 줄기 섬광이 뇌리를 스쳤다. 방법이 있었다. 그것도 확실한 방법이. 계산이 적중하면 바로 오늘, 범인의 정체를 확인할 수 있을 것이다.

...

나무는 양기의 동력원이고 올해 기묘년은 목木과 토土가 만나며 양기가 움트는 시기였다. 나무가 무럭무럭 자라나려면 바닥을 관통하고 흙의 양분을 취해야 했다. 이렇듯 나무가 땅을 제압하는 목극토木克土의 상극이 원활해야 만물이 소생하면서 양기도 태동할진대 옥녀봉은 오히려 땅이 나무를 집어삼키는 형국이었다.

이 마을은 모든 게 뒤틀려버린 것 같군…….

도치가 무녀촌의 외곽에서 산봉우리를 내다보고 있으려니 누군가 그를 불렀다.

"우와, 야옹이 오빠다."

금아리가 담벼락에 기대 담배를 피우고 있었다. 그녀는 야옹야옹하며 고양이 흉내를 내고는 말했다.

"오빠, 서울에서 왔지? 서울 어디 살아?"

도치는 그녀를 넌지시 관찰하며 입을 열었다.

"이촌동입니다. 용산에 있는. 오늘 씻김굿의 주무가 아리 씨라더만 바람이라도 쐬러 나왔나 봅니다?"

"뭐래? 아리 씨는 뭔 아리 씨야? 간지럽게 부르지 마. 뼈마디 쪼그라들 거 같으니까."

금아리는 갈지자걸음을 걸으며 다가왔다.

"나도 이촌동 가봤어. 작년에 무용대회 나갔을 때. 한옥 많은 동네잖아. 맞지?"

"거기는 북촌이지요."

"그랬나? 참, 이촌이면 작년에 백화점 생긴 동네 아니야? 수제비 유명하고."

"거기는 신촌이고요."

아는 척하다가 들킨 꼴이 뻘쭘하지도 않은지 불세출의 무녀는 쿡쿡 웃었다. 낯가죽만 두꺼운 게 아니었다. 용모 복장 부문에서 불량하기로 금가야가 무녀촌 내 일등이라 확신했는데 금아리야말로 대상감이었다. 부스스한 생머리를 어깨 아래로 늘어뜨리고, 저고리 섶은 반쯤 열고 있어서 뛰는 놈 위에 나는 놈 있다는 격언이 명언임을 새삼 실감했다. 거기다가 딱 봐도 수백을 호가하는 트위드 재킷을 소복 위로 걸치고 있는 터라 한쪽 발은 속세에 담그고 있는 것 같았다.

"나, 명동도 가봤어. 동대문이랑 남대문도. 근데 뭐 별거 없더라. 내실 있는 여행지 어디 없으려나. 서울만의 얼이 살아 숨 쉬는?"

"글쎄요, 젊은 분들은 이태원이 재미있지 않을까 싶습니다만."

"이태원도 별로라던데? 오빠만 아는 명소 없어? 아무 말이나 접시에 올리지 말고 짱구 좀 굴려서 좋은 요리로 대접해 봐. 보답이 갈지도 모르잖아."

도치는 입술을 지그시 깨물었다. 말본새도 얄밉거니와 열 살은 어린 것이 반말질로 일관하니 금가야의 말마따나 이 여자애는 싹수가 동나다 못해 바닥까지 말라버린 듯했다. 그는 언짢은 속내를 담아 말했다.

"명소는 풍경이 아니라 사람이 만드는 거죠. 그건 그렇고 무녀촌엔 풍류에 일가견이 있는 샛별이 많군요. 젊은 기자(記子)들의 애연 활동에 대해 어머님께서는 별말씀 없으십니까?"

연이은 하대를 받아치고자 은근슬쩍 빈정댔으나 금아리는 너털웃음을 터뜨렸다. 그녀는 한동안 깔깔대고는 말했다.

"오빠, 생각을 해봐. 새벽 3시에 일어나서 정화수 뜨고 치성 올리고, 목구멍 뚫는답시고 산에 올라가서 악을 지르고, 발바닥 터질 정도로 춤 연습하는 데다 해 지면 손톱도 못 깎아."

금아리는 담뱃불을 털어내고는 손가락을 튕겼다. 담배꽁초가 도치의 어깨를 지나쳐 얼마 못 가 떨어졌다.

"하루를 이렇게 고되게 보내는데 술이랑 담배 빼면 대체 어디서 여흥을 찾을까, 안 그래? 무당노래 중에 '먼 데 사람 듣기 좋고 가까운 데 사람 보기 좋게'라는 가사가 있거든? 남녀노소, 짧은 인생, 이왕 놀 거, 내숭 없이 놀아야 신령님 보기에도 좋다는 거야. 틀린 말은 아니지?"

급작스러운 전개에 도치는 몸이 굳어버렸다. 금아리가 얼레빗으로 도치의 헝클어진 머리를 빗겨주었다.

"오빠 좀 재밌다. 꺼벙한 안경도 졸라 잘 어울려. 향수 뭐써? 정장은 맞춤이야? 술 좋아해? 우리 술 마실래?"

열 살은 어린, 흉하기 짝이 없다는 것에게 도치는 어이없게도 설렘을 느꼈다. 부채 같은 속눈썹이며, 눈 아래 미인점이며, 풍성한 머릿결에 목소리도 맑은 것이 교태를 넘어서는 마성이 있었다. 도치는 한 걸음 물러서며 그녀의 빗질에서 벗어났다.

"초대는 감사하지만 제 염통이 알코올을 받아낼 재간이 없습니다, 하하. 아리 씨도 주무로서 굿에 나가야 하지 않습니까."

"아, 맞다. 오늘 굿하는 날이지? 그럼 나중에 마시자. 오빠 편할 때 놀러 와. 약속이야. 약속 깨면 죽는 거 알지?"

금아리는 제멋대로 짓쳐나가며 새끼손가락을 내밀었다. 도치는 얼결에 그녀의 기다란 손가락과 마주 걸었다. 그러자니 그녀의 눈이 게슴츠레 풀어졌다.

"⋯⋯진주 아씨? 그 사람도 무당이었네?"

그 순간 가슴속에 파도가 훅 끼쳐 들었다.

"아씨가, 오빠 너무 나서지 말라고 전해달래. 다칠 거 같다고. 선녀님들 말 잘 들어, 알았지? 이건 선물."

금아리는 도치의 손에 얼레빗을 쥐여주고 돌아섰다. 비척거리는 걸음새와 기묘한 언행을 되새기자니 포제션Possession, 이들의 언어로는 신들림에 들어선 듯했다. 호남 지역 세습무의 포제션 사례는 종종 들어왔지만 실제로 보니 신비롭기 그지없었다. 세습무에게 신들림은 숨겨야 하는 금기이며, 날 때부터 무업에 귀속되어 신병을 버티는 체질로 진화했다는 설이 사실인 모양이었다.

아니, 아니, 그래봤자 포제션이란 해리 증상에서 발발한 괴

벽일 뿐이다. 뇌의 특정 부위가 일순 자극되어 의식, 기억, 감각이 저도 모르게 분리되는. 하지만 대수롭잖게 흘리기에는 금아리의 말투 일부가 과거의 그녀와 너무나도 닮아 있었다. 이 익숙한 얼레빗도……

도치는 약통을 꺼내 알약을 입에 넣었다.

...

강춘례의 칠일장 사흘째 새벽만 해도 무녀촌은 손님으로 북적였으나, 무곡리가 고립되는 아침으로 접어들어 고인을 배웅하는 발길은 끊겼다.

무녀들은 소복 차림으로 바다와 야산을 가로지르며 동분서주했다. 굿을 치고 넋을 올리는 이가 됐든, 음식을 차리고 상을 꾸리는 이가 됐든, 씻김굿을 위해서는 무곡리의 신령들과 천지 만물에 양해를 구해야 했다. 옥녀봉에 올라 경배하는 일도 이에 포함되었다.

가야는 이 틈새를 노렸다. 무녀들이 산신님과 소랑각시를 찾아뵐 때, 등산이면 몰라도 내려오는 길이라면 대열에서 이탈하기 쉬웠다. 하산한 이후라도 슬그머니 기회를 엿보아 시차를 두고 등산로를 또 밟을 수 있었다. 어머니, 큰누나, 작은누나, 목련이 이모와 기선이 이모처럼 확고한 기반을 다진 무녀에게는 더욱이 만만한 일이었다.

당산제 날을 복기하려니 오늘 밤에도 사달이 날 것 같다는 막연한 예감이 스멀거렸다. 범인이 재차 소랑각시의 기를 살려 무녀촌에 찬물을 끼얹으려 할 수도 있다. 옥녀봉에 들른 김에 또다시 석회 가루를 들춰낼지 모른다. 그렇다면 이 뒤를 덮치면 그만이었다.

그리하여 가야는 한발 앞서나갔다. 민도치가 정신 사납게 헤집어 놓은 소랑정의 흙바닥을 애써 복구한 이유도 선수를 치려는 속셈에서 비롯되었다. 무당도 아니고 애동도 아니라서 외따로 떨어져 자유롭게 움직일 수 있다는 점이 호재라면 호재였다. 각시의 영역 안에 있는 것이 내심 섬뜩했지만 마다할 수 없는 임무였다.

그렇게 키가 큰 나무 뒤에 매복해서 소랑정을 보고 있는데 민도치의 위안이 떠올랐다.

"할머님께서도 상속 분쟁을 생전에 훤히 내다보셨을 겁니다. 백목련 선생을 필두로 한 강신무들이 무녀촌의 실권을 장악하면 어머님을 위시한 세습무들이 반발할 것이 자명하고, 반대로 이옥화 여사가 당주무당 자리를 꿰차면 강신무는 강신무대로 들고 일어나겠죠. 극단적인 사태가 발생하는 데 모자람이 없는 사안일 것인바, 가야 씨가 불운의 희생자가 될 수도 있었다는 말입니다."

어느 정도 예상했던 바이지만 민도치는 한층 깊이 파고들었다.

"할머님의 말씀은 무녀촌에서 절대적이지 않습니까. 가야 씨가 당주무당이 되면 무녀들이 가야 씨에게 해코지할 일은 줄어들죠. 딴마음을 품은 사람이 나오더라도, 그 사람과 맞서 싸워줄 보호자도 몇 이상 늘어난다는 겁니다. 기실 강신무 선생들이 가야 씨의 방패가 되려 하고 있습니다. 할머님께서는 분쟁을 최소화하는 동시에 가야 씨를 지키려고 묘수를 부리시지 않았나 싶습니다."

코끝이 시큰해졌다. 석회 가루는 흙 밑에서 얌전히 숨죽이고 있는데도 눈시울이 붉어졌다. 그리고 고마웠다. 할머니의 요령이, 할머니의 의중을 콕 집어준 귀인의 안목이. 자못 긴장되는 염탐인 데다 의지할 이도 없어 민도치에게 동행을 부탁할까도 했지만 생각을 접었다. 그러잖아도 민폐를 끼치고 있거니와 이런 근접전에서는 애먼 타인에게 위험이 직통으로 전가될 수도 있고, 무엇보다 식구들의 못난 꼴을 남과 실시간으로 공유하기는 죽기보다 싫었다.

물에 젖은 요요를 닦던 가야는 눈을 희번덕였다. 손끝에서 뭔가 걸리는 느낌이 들었다. 그전에는 보이지 않던 얇은 테가 요요의 몸통 가장자리를 따라 동그랗게 이어져 있었다. 손톱을 이용하니 요요의 몸통에서 종잇장만 한 껍데기가 탈착되었다. 요요의 내부, 그 중심부에는 불새 한 마리가 새겨져 있었다. 모든 삿됨을 불사른다는 남방의 신수, 주작이 응달에서 은은한 야광을 내고 있었다.

기어코 눈물이 핑 돌았다. 이런 깜짝선물을 준비해두었다니, 불굴의 무당이자 장난꾸러기 할머니다웠다. 복숭아나무로는 요요를 만들지 못해서 궁리 끝에 쥐어짰겠지. 태극으로 좋은 신을 받게 하고, 주작으로 나쁜 신을 쫓아내려고.

그리고 가야는 상념에서 깨어났다. 드디어 조짐이 나타났다. 황혼 속으로 소랑정에 접근하는 인영이 하나 눈에 들어왔다. 소복 차림을 보니 역시나 가야와 끈끈한 사람이었다. 그 사람은 고무장갑을 낀 손으로 소랑정 주변의 땅을 파기 시작했다. 거리 탓에 얼굴은 확인할 수 없었으나 뒷모습만으로, 체구만으로 누구인지 대번에 알아보았다.

늘 가야의 편에서 그를 옹호해 주었던 사람, 오랫동안 남매처럼 지냈던 사람, 애동제자 최단희였다.

...

무녀들과 주민들이 집합한 무녀촌의 앞뜰, 활짝 펼쳐진 병풍을 배경으로 제상 위에 놓인 돼지머리가 밤하늘을 올려다보았다.

절을 올리듯 돗자리 위에 엎드려 있는 금아리의 자태에서는 정중함을 넘어 경건함이 느껴졌다. 우리 할머니를 잘 돌봐달라는, 사자들에게 바치는 혼을 담은 인사일 것이다. 과연 지체 높은 세습무가의 춤꾼답게 경박함은 찾아볼 수 없었다. 백색 고깔과 백색 장삼, 단아한 자세와 절제된 동작, 거기에다 아련한 선율이 서정적인 정취를 자아내었다. 도치는 금아리의 지전춤을 넋 놓고 바라보았다.

  두 발이 사뿐사뿐 땅을 밟을 때면 연못 물 나뭇잎 위로 내려앉은 한 마리 흰나비요 백운 위를 거니는 선녀 같았고, 두 팔이 움직여 옷자락이 하늘거릴 때면 백조가 깃을 펼치는 듯했으며, 두 손에 들린 탐스러운 술의 지전이 찰랑일 때마다 백설이 흩어져 내리는 듯하였다.

  그러나 도치는 그저 즐기기만 할 수 없었다. 금가야를 향한 위협이 자꾸만 떠올라서 속이 울렁거렸다.

  비록 무녀촌이 궁벽한 시골에 자리한 무가라고는 하나, 그 내력과 견줄 무당집은 전국 팔도 어디에도 없기에 작심하고 대박 손님만 줄 세워도 운동장 하나를 대관해야 할 판국이었다. 이렇듯 거물들이 득달같이 달려드니 부가 쌓이고, 부가 쌓이니 권력은 커지고, 권력이 커지니 셈하는 이는 늘어나고, 이러하니 차기 당주로 내정된 금가야에게 역심의 비수가 꽂히게 되는 것도 당연한 수순이었다.

다만 순서가 껄끄러웠다.

강춘례의 유서는 그녀가 사망한 지 하루하고 반나절이 지나서야 발견되었다. 강춘례가 금가야를 차기 당주로 임명한다는 뜻이 백일하에 공표된 것도 그때였다.

대권을 빼앗고자 금가야를 해치려는 이가 있다면 유언의 내용을 알게 된 이후로 음모를 실행해야 전후가 들어맞는다. 그런데 금가야가 옥녀봉에서 피해당한 때는 당산제 날, 즉 유서가 개봉되기 이틀 전의 무렵이었다. 동기보다 사건이 먼저 발생할 수는 없다. 그렇다면 금가야를 밀어내려는 수작에 미상의 사유라도 있다는 말인가. 그보다는 반토막이 난 유서로 가늠하건대 유언을 미리 파악한 사람이 있다고 보는 편이 타당하다. 그러잖고서야 금가야를 일찌감치 견제할 리 없다. 그런데 그 사람은 왜 유서를 완전히 처분하지 않고 반만 남겨두었던 것인가.

"강 씨 할매는 우리가 잘 보살피겠소."

"예, 살펴 가시오. 우리 할매 잘 부탁드리오."

"아직 안 되오. 가지 마시오. 조금만 더 기다려 보시오."

무당, 애동제자, 주민 할 것 없이 역할을 분담하여 강춘례의 혼이 실린 무명천을 두고 줄다리기를 시작했다. 망자를 데려가려는 자와 망자를 붙잡아두려는 자가 힘을 겨루니 씻김굿은 처연함 속에서도 활기가 돌았다. 울다가도 웃고, 웃다가 또 울고, 일동이 어울려 상심을 해갈하는 전형적인 굿판이었다.

그런데 어째서인지 무녀들의 내외가 따로 노는 듯한 불협화음이 엿보였다. 굿을 풀어내는 방식이 어지럽다 못해 난폭한 구석이 있었다. 망자를 추모하는 씻김굿이므로 뿌리부터 잔가지까지 청결해야 하는데 그 기저에는 매콤한 양념이 배어있었다. 금아리의 지전춤이 이매방류 호남 검무로 전환되기 전부터, 애초의 상차림부터가 매운 기운이 짙게 스며들어 있었다.

도치는 앞뜰을 한 바퀴 둘러보다가 허전함을 느꼈다. 줄다리기에 참여해야 할 그 소년이 보이지 않았다. 방금만 해도 멍한 얼굴로 금아리의 춤사위를 구경하고 있었는데 어느새인가 사라져버렸다. 연희가 달아오르며 분위기가 어수선해져서 무녀들도 금가야에게 신경을 기울일 여력이 없었다.

도치는 금가야를 찾고자 발을 떼었다.

...

할머니를 위한 의례는 무르익고 있건만 가야의 눈에는 소랑정 앞에 수그려 앉아 흙을 헤집는 단희의 뒤태만 아른거렸다.

가야는 현장에서 단희를 추궁하지 못했다. 당혹과 옛정과 실망이 제동을 걸기도 했고, 한사코 따져 묻지 않아도 단희의 동기가 짐작되었다. 오롯이 단희만의 악의가 숨어있을 것이다. 그것은 가야가 단희의 동관이자 벗으로서 서슴없이 비난하기 어려운 딱한 성질의 악의였다.

무녀촌 내 단희의 신분은 속된 말로 하녀라고 할 수 있었다. 더 저속하게 이르자면 명색이 애동제자고 무당 후보생이지 원체 신명이 물러터져서 수년의 경력을 쌓아도 허드렛일이나 도맡을 잡부, 여물어봤자 큰무당의 수발로 그칠 변변찮은 새싹이었다. 더불어 금아리의 눈 밑 점마저 똑바로 보지 못하는 겁쟁이 약골이었다.

그런 단희에게 강춘례라는 국보급 무당은 옥황상제 같은 존재였다. 설령 할머니를 원수로 척졌다고 하더라도 원한을 행동으로 옮길 배짱이 있을 성싶지 않았다. 그런데도 단희는 봉인의 주물인 석회 가루를 흩뜨렸다. 그렇게 소랑각시에게 날개를 달아주어 음기를 증폭시켰다.

내가 신기만 좀 강했더라도······.

단희가 잊을 만하면 하던 말이었다. 남몰래 가지고 있던 열등감이 발화했다고 볼 수밖에 없다. 단희도 목련이 이모를 신어머니로 모시는 예비 강신무이다. 그리고 음기는 무당의 신기와 여자의 담력을 보충하는 자양분이다. 단희는 세습무에게 찍혀 눌리는 원인을 음기가 부족한 탓으로 여기지 않았을까. 그러면 음기를 억누르려는 무녀촌의 지침에 소소한 반기를 들었을 만하다. 가뜩이나 자질이 하찮으니 음기가 중화될수록 자신의 생기도 약화되리라고 믿었을 법도 하다.

소랑각시가 활개 쳤던 이유, 옥녀봉과 당산나무를 거침없이 넘나들었던 이유, 그래서 내가 옥녀봉에서 위협을 당했던 이유, 이것들은 하필 때에 딱 맞아떨어진 게 아니다. 단희가 그 전부터 꾸준히 공작을 벌여왔고, 그 공작이 진행되는 가운데 당산제가 봉행되어 때마침 내가 산행했을 뿐이다.

가야는 굿판 언저리에 서 있는 단희를 물끄러미 바라보았다. 연민의 정이 옅어지며 입안이 알싸해졌다. 붉은 탕국을 그릇째 들이마시듯 목구멍이 얼얼하게 들끓었다.

단희는 본인의 동기들까지 위험해질 수 있는 일을 저질렀다. 할머니와 어른들은 차치하더라도 여차하면 어린 애동제자 중 누군가 다칠 수도 있었다. 어지간해야 철부지 소녀의 탈선으로 감내하고 넘어가지 이 침울한 시기에는 자중해야 했다. 자기가 한 짓이 할머니의 죽음으로 되돌아왔을지도 모르는데……. 그러자니 분노가 몇 계단을 더 뛰어올랐다.

화를 풀어야 직성도 풀릴 듯했다. 그러잖고서는 울분을 가눌 길이 없었다. 물론 지금 따져보았자 별 소득은 없다. 할머니의 씻김굿이 한창 거행 중이기에 인내를 아로새기며 후일을 기약하는 편이 여러모로 현명하다. 알고는 있다. 아주 잘 알고는 있지만, 누구라도 붙잡고 물고 늘어지고 싶었다. 가야는 단희의 손목을 움켜잡고 뒤뜰로 끌고 갔다.

"오라버니? 왜 그러세요?"

단희의 동그란 얼굴에는 구김살 한 겹 보이지 않았다. 오히려 이런 작은 일탈이 즐겁다는 듯 해맑은 표정이었다. 가야는 심호흡하고는 말했다.

"너, 오늘 옥녀봉 올라갔을 때 소랑정에서 혼자 뭐했어?"

단희는 방긋 웃으며 가야의 팔뚝을 톡톡 때렸다.

"와, 어떻게 알았어요? 이러다가 진짜 하루아침에 큰무당 되는 거 아니에요?"

가야가 부릅뜬 눈으로 농담을 튕겨내자 단희는 우물쭈물하다 말을 꺼냈다.

"소랑정에서 비손하다가요, 방울을 깜빡 두고 와서요. 그래서 그거 찾으려고 들렀어요. 두 번이나 산을 타니까 숨차서 죽겠더라고요. 살을 빼기는 해야 하나 봐요."

"그게 다야?"

"그럼 또 뭐가 있겠어요? 각시가 말 걸지도 모르는데 뒤도 안 보고 내려와야죠. 씻김굿 준비할 것도 있고……."

"야, 최단희. 넌 내가 병신으로 보이냐?"

가야는 단희의 소복 고름을 확 잡아당겼다.

"너한테 석회 냄새 풀풀 나는구만. 그거 소랑정에서 땅 파다 옷에 배인 거잖아. 내 말이 틀려?"

석회 가루는 무취의 분말인 듯했으나 되는 대로 질러보았다. 행인지 불행인지 단희의 얼굴이 굳어졌다.

"내가 전부터 너 조지려다 넘어갔는데 왜 그런 줄 알아? 너한테도 사정이 있는 걸 알아서야. 너도 힘들겠지. 그런데, 너도 적당히 해야 하는 거 아니냐? 상중에 꼭 그래야겠어?"

단희의 눈동자에 물기가 맺혀갔다. 죄송해요. 단희가 사과만 반복할수록 가야는 분통이 터졌다. 그 파장을 몰고 와 놓고 정작 본인은 손톱을 봉숭아로 예쁘게 물들였으니 복장이 뒤집힐 지경이었다. 가야가 이마를 맞대고 을러대자 단희는 목멘 목소리로 말했다.

"똘기 님이…… 똘기 님이 열이 나서……."

가야는 미간을 찡그렸다. '똘기 님'은 단희가 애지중지하는 들쥐였다. 가야에게 금관 님이 있듯이 단희에게는 똘기 님이 애마라고 할 수 있었다. 단희가 먹을 것을 얼마나 잘 챙겨주는지 똘기 님은 새끼 고양이처럼 비대해졌고, 그 바람에 무녀촌에서는 건강과 번성을 의미하는 영물로 통했다.

"장난해? 똘기 님이 열난 거랑 소랑정 파헤친 거랑 뭔 상관인데?"

"요즘 똘기 님이 부쩍 뜨거워져서요. 잘 뛰어다니지도 못하시고. 꼭 독감이라도 걸린 것처럼요. 그게 음기가 궁해서 그런 게 아닐까 해서……."

그 순간, 치수의 할머니가 똘기 님에 중첩되었다. 치수네 가족은 그들의 할머니가 앓고 있는 수족냉증을 양기의 고갈이 불러온 질병으로 여기고 있었다. 단희는 똘기 님의 열병을 음기가 모자란 까닭으로 진단한 모양이었다. 그 나이대 여자애만이 가질 법한 몽상이 걷잡을 수 없이 불어났을 것이다.

가야는 땅바닥을 내려다보았다. 내가 단희의 입장이라면 어땠을까. 단희의 할머니가 편찮으신데 마침 금관 님이 아프기 시작했다면 누구를 위했을까. 연고 없는 남남이었을까, 마음을 나눈 친구였을까.

"죄송해요, 정말. 어머님이랑 이모님들께 이실직고하고 벌을 받을게요. 떠나라고 하시면 떠날 거고요. 진짜 진짜 죄송해요······."

친남매처럼 지낸 터라 단희의 마음은 잘 알겠지만, 그런데도 소복 고름을 옭아 쥔 손이 잔뜩 우그러졌다. 그 와중에도 귀는 쉴 새 없이 따가웠다.

가야야, 내가 스러져도 너는 곧게 걸어야 한다. 너한테는 버거운 짐이겠다만 너는 마땅히 감수해야만 해. 대장부고 영웅이면······.

돌연 화살이 할머니에게 쏠렸다. 그깟 대장부가 무슨 감투인가. 그래봤자 눈 두 개 달리고 코 하나 달린 사람인 것을. 맞으면 아프고 슬프면 우는 것은 다를 게 없다. 그놈의 영웅이라는 팔자도 허망하기 짝이 없다. 맨손으로 사자도 때려잡던 반신반인은 옷 한 벌 잘못 입었다가 허무한 최후를 맞이했고, 해변을 피로 물들이며 위용을 발휘하던 불멸의 전사는 고작 발뒤꿈치 까졌다고 유명을 달리했다. 어제만 해도 마을 유일의 사내대장부라는 찬사에 취했거늘, 막상 꿈에서 깨어나니 환멸에 젖을 뿐이다.

그러나 가야의 주먹은 느슨해졌다. 머릿속에서는 단희를 몇 차례나 들이받고 있었지만 현실의 손은 앞으로 나가지 않았다. 영웅의 명예 따위는 안중에도 없지만 의리만은 지키고 싶었다.

옳거니, 잘한다. 우리 손자답다.

할머니의 당부는 제쳐두고라도 단희에게는 갚아야 할 빚이 있었다. 내릴 수 있는 처벌이라고는 중지로 이마를 한 대 때리는 것뿐이었다.

"됐고, 이건 우리끼리 비밀로 해. 그런데 너, 또 그러면 그때는 진짜 가만 안 둘 줄 알아."

알았냐? 야, 알았냐고. 확답을 받을 때까지 가야는 단희를 윽박질렀다. 네, 명심할게요. 단희의 입에서 기어드는 목소리가 나오고서야 가야는 단희의 정수리를 마구 쓰다듬었다.

"그래서 똘기 님은 좀 괜찮으시다냐?"

단희는 아랫입술을 깨물며 울음을 참느라 대답을 제대로 하지 못했다. 가야가 단희의 소복 고름을 고쳐 묶으며 평소처럼 말했다.

"그러게 이것저것 꾸역꾸역 먹이지 말라니까. 영물들이 너처럼 먹성이 좋은 게 아니에요. 너야 뿌직뿌직 똥 한번 싸면 그만인데, 똘기 님은 기경팔맥이 뒤틀릴 수도 있다고. 주화입마에 빠질 수도 있다는 거야, 이 먹보 똥쟁이 자식아."

그제야 단희의 울상에 옅은 미소가 번졌다. 가야의 짓궂은 장난이 이어지고, 단희가 눈물 젖은 고름으로 가야의 가슴을 찰싹찰싹 때리고 있던 참이었다. 앞뜰의 굿 장단이 뚝 끊기더니 소란이 일어났다.

...

"대판 깨졌네."

날개채에서 들려오는 째질듯한 비명에 굿판은 얼어붙었다. 금아리가 오도카니 서 있는 가운데 이옥화와 금은슬이 집안으로 뛰어들었다.

그들보다 서둘러 뛰어 나간 사람이 민도치였다. 도치는 신발을 벗을 새도 없이 툇마루를 밟고 실내를 가로질렀다.

세 사람이 나란히 걷기에도 갑갑한 폭의 일자형 복도, 사각사각하는 발소리 사이로 텅텅대는 구둣발의 둔탁한 울림이 섞여들며 가옥이 진동했다.

이내 도치의 눈이 번뜩였다. 애동제자 하나가 주저앉아 덜덜 떨고 있었다. 비명을 지른 사람도 저 아이일 것이다. 애동제자의 시선은 장지문이 반쯤 열린 방을 향해 있었다. 방 안의 광경을 보았을 때, 도치는 숨을 훅 들이마셨다.

신장들이 그려진 무신도, 길고 널따란 제단, 그 위에 나열된 열댓 개의 신령 상. 눈이 아프리만치 화려하게 꾸며진 이 여덟 평짜리 방은 침실이 아니라 신방이었다. 장판 위로는 상쇠방울에서 뜯겨나간 방울들이 구슬처럼 알알이 굴러다녔다.

그리고 오색 염주를 목에 두르고 청홍색 쾌자를 입은 무녀가 쓰러져 있었다. 그녀의 손에 들린 색동 부채 위로 촛불들의 그림자가 아늑히도 까물거렸다. 그러고 보니 씻김굿 현장에 부재했던 주요 인물들이 있었다.

저이는 백목련인가. 아니, 풍채로 보아 강춘례 사후 무녀촌의 최고령자가 되었다는 이기선일 것이다.

제단 언저리에는 핏방울이 튀어 있고 이기선의 관자놀이에도 혈흔이 묻어있었다. 그녀에게 접근하는 단 몇 초 동안 도치의 머리는 빠르게 회전했다.

혼자서 넘어지지는 않았다. 신성한 신방에서 발이 미끄러질 정도로 경망하게 행동하는 무당은 상상도 할 수 없다. 자작극으로 볼 수도 없다. 어느 무당이 신령님을 감히 기만하려 들겠는가. 누군가 이기선을 밀쳤거나, 몸싸움 끝에 그녀가 밀쳐져

머리를 찧었음이 유력하다. 혹은 누군가 그녀의 측두부를 가격하고서 위장을 위해 제단에 혈흔을 분산시켰을 수도 있다.

도치는 이기선의 손목을 어루만졌다. 맥박을 짚자마자 안도의 한숨이 새어 나왔다. 다행히도 살아있었다. 머리만 다쳤을 뿐, 심장은 뛰고 있었다. 의식의 끈을 붙들고 있는 것이 열상에서 비롯된 뇌진탕 증세에 뇌 기능만 일시적으로 마비된 모양이었다. 부위가 부위이므로 경상이라 할 수는 없지만 생명에 지장이 갈 중상은 아니었다.

그런데도 도치의 움츠러든 어깨는 펴지지 않았다. 별개의 압박감이 그를 짓눌렀다. 뒤를 돌아보니 이옥화와 금은슬이 신방의 분위기만큼이나 기이한 모습을 하고 있었다. 도치가 힘겹게 이기선을 부축하는데도 아무도 나서지 않았다.

금은슬은 눈썹을 찌푸리고 있다. 이기선을 내려다보는 눈동자에는 조소 같은 감정이 섞여 있다. 뒤늦게 나타난 백목련은 몸을 들썩이며 비손하고 있다. 벽에 걸린 탱화만 하염없이 응시하는 것이 이기선의 용태에는 관심이 없어 보인다. 그것보다 오싹한 것은 이옥화의 안광이다. 그녀가 매섭게 쏘아보는 대상이 이기선인지 민도치인지 다른 무엇인지 가늠이 여의찮았다. 도치가 의사를 호출하라고 닦달하고 나서야 무녀들은 금제에서 헤어난 듯 분주히 움직였다.

이기선의 팔을 어깨에 두르려니 도치는 또 다른 서늘함을 느졌다. 이기선의 몸서리가 심해졌다. 그녀의 거친 숨결에는 물리적 충격 이상의 전율이 서려 있었다. 마치 이형의 존재를 두려워하듯이.

생각할수록 이상했다. 애동제자야 잡일을 떠맡아서 옥내에 잔류했다고 치더라도, 이기선이라는 간부급 무당까지 씻김굿에서 동떨어져 신방에 들어박혀 있다는 점이 의아로웠다. 아울러 백목련도 사건이 나고서야 자취를 드러내었다. 한옥 내부에 진입하기 전, 금아리가 중얼댔던 말이 귓속에서 메아리쳤다.

대판 깨졌네.

그러자니 일련의 흐름이 한층 괴상하게 보이기 시작했다. 날개채의 복도를 밟았을 때 울렸던 예사롭지 않은 소리까지 가산하자 위화감은 심화되었다.

도치는 이기선을 챙기면서 방울 몇 알을 슬쩍했다. 그 방울들은 이윽고 복도 바닥에 톡 떨어졌고 통통 튀길수록 청명한 소리로 변해갔다.

…

무곡 출장소의 정대기 경장이 신고 전화를 받고 무녀촌에 도착했을 때, 앞뜰에서 노년의 남자가 말을 걸었다.

"어이, 정 경장. 수고 많네."

무곡리의 이장 길현식이었다. 정대기 경장은 여남은 인파가 운집된 앞뜰을 둘러보며 말했다.

"뭔 일이래요? 사람이 쓰러졌다니."

"나도 박 계장한테 듣고 후딱 나온 걸세. 헌데 혼자 왔나? 전경 애들은?"

"거참, 제가 말씀 안 드렸어요?"

정대기는 근무모를 벗어젖히며 길현식 이장을 꼬나보았다.

"열 번은 더 말했잖아요. 지난달에 한꺼번에 전역했는데 충원이 안 되고 있다고. 사람 놀리시나. 그래서 누가 쓰러졌다고요?"

길현식 이장은 멋쩍게 대답했다.

"이기선 선생인데, 김 원장 말로는 크게 다친 건 아니라고 하네. 그래도 자네가 자세히 봐야 하지 않겠나. 어쩌면……."

정대기는 풋 웃었다.

"예예, 알았습니다. 말씀 잘 알아들었으니까, 이장님은 들어가 쉬세요. 내일 조회 때 보자고요."

정대기가 건성건성 받아치려니 검은 코트 차림의 사내가 끼어들었다.

"경장님, 저도 이장님 말씀에 동의합니다. 사고가 아닐 수도 있습니다."

민도치의 언급에 정대기의 낯빛이 진중해졌다. 일전에 펼친 재주가 효력이 유효한 듯 청자 같은 얼굴의 경찰관은 수첩부터 꺼내 들었다.

"민도치 씨라고 했죠? 그쪽이 말해보세요."

소동이 있고 얼마 지나지 않아 씻김굿은 재개되어 이후로는 별일 없이 마무리되었다. 제아무리 성스러운 목적인들 산 사람이 다친 상황에서 제례를 속행할 이유가 있느냐는 민도치의 참견에, 무녀들은 굿판에 따라온 잡신들을 내보내는 끝거리를 반드시 마쳐야 탈이 없다고 입을 모았다. 무속의 관점에서는 정당한 주장이거니와, 피해자가 오늘내일하는 중태도 아니라서 남의 집 행사에 딴지를 걸 건더기가 더는 없었다.

"그야 여기도 여기만의 룰이 있겠죠. 그런 거 말고, 사건 얘기나 해보시라니까?"

그러는 정대기에게 직감을 명확하게 전달하기가 도치로서도 곤혹이었다. 피해자는 의식불명이지만 곧 무리 없이 회복할 터이고, 신방에서도 이렇다 할 범행 흔적을 발견하지 못해 경찰을 설득할 말이 궁했다. 웅변할 거리라고는 무녀촌의 동태가 불안하니 미래의 사달을 대비해야 한다는 점술 같은 소리뿐이었다.

정대기 경장은 문제의 신방을 관찰했지만 역시나 사건을 암시하는 요소는 찾아내지 못한 기색이었다. 그나마 길조는 정대기가 직업의식에 투철하다는 점이었다. 정대기는 무녀촌을 유심히 주시할 테니 안심하라고 도치에게 넌지시 일러주었다. 사람이 다소 다혈질이라 그렇지 우군으로는 그보다 듬직한 이가 없을 듯했다. 앞뜰에 이르러 도치가 새로운 가설을 정대기에게 전하려던 찰나, 솔향기가 풍겨 들었다.

"정 선생님, 번거롭게 해드려 면목이 없습니다."

소복 밑단을 땅에 스치며 찬찬히 걸어온 사람은 이옥화였다. 무녀들을 수습하고 씻김굿을 갈무리하느라 경황이 없어 이제야 예를 갖추는 듯했다. 그녀는 정대기에게 고개 숙여 말했다.

"공연히 걸음하시게 하여 송구스럽습니다. 잠시 소동이 있었지만 정 선생님께서 나서실 만한 일은 아닙니다. 가시고 주무시는 길, 아무쪼록 편안하시기를 바랍니다."

우리 집에서 빨리 나가 달라는 듯한 말투였다. 축소 및 은폐를 꾀하려는 듯한 이옥화의 태도에 도치는 의혹을 느꼈다. 그런데 진짜 가관은 따로 있었다. 정대기가 냉큼 근무모를 눌러 쓰고 허리를 반으로 접었다.

"아이고, 여사님. 안 그래도 싱숭생숭하실 텐데 이 난리라니, 심려가 얼마나 크십니까? 마음 잘 추스르시기를 바랄 뿐입니다. 혹시라도요, 뭔 일 생기면 전화 한 통 때려주십쇼. 항상 각 잡고 귀 빨딱 세우고 있겠습니다."

도치는 이 경찰관을 향한 신뢰를 철회했다. 이옥화에게 받아먹은 잿밥이 쏠쏠한지 정대기는 심히 저자세를 취하고 있었다. 한발 물러나 있는 길현식 이장이 짓는 쓴웃음에 열렬히 공감되었다.

정대기와 주민들이 무녀촌에서 퇴장한 뒤 이옥화는 민도치를 본채의 사랑방으로 청해 들였다. 그들은 소반을 두고 일대일로 마주 앉았다. 이옥화가 차를 권하며 말했다.

"먼 길 마다치 않고 방문해 주신 것만으로도 가슴이 충만한데, 후한 덕까지 베풀어 주셔서 더없이 면구스럽습니다. 민 선생님의 호의가 없었다면 저희는 이중고를 겪었을지도 모릅니다."

그러나 냉랭한 기운이 가시잖은 이옥화였다. 그러면서도 신수는 티 없이 훤해서 서리를 맞은 매화가 말을 걸어오는 듯했다. 도치는 손을 내저었다.

"별말씀을요, 제자리를 찾아갔을 뿐입니다. 이리 귀한 차로 향응해 주셔서 외려 제가 황송합니다."

"그리 말씀해 주시면 더욱이 마음 놓이지 않습니다. 더군다나 민 선생님의 은사분과 어머님이 막역히 지내시다가 사소한 오해로 연이 느슨해졌다고 들었습니다. 어머님이 끝내 화해를 청하지 않고 떠나셔서 며느리 된 이로서도 먹먹함을 접어둘 길이 없습니다."

"아뇨, 아뇨, 풍파를 겪은 세대서서 그런지 강 선생님은 외국이며 왜국이며 타국의 문물을 과히 경계하신 듯한데, 제 은사는 강 선생님의 심기는 뒤로하고 자기 할 말만 떠든 듯합니다. 한국 무교가 북방계 샤머니즘의 지류라는 설을 전개하다가 강 선생님께 한 소리 들었다더군요. 강 선생님 지적이 틀린 것도 아니죠. 세습무만 봐도 신들림 개념이 미비한 남방문화와 더 흡사하지 않습니까. 어디에 끼워 맞추기보다는 우리 것으로 규정하는 게 속 시원할 겁니다."

"이 걸음에 그리 해박하시다니, 제 견문이 다 부끄럽습니다. 하긴 어머님은 무속이라는 단어마저 경멸하던 분이셨지요. 속俗이라는 한자에서 속됨을 먼저 읽으셨으니 말입니다."

도치는 녹차로 목을 축이고 말을 돌렸다.

"인원에 비해 한옥이 매우 넓던데 보아하니 강신무 선생들의 다신관多神觀이 뚜렷하기 때문인가 봅니다. 아울러 중앙의 본채는 세습무, 좌우의 날개채는 강신무의 생활 공간인 듯하더군요."

"모시는 신령이 저마다 다르니 기도할 공간도 따로 필요하지요. 강신무 선생들에게 각자의 신방이 마련된 것도 어머님 대부터 시작되었답니다. 부지불식간에 참 많은 것을 눈에 담으셨군요. 어렵게 모신 분이 가을 하늘처럼 쾌청한 혜안의 소유자셔서 오늘의 만남이 더 값지게 느껴집니다."

그녀의 과장된 언사에는 뼈가 있었다. 그새 눈알을 열심히도 굴렸다며 작작 까불라고 무안을 준 것 같았다.

도치는 허허 웃으며 본채에 입장하면서 보았던 풍경을 떠올렸다. 대청의 종도리에 있는 상량문에는 일천구백이십년일월 一千九百九二十年一月이라는 건립 연도가 묵서로 쓰여 있었다. 최단으로 잡아도 80년, 그 전대까지 거슬러 올라가면 최소 한 세기, 무녀촌의 유구한 내력을 재차 실감한 순간이었다. 강춘례의 시모의 시모가 세습무로서 대대로 터전을 조성하고, 강신무로서 대를 이어받은 풍운아 강춘례가 가세를 번창시켰다는 이야기는 익히 들어온 터였다.

연혁과 족보만큼 사람을 매료시키는 허울이 또 없다. 근본을 중시하고 명품에 환장하는 인사들이 무녀촌을 찾는 이유도 오랜 역사에 꽂혀서일 것이다. 그러나 세습무가 신들림을 통제하는 무당이라는 점, 점괘를 내지 않고 가무로 승부한다는 점, 이에 반해 뒷날을 점치고자 하는 단골은 수두룩하다는 점으로 미루어 짐작하건대 무녀촌 내 세습무는 간판과 유통을 담당할 뿐, 진짜 일개미는 강신무라는 생각이 들었다. 큰굿을 올릴 일이 있으면 세습무의 기예가 총연출되겠지만 무당이면 굿을 칠 때보다 점을 칠 때가 훨씬 많았다.

강신무의 성분으로 세습무를 후계시킨 강춘례라는 명지휘자가 없는 지금, 무슨 일이 터져도 터질 판이었다. 도치는 무녀촌에 머물고 싶다는 바람을 담아 말했다.

"그나저나 여사님. 손님맞이 숙방이 넉넉히 보이는데, 떠돌이 까치 한 마리 숨 돌리고 갈 쉼터도 있는 듯합니다."

이옥화는 한 치의 망설임도 없이 받아쳤다.

"하얀 깃털을 가진 까치 님이 어찌 까마귀 무리에 섞일 수 있겠습니까. 까치 님으로서도 지내기가 여간 깜깜하신 게 아닐 것입니다."

빈방이 남아돌아도 댁에게 쥐여줄 방 열쇠는 없다는 말을 고상하게 가꾸고 있었다. 은인을 차마 빈손으로 보낼 수 없어 차 한 잔 대접하고는 있지만, 남의 집 사정에 더는 개입하지 말라고 분명히 선을 긋고 있었다. 여기서 물러날 민도치가 아니었다.

"그렇죠, 그렇죠. 한데 옛말에 이르기를 눈앞이 깜깜할수록 백사白沙 위에 누워 심신을 다스려야 복이 온답니다. 까마귀 님들의 상한 마음을 발효해 줄 소금이 지척에 있는 듯해서 말입니다."

이옥화는 엷은 미소를 띠며 응수했다.

"한 고귀한 학자분이 일컬은 바로는, 우유의 발효로 만들어진 식료가 송아지 님에게는 모유의 부패가 될 수 있답니다. 하등 차이가 없는 현상이 인간에게 유익하면 발효, 유해하면 부패라는 것인데 참으로 따끔한 가르침이 아닙니까."

우리 일은 우리가 알아서 잘할 테니까 댁은 집에 가서 발이나 씻고 잠이나 자라는 말에 기품을 팍팍 뿌렸을 것이다. 고삐 풀린 손님을 부드럽게 떠밀어서 완강하게 쫓아내는 기술이 가히 일품이었다. 도치가 다음 수를 내놓기도 전에 이옥화가 쐐기를 박았다.

"시간이 벌써 이리된 것이 달님까지 우리의 환담에 샘이 나신 모양입니다. 무척 아쉬운 맺음이지만 내일을 기대하며 오늘의 기쁨을 고이 간직하겠습니다."

한편 가야는 앞뜰에서 눈을 흘깃거렸다. 애동들을 다독이며 마당을 비질하고 있으려니 본채에서 두 사람이 나왔다. 붙임성 좋게 말을 늘어놓는 민도치, 그리고 그를 배웅하며 상냥하게 말을 받아주는 어머니. 두 사람은 화목하게 대화를 나누고 있는데도 어쩐지 입으로 칼싸움을 하는 듯했다. 가야가 민도치에게 다가가려는데 이옥화가 말했다.

"빈객 과로하셔서 떠나신다는데 어디 버르장머리 없게 그림자를 밟으려 드느냐. 물러나 있어라."

그런 어머니의 눈빛이 가야에게는 아스라하니 익숙했다. 가야가 한창 괄괄하게 나다녔을 때, 수진이네 어머니가 저런 눈초리로 수진이를 째려본 적이 있었다. 금가야 같은 애와 어울리지 말라는 것처럼. 수진이가 버찌를 따달라고 가야를 조르고, 가야가 진상을 밝혀달라고 민도치에게 엉겨 붙은 구도도 똑같았다.

주춤대는 가야에게 민도치는 한쪽 눈을 찡긋한 뒤 무녀촌을 벗어났다. 민이나 금이나 이 밤, 아득히 검으리라는 시름뿐이었다.

3장

귀신 맞이

망인이 발인을 앞둔 마당에 도로 공사를 사유로 마을을 폐쇄하는 행정은 매정한 감이 있었다. 강춘례의 묘비를 무곡리 땅에 세운다고 하더라도 타지의 손님이 언제 어느 때 문상할지 모르는데 작업을 강행하는 게 탐탁잖았다. 미리 계획된 공사인들 일정을 하루이틀 변경하기가 어려운 일은 아닐 터이다. 도치가 신세를 지고 있는 집주인에게 의문을 털어놓자 그는 이렇게 대답했다.

"공사? 며칠 연기하는 건 되겠지. 다른 때도 아니고 강 선생님 초상인데. 관에 얘기하면 배려는 해줬을 거야. 안 그래도 이장이 옥화 선생한테 물어봤는데 칠일장으로 치른다고 괜찮다고 했다대? 발인 날이랑 안 겹친다고 괘념치 말라고 했다는 거야. 이런 거 보면 옥화 선생이 대인배 같기는 해."

안개를 두른 당산나무가 앙상한 가지들을 뻗어 올리고 있었다. 눈앞에 날리는 까마귀 깃털을 손으로 내치면서 도치는 이기선 사건을 재검토했다.

엔간한 귀빈이 방문하지 않고서야 야밤에 점상을 차리는 무당은 드물다. 그도 그럴 것이 무당의 영력은 아침결에 맑아지므로 해가 동녘에 걸릴 무렵에 점을 쳐야 영검을 온전히 발휘

할 수 있기 때문이었다. 그런데도 어젯밤 이기선은 무복을 차려입고 색동 부채에 상쇠방울까지 갖추고 있었다. 신을 불러들인 까닭이 씻김굿을 위해서라면 그녀의 신방이 아니라 앞뜰에서 금아리를 보조해야 했다. 그전에 금아리의 백색 무복과 색을 통일해야 했을 터인데 이기선은 청홍 쾌자와 오색 염주라는 강신무의 대표적인 복색을 하고 있었다.

씻김굿이 대개 발인 전날에 거행된다는 점, 금아리가 추었던 호남 검무가 무운武運을 발원하는 칼춤이라는 점, 뒤이어 솟대의 까마귀 상이 마을을 직시하는 형세까지 연계되었다. 나뭇가지에 맺혀있던 새벽이슬 한 방울이 정수리 위로 떨어졌을 때, 마침내 답이 나왔다.

틀림없다. 어제 무녀촌은 두 개의 의식을 치르고 있었다. 아니, 실질적으로는 하나였다. 숭고한 위령식으로 포장했으나 실상은 정반대의 의지가 담긴 살벌한 굿판이었다.

"형, 아침 안 먹었죠?"

말을 건넨 사람은 금가야였다. 꾀죄죄한 몰골을 보아하니 밤새 잠을 설친 모양이었다. 금가야는 요기라도 하라며 복숭아를 쥐여주었다. 도치는 가뜩이나 밍밍하던 입맛이 뚝 떨어졌다.

"가야 씨, 귀신이 싫어하는 게 뭔지 압니까."

"이 형님이 나를 뭐로 보고. 그 정도는 알죠. 팥, 복숭아나무, 고춧가루, 이런 거잖아요. 내가 그래도 무당집 아들인데 너무 무시하신다."

가야는 유쾌하게 대꾸했으나 도치는 진지할 따름이었다.

"과연 무녀촌은 다르군요. 3월이면 복숭아 수확 철이 아니라 귀하디귀한 과일일진대, 저 같은 떠돌이한테까지 돌아올 만큼 남아돈다니 말입니다."

"뭐예요, 기껏 뿌려왔구만. 인사치레는 바라지도 않았는데 욕먹을 줄은 몰랐네. 형님, 아우의 성의를 너무 무시하시는 거 아니에요?"

"아뇨, 그런 게 아닙니다. 복숭아도 그렇지만 씻김굿을 준비하는 과정부터 아리 씨가 지전춤을 추기까지, 무속의 흐름과 엇나가는 부분이 많아서 그렇습니다. 어젯밤 상차림, 가야 씨는 어떻게 봤습니까."

자못 엄숙한 민도치의 태도에 가야는 전날 밤으로 시간을 되돌렸다. 단희에게 온 신경이 팔렸던 터라 상차림까지 일일이 살필 수는 없었다. 그런데 입안을 자극했던 감각이 되살아났다.

"뭐야, 탕국이 왜 빨갰지?"

그때 느꼈던 알싸함과 얼얼함은 단희 탓만이 아니었다. 고춧가루를 잔뜩 뿌린 탕국이 상 위에 놓여서였다. 쑥물, 향물, 맑은 물로 할머니를 씻겨드려야 하는데 할머니를 쫓아내는 매운 국물이 봉납되어 있었다. 복숭아 또한 망자를 위협할 수 있는 주물이었다. 인제 보니 단희도……..

"물론 진도 씻김굿에는 종천맥이라고 하여 굿에 따라온 잡신들을 퇴송하는 절차가 있죠. 한양 굿에는 청계라는 부정적인 신령을 어르고 달래서 보내는 절차가 있습니다. 이럴 때는 팥시루떡을 차리기도 합니다. 허나 이것도 어디까지나 얌전히 배웅하는 선에서 그치지, 어제 굿판처럼 죽기 살기로 싸우자는 것은 아닙니다. 망인을 보내드리는 성스러운 봉행에서 무녀들이 손톱을 붉게 물들이는 일은 절대로 없어야 합니다."

그랬다. 빨간색은 귀신을 물리치는 축귀逐鬼의 색깔이었다. 할머니도 손자가 잡신에게 시달릴까 매사 좌불안석했고, 그런 할머니의 등쌀에 가야는 고춧가루 우린 물을 틈만 나면 마셨다.

"화전양면전술과 비슷하겠죠. 어제의 의례는 씻김굿의 탈을 썼다지만 천도굿이 아니라 음사淫祀, 위령식이 아니라 벽사의식이었습니다. 웃는 상을 하고 귀신을 반겼지만 실인즉 등 뒤로는 귀신의 목을 벨 칼을 숨기고 있던 겁니다."

"누구의 목을 벤다는 거예요? 설마 우리 할머니를?"

"무녀들이 할머님을 경계했을 수도 있습니다만, 제 생각은 다릅니다. 3월 초에 복숭아 같은 여름 과일을 이리도 많이 공수했다는 것은 할머님이 돌아가시기 한참 전부터 백방으로 수소문했다는 말이 됩니다. 무녀촌은 할머님보다 훨씬 더 강한 적을 상대했을 겁니다."

민도치는 부스스한 앞머리를 쓸어올리며 말을 이었다.

"할머님에 버금가는 각지의 만신, 심방, 보살과 아울러 대한교신연맹의 무당이 장례식에 참여하지 않은 것은 그들만의 정보망이 있기 때문이겠죠. 솟대의 까마귀 머리까지 일제히 마을로 향하고 있는 것까지 미루어 보건대, 현재 무곡리는 물리적으로만 닫힌 공간이 아닙니다. 귀기가 밖으로 새어 나가는 불상사를 원천 차단해, 이 영적으로 고립된 결계 안에서 결판을 내려는 의도일 겁니다. 그만치 강한 주적呪敵은 하나밖에 없습니다."

도치는 당산나무 꼭대기를 바라보았다. 강춘례가 당대 최고의 무당인들 혼백이 된 지는 일주일도 되지 않았다. 최정예 무녀들과의 '싸움'이 성립되려면 강춘례가 못해도 이태는 묵어야 했다. 무녀촌의 사특한 씻김굿은 원혼 따위가 아니라 무곡리를 음기로 오염시킨 수백 년 묵은 귀신을 정조준하는 게 자명했다. 우리나라 무속에 언제 이런 해괴한 제례가 비전되었나 싶지만 장소가 장소이기도 하고, 금아리가 중얼거렸던 말까지 반추하자 추론은 공고해졌다.

대판 깨졌네…….

싸움에서 졌다는 뜻이었다. 그리 보아야만 문맥이 들어맞는다. 무녀촌은 불세출의 무녀를 주축으로 소랑각시와의 결전에 임했다. 그리고 패배했다. 이렇게 조합하면 이기선을 쳐다보던 이옥화와 금은슬의 싸늘한 시선도 이해되었다. 패장에게 보내는 책망의 눈빛이었다.

싸움의 동기도 충분했다. 무곡리는 옥녀탄금의 명당이며 소랑각시의 음기를 받아 무속의 성지로 발돋움했다. 그러나 이제는 양기를 상실한 음혈의 땅이 되어버렸다. 무녀촌이 다른 명소로 이사한들 성지라는 상징성은 이전되지 않는다. 좋은 것만 취하고 나쁜 것은 버리려면 각시를 격퇴해야만 했다.

"이기선 씨의 용태는 어떻습니까."

"잘 계세요. 대감님 모시는 중에 주책을 떨었다나 뭐라나. 되게 민망해하면서 사과하더라고요."

도치는 아연함을 금할 수 없었다.

"그게 다입니까? 누구한테 습격을 당했다거나, 이런 얘기는 없었고요?"

"그런 얘기는 없었어요. 제가 돌려 돌려 떠봐도 혼자서 넘어졌다고 하던데요? 그런데 기선이 이모, 뭔가 질린 것처럼 보이기는 했어요. 진짜 각시한테 덤비다 당하기라도 했으려나……."

귀신에게 흉살을 날렸다면 그에 걸맞은 역풍을 맞게 되기 십상이었다. 무속의 관점이면 그러했다. 그러나 민도치의 관점에서는 결코 수긍할 수 없는 귀결이었다. 이기선 본인이 사고라고 인정하는데 제삼자가 아니라고 우기기도 황당하지만 경위가 못내 꺼림칙했다.

"참, 있잖아요. 그저께 아침에 목련이 이모가 어머니한테 이런 말을 하긴 했어요. 의를 저버리는 수가 아니냐고요."

금가야의 언질에 도치는 생각을 고쳐보았다. 소랑각시가 강춘례를 죽였다고 믿어 무녀들이 보복을 개시했는지, 이와 별개로 이미 예정된 대업이라 불가피하게 실행했는지, 두 가설을 재차 셈하려니 미상불 후자에 더 힘이 실렸다. 사전에 대량 매수한 복숭아도 그렇거니와, 소소한 푸닥거리를 치를 때도 점을 바치고 날을 받는데 이런 중대한 비방굿이 하루아침에 기획될 리 만무했다. 강춘례의 사망 전부터, 구태여 씻김굿을 전면으로 내세우지 않더라도 무녀들은 소랑각시를 몰아내고자 진작에 결의했을 것이다.

다만 방법에서 의견이 갈렸다. 아울러 강춘례의 급사로 국면이 뒤틀렸다.

세습무가 비방굿을 씻김굿으로 가장해 소랑각시의 의표를 찌르자고 주장했다면, 강춘례를 존경하는 백목련으로서는 '의를 저버리는 수'라며 격분할 만도 했다. 그러나 백목련의 반발은 그저 공허한 입김으로 그쳤을 뿐, 세습무의 의사가 관철되었을 가능성이 크다. 강춘례의 초상 둘째 날 저녁만 해도 차기 당주는 이옥화임이 중론이었다. 그러잖아도 세습무가의 권력에 짓눌려 살아왔던 강신무이므로 이옥화에게 즉각 대적하기가 버거웠을 것이다. 반란의 적기를 고대하며 해방의 순간만 염원했다고는 하나, 복종에 길든 이들이 오랜 습관을 버리려면 시간이 필요한 법이었다.

그런데 강춘례의 유서가 케케묵은 상하 관계를 단번에 반전시켰다면, 이를 계기로 강신무가 힘을 얻으면서 세습무의 행보를 저지할 용기도 형성되었다면, 그리하여 강춘례의 위령식을 불온하게 이용하려는 세습무의 결정이 내키잖던 강신무가 그들의 신방에서 그들만의 방법으로 소랑각시에게 저항했다면, 다시 말해 같은 목적을 두고 세습무는 세습무대로 강신무는 강신무대로 각자의 형식으로 비방굿을 연행했다면, 이로 말미암아 영력이 분산된 나머지 이기선이 소랑각시에게 꺾이면서 무녀촌이 대패하고 말았을지도……

생각의 끄트머리에서 도치는 고개를 가로저었다. 미신 따위에 매몰되면 진상을 내다볼 수 없다. 필경 이기선을 해한 이가 있고 그녀가 내막을 함구하는 모종의 사유가 있다. 예컨대 각시의 하수인이 되기로 한 무녀가 의례를 방해했고, 무속의 규칙을 무기로 이용해 이기선을 침묵시켰다는.

여하간에 무녀촌은 소랑각시를 집으로 초대했다. 그들의 관점에서는 금가야가 위험해지고도 남을 초강수를 두었다는 말이다.

"가야 씨, 제가 하는 말 명심해야 합니다."

"왜 또 무게를 잡고 그래요? 무섭게시리."

"이상한 점이 한둘이 아니지만 무녀촌의 보안체계부터가 개운치 않습니다. 어느 귀신이 주워들을지 모르니 씻김굿으로 포장한 비방굿은 일급 기밀로 취급할 만하죠. 한데 가야 씨에게도 비밀로 할 이유가 있는지 모르겠습니다. 애동제자도 금세 파악할 굿판의 본질을 가야 씨만 모르고 있었습니다."

가야는 꽁지머리만 딸 뿐이었다.

"육로가 막혀 있어도 산길을 타면 군내리나 신복리쯤은 도보로 갈 수 있습니다. 가야 씨는 무곡리에서 나와야……."

"형도 그 소리예요? 어머니랑 목련이 이모도 그러던데, 요즘 너무 흉흉하니까 길 열리자마자 동네 밖으로 나가라고. 왜 나만 따돌리려고 하는지 모르겠다니까."

"가벼이 여길 일이 아닙니다. 여차했다가는 봉변을 당할 수도 있습니다."

"에이, 도치 형."

가야는 도치의 팔뚝을 툭툭 때렸다.

"제가 별 도움 안 되는 놈이긴 한데요. 입술이 없으면 이빨이 얼어 죽고, 고생길을 걸어도 말벗 하나 있으면 웃음길이 열린다고, 집을 등지려야 등질 수가 없어요. 나 혼자만 살겠다고 동료들 버리고 토끼는 건 뽀대가 안 나잖아요. 그러지 마시고, 공생과 상생을 도모하는 선에서 안목을 좀 보여줘요."

그러고는 도치의 어깨에 팔을 둘렀다.

"형님, 형님의 영안만 믿겠습니다요. 어떻게 해야 진실을 넘어볼 수 있을지 형님의 재주를 마음껏 펼쳐주세요."

고집불통일 법도 했다. 열여섯 살이면 한창 패기에 사로잡혀 앞뒤 안 가리고 뻗댈 시절이니까. 더군다나 어려서부터 사내대장부라는 틀에 갇혀 부질없는 사상을 세뇌 학습한 금가야였다. 도치는 한숨을 푹 쉬고는 입을 열었다.

"뾰족한 수는 딱히 없다만…… 아니, 그전에 가야 씨가 받아들여야만 하는 게 있습니다."

"예예, 우리 형님 말씀이면 따라야죠. 편히 편히 말씀하십시오."

"어떤 요구라도 괜찮습니까."

"그럼요, 싸게싸게 받아들일게요."

"가야 씨는 보기 싫은 것을 보아야 하는 입장이 될 수 있습니다. 가야 씨가 때려잡아야 하는 사람이 금아리, 금은슬, 이옥화가 될 수 있는데 이래도 괜찮습니까?"

이만하면 관두라는 식으로 내지른 말인데 금가야는 주뼛대나 싶더니 도치를 와락 얼싸안았다. 자기보다 한 뼘은 더 큰 도치를 업어주려고 낑낑대기까지 했다. 말을 들어 처먹잖는 이 손자놈 때문에 강춘례도 골머리를 앓았을 듯싶었다.

그건 그렇고 어찌해야 무녀촌의 동정을 샅샅이 훑어볼 수 있을지⋯⋯. 도치라고 딱 부러지는 묘수는 없었다. 그나마 그 길을 뚫어보는 수 말고는.

"어제 다급한 나머지 구두를 신고 날개채에 들어섰는데, 발을 옮길수록 소리가 텅텅 울리는 게 밑이 빈 판자를 밟는 듯하더군요. 방울을 떨어뜨려도 매한가지, 바닥이 소리를 완전히 흡수하지 못하는지 공명이 선명했습니다. 가옥에 지하실이 따로 있습니까."

지하실의 존재는 가야로서도 금시초문이었다. 무녀촌의 가옥은 ㄷ자 형태의 넓은 한옥이고 곳간도 여유로워서 무언가를 보관할 장소는 차고 넘쳤다.

"공개된 지하실이 없다면 일부 무녀만 알고 있는 비밀 공간이 있을 공산이 큽니다. 그리고 그 비밀 공간에 어떠한 단서가 숨어있을 수 있습니다. 모든 것이 아리송한 지금으로서는 그곳을 열어볼 수밖에 없습니다."

도치는 말을 맺고서 앞머리를 비비 꼬았다. 하숙집을 나올 때 스쳐 들었던, 집주인과 그의 이웃이 나누던 대화가 줄곧 머릿속을 선회했다. 금가야가 이옥화의 친아들이 아니라는, 어딘지도 모를 곳에서 주워온 자식이라는 이야기였다.

...

가야는 가족들과 이모들에게 비밀공간의 실재 여부를 에둘러 물어보았다. 하지만 그들은 저마다의 공무에 몰두하느라 급급한지 가야의 말을 귓등으로도 듣지 않았다. 잠꼬대 같은 소리 그만하고 상주로서 채신머리나 세우라며 가야를 면박할 뿐이었다.

포기하지 않고 애동제자 몇몇에게 약과를 조공하며 차근차근 면담을 이어 나갔다. 동생 같은 애들까지 이 비통한 시기에 무슨 뜬구름 잡는 소리를 하고 자빠졌냐며 열을 올렸다. 씻김굿과 관련된 음모론에 대해서도 무녀들이나 애동들이나 귀신 씻나락 까먹는 소리는 집어치우라며 예외 없이 쪼아댔다. 위아래로 몰매를 맞게 되자 가야는 왠지 모르게 민도치가 야속스러웠다.

한탄과 원망도 잠시, 두 뺨을 찰싹찰싹 때려가며 심기일전했다. 가슴속 신령님이 민도치를 믿으라고 아우성을 치고 있었다. 하기야 무녀들과 애동들이 짬짜미해 모르는 척 오리발을 내밀 수도 있었다. 다만 씻김굿의 저의를 잡아떼던 단희가 비밀공간에 대해서는 흥미를 나타낸 것으로 보아, 비밀공간이 있더라도 극소수 무녀만 알고 있는 통제 구역이라는 생각이 들었다.

결과에 연연하지 말자. 노자 가라사대, 천하의 어려운 일은 쉬운 일에서 시작되고 천하의 큰일은 작은 일에서 시작된다고 했다.

가야는 오후 내내 짬이 날 때마다 본채를 돌아다녔다. 온몸으로 바닥을 뒹굴며 포복하기를 수차례, 틈새란 틈새로 머리를 들이밀며 먼지를 뒤집어쓰기를 수십 번, 그런데도 지하로 연결되는 통로는 고사하고 닭 한 마리 드나들 구멍조차 찾을 수 없었다. 이쯤 되니 가슴속 신령님과 노자 선생님을 앉혀놓고 징징대고 싶었다.

애꿎은 족자를 까뒤집으며 돌아다니던 가야는 이내 멈춰 섰다. 방금 지나친 벽, 그곳에 걸린 족자를 들추다가 무언가와 눈이 마주쳤다. 족자와 내벽 사이, 반 뼘도 안 되는 그 미세한 간격에 무언가 숨어있었다. 사람일 리도 없고 영물일 리도 없었다. 창문도 머리 위에 달려 있었다.

힘겹게 고개를 돌려보았다. 사절지 크기에 달하는 그림 속에는 붉은 태양과 푸른 하늘이 교차하는 경계에서 한 쌍의 학이 한가로이 날아다녔다. 그 안에는 정반대의 것이 숨죽이고 있는 것만 같았다.

족자를 걷어 올리고서야 가야는 가슴을 쓸어내렸다. 족자 뒤에 붙어있는 것은 팔절지 크기의 네모난 거울이었다. 과학 시간에 보았던 아크릴 거울과 비슷했다. 아크릴 거울은 얇고 가벼워서 양면테이프만 이용해도 어렵잖게 벽에 부착할 수 있었다.

이상하단 말이지……

거울을 가리고 있는 족자는 천재 화백의 유품이었다. 무녀촌과 친밀한 시인이 타계 전에 할머니에게 양도했다고 했다. 할머니는 족자의 가치에 심드렁했고 어머니와 누나들도 별반 다름없었다. 하지만 수억을 내도 못 사는 명품이라 무녀들과 애동들은 이 주위를 얼씬거리지 않았다. 무언가를 숨기기에 이 족자만 한 가림막이 없었고 거울은 그 족자 뒤에 숨어있었다.

족자 뒤 거울 하나라면 그러려니 했겠지만 이뿐만이 아니었다. 수색을 속행하니 장판 밑, 난간 틈새, 천장 밑 반자, 본채의 안채 구석구석에 아크릴 거울이 교묘히 설치되어 있었다. 전부 다 눈을 씻고 찾아도 보이지 않는 곳에 묻혀 있었다. 거울의 반사판은 모조리 집안을 향해 있었다.

이렇게나 많은 거울이 장치되었다는 것은 주술을 위함이 틀림없었다. 강신무가 명두明斗라는 원형 거울을 무구로 사용하니 대량의 거울로 주력을 강화하려는 의도 같았다. 집안에 잠복한 귀신을 잡으려는 게 아닌지 의심되었다. 혹시 귀신에 들린 무당이 시치미를 떼고 있는 것은 아닐까.

이러면 더 이상해지는데…….

아크릴 거울은 세습무가 거주하는 본채에만 깔려있었다. 강신무가 생활하는 좌우의 날개채에서는 눈에 띄지 않았다. 무구에 집착하지 않는 세습무가 그 많은 거울을 기물로 삼았다는 것은 어딘가 어긋난 일이었다.

그렇게 우측 날개채의 후미진 복도를 어슬렁거리고 있을 때, 여러 발소리가 짓쳐 들었다. 가야는 저도 모르게 납작 엎드렸다. 도자기가 놓인 탁자 아래로 기어들어 가려니 쏘는 듯한 유자 향이 코에 걸렸다.

"이 화상들아, 바닥만 닦지 말고 미래도 좀 닦아봐라. 너희들, 그렇게 구부정하게 걸레질하면 나처럼 허리 아작난다? 어느 신령님이 꼽추 무당이랑 놀고 싶겠냐."

"에이, 어머니. 여자가 무곡리에 살면 드세진다는데 아작이 좀 나서 부드러워져야 연애도 할 수 있는 거 아니에요? 전 일찍 결혼하고 싶어요."

맹랑한 대답을 듣자니 말을 받아친 사람은 애동제자 예진이었다. 바닥에서 버선발들과 대걸레 천이 함께 움직이고 있었다. 백목련이 애동들을 데리고 청소를 나와 있었다.

"이 녀석이 입안에 잡신이 들렸는지 신엄마 알기를 우습게 아는구나. 나 때만 해도 너처럼 까불었다가는 온종일 무릎 꿇고 손들고 있어야 했다. 너희들, 정말 좋은 때 무당하는 거야."

서너 애동제자의 킥킥대는 웃음소리가 가야로서는 부럽기만 했다. 신딸인 애동들과 신어머니인 목련이 이모, 그들과 화합하는 이모들, 엄연히 남남인데도 이 강신무 계열은 항상 식구 같았다. 가야와 누나들, 아울러 어머니, 이 혈연은 강풍에도 나부끼지 않는 버들가지처럼 인공미가 있었다.

"어머니, 어머니. 소랑각시가 완전히 뿔난 날엔 어떻게 해야 해요? 앞만 보고 도망쳐야 돼요? 옛날에도 산신님이랑 투닥투닥했다던데, 그 무서운 귀신을 어떻게 잡아둔 거예요?"

소랑각시를 단도직입으로 구술한 용감한 녀석은 새내기 애동제자 정아일 것이다. 백목련은 불퉁대면서도 말을 받아주었다.

"들은 바에 의하면 선대들이 큰 희생을 치르셨단다. 옥녀봉에 올라 한 달 내내 단체로 굿을 치셨다는데 순탄치 않았을 거다. 당근을 주되 채찍은 잊지 않으면서 구슬린 끝에 겨우겨우 평화롭게 지낼 수 있었다더구나."

일순 정적이 흐르더니 낯선 목소리가 들렸다.

"어머니, 요새 철학책 읽어요? 아니면 다례로 배우는 궁중예절, 이런 거? 말씀하시는 게 맛깔이 많이 떨어진 거 같은데. 후추라도 뿌려드려야 하나?"

이번에 말한 애동제자는 말투가 생소한 게 누구인지 분간되지 않았다. 다만 시야에 들어오는 유난히 작은 발로 보아 연주인 듯싶었다. 연주의 음색은 오늘따라 굉장히 들떠있었다.

누름굿에 이어 허주굿까지 치른 연주는 당산제가 지난 후 내림굿을 받기로 되어있었다. 그런데 할머니의 장례로 그 중한 의식이 연기되어 긴장도 풀린 듯했다.

"어머니, 어머니. 원래대로 해주세요. 한번만요. 정아도 어머니의 섹시한 매력을 알아야죠. 선배님들이 각시를 어떻게 이긴 거냐고요."

연주에 질세라 예진까지 애원하자 백목련은 한숨짓고는 말했다.

"요약하자면, 최고급 썅년 한 마리 족치려고 당골에 보살에 고인에 존나게도 갈려 나갔다는 거야. 더 상스럽게 질러주랴? 이 철없는 것들아, 내가 너희들 짬밥 때 이랬으면 궁둥짝에 회초리 도장이 수백 개는 찍혔을 거다."

뭐가 그리 재밌는지 애동들은 숨이 넘어갈 듯 자지러졌다. 소녀들의 천진한 웃음이 짤랑거리자 가야는 그 온기에 섞여 마음을 녹이고 싶었다. 그러나 때를 놓친 터라 인제 와서 깜짝 등장하기도 뻘쭘한 노릇이었다. 부디 걸리지 않기를 바라며 저들이 이곳을 벗어날 때까지 탁자 밑에 웅크리고 있기로 했다.

"맨날 나 때는, 나 때는. 어머니 때는 왜 그렇게 정이 없었대요? 호랑이 귀신에 씐 스승님이라도 만나신 거예요?"

"야야, 어머니 말씀하시는 거 다 뻥인지도 몰라. 말씀하실 때마다 손을 달달 떠시잖아. 거짓을 진술하고 있다는 명백한 증거야."

"바보들아, 수전증 때문에 저러시는 거야. 알지도 못하면서. 너희들도 20년 동안 기물 손질하고 부적 쓰고 해봐라. 손에 힘줄이 남아날지."

 연주의 새침한 일갈에 정아와 예진은 조용해졌다. 연주는 자기도 무당 후보생이면서 큰무당이라도 된 양 뻐겨댔다.

 "어머니가 애도 버리신 분인 거 몰라? 우리 어머니는 아기까지 내버리고 신령님한테 일신을 다 바치신 논개 같은 분이야. 우리는 무업에 미친 보살님을 모시는 거라고."

 가야는 탁자를 발칵 뒤엎었다. 갑작스러운 가야의 출현에 모두가 어리둥절해졌다. 스산한 복도에서는 가야의 고성만이 울려 퍼졌다.

 목련이 이모가 불임의 몸이 된 것은 십수 년 전이었다. 하필이면 유산 중에 자궁이 다쳐 씨를 품지 못하게 되었으니 그녀에게는 평생을 짊어질 질곡이었다. 이모의 아물 수 없는 상처를 연주가 헤집은 격이었다. 내일모레 내림굿을 받는다는, 귀신 밥 꽤 먹었다는, 목련이 이모와 각별하다는 신딸이 경솔하게 종알대니 가야는 피가 거꾸로 솟고 말았다.

 그런데 말이 끊어지며 눈앞이 하얘졌다. 몸이 붕 뜨더니 뒤통수가 차가운 곳에 처박혔다. 나자빠진 몸을 추스를 때쯤 코가 찡하게 아려왔다. 얼굴을 세게 얻어맞았다. 이 정도로 손이 매운 사람은 개중에서 그녀 말고는 없었다. 정면을 주시하니 백목련이 한 손으로 연주의 목을 조르고 있었다.

 "박연주, 뭐가 보이냐."

백목련은 연주에게 얼굴을 바짝 붙였다.

"어머니, 왜 이러세요. 아파요."

"생각하지 말고 보이는 대로 말해. 지금 뭐가 보이냐. 어느 분이 내렸냐고."

"아무것도 안 내렸어요. 정말이에요. 이것 좀 놔주세요. 숨 막힌단 말이에요."

그러나 연주의 시선은 공허했다. 동공이 풀리며 눈 아래가 파들거렸다. 목소리는 고음과 저음을 오르내렸다.

조밥, 원단, 채반. 백목련이 읊은 세 단어에 예진이 부리나케 내달렸다. 연주의 목을 움켜잡은 백목련의 손에 힘이 들어갔다.

"바른대로 말하지 않으면, 네 살갗을 다 벗기고 살점을 한 점 한 점 발라 닭장에 뿌릴 테다. 박연주, 너한테 들린 게 누구야?"

연주의 눈이 뒤집혔다. 아니, 연주가 아니었다. 연주를 흉내 내던 그것은 입술을 일그러뜨렸다.

"당골 소리 듣고 싶은 백 씨 보살아. 이리 늦게 알아차려서야 소원 성취할 수 있겠냐. 네년의 잡술은 갈수록 얕아지는구나."

"오호라, 댁이셨구려. 작년에도 못된 말 나가게 하시더니 백 씨의 입심이 그리도 구수하셨소. 얻어먹을 거 다 얻어 처먹고 가실 때는 언제고, 왜 또 남의 딸한테 꼬장을 부리는 거요?"

그것은 폭소를 터뜨리더니 말을 꺼냈다.

"남의 딸? 네년이 내 딸을 훔친 게 아니더냐? 그나저나 딸이라니? 애새끼 하나 싸지르지 못하기로 어미의 정은 버리지 못한 것이냐? 아기집에 살이 낀 백 씨 보살아, 죽은 아들내미가 그리도 그립더냐?"

"그립긴 지랄. 딸년들 옆구리에 끼기도 벅찬데, 저런 개망나니 새끼까지 아들이랍시고 한 자리 먹었다 생각해 보시오. 백 씨는 대가리가 터졌을 거요."

백목련은 턱짓으로 가야를 가리켰다. 그것도 가야를 쓱 돌아보았다.

"백 씨 보살아, 평생 용써봤자 당골 소리 못 들을 거 같아서 조마조마하지? 웬 애새끼까지 의자 낚아채서 너도 열이 뻗칠 거다. 그래도 이모, 이모, 하며 따르는 놈인데 너는 이모 된 년이 너무 냉담한 거 아니냐. 한때는 친아들처럼 아꼈던 놈이 아니더냐?"

그것은 다시금 백목련을 바라보았다.

"그러고 보니 이 두 연놈은 상극 중에서도 상극이로구나. 한 놈은 양기가 실한 게 구름을 벗 삼은 거목 같은데, 한 년은 나무밭에 깔린 흙과 같은 신세로다. 나무가 흙의 단물만 빨아먹으며 말려 죽이려 하니 백 씨 네년의 검은 마음도 이해된다. 한데 백 씨 보살아, 나무를 뿌리째 뽑는다고 네년이 당골 소리들을 줄 아느냐."

 백목련의 손 떨림이 심해지려는데 예진이 도구를 들고 돌아왔다. 그것은 백목련에게 붙들려 가면서도 끊임없이 이죽거렸다.

 "백 씨야, 남들 다 밀가루 반죽 지지느라 바쁠 때 넌 뭘 하고 있었냐. 따로 잿밥이라도 준비했던 것이냐. 다들 희로애락 꼬고 엮을 때 넌 뭘 잡아끌고 있었냐. 백옥 같은 두루마기냐, 노리개가 주렁주렁 달린 색동저고리냐."

 가야는 백목련의 뒤태만 쳐다보았다. 이렇게까지 모질게 때릴 게 있나 싶었지만 투정은 나중에 부리기로 했다. 무려 주먹으로 후려칠 게 있나 싶었지만 연주의 안위야말로 급선무였다.

 그런데도 콧마루를 타고 흐르는 통각이 가시지 않았다. 코피 몇 방울이 무릎 위로 뚝뚝 떨어졌다.

…

 애동제자들이 날개채 앞에 집합되었다. 백목련은 만에 하나 신들림 놀이를 했다가는 죄다 죽여버리겠다고 울부짖었다. 허락 없이 신을 태우려는 년도, 이를 방관하는 년도 차등 없이 처벌하겠다고 엄포를 놓았다.

 잡귀 내치기는 평소보다 더 오래 걸렸다. 백목련이 좁쌀로

지은 밥과 오색천 조각을 섞어 연주에게 뿌리고, 대여섯의 강신무가 북을 치고 비손해도 잡귀는 물러가지 않았다. 어젯밤 씻김굿의 여파가 남아서일 것이다. 강신무 이모들도 신기를 소모해서인지 잡귀는 유독 끈질겼다.

 허주굿은 신딸에게 도움이 되는 신과 그렇지 않은 신을 판가름하는 의식이다. 작년 여름, 연주의 허주굿에서도 참 많은 귀신이 연주의 몸을 왕래했다. 먼 조상들은 물론 연주의 할아버지와 전우였다는 피 한 방울 섞이잖은 귀신에 무곡리의 산천을 떠도는 이름 모를 귀신까지, 연주의 신방으로 들겠다고 너나없이 난리였다. 잡귀의 정체는 연주의 고조할머니, 즉 조상신이었다.

 허주굿에서 이 조상신은 연주에게 접신해 생전의 시집살이가 무척이나 서러웠다며 한을 늘어놓았다. 한풀이에 그치지 않고, 연주가 생명의 꽃을 피운 것은 조상의 헌신 덕이니 자기를 제석 할머니로 모셔야 한다고 주장했다. 연주의 몸주 자리에 상석을 내달라는 요구였다.

 백목련은 그녀 또한 잘못된 굿을 받아 허튼 귀신이 들린 적이 있으므로 득실을 따지는 데 탁월했다. 연주의 허주굿에서도 재담이 뛰어난 생판 남남인 귀신은 어서 오시라고 반기는 반면, 숫기 없는 말더듬이 조상은 연습 더 하고 오시라며 돌려보냈다. 연주의 고조할머니 같은 포악한 조상신은 어떤 재주가 있든 몸주로서 실격이었다. 떼를 써가며 우기고 버티는 조상신을 밤새 타이르느라 백목련도 탈진에 이르렀었다.

그런 백목련의 정성에도 조상신은 무곡리에 남아 연주를 괴롭히고 있었다. 강신무 이모들의 대화를 훔쳐 들으니 저승으로 떠난 척하며 연주에게 기생했더랬다. 원한은 지독한데 요령은 또 특출나서 할머니 같은 국보급 무당마저 속여왔다는 것이다. 그래도 이번에 싹 걷어내서 조만간 실시될 연주의 내림굿은 순조롭겠다는 말이 들렸다. 역시 도적은 밖에만 있는 게 아니었다.

목련이 이모에게 안겨 새근새근 잠든 연주를 보고 안도했을 때, 가야의 머릿속이 번쩍였다.

잠깐, 입구가 꼭 안에만 있으라는 법은 없잖아.

단서를 찾은 것은 밤이 되어서였다. 뒤뜰을 눈여겨보니 그동안 무심코 지나쳤던 미심쩍은 흔적이 감지되었다.

뒤뜰에는 스무 개의 크고 작은 장독대가 제각각으로 놓여있었다. 스물이라는 숫자에 맞게, 스무 개의 독립된 단이 장독대를 각기 전담해 받치고 있었다. 크고 무거운 것 하나보다는 작고 가벼운 것 여러 개가 덮고 치우기에 수월할 터였다. 이 수많은 장독대와 수많은 단이 어쩐지 위장용 깔판 같았다.

모두가 잠에 빠질 자정을 넘겨 가야는 슬그머니 뒤뜰로 건너갔다. 아주 조심스레 장독대와 단을 하나하나 밀어냈다. 몇 번

고생하지 않아 바닥에 깔린 맨홀 뚜껑만 한 나무 덮개를 볼 수 있었다. 덮개를 치우자 아니나 다를까, 시커먼 구덩이가 나 있었다. 지하로 이어지는 길목이었다.

악귀가 봉인된 마경일까, 천제님을 봉안한 성역일까. 가야는 연거푸 심호흡하며 머리를 고쳐 묶었다. 그러고는 두 손을 마주 모았다.

"창천의 보옥 같은 신령님께서 나의 심체를 청결케 해주실 것이고, 청룡과 백호를 파견하사 나의 좌우를 호위케 해주실 것이고, 주작과 현무를 소환하사 나의 상하를 수호케 해주실 것이니, 제자 금가야가 영험한 보배를 다스리시는 하늘의 임금님께 간청하옵건대 옥과도 같은 제자를 길이길이 보우하옵소서. 비나이다, 비나이다."

축원을 올린 뒤 왼발을 세 번 구르고 남쪽으로 침을 세 번 뱉었다. 가야는 복숭아를 씹으며 지하로 몸을 던졌다.

돌계단을 지나 비좁은 길을 걷고 있었다. 숨을 쉴 때마다 목구멍으로 냉기가 파고들었다. 어깨에 툭툭 차이는 것이 벽인지 다른 무엇인지 헷갈릴 지경이었다. 그나마 민도치가 빌려준 펜 라이트 덕에 먹물 속을 헤엄치는 미아 신세는 면할 수 있었다.

"지하실이 있다면 내부는 온통 컴컴할 겁니다. 비공개 장소임이 명백한데 전등을 설치하기에는 배선이 걸림돌이 되겠죠.

외부로 전선이 노출되면 기껏 숨겨둔 의미가 없어지지 않겠습니까."

민도치는 과연 섬세한 형님이었다. 그러면서도 전두엽의 모서리는 생기다 말았는지 악담을 덧붙이기를 빼먹잖는 그분이었다.

"자칫하면 가야 씨는 그 안에 갇힐 수도 있습니다. 가야 씨의 소식이 들려오지 않으면 제가 나서겠지만, 최악의 사태에 대비해 기력을 보존하는 데 만반의 준비를 해야죠. 절대로 죽으면 안 됩니다. 먹거리, 마실 거리는 넉넉히 챙겨가길 바랍니다."

그러나 목이 칼칼해서 복숭아는 이미 두 개째 씹어버린 상태였다. 계속해서 침을 퉤퉤 뱉으며 전진하자 이마가 딱딱한 것과 부딪쳤다.

한발 물러나 펜 라이트를 비춰보았다. 막다른 길인 줄만 알았는데 웬 기둥이 진로를 가로막고 있었다. 이윽고 사방이 트이기 시작했다.

열다섯 평? 한 스무 평쯤 되려나?

펜 라이트를 이리저리 돌리자 두둑한 기둥 서너 개가 띄엄띄엄 박혀 있었다. 이 기둥들이 날개채의 하중을 지지하고 있을 것이다. 베틀, 물레, 가마니틀, 정연하게 널린 물건에는 오랜 세월의 흔적이 묻어 있었다. 별것 없는 창고인 듯했지만 이내 머리털이 주뼛 섰다.

벽면 구석진 곳에 정겨운 사물과 따로 노는 요물이 하나 있었다. 참으로 요사스러운 궤짝이었다. 걸쇠에는 녹슨 자물쇠가 걸려 있고 몸체는 쇠사슬로 감겨 있었다. 몹시 귀중한, 혹은 심히 섬뜩한 내용물이 보관된 게 분명했다.

궤짝은 일견 빈틈없이 방비되어 있었으나 나무판자가 군데군데 갈라져 있었다. 궤짝 자체가 워낙 오래된 골동품이거니와, 사슬이 다소 헐거워서 상판을 들어 올려 틈을 만들 수 있었다.

손바닥으로 궤짝 안을 훑었다. 손톱 끝에 매끄러운 것이 닿았다. 손을 더 바삐 움직였다. 손가락 사이에 얇은 것이 몇 개 끼워졌을 때 주먹을 쥐고 손을 빼냈다. 종이를 찢는 듯한 소리가 났다. 가야의 손에 들려있는 것도 한 장의 종이 쪼가리였다. 한자가 촘촘히 쓰여있는 듯한데 부적이라도 되는 것일까.

그때였다. 불현듯 인기척이 난 것은. 가야는 기둥 뒤로 숨었다.

지하실의 관리자일 것이다. 입구 아래에서 바깥의 깔판을 복구할 수 없었기에 그가 밖에서 보면 변화를 알아차릴 법했다.

어슴푸레한 빛이 지하실을 밝혀나갔다. 주변 한편이 환해지자 풍경이 더 선명하게 들어왔다. 벽 곳곳에 등잔이 여러 개 달려 있었다. 기척의 주인이 등잔에 불을 붙인 모양이었다. 등잔이 하나 더 켜졌지만 그 인물을 알아보기에는 어두웠다. 다리는 길고 마른데 머리는 작은, 천천히 움직이는 인영만 어렴풋이 보일 뿐이었다.

벽에 그려진 그의 그림자가 이동했다. 등잔을 또 하나 밝히려는 행동이었다. 세 번째 등잔은 공교롭게도 가야가 숨어있는 곳과 지척에 있었다. 저 등잔에 불이 들어오면 금가야의 존재가 들통나는 것이다. 엎친 데 덮친다고 인영은 입구 쪽에서 도주로를 차단하고 있었다. 옆길로 우회하자니 베틀과 물레가 장애물이었다.

가야는 보물을 꺼내 들었다. 세 번째 등잔을 무용지물로 만들면 당장에 들킬 위기는 피할 수 있다. 이 요요를 날려 저 등잔을 깨부술 수 있지 않을까. 상대가 당황한 틈을 타 그를 지나쳐 도망칠 수 있지 않을까. 거리가 애매하지만 밑져야 본전이었다.

기척이 더 가까워지기 전에 냅다 요요를 날렸다. 요요는 허공만 헤매다가 돌아왔다. 역시나 끈이 너무 짧았다. 그 가운데 인영이 세 번째 등잔으로 손을 뻗었다. 여기서 발각되면 큰일이다. 추후 진상을 밝히는 데 제약이 따를뿐더러, 재수 없으면 이 음지에서 황천길에 오를 수도 있다.

이제는 그분에게 기대를 걸어야 했다. 부름에 응할지는 모르겠지만 풀떼기로 신호를 보내는 것 말고는 할 수 있는 일이 없었다.

풀피리 소리가 공기를 가르자 인영이 멈칫거렸다. 가야는 풀잎 한 장을 입에 물고 쉴 새 없이 빽빽거렸다. 어느덧 끼루룩대는 반가운 선율이 풀피리의 곡조에 화음을 맞춰주었다. 그분, 금관 님이 끝내 달려와 주었다. 난데없는 까마귀의 난입에 인영도 손발이 묶여버렸다.

까마귀는 장거리의 소음도 감지할 수 있으리만치 청각이 예민하다. 그러나 풀피리는 금관을 재촉하는 촉매제에 지나지 않았다. 교감의 가교는 사전에 깔아둔 밑밥이었다.

까마귀야 원체 후각이 발달한 데다 시력을 잃어버린 금관이면 냄새를 탐지하는 데 도가 텄을 만했다. 이틀 전 맛있게 먹었던 먹이를 쉬이 찾아내리라고, 반드시 길을 뚫어주리라고 믿고 있었다.

가야가 복숭아를 두 개나 씹고 복숭아 조각이 섞인 침을 몇 번이나 뱉은 것도 이 외로운 탐험에 길동무가 되어줄 친구를 호출하기 위함이었다. 뒤늦게 나타나긴 했지만 금관의 지각이 오히려 제때 구해주었다. 저 영특한 까마귀 님이야말로 청룡이고 백호이며 주작이고 현무였다.

가야는 쏜살같이 질주했다. 금관의 날갯짓 소리가 그의 발소리를 묻어주었다.

그렇게 밖으로 뛰쳐나와 먼 거리에서 뒤뜰을 내다보았다. 금관 같은 새가 사람 손에 쉽게 잡힐 리 없고 까마귀 마을의 무녀가 까마귀 님을 해칠 리도 없지만, 그런데도 가야는 여차하면 친구를 위해 나서겠다는 일념으로 추이를 지켜보았다.

마른침을 삼키려니 장독대들을 헤치고 밤하늘로 비상하는 금관이 보였다. 한시름 놓으며 인영을 기다렸다. 시간이 지날수록 초조해졌고 이내 지루해지더니 마침내 망연해졌다. 아무리 애타게 기다려도 입구에서 금관 외에는 아무것도 나오지 않았다. 돌이켜보니 벽에 비쳤던 그림자는 형체가 이상했다.

다리는 길고 마른데 머리는 작은······.

한복을 입는 무녀들에게 다리가 보일 리 없었다.

...

도치는 어제의 대화를 복기했다. 금가야의 말에서 한 가지 걸리는 대목이 있었다.

어머니랑 목련이 이모도 그러던데. 요즘 너무 흉흉하니까 길 열리자마자 동네 밖으로 나가라고······.

무녀촌이 소랑각시에게 도전했다면 어미로서는 추후 돌아올 반격을 경계할 터였다. 그러잖아도 소랑각시가 금가야를 노리고 있는 데다 이기선이 몸소 저주의 실체를 입증했기에 아들을 향한 염려는 배가 되어야 온당했다. 강신무 계열도 매한가지, 강춘례의 유언이 이행되면 금가야에게 성무를 가르칠 신어머니는 백목련이 될 것이다. 신어머니는 신자식을 지켜야 할 책임이 있다. 요컨대 그들은 금가야를 위한 도리에 충실했다고 평할 수 있었다.

그런데도 꽃말 속에 돋친 가시가 엿보여서 뱃속이 개운찮았다. 금가야를 보호하려는 듯하다가도 한편으로는 배제하는 듯해서 줄담배를 피우게 되었다.

씻김굿을 거행한 뒤 무녀촌은 한층 어지러운 정세로 접어들었다. 의도해서 맞춘 판은 아닐지라도 결과적으로 차기 당주를 축출할 명분은 확보되었다. 어머니의 모정과 스승의 자격을 구실로 금가야를 타지로 보내면 당주 자리가 공석이 되는 것이다. 금가야가 실각한다고 해서 제삼자가 즉위하기는 어렵겠으나 내정자의 부재가 낙선자들에게 역전의 발판이 되기에는 충분하다.

그렇다면 이옥화와 백목련, 양측이 공통된 정적부터 제거하기로 합의해 임시 동맹을 체결할 수도 있었다. 이외에도 무업 이상의 야망을 꿈꾸는 무녀라면 누구라도 금가야의 공백을 환영할 터였다.

그나저나 금가야가 이옥화의 친아들이 아니라는 낭설이 전보다 더 퍼져 있었다. 흡사 무녀들이 금가야에게 알아서 나가라고 어깃장을 놓는 것만 같았다.

도치는 오만상을 찌푸리며 걸었다. 우중충한 오전, 무녀촌의 외곽에서는 애동제자 서넛이 바닥을 청소하는 가운데 두 남자가 나와 있었다. 목캔디의 포장지를 까고 있는 만초 선생, 손목을 돌리며 손가락을 주무르는 김내철이었다. 도치가 이기선의 안부를 묻자 만초 선생이 말했다.

"기선이? 다행히 팔팔해. 새벽에 부랴부랴 나갔는데 지금은 덕규네 집에서 요양하고 있겠지."

희한한 대답이었다. 이덕규는 독신의 부두 노동자라고 들었는데 이기선을 신당도 아니고 병원도 아닌 별것 없을 가정집으로 이동시켰다는 내용이었다. 도치가 캐물으려니 만초 선생이 화두를 돌렸다.

"참, 내철이 자네. 내림굿 얘기 들었지? 혈변 심해졌다는 애동제자 있잖아. 연주라고, 열한 살 여자앤데 벌써 신 받을 준비를 한다나 봐. 강 선생님 장례식만 아니었으면 진작 받았을 거라나. 내철이 자네도 내림굿하는 날까지 여기 있는 게 낫지 않겠어?"

김내철은 굵은 손가락으로 콧수염 끝을 비틀며 말했다.

"안 그래도 목련이가 부탁하긴 했는데, 너무 오래 머무는 것 같아 고민입니다. 우리 애들도 따분하다고 성화더군요. 그런데 새 무당 말문 여는 날을 외면할 수도 없고."

"그래그래, 자네 같은 대가가 가락을 살려줘야 굿도 잘 풀리지. 내림굿 뻑사리나는 것만큼 골 아픈 게 어딨어? 한 큐에 끝내게 덕 좀 보여줘."

만초 선생의 금테 안경 속 눈동자가 아련해졌다.

"그 연주라는 애도 앞으로가 고될 거야. 요새야 좀 나아졌다지만 무당의 삶이라는 게 원래 고독의 연속이야. 미스터 민도 민속 공부 좀 한 거 같은데, 자네도 무당들 고충은 알지? 김동리 소설만 봐도 그렇잖아. 그게 호랑이 담배 피우던 시절 얘기가 아니라니까."

무당의 설움이야 도치도 모를 리 없었다. 성밭마을 무당네 열일곱 살 딸이 중늙은이의 첩으로 들어가기로 했을 때 어미부터가 출세에 경사라며 감격했고, 당고개 무당네 두 딸이 기생이 되었을 때는 입 트인 사람치고 개천에서 용 났다며 축가를 부르지 않는 이가 없었다. 천민의 인생이 거기서 거기라고는 하나, 개중에서도 무당은 언제나 맨 밑바닥에 달라붙어 있었다.

하지만 아니 땐 굴뚝에 연기가 나지 않는 법이다. 백화점에서 귀걸이를 훔치다가 적발되니 신이 들린 탓이라고 몸주를 팔아먹는 만신이 있는가 하면, 생리통에 심사가 꼬여 쌍욕을 지껄였으면서 신의 말씀이라고 심술에 분 바르는 보살도 한둘이 아니었다.

"이보게, 미스터 민. 자네도 시간 있으면 구경해 봐. 내림굿은 하객이 많을수록 가량가량한 법이거든. 복사가 커서 서품식 하는 거랑 비슷한데 이게 한편의 서사야, 서사. 부모들 와서 딸이랑 절하는 거 보면 내가 다 애틋하더라고."

　도치는 대답을 미루고 주변을 둘러보았다. 애동제자들이 까마귀 깃털을 주워 포대 자루에 담고 있었다. 저 열몇 살 애들을 이 외딴곳에 처박아 둔 부모들이 새삼 마뜩잖았다.

　어린 딸내미를 정신과 병동에 입원시킬 바에는 차라리 무당으로서 길을 열어주는 편이 다소나마 낫다고 판단한 부모가 있을 수 있다. 어떤 부모는 진정으로 기적을 섬기기에 신령님만이 딸을 치병하리라는 믿음으로 돈 천만 원을 내림굿에 쾌척할 것이다. 딸의 미래보다 부모의 체면을 중히 여길 수도 있고, 신병과 정신병이 한 글자 차이임을 깨우치지 못하는 부모도 꽤 있을 법하다. 그러나 어떤 식이든 아픈 딸을 저리 방치하는 것은 자잘한 흠을 감추려다가 공사 전체를 날리는 것과 진배없었다. 몰입하자니 반감이 치솟았다.

　"기탄없이 이르자면 내림굿에 신어머니가 필요한지 모르겠습니다. 내림굿을 주도하는 게 큰무당이면 신내림이 아니라 무당 내림이라고 불러야겠죠. 전능하신 신령님이 신명을 하사해주신다는데 사람이 옆에서 중매쟁이를 자처할 게 있습니까."

　문득 떠오른 과거가 가슴에 꽂혔다. 얼른 뽑아내고 싶다가도 울컥한 나머지 더 거칠게 신음했다.

　"무당이 시련 많은 직업이라고 하셨는데 다 자업자득이죠. 세상 권력에 빌붙어서 뒤 봐주던 이들이니 말입니다. 이 동네 세습무들만 해도 사변 때마다 어느 줄에 섰는지 알 사람은 다 알지 않습니까? 요즘이라고 나아진 게 있습니까? 부적을 써야 임신이 된다, 굿을 쳐야 순산이 된다, 돈이든 몸이든 다 갖다 바쳐야 자식놈의 죽을병이 낫는다, 근심 있는 집안들 풍비박산 내면서 가련한 척을 하고 있으니 기가 찰 따름입니다."

만초 선생은 목캔디를 퉤 뱉었다.

"자네, 날이 많이 서 있는 거 같다? 담소나 나누자는 건데 왜 이렇게 속이 배배 꼬였대?"

"제가 드리려는 말씀은 공과가 상쇄된 결과가 업신여김이라는 겁니다. 무당 팔자가 아무리 서러워도 스스로 짠 그물에 걸려 허우적대는 꼴인데 뭐가 그리 억울하답니까?"

만초 선생이 씩씩대는데 뭔가 툭 떨어지는 소리가 끼어들었다. 바닥에는 책 한 권이 펼쳐져 있었다. 책장에 음표가 빼곡한 것으로 보아 악보집이었다. 김내철은 그것을 주워 들고는 말했다.

"만초 선생님, 이 친구 말도 일리가 있어요. 뿌린 대로 거둔다지 않습니까. 민도치 씨라고 했나. 자네 보기 떳떳하기 위해서라도 우리가 더 정진해야겠구만. 대화 즐거웠네."

김내철이 만초 선생을 데리고 떠나가고 나서야 도치는 후회했다. 늘 냉철하리라고 그토록 다짐했건만, 한낱 옛 기억에 휘둘려 주접을 떨었으니 자기 자신이 한심할 따름이었다. 이래서야 그녀와의 약속을 실천할 리 없었다.

  도치는 담장 너머 한옥을 바라보았다. 회색 구름이 기와지붕 위로 밀려들었다. 밖에서도 폭우가 쏟아질 것 같았다.

...

  가야가 날개채로 향한 것은 연주의 상태를 확인하기 위함이었다. 조상신의 막말을 애먼 연주 탓으로 돌리며 나무란 데 대한 사과도 해야만 했다.

  이른 아침이라 화장실 앞에는 줄이 늘어서 있었다. 대여섯의 애동제자가 배를 살살 문지르고 있었다. 그래도 맨 뒷줄에 있는 연주는 볼을 풍선처럼 부풀릴 정도로 건강해 보였다. 그러자니 단희가 연주의 등에 붙었다.

  "연주야, 정화수가 오늘따라 셔. 엄청나게 셔."

  "말 걸지 마. 나, 신령님이 주시는 시련을 받아내는 중이야. ……언니, 쉰 정화수를 왜 마셔? 그렇게도 배고팠어? 갈빗집 냉면 먹고 싶다고 노래를 부르더니, 언니 진짜 걸신들린 거 아니야?"

  "너 맞을래? 넌 내가 먹을 것만 보이면 입에 욱여넣는 사람 같냐? 세수하다가 입에 들어간 거야, 이년아."

  정화수를 뜨는 우물, 당샘이자 신정神井은 소랑정의 동쪽 반대편 양지바른 곳에 있다. 무녀들과 애동들이 매일매일 길러오니 정화수는 언제나 대량으로 비축되었다. 정화수의 신성함은 새벽에 처음 뜨는 물이라는 상징에서 비롯되므로 어제의 정화수는 신선도가 떨어졌다고 할 수 있었다. 무녀들의 유난스러운 눈에는 하루도 지나잖은 청정수마저 누렇게 보일 터였다.

그 까다로운 무녀촌이 정화수의 유통기한을 연장한 때는 20여 년 전, 어머니가 시집을 오고 나서였다. 어머니는 정화수에 식초를 뿌려 변색을 막는 방법을 전했다. 무가를 활자 단위로 외우는 무녀는 즐비했을지언정 살림에 조예가 깊은 무녀는 어머니가 최초였다. 어머니의 지혜에 할머니도 얼씨구나 좋다며 갈채를 보냈더랬다.

"그걸로 세수를 왜 해? 오늘 물 주는 날인 거 몰라?"

연주가 쏘아붙였다. 단희는 호빵 같은 얼굴을 붉히며 연주의 등을 두들겨 팼다.

"조용히 해. 야, 한 바가지도 안 썼어. 얘는 금아리도 아닌 게 왜 이렇게 까탈스럽대. 그거 좀 꼬불친다고 동티 안 나."

정화수에는 산의 정기가 깃들어 있고 식초는 피부 미용에 효과가 좋다고 들었다. 여드름을 신경 쓰는 단희로서는 목련이 이모의 뽀얀 얼굴을 닮고 싶을 터였다. 물론 야무진 연주로서는 단희 언니를 조져야만 했다.

"아, 몰라. 지금은 배 아파서 넘어가는데 언니 또 그러면 어머니한테 보고할 거야. 이거 라스트 옐로카드야. 다음번엔 퇴장이라고."

정화수는 아무 데나 버릴 수 없는 성수이므로, 정화수 세안은 무녀촌에서 규정 위반이었다. 십수 년 전만 해도 신들에게 올렸던 정화수는 무녀들이 세 번 나누어 마시거나 깨끗한 곳에 버려 처리했다고 한다. 그러나 그 많은 물을 다 먹기가 고역인데다 환경오염으로 청정 구역이 점점 줄어드는 실정이었다. 그렇다고 바다에 계신 용왕님께 드리자니 물배를 채운 사람에게 냉수를 대접하는 꼴이었다.

그리하여 어머니는 정화수를 옥녀봉에 돌려주자고 제안했다. 식초는 불순물을 순화하는 금金의 성질이 있고, 옥녀봉은 무곡리의 토土를 표상하기에 오염된 정화수라도 토생금의 상생으로 산야가 고이 포용하지 않겠냐는 의견이었다. 식초가 삿된 기운을 절제시키는 금金으로 수렴되면 각시의 힘도 중화될지 모르니 일거양득을 취할 수 있지 않겠냐고 어머니는 덧붙였다.

작업 초기만 해도 할머니는 달갑잖아 했지만, 숱한 정화수 환원에도 동티가 나지 않자 며느리의 혜안에 엄지를 세웠다. 비록 각시까지 제어하지는 못했으나 할머니는 옥화야말로 무녀촌의 옥구슬이라며 극찬을 아끼잖았다. 목련이 이모도 옥화 형님이야말로 무곡리의 바리데기라며 한껏 추켜세웠다.

이 물 주는 날이 만들어진 게 대략 10년 전, 그 시절만 해도 어머니랑 목련이 이모는 친자매 같았다던데 그새 원수지간이 돼버렸다니…….

그리고 소녀들의 목소리 사이로 기묘한 울림이 흘러들었다. 경첩이 삐걱대는 소리처럼 거슬렸고 올빼미의 신음처럼 구슬펐다. 어쨌거나 사람이 낼 만한 소리가 아니었다.

마루판자 하나가 살짝 들썩이더니 가라앉고, 또다시 잠깐 떠오르다가 내려앉았다. 바닥 아래서 무언가 튀어나오려 하고 있었다. 설마 연주의 고조할머니가 또…….

얘들아, 도망쳐. 빨리 이모들 데려와. 가야는 목놓아 외친 뒤 문제의 판자 앞에 꿇어앉았다. 판자는 아주 미세하게, 드문드문 꿈틀거렸다.

그런데, 귀신이라기엔 뭔가 깜찍한 거 같은데.

판자를 확 꺾어 올렸다. 싱그러운 나무 내음이 코끝을 스쳤다. 동시에 복슬복슬한 것이 가슴팍으로 뛰어들었다. 저도 모르게 두 팔을 오므리니 웬 너구리 한 마리가 품에 안겨 있었다. 아기 너구리 님인가. 강아지만도 안되는 체구로 보아 부모님과 손잡고 무녀촌에 놀러 왔다가 길을 잃고 고립된 모양이었다.

뒤통수가 따가워졌다. 애동들이 같잖다는 눈으로 가야의 생쇼를 감상하고 있었으니까. 가야는 괜스레 민망해서 너구리를 들어 보였다.

3장 귀신 맞이　　**233**

"너구리 님이다, 너구리 님. 우리 너구리 왕자님이 똥싸개 선녀님들 보러 오셨다."

제 딴에는 웃자고 한 말인데 애동들의 표정은 완전히 썩어버렸다. 하긴 뒷간에 들어가지도 못한, 분초를 다투는 위독한 애들에게 할 농담치고는 잔인한 감이 있었다. 가야는 새끼 너구리를 데리고 도망쳐 나왔다.

과연 앞뜰에는 성체 너구리 둘, 덜 자란 너구리 셋이 전전긍긍하고 있었다. 이 너구리 가족은 옥녀봉에 사는 영물들로 일주일에 한 번씩은 꼭 무녀촌에 와서 포식하고 돌아갔다. 근래 방문이 뜸한가 싶더니 이 새끼 너구리를 육아하느라 바빴던 것 같았다. 막내가 걸음마를 뗀 김에 그분에게 인사차 들렀을 것이다. 역시나 어머니가 너구리 님들을 다독이고 있었다.

널따란 접시에 투박하게 잘린 사과가 소복이 쌓여있었다. 극적인 상봉이 이루어지고 나서야 너구리 가족은 식사를 시작했다.

너구리들을 쓰다듬는 어머니의 손은 오른손이 아니었다. 어머니가 사과를 깎은 손도 익숙잖은 왼손일 것이다. 어머니의 일손이었던 오른손을 보고 있노라면 가야는 착잡해졌다. 겉으로는 화목하지만 속으로는 서먹하기 그지없던 나날, 그러잖아도 미묘한 가족 관계가 더욱 어색해진 것은 그날로부터 시작되었다.

작년 정월, 당산제가 끝나고 마을 사람들이 불놀이를 할 때였다. 어른들이 밭을 태우고 아이들이 쥐불놀이를 하며 밤길을 누비고 있었다. 가야도 불 먹은 깡통을 돌리고 있었다.

주민들의 뒤풀이에 불과해서 어머니 같은 당골이 참여할 필요는 전혀 없었다. 차라리 무복이라도 갖춰 입고 나왔으면 친구들 보기에 낯부끄럽지 않았으련만 어머니는 그저 학부모로서 쥐불놀이를 따라나섰다. 손주 새끼를 잘 돌보라는 할머니의 명이 있던 듯싶었다.

옥녀봉의 기슭이 보일 즈음이었다. 누구의 불꽃 놀음이 현란한지 경쟁이 치열해질수록 쥐불의 궤적은 아찔해졌다. 가야의 손놀림도 대담해졌다. 깡통이 빠르게 회전하자 불꼬리가 폭죽 터지듯 물결쳤다. 가야는 자기의 옷깃이 그을리는지도 모르고 있었다. 불꽃이 뺨에 닿고서야 놀라 발이 미끄러졌다. 깡통끼리 부딪쳐 떨어졌고 마른 낙엽에 옮겨붙은 불길이 가야를 에워쌌다. 그 광경을 보고서도 어른들은 무슨 일이 일어났는지 인식조차 못 하고 있었다.

그리고 검은 생머리가 나부꼈다. 어느새 달려온 어머니가 맨손으로 뜨거운 깡통을 잡아 내던졌다. 어머니는 자기만 한 아들을 꼭 끌어안고 불길에서 빠져나갔다. 발로 밟아 꺼질 리 없는 불과 사투하고 아들을 감싸느라 팔죽지에 불이 붙었다.

괜찮니? 괜찮아? 괜찮지? 괜찮을 거야. 아무 일 없을 거

야…….

　어머니는 그렇게 말했던 것 같다. 자기의 팔이 타들어 가고 있건만 새끼를 부여잡고 놓아주지 않았다. 그때 가야는 어머니에게 안겨 먼 산만 바라보고 있었다. 깡통이 비탈로 날아갔어. 저러다가 산불이 나면 어쩌지? 그런 실없는 생각만 하고 있었다. 그나마 다행히 도시의 소방관 삼촌들이 출동할 사태까지는 가지 않았지만.

　어머니의 희생에도 결핍증이 같은 것이 똬리를 틀어 좀처럼 풀어지지 않았다. 아들을 위한 모정이 아니었을 것이다. 약자를 위한 온정으로 보는 편이 더 타당하다. 자기가 다쳐도 남을 위해 기꺼이 투신하는, 헌신의 대상이 자식이 아니더라도 주저 없이 나설 위인이 어머니였으니까. 그도 그럴 것이 어머니는 아들의 머리를 쓰다듬어 준 적이 단 한 번도 없었다. 어머니의 손길을 아낌없이 받는 저 너구리들이 부러운 적이 부지기수였다.

　할머니의 볼을 꼬집고 놀만치 당돌했던 가야가 엄마를 어머니로 부르게 된 것은 작년 이맘때, 그 사고가 난 뒤부터였다. 꼬박꼬박 존댓말을 쓴 것도, 말투에 우스꽝스러운 예의를 실은 것도 그때부터였다. 그럴 수밖에 없었다. 쥐불놀이 이후로 어머니의 예쁜 미소를 쉽게 볼 수 없었고, 어머니의 아름다운 가무는 일절 볼 수 없었기 때문이다.

화상이 내상으로 번진 듯 어머니는 불씨만 보아도 손을 떨었다. 성신님을 알현하는 자리에서도 초에 불을 붙이지 못했으며 심지어 평소에도 향초를 떨어뜨리기 일쑤였다. 한 해가 지나 극복하나 싶었지만 올해 달집태우기를 목전에 두고 실시된 예행에서 어머니는 다시금 무가를 절었다. 고작 장롱 크기의 불 앞에서 무릎을 꿇고 말았다.

무당, 특히나 당골이 굿판을 등진다는 것은 가수가 무대를 기피하는 것과 같았다. 남들은 신기가 소진되어 무업을 마감한다는데 어머니는 만년에 도달하기도 전에 전성기가 꺾여버렸다. 화상을 입은 오른손을 부정한 손으로 여기는지 줄곧 왼손만 사용하는데도 심연에서 헤어 나오지 못했다.

어머니가 허물어지자 점도 잘 치고 춤도 잘 추는 목련이 이모의 발언권이 세졌다. 목련이 이모는 어머니의 화상을 염려하듯 약점을 파고들었다. 어머니는 세습무의 이름값으로 위치를 존속할 뿐, 별다른 저항은 하지 못했다. 할머니는 균형을 맞추려는 듯했으나 내심 목련이 이모를 지지했다.

그런 어머니에게 천군만마는 누나들이었다. 아들 탓에 앞길이 폐문된 시기에 맞춰 금자매가 무녀촌의 쌍벽으로 안착하니 목련이 이모도 더는 기를 펴지 못했다.

그런데도 어머니의 낯빛에는 유감이 어려 있었다. 장성한 누나들을 지켜보는 어머니에게서 가야는 종종 선망의 감정을 보았다. 아니, 자주자주 보았다. 어머니는 자기 속이 타들어 갈 것처럼 쓰라려도 힘든 이를 웃겨주고, 더없이 즐거워도 슬픈 이의 손을 잡고 울어주는 것으로 보람을 성취하는 무녀였다. 이런 사람이 몸이 따라주지 않으니 우울할 만도 했다.

할머니의 씻김굿을 사유로 한 해 만에 옥녀봉에 올랐을 때도 만감이 교차했을 것이다. 얼마 전만 해도 시나위권에서 손꼽히던 명창, 조선의 마지막 기생조차 경탄했다던 춤꾼, 그런 자기를 추월하려는 딸들이 겹치면서 어머니도 자아가 쪼개졌을 만하다. 뿌듯함과 소외감, 흐뭇함과 박탈감이 이따금 맞붙었으리라. 무당도 사람인데 어머니의 마음이 찢어지는 것도 무리는 아니었다. 차기 당주 자리가 회복을 위한 계기가 되었을 텐데 안타깝게도 간극은 며칠 새 더 벌어졌다.

"칠칠치 못하게 옷이 그게 뭐냐."

늘 머금고 있던 솔 내음이 아니었다. 어머니의 목소리는 알코올 향을 띠고 불어왔다. 오늘도 어머니는 오른손을 소독한 모양이었다. 화상을 입은 부정한 손으로 영물들을 대접할 수 없었겠지.

가야는 한복을 더듬어보았다. 한쪽 팔이 끈끈한 것이 새끼너구리한테 옮은 듯했다. 과일을 먹다가 과즙을 털에 묻혔는지, 바닥 안에 갇힌 게 무서워서 땀을 뻘뻘 흘렸는지 참 끈적이는 너구리 님이었다.

새로 갈아입었는데 아기 너구리 님이 슬픈 일이 있었나 봐요. 눈물이 좀 많으시더라고요. 가야는 헤헤 웃으며 말했다. 어머니는 아들을 돌아보지 않았다.

"외양간 들를 시간에 할머니와 놀아드리는 게 손자 된 놈의 도리가 아니냐. 무당이 되고 싶다는 녀석이 바깥바람만 쐐서 지전 하나 잡을 수 있겠냐."

민도치를 만나러 가는 것을 어머니는 알고 있을까. 뭐, 눈치 백 단의 무녀이니 그럴 수도. 가야는 어머니의 등을 바라보며 어머니의 화법에 맞춰주었다.

"같은 자리에 같은 꽃이 안 핀다고, 할머니가 일기일회를 강조하셔서요. 작별 인사만 하고 올 거예요. 어머니, 간식 먹고 후딱 다녀오겠습니다요."

물론 작별 인사를 올리는 시간이 매우 길어질 것이라고는 부연하지 않았다.

주방에 들러 소금물을 마시려니 새끼 너구리를 구하면서 보았던, 마루판자 밑에 숨어있던 책가방 크기의 인형이 떠올랐다. 모양새가 괴이한 것이 아무래도 저주를 위한 인형 같았다.

살을 날리면 역살을 맞게 되기 마련이라던데…….

날개채의 인형이 본채의 거울과 겹쳐 보였다. 세습무와 강신무의 주술 싸움이 아니기만을 기도했다.

...

 가야가 솟을대문을 나서자 민도치가 우산을 쓰고 기다리고 있었다. 민도치는 손목시계를 내보이고는 어서 우산 안으로 들어오라고 손짓했다. 가야는 씩 웃으며 말했다.
 "우산은 무슨, 남자가 갑빠가 있지 저 그런 거 안 써요. 태어나서 한 다섯 번 써봤나? 그런 건 해일이 놀러 올 때나 쓰는 거죠. 형님이 무곡리 사나이를 우습게 보시네."
 그러나 거짓말하고 나온 판에 비 맞은 생쥐 꼴이 되어버리면 어머니에게 또 어떤 근심을 안겨줄지 모를 노릇이었다. 가야는 마지못해 우산 속으로 머리통을 들이밀었다.
 "참, 그렇지. 형, 제가 할머니한테 물어본 적이 있어요. 무당 일하면서 공룡 귀신을 본 적이 있냐고요."
 "공룡 귀신이라, 해서 할머님께서는 뭐라고 하셨습니까. 그렇게 큰 귀신을 보신 적이 있답니까."
 "팔짱 끼고 포청천마냥 근엄하게 있더니 못 봤다고 하던데요?"
 가야는 키득키득 웃고는 말을 이었다.
 "그런데 이렇게 말하기는 했어요. 맛있든 맛없든 삶의 맛과 향에 집착하는 데 사람보다 유난스러운 게 없다고요. 동물들은 '아, 내가 죽었구나. 쿨하게 하늘나라로 가자.' 이러는데 사람은 미련이 족쇄가 돼서 이승에 발이 묶이는 거래요. 그리고 사람의 죄는 사람과 엮여 있다잖아요. 산 사람도 제 발 저리는 구석이 있으니까 귀신을 봐도 사람 귀신부터 보게 된다는 거죠."

가야는 침울한 얼굴이 되었다.

"이상하지 않아요? 할머니도 억울하게 돌아가셨잖아요. 그런데 왜 원혼이 돼서 나타나지 않을까요? 무당이 굿하다가 죽은 게 부끄러워서 그런 걸까요? 후배들 보기가 쪽팔려서?"

"저승에서 공무로 바쁘신가 보죠. 염라대왕님도 강 선생님에게 어떤 직을 하사하실지 고민이지 않겠습니까."

하늘은 잿빛 구름으로 뒤덮여 있었다. 인적이 드문 시골길은 시간이 멈춘 듯 고즈넉했고 보슬보슬 내리는 이슬비가 공기를 축축이 적셨다. 하나의 우산 아래 두 사람이 어깨를 맞대고 걸음을 옮기니 민과 금의 목적지는 이덕규의 집이었다.

가야는 지하실에서의 모험을 간추려 설명한 뒤 그곳에서 습득한 종이 조각을 민도치에게 건넸다.

"이거 봐봐요. 여기 종이에 한자가 쓰여 있는데요. 뭐 같아요? 부적은 아닌 거 같은데."

도치가 톺아보니 누르스름한 종이는 군데군데 마모되어 있었다. 그러면서도 퇴색은 심하지 않아 장기간 신중히 관리된 것으로 추정되었다. 태곳적에 발행된 호적 장부로 보였으나 붓글씨의 선명한 먹선으로 분석하건대 화학 잉크가 사용되었을 터이고, 그렇다면 개항 이후에 작성된 문서임이 유력했다. 세로로 쓰인 세 글자의 한자 묶음이 가로로 나열된 것을 보아 인명이 기재된 듯싶었다. 단골들의 인적 사항이 적혀있는 당골기를 지하에 숨겨둘 리 없었다.

"형, 왜 그래요?"

그렇게나 수다를 좋아하던 민도치가 꾸물대자 가야는 벙벙하기만 했다. 가야가 한껏 보채고 나서야 민도치의 말문이 열렸다.

"가야 씨네 집 말입니다. 상량문에 완공일을 기록한 듯한데 1920년이면 일본의 연호로는 다이쇼大正가 됩니다. 그 시절에 건물을 올렸으면 다이쇼 몇 년으로 표기되어야 사리에 맞겠죠. 한데 서력으로 1920년임을 명기하고 있습니다."

민도치는 목소리는 무거웠다.

"아울러 무녀촌의 가옥은 지극히 전통적인 한옥이지 않습니까. 비슷한 시기에 지은 한상룡 가옥에도 여전히 일본의 색이 완연한데, 무녀촌은 신기하리만치 한국미를 보존하고 있습니다. 중간에 뜯어고쳤다는 말이 될 터인즉, 기실 80년이라는 세월 동안 개축 공사를 몇 번 진행했을 수도 있겠다만 구태여 상량문까지 손질해 어색한 통일감을 부여한 것으로 보건대, 무언가를 숨기려는 의도가 있지 않나 싶습니다."

가야는 마른침을 삼켜 넘겼다.

"이익은 〈성호사설〉에서 이렇게 기술한 바 있습니다. 무당이 꽃으로 장식한 장대에 지전을 달고 자기를 서낭신으로 칭하며 마을을 돌아다닌다, 일국의 정서를 혼란케 하고 혹세무민하는 이 얄팍한 세태를 관은 방임하고 있다. 〈동국여지승람〉에는 군현이 서낭당을 설치하고 지방관이 제향했다는 내용이 있죠. 조선시대는 무속이 한창 박해받던 때인데 정작 무당은 이 사람 저 사람 눈에 띄리만치 자유롭게 나다녔다는 겁니다."

화제가 전환되자 가야는 반갑게 거들었다.

"맞아요, 할머니도 이런 얘기를 했어요. 무당이 신령님 빽만 있었으면 진작 죽었을 거라고요. 왕후들도 심심할 때마다 궁으로 불러들였다던데요?"

"그렇죠, 그렇죠. 여덟 천민 중 하나인 무당이 폭넓게 행적을 박는 건 큰손이 알게 모르게 후원해 줘야 성립되는 일이겠죠. 조선조는 무가에서 악공을 차출해 국가 행사에 노역시키고 무병巫兵으로 써먹으면서도, 무업세니 신포세니 하는 불합리한 세금을 부과하며 무당을 압살했습니다. 이런데도 무당이 숱한 발자취를 남길 수 있던 것은 고위층이 남몰래 무당을 신임했다는 방증이 될 겁니다. 그러하다면 일제시대에도 이런 추론을 적용할 수 있겠죠."

안심할 새도 없이 가야의 얼굴은 경직되었다.

"일제가 조선의 혼을 억압했다지만 민속 연구가 가장 활발했던 시기 또한 일제 때입니다. 무속과 풍속을 마디마디 쪼갰을 지언정 해방 이후, 또 근대와는 비교되지 않게 지대한 관심을 보였다는 말입니다. 정치적인 과제에 미신의 수식을 도입함으로써 사소한 오류까지 낱낱이 계산하고 싶었겠죠. 속국의 국운을 점치는 데는 속국에서 나고 자란 술사가 적격이라 생각했을 법합니다."

좌우로 뻗은 들판과 멀리 보이는 산줄기가 짙은 안개에 잡아먹혀 흡사 수묵화 속에 표류된 기분이었다. 가야는 우산에서 벗어나 비를 맞았다. 그저 시원함에 젖고 싶었지만 속에서는 민도치의 감질나는 의견을 주워 모아 진실에 다가서려는 그가 있었다.

일본은 민족 말살 정책을 추진하되 국익을 위해 빼어난 무당들을 착취했고, 이에 대한 대가로 그들이 이용한 무당에 한정해 밥줄을 보존해 주었다. 그 무당들이 아예 눈이 닿지 않는 시골로 이주해야 쌍방이 이로웠다. 그 시골이 무녀들의 신기를 북돋우는 무곡리 같은 벽지라면 누이 좋고 매부 좋은 일이었다.

그렇게 무곡리에 정착한 이방의 무녀들은 기존 무곡리의 무녀들과 자매결연을 맺거나, 그들을 휘하로 두어 일제의 묵인 하에 무녀촌이라는 조직을 결성했다. 나아가 부역으로 한몫 잡은, 길흉을 바삐 읽으려는 조선인 권력가와 인맥을 형성했다. 이 단골들과의 연줄에 구속력을 강화하려는 수단으로 무녀촌은 단골들의 인적이 담긴 자료를 수집해 간수했고, 이 지뢰와도 같은 문서로 권력가의 후손에게까지 친분을 권고하며 오늘의 권세를 누리게 되었다. 지하실의 궤짝에 숨어있는 물건은 친일 인사들의 명부이고, 무녀촌 또한 그 인사들과 한패이다…….

숙고를 거듭해도 그럴싸한 해석이었다. 무녀촌이 가옥을 세운 지 올해로 80년이 되었고 80년 전이면 1919년, 삼일운동의 열기로 전국이 후끈 달아오르던 무렵이었다. 치열했던 그해 봄날, 무녀촌은 새집을 짓고 있었다.

"……그래서 우리가 친일파라도 된다는 거예요?"

그러자 민도치는 앞머리를 비비 꼬고는 말했다.

"담소나 나누자는 건데 심각하게 파고들 것까지야, 하하. 때를 셈하면 엮여도 강 선생님 전대의 무당들이 엮였겠죠. 가야 씨의 가족과는 무관하다고 봅니다만."

"어쨌든, 우리 할머니가 친일파 부하일 수도 있다는 거잖아요."

할머니는 일본의 '일'자만 나와도 치를 떨었는데 그것은 증오심이 아니라 수치심 때문이었을까. 빗물에 젖은 꽃잎처럼 고개가 꺾인 가야를 바라보며 민도치는 한동안 눈치를 보고는 말했다.

"아뇨, 아뇨, 그리 단순하게 볼 문제가 아닙니다. 총독부가 무당을 부렸으면 좋게 봐야 하청의 개념이었겠죠. 그 하청으로 인해 무녀촌의 선조가 혜택을 받았을 수도 있겠으나 선조분께서도 거역하기 힘든 것이 일개 무당에게는 본인, 가족, 친지의 목숨이 걸린 중대한 사안이었습니다. 게다가 당시의 무당은 태어나 친부모한테 버림받고, 몸이 팔려 가서는 포주한테 팔매를 맞은 처지였죠. 친일과 항일이 반의어가 아니었다는 말입니다."

그런데도 가야의 울상이 가시지 않자 민도치는 쥐어짜듯 말했다.

"역사의 층위를 고루 헤아리려면 보정이 부득이한데, 양반도 벼슬도 아닌 천민 중의 천민이 민족의식을 고양할 기회조차 있었겠습니까. 등 따숩고 배부른 현대의 잣대로 과거의 민초를 재단해서는 안 될 일이죠. 막상 그 입장이 되면 절대다수가 자가당착에 빠질 겁니다."

자꾸만 몸에 좋은 어휘로 빈말에 약을 치는 듯했지만 가야는 속절없이 넘어갔다. 하기야 정의를 부르짖는 기특한 입은 지천으로 널렸는데 땡전 한 푼 기부해 본 적 없는 고운 손이 태반이요, 열사들을 기린다는 갸륵한 목소리는 사방으로 요란한데 태극기 없이 국경일을 보내는 유연한 집안이 열에 아홉이다. 가야는 애써 우산 속으로 기어들어 갔다.

"이게 친일파 명부라고 치고요. 그럼 이게 할머니 돌아가신 거랑 상관이 있으려나요? 친일파의 부하를 단죄하겠다는 복수심, 이런 건가."

민도치는 한발 옆으로 물러서며 가야의 어깨까지 우산을 씌워주었다.

"그리 가정하면 할머님을 해한 자를 한둘로 추릴 수 있겠죠. 이런 범죄를 꾸리려면 준비며 과정이며 적잖은 시간이 필요할진대, 범인이 지하실과 명부의 실재를 못해도 오늘로부터 열흘 전에 간파해야 한다는 말이 됩니다. 우선은 하나의 가설쯤으로 정리합시다."

불을 무서워하는 어머니가 아무렇잖게 등잔에 불을 켜지는 않았을 듯했다. 그래도 명부의 존재 여부까지 모른다고 잘라 말할 수는 없었다. 어머니의 입지가 약해져 목련이 이모가 부상하고, 오랜 고부간 대립에도 할머니는 며느리의 청렴함과 엄정함을 높이 평가했다. 철두철미한 강춘례가 유산의 기부처를 알아보는 중책을 이옥화에게 일임한 것도 며느리를 믿어서일 것이다. 더군다나 목련이 이모는 의기가 넘쳐서 행정에서는 점잖지 못한 면이 있었다. 할머니가 무녀촌의 일급 기밀을 공유한 무녀가 있다면 어머니밖에 없을 성싶었다.

진실을 향한 갈망과 회피에 대한 욕망 사이에서 가야는 우왕좌왕했다. 한쪽에서는 전자를 원하는데 다른 한쪽에서는 후자를 원하고 있으니 어느 편에 기대야 할지 어지러웠다. 그래도 정신을 다잡아야 했다. 책방에서 대여한 만화책처럼, 몽상을 빌리는 시간이 길어지는 만큼 현실은 연체료를 물을 것이다.

구불구불한 시골길을 지나 남쪽 끝자락에 이를수록 무곡리는 사람 손 타지 않는 수림으로 변모했다. 난잡하게 돋아난 덤불이 옆구리를 스치며 그악스레 자라난 잡초가 종아리를 휘감았다. 그 을씨년스러운 적송림 한복판에 촌집이 하나 있었다.

양철지붕이 달린 평범한 집이 이런 험지에 있는 게 언제 보아도 이질적이었다. 하지만 집 옆에 딸린 창문 하나 없는 창고는 음습한 환경과 맞물려 있었다. 때마침 창고의 철문이 열리며 이덕규의 장대한 기골이 나타났다. 이덕규는 철문을 등지고 담배를 꺼내 물었다.

"덕규 삼촌, 창고 일이 많나 보네. 기선이 이모는 집에 혼자 있으려나? 어떻게 할 거예요, 형?"

좀처럼 대답이 돌아오지 않자 가야는 옆을 돌아보았다. 가야가 기껏 마음을 추스르니 이번에는 민도치가 우거지상이 되어있었다.

"아무래도 무녀촌은 끝까지 가려고 작정한 모양입니다. 조만간 귀신 잡는 큰굿이 또 열리겠군요."

...

"야, 너 가야 아니야? 뭔 떡고물을 찾길래 여기까지 왔어?"

이덕규가 크게도 말했다. 금가야는 뒷짐을 지고 태평하게 걸어갔다.

"거참, 남의 집 대문 두드린 것도 아니고 왜 이렇게 야박하실까. 삼촌, 저 이제 방구석에만 짱박혀 있어야 해요. 근신하기 전에 삼촌한테 인사드리려고 온 거예요."

이덕규는 턱만 만지작거렸다. 그의 부리부리한 눈이 썩은 소나무들을 향했다가 제자리로 돌아왔을 때, 금가야는 목을 쭉 내밀었다.

"뭐예요, 그 뜨뜻미지근한 답례는. 언제 또 볼지 모르는데 서운하지도 않아요? 순자 가라사대, 예는 마음보다 형식이 먼저라던데 동네 바둑이 님들도 이것보단 아쉬운 척하시겠네."

"인마, 그런 게 아니라……."

"됐고요, 안 그래도 동네 분위기 꿀꿀해서 마음이 심란한데 울적한 속이나 같이 치유하시죠. 이게 백약의 으뜸이라잖아요."

금가야는 손가락 사이사이에 끼워 넣은 소주 두 병을 살래살래 흔들었다. 연둣빛 병들이 부딪치며 딸랑거리자 이덕규의 눈이 휘둥그레졌다.

"이 자식이 정말. 젖비린내도 안 빠진 놈이 뭔 술이야? 할머니 돌아가신 지 며칠이나 됐다고."

"삼촌이 어른이랑 마시는 건 괜찮다며요? 사내들끼리 먹구름 너머나 기리고 싶어서 그래요. 삼촌이랑 같이 할머니한테 한 잔 올리고 싶어서……."

이덕규는 머리를 박박 긁으면서도 입맛을 다셨다. 금가야는 이덕규에게 팔짱을 끼고 평상으로 그를 데려갔다.

"삼촌, 삼촌. 앉아요, 앉아. 앉아서 추억이나 노닥거리자고요. 마침 비도 그치고 노상까지 딱 좋네. 식사는 하셨어요? 라면 좀 끓여올까?"

금가야가 이덕규를 꾀어내는 동안 민도치는 살금살금 이동했다. 도치가 단언하기로 이기선은 저 음산한 창고 안에 있었다. 금가야의 유혹에 홀린 이덕규는 등 뒤에서 무슨 일이 일어나는지 모르고 있었다.

하나는 유인, 하나는 잠입, 이 공동작전을 제안한 사람은 금가야였다. 이덕규가 무녀촌과 돈독한 관계를 유지하고 있으므로 그가 이기선과의 접촉을 저지할 소지가 크기 때문이었다.

도치는 녹슨 철문을 조심스레 열고 창고 안으로 들어섰다. 퀴퀴한 냄새와 눅눅한 습기가 끼쳐 들었다. 열두 평 남짓의 내부는 금줄과 명주실이 거미줄처럼 엉켜 천장을 뒤덮고 있었다. 그리고 소복 차림의 이기선이 촛불들에 둘러싸여 정좌하고 있었다.

이기선은 불청객의 방문을 점지한 듯 차분하다 못해 평온했다. 도치는 입술에 검지를 갖다 대며 밀담을 요청한 뒤 입을 열었다.

"선생님, 본인의 이름은 민도치라 불립니다. 긴히 여쭤볼 것이 있어 불쑥 찾아뵀습니다."

이기선은 말이 없었다. 그녀의 동공은 확장되어 있었다. 그러면서도 등은 곧게 펴고 있는 것이 포제션 직전의 상태 같았다. 도치가 말을 이었다.

"소나무는 양기가 충만한 양목陽木이자, 음기를 제압하는 방음목防陰木이지요. 그렇다지만 양기를 대량으로 발산하는 적송림도 이런 험지에 방치되면 음기가 고입니다. 이렇듯 음양이 정체되어 역으로 균형을 맞추면 사람도 귀신도 눈길을 주지 않기 마련입니다. 아무도 거들떠보지 않을 환경에 처소가 있다는 점으로 보건대 이곳은 해막일 것입니다."

해막解幕은 과거 부정을 탄 사람이나 병자 및 임산부를 수용하는 액막이 골이었다. 현재는 무녀들의 피避 부정을 위한 격리실로 이용되고 있는 게 확실했다. 무녀촌이 해막지기 같은 중요한 직책을 아무에게나 위임할 리 없다. 이덕규의 가문이 집안 대대로 해막을 관리하며 무녀촌을 도왔을 것이다.

"무녀촌, 아니 이옥화 여사가 씻김굿 때 부정을 입었다는 사유로 선생님을 이 해막으로 보낸 것이 아닙니까. 표면상 틀린 지시가 아니기에 선생님도 딱히 저항할 구실이 없었을 것입니다. 부정을 탄 무당을 구태여 격리한 것은 굿이 끝나지 않았음을 시사합니다. 소탕각시를 몰아내려는 비방굿이겠지요."

이기선의 입술은 미동조차 하지 않았다. 또렷한 눈은 민도치의 얼굴을 향해 있었다. 다만 그의 등 뒤에 있는 무언가를 바라보는 듯도 했다.

"그야 그렇다 치고 선생님이 신방에서 다치신 것, 제 눈에는 실수로 보이지 않습니다. 선생님에게 위해를 가했거나 협박했던 사람이 있으면 저에게는 알려주셔도 됩니다. 선생님을 힘껏 도와드리고자 합니다."

그런데도 이기선이 묵비권을 행사하자 도치는 실내를 둘러보았다. 천장의 금줄과 명주실, 벽면에 빼곡하게 붙은 불不과 출出의 부적은 액운의 침범을 막는 주물이었다. 천기누설에 민감한 무당이면 잡신의 도청까지 우려할 만했다. 우회해서 말할 수밖에 없었다.

"선생님이 안방에서 손님을 맞은 것은 식탁에서 밥상을 차릴 때, 본本을 풀기 한참 전이 아닙니까."

씻김굿이 거행되기 몇 시간 전, 신방에서 습격당하지 않았냐는 물음이었다. 이기선은 어깨를 흠칫 떨었다. 도치는 이를 긍정으로 받아들였다.

"그때 선생님의 집에 들른 손님은 양 소매 펄럭이며 구름을 부르고 눈비를 내리는 무희 중 하나입니다. 맞습니까."

무巫라는 한자의 유래를 에둘러 말한 것이었다. 도치는 이기선을 해한 자가 무당인지를 묻고 있었다.

이기선의 얼굴은 굳어있었다. 포제선에 돌입했다가 무심코 현실로 돌아온 듯했다. 아까보다 더 강한 긍정일 것이다. 세습무나 강신무가 범인이 아니냐는 도치의 질문에 이기선은 포제선을 재개했다. 이번에는 부정 같았다. 그녀는 후환이 두려운 듯 끝내 함구했다.

"혹시나 드리는 말씀인데 선생님과 한솥밥을 먹지 않는 무희가 춤판에 끼어있지는 않습니까."

무녀촌과 별개로 베일에 싸인 무당이 있을 수 있다. 민도치는 또 다른 무당의 유무를 타진했다. 무녀촌을 흔들려면 무속을 속속들이 섭렵해야 할 터인데 이는 같은 동관이어야 수월했다. 장구재비 김내철도 곡성 세습무가 출신의 고인으로 엄연히 무속인이다. 역학자 만초 선생에게 미상의 배경이 숨어있을 수 있다. 또한 무곡리 어딘가에 제삼의 무당이 은둔하고 있을 수도 있다.

"……이거, 마가 단단히 끼어버렸어."

장고 끝에 이기선의 입이 열렸다.

"단명수야, 단명수. 길 닦고, 고 풀고, 무명 펼치고. 공자 씨, 맹자 씨, 책장마다 실리는데 불쌍한 우리 임은 어느 책에 실릴는지."

망자가 저승으로 가는 길을 닦아주는 의례, 길닦음에서 부르는 무가였다. 도치는 안경을 추어올렸다.

"조만간 사달이 난다는 말씀입니까."

"그래, 내 받아보니 댁부터 골로 갈 거 같아. 당신, 몸조심하는 게 좋을 거요."

...

"형, 기선이 이모는 어때요? 괜찮아 보여요?"

"잘 계십니다. 조상 덕은 못 봐도 조심 덕은 보지 않겠냐고 덕담까지 해주시더군요."

그러나 민도치의 표정은 좋지 않았다. 궂은 날씨 탓으로 돌리기에는 만면이 어둑한 데가 있었다.

가야는 더 캐물으려다가 말머리를 돌렸다. 이와 만만찮게 중요한 것이 만초 선생과 강 부장이 맞붙었을 때 알게 된 정황이었다. 다시금 비가 내리기 시작하고 나서야 민도치가 말했다.

"당산제 굿을 치기 전에 김내철이 강춘례와 면담했고 백목련이 강춘례에게 무복을 가져다줬다……. 둘 다 단독으로 할머님을 만났다는 말이군요. 업무차 안방을 들렀을 소지가 크지만 차근히 따져봅시다. 말이 나와서 말인데 김내철 선생의 아우들은 어떤 분들입니까. 신불새, 김개울, 이 고인들 말입니다."

"잘은 모르지만 그 삼촌들, 무당은 절대로 아니에요. 내철이 삼촌은 장승 같은 거 보면 꼭 비손하는데 그 삼촌들은 휙휙 지나가더라고요. 완전 뺀질이들인 게 저한테 담배도 삥 뜯어요. 어른이라고 다 같은 어른이 아니라니까요?"

민도치는 뜨끔한 듯 헛기침을 하고는 입을 열었다.

"김내철 선생은 곡성 지역의 남무男巫라고 하지 않았습니까. 시냇물 같은 이들과는 노선이 다를 듯싶습니다만."

"네, 내철이 삼촌이 그 동네 세습무가 막내 아드님인데요. 형제끼리 소리꾼이랑 삼현육각 편성해서 다니는데 '옥과의 명물들'이라고 이쪽 시나위권에서 만년불패의 1짱이었대요. 농악대회만 나가면 특등상 먹고, 미국 가서 공연할 정도로. 엄청 잘 나가는데도 의리가 있어서 할머니 굿판에는 군말 없이 와주셨다고 하더라고요. 근데 내철이 삼촌 형제분들이 일찍 돌아가셨어요. 그래서 다른 데서 악사 뽑은 거 같아요."

가야는 그동안 엿들은 것을 정리하며 말을 이었다.

"만초 선생님이 말씀하셨는데요, 내철이 삼촌이 소싯적에 주먹으로 알아줬대요. 별명이 김두한이었다고. 형제분들 살아계실 적에 내철이 삼촌만 여기 못 온 적이 있었거든요? 불새 삼촌 하는 얘기 들어보면 개울이 삼촌은 빵에 갔다 온 거 같고요. 할머니는 내철이 삼촌 볼 때마다 옛날보다 함께할 때가 많아져서 좋다고 했어요."

"그렇죠, 그렇죠. 김내철 선생 같은 명인이 한가할 리 없죠.

전과가 발목을 잡아서 주류로 진출하는 길이 막혔는지도 모르겠습니다. 김내철, 신불새, 김개울, 이 삼인방이 옥중에서 연을 맺었다면 음악을 향한 열정이 동력이 됐겠죠. 다만 그때만 해도 신불새 씨와 김개울 씨는 무악巫樂은커녕 국악에 문외한이었을 겁니다. 김내철 선생이 최고수 율객답게 아우들을 고인으로 조련한 듯합니다."

"그랬을 거예요. 지금은 셋이서 재즈 밴드 하고 있다는데 별 재미는 못 보는 것 같더라고요. 우리가 굿을 자주 하는 데다 할머니가 통이 커서 우리랑 노는 게 훨씬 쏠쏠할걸요?"

강춘례와 김내철의 접점이 두드러지자 민도치의 낯빛이 환해졌다.

"김내철 선생을 보면 손목을 버릇처럼 주무르고 간혹 주먹을 쥐었다가 펴더군요. 악보집 같은 가벼운 물건을 떨어뜨리는 것까지 보건대 류머티즘 관절염을 앓는 게 아닌지 싶습니다. 손이 붉고 손가락이 굵은 것도 류머티즘으로 인한 부종 때문일 수 있습니다."

가야는 두어 달 전의 일을 떠올렸다. 무녀들이 타지의 굿판에 나갔다가 돌아왔을 무렵, 할머니는 근래 들어 김내철이 자꾸 장구채를 놓친다며 툴툴거렸다. 내철이 삼촌은 이번 강산제 굿에서도 장구채를 떨궜을까.

"듣기로는 김내철 선생이 쉰 중반이라던데 퇴직하기에는 이른 나이지 않습니까. 전과자 설이 사실이면 아파트 경비원으로 취업하기에 제한이 있죠. 관절염이 심하면 화물이나 택시 같은 운전직도 버겁습니다. 당장 돈벌이가 되는 것이 중개업입니다. 걸출한 고인을 섭외하는 데 애로가 있는 무녀촌, 무녀촌이 없으면 재정적 어려움을 겪을 신불새와 김개울, 양측 사이에서 교량 역할을 하는 김내철, 여기서 김내철 선생은 한밑천 잡고 싶었을 수도 있습니다."

"돈으로 엮였다고요? 그렇다기엔 삼촌들, 되게 돈독해 보이던데. 내철이 삼촌이 엄청 과묵하긴 해도 뺀질이 삼촌들 잘 챙겨요. 삼촌들도 내철이 삼촌을 오야붕처럼 따르고요."

"대장이 거래에서 다리 역할을 하고 있으니 아우들도 공손히 따라야죠. 겉으로는 의형제의 유대를 과시해도 보이는 게 다가 아니라고 속은 균열이 가고 있을지도 모릅니다. 금전이 개입하는 순간, 사랑이고 우정이고 깨지는 경우가 파다하지 않습니까. 다른 쪽도 매한가지, 김내철 선생이 할머님을 접견하는 자리에서 뜻하지 않은 갈등이 생길 수 있습니다."

올해 당산제 굿이 연행되기 전, 김내철이 할머니에게 은퇴를 공지하면서 아우들을 연결해 주는 명목으로 대가를 요구했다는 줄거리였다. 합리적인 추론이지만 가야는 왠지 모르게 마음에 안 들었다. 하지만 개의찮고 연주에게 들린 조상신에 대해 말해주었다.

"그 애동제자는 무심결에 목격담을 말한 게 분명합니다. 밀가루 반죽을 지진다는 표현은 전을 부치는 것, 희로애락을 고고 엮는다는 표현은 줄다리기용 밧줄을 만드는 것을 의미하겠죠. 이로 보아 당산제 당일의 기억을 포제선을 빌려 술술 말했을 겁니다. 잿밥을 따로 준비한 게 아니냐는 표현까지 취합하면 백목련 선생이 단독 행동을 한 듯싶습니다. 유익한 행동은 아니었겠죠. 유서를 직접 확인했든, 누군가에게 전해 들었든, 하물며 점을 쳤든, 백목련 선생은 유언을 남들보다 먼저 알았을지 모릅니다."

"그런데요, 목련이 이모는 할머니를 많이 그리워하던데요? 안 그런 척하긴 하지만 엊그제 보니까 허벅지가 시뻘겋더라고요. 바늘로 콕콕 찔렀을 거예요."

"다들 한복으로 꽁꽁 싸매고 다니는데 그건 또 어떻게 봤습니까?"

"우리 이모님들이요, 제 앞에서는 막 나가요. 누드로 있어도 그런다니까요. 제가 뭐 가져다주려고 방에 들어가잖아요? 가슴 가리는 척도 안 해요. 형님, 이게 무곡리 여자의 기백입니다."

민도치는 침을 꿀꺽꿀꺽 삼키고는 말했다.

"바늘로 허벅지를 찌르며 감정을 억누른다……. 슬픔을 참으려는 발버둥이겠죠. 화를 꺾으려는 몸부림일 수도 있습니다. 다만 무곡리 여자의 기백을 살펴보건대 다른 이유가 있을

지도……."

 민도치가 어물대자 가야는 지체 없이 치고 들어갔다.

 "뭘 그렇게 어렵게 말해요? 이모가 허벅지를 쑤셔가면서 욕정을 참았다는 거잖아요."

 민도치는 앞머리를 비비 꼬며 고심하더니 끝끝내 입을 떼었다.

 "무당도 사제이자 수행자이니 금욕을 수행하는 삶의 연속이겠죠. 남자가 귀한 무곡리라면 더욱 혹독한 방편이 필요할 겁니다. 이른바 금극목金克木, 도끼가 나무를 베는 상극을 아로새기며 무녀들은 쇠바늘로 자해하면서까지 방망이의 양기를 잘라내려 했을지 모릅니다. 하지만 욕망이란 게 참는다고 참아지는 게 아니죠. 살인의 동기가 되기에는 약하지만, 다수가 연정을 주고받는 과정에서 기존의 갈등이 심화되는 계기가 생겼을지도……."

 현재까지 확인된 허벅지에 흉터가 있는 사람은 백목련(40세, 여성)과 금아리(18세, 여성). 피해자는 강춘례(68세, 여성). 이 각양각색의 여성들이 미상의 남성과 내연으로 엮였다는 어지간한 치정극에서도 볼 수 없는 막장 서사였다. 그런데도 민도치는 이 각본을 무척이나 진지하게 고찰하는 표정이었다. 가야는 심통이 날 수밖에 없었다.

 "저번부터 금金을 강조하시는데요, 형님이야말로 쇠팽이 같아요. 몸이 얼어 죽는 것보다 마음이 말라 죽는 게 더 슬픈 일이라고, 이참에 봄비에 푹 담가보시는 건 어때요? 금金은 수水랑 상생한다잖아요. 캔맥주도 이슬이 맺힌 게 먹음직스럽고."

"아뇨, 아뇨, 옷에 곰팡이 피는 건 질색이라 말입니다. 그리고 캔맥주에 응결 현상이 나타나려면 알루미늄이 식어야 하죠. 저는 이대로 건조하게 존재하렵니다, 하하."

음탕한 전개에 집착하는 모습도 아니꼽거니와 어째 한마디를 안 지고 받아치는 입부리도 얄미웠다. 가야는 우산을 내려놓았다. 그러고는 두 손에 빗물을 모아 민도치의 얼굴에 끼얹었다. 가야의 얼굴에도 물세례가 날아들었다. 그들은 서로 밀고 당기면서 봄비에 몸을 적셨다. 잡히지 않는 물방울을 끌어모아 내던지며 가야는 꿈에 젖었다. 그러나 민도치가 손가락을 탁 튕기며 자명종을 울렸다.

"가야 씨, 보고 싶은 것만 볼 때가 아닙니다. 또 하나 유력한 용의자가 어머님입니다."

시원하던 빗물이 미지근한 맹물로 변해버렸다.

"당산제 날 무곡리에 도착한 김내철 선생은 할머님을 해칠 시간적 여유가 없었습니다. 할머님의 무복에 문제가 있었을 공산이 큰데 이옥화 여사가 무복을 거둔 시점, 백목련 선생이 무복을 축원한 시점, 이 중 한 지점에서 공작이 이루어졌을 겁니다. 더 중요한 것은."

민도치의 손가락 끝을 따라 가야는 고개를 돌렸다. 이덕규의 집이 있는 방향이었다.

"덕규 씨의 창고는 액막이 골인데, 달리 말하면 임부와 병자 같은 약자를 보호하는 안전가옥이라 할 수 있습니다. 덕규 씨 같은 남성이 서른을 넘어서까지 건강한 것도 각시의 눈이 미치지 않는 사각지대에 거주하기 때문이겠죠. 신어머니는 몰라도 친어머니만큼은 아들을 진작 저 해막으로 보냈어야 한다는 겁니다."

민도치가 허황한 가설에 매달렸던 이유를 가야는 그제야 알 수 있었다. 남의 어머니를 안 좋게 얘기하자니 차마 입이 떨어지지 않았으리라.

이만하면 됐다. 단잠에서 깨어날 시간이다. 마침 잊고 있던 게 떠올랐다. 가야는 날개채에서 새끼 너구리를 구하며 보았던 허수아비 인형에 대해 말했다.

"뭐, 무녀들은 각시와 전쟁을 치르고 있으니 무기를 총동원할 법하죠. 각시와 허수아비를 일체화하면서 해를 가하려 했을 겁니다. 허수아비를 숨겨둔 것도 천기누설을 피해 각시의 의표를 찌르려는 기습 작전의 일환일 테고요. 허수아비의 심장에 화살 같은 게 박혀 있지는 않았습니까."

"맞아요, 그런데 화살은 아니고 젓가락이 콕 박혀 있었어요."

"젓가락 형태의 쇠꼬챙이일 겁니다. 이것도 금극목과 상통

하는 주술이겠죠. 나무로 동화시킨 각시에게 쇠붙이를 찔러 박는 상극의 수로 공격했을 겁니다."

"쇠젓가락이 아니던데요? 나무젓가락이었어요."

가야가 상세하게 설명할수록 민도치의 얼굴에서 핏기가 가셨다.

...

새내기 애동제자 정아가 좌측 날개채의 주방에 들러 우측 날개채로 향하는 귀찮은 짓을 한 것은 죄를 고백하기 위함이었다.

"똘기 님, 그끄저께요. 그러니까 당산제 날에 음식 만들 때요. 쥐새끼라고 해서 죄송해요."

담장 옆 좁은 통로에서 정아는 쪼그려 앉아 똘기 님에게 음식을 대접했다. 복숭아 조각을 허겁지겁 먹는 통통한 똘기 님을 가만히 보고 있자니 징그러움은 어느새 사라지고 귀여움만 느껴졌다. 똘기 님에게 용서를 받았다고 생각한 정아는 스스럼없이 말을 이었다.

"근데 새끼라는 말이 꼭 나쁜 건 아니에요. 우리 어머니도 저보고 내 새끼, 내 새끼, 이러시거든요."

정아가 말하는 어머니는 백목련이었다. 친부모의 얼굴을 모르는 정아에게는 신어머니가 친어머니나 다름없었다.

"우리 어머니는 염색을 좋아하세요. 저번엔 제 댕기를 자주색으로 염색해 주셨고요. 그런데 염색약 쓴다고 옥화 선생님한테 와장창 깨졌대요. 옥화 선생님은 정 염색하고 싶으면 석류를 쓰라고 하셨나 봐요. 그래서인지 우리 어머니랑 옥화 선생님은 사이가 안 좋아요. 똘기 님, 똘기 님, 두 분이 좋아질 날이 올까요? 우리 똘기 님은 어떻게 생각하세요? 가야 오라버니는 몸이 부정해서 밤낮으로 소금물을 먹거든요? 두 분한테 소금물을 왕창 뿌리면 집안 분위기가 좋아질까요?"

그 찰나 날개채의 창문이 확 열렸다. 정아가 놀라 돌아보니 강신무 계열의 서자영이 창밖으로 얼굴을 내밀고 있었다. 자영이 이모의 무서운 눈빛에 정아는 똘기 님을 데리고 물러갔다.

서자영은 창을 닫고서 고개를 돌렸다. 그녀는 백목련을 바라보며 말했다.

"언니, 가야 내버려둘 거예요? 죽은 듯이 근신해야 할 놈이 놀러 다니기 바쁘잖아요. 엄연히 우리 자산인데……."

백목련이 탁상을 탁 때리자 서자영은 입을 다물었다. 세 사람만 있는 방이기는 하나, 낮말은 새가 듣고 밤말은 쥐가 듣는 법이었다. 서자영은 소주잔을 비운 뒤 말했다.

"내가 말이 좀 헛나왔네. 암튼 옥화 씨 말마따나 가야한테 객귀라도 씌면 어떡하냐고요. 기선이 언니 다친 지 한나절도 안 된 마당에. 어디로 튈지 모르는 녀석이라 냅두려니 불안불안하다고요."

또 다른 강신무 김화미가 끼어들었다.

"문제는 객귀도 아니고 각시도 아니고 그 민가라는 놈이에요. 그 자식, 마스크는 반반한데 헤집고 다니는 게 음흉해요. 이런 놈들이 꼭 도화살에 편관偏官까지 껴서 물귀신 뺨치게 얍삽하다니까. 얌전한 고양이 부뚜막에 먼저 올라간다고, 가야한테 뭔 거지 같은 사상을 처먹이는 거 같단 말이야."

소주잔을 지그시 깨물던 백목련은 이내 잔을 내려놓았다.

"아니야, 동생들 마음은 알지만 나쁘게만 생각할 것도 없어. 옥화 씨 얘기 들어보니까 뭐가 뭔지 알겠더라고."

"언니, 그새 옥화 씨랑 말 섞었어요? 그치는 뭐래요?"

서자영이 펄쩍 뛰었다. 김화미의 눈도 동그래졌다.

"설마, 인제 와서 어미 노릇하겠대요? 정이라고는 깨 한 톨도 없는 여자가? 그렇게나 깔끔 떨던 게 뒤늦게 침이 고이나 보지? 그거 참말로 야마리 없는 년이네."

서자영이 혀를 차며 맞장구쳤다.

"불기운이 세지니까 철가면도 녹아버리지. 내가 그랬잖아, 옥화 그년 언젠가 본색을 드러낼 거라고. 이번에 달집 크게 만들자고 한 것도 그년이잖아. 큰불을 태워야 가야의 화기를 줄기까지 덮을 수 있다, 그래야만 각시를 헷갈리게 할 수 있다,

말이야 말인데 이게 가야를 위해서가 아니라니까? 옥화 그년이 강 선생님 제치려고…….”

서자영이, 너 자꾸 육갑 떨래? 백목련의 손이 요동치자 서자영은 입을 다물었다. 백목련은 목을 가다듬었다.

"옥화 씨한테는 신경 쓰지 않아도 돼. 장례식 동안만이라도 비위 맞춰줘. 그보다는 동생들 말 마셔볼수록 민가 놈이 턱턱 걸려. 누가 그 고양이 님한테 방울 좀 달아놓으면 참 좋을 텐데 말이지."

"언니, 허수아비 가져오라고 한 게 민가 놈 때문이었어요? 그놈한테 살이라도 날리시게? 역살은 어쩌시려고."

백목련은 대꾸 없이 동관들의 술잔을 채워주었다. 소주병의 병목이 잔의 테두리와 맞닿으며 잇달아 달각거렸다.

...

가야가 솟을대문을 넘자 앞뜰에서 금은슬이 반겨주었다.

"왜 이렇게 늦게 들어와? 점심 먹어. ……너 술 마셨니? 누구랑? 그 안경 쓴 서울 선생님이랑? 너 그러다 또 어머니한테 혼나면 어떡해."

가야는 잇몸을 드러내고 웃으며 큰누나의 단발머리를 정돈해 주었다. 그러고 보니 백목련이 금씨 남매에게 한 번쯤은 안방에서 함께 식사하라고 분부한 적이 있었다. 할머니가 반평생을 지냈던 방에서 남매끼리 똘똘 뭉쳐 할머니를 추모하라는 뜻이었다. 큰누나에게 물어볼 게 많았던 가야는 다만 그녀의 낯빛을 보고 질문을 보류했다.

"어머니는? 뭐하고 계셔?"

"주무셔. 되게 피곤하신가 봐. 배고프지? 밥 먹자."

밥이라고 해봤자 팥죽에 삼색나물이 전부였고 여러모로 착잡해서 식욕이 없기도 했지만, 요 며칠 끼니를 제대로 챙기지 못해 뭐라도 입안으로 쑤셔 넣어야 했다.

그런데 안방으로 들어간 가야는 눈을 껌벅거렸다. 상 위에 놓인 죽그릇 세 개가 모두 비어 있었다. 그리고 금아리가 벽에 기대앉아 배를 쓸어내렸다. 언니와 동생의 몫, 삼인분의 팥죽을 자기 혼자 몽땅 먹은 모양이었다.

당골은 신과 사람 앞에서 기예를 펼치는 가객이다. 춤꾼이고 노래꾼이자 재담꾼으로서 남의 이목을 사로잡아야 하기에 외양을 가꾸는 것도 중요한 덕목이다. 무녀촌이 채식을 포함한 저열량의 식사를 엄수하는 것도 무위자연을 표방하기도 하지만 태가 나는 몸을 만들기 위함이기도 했다.

그중에서도 체중 관리에 가장 목맨 무녀가 금아리였다. 밥 한 숟가락으로 하루를 버티는 데 이골 났고, 국물은 향을 맡는 것만으로 만족하는 소식가였다. 그런데도 철저히 유지하던 식단을 깨고 언니와 동생의 밥을 다 먹어 치웠으니 괜히 심술을 부린 게 분명했다. 금은슬이 앞뜰에서 가야를 기다렸던 까닭도 금아리와의 독대가 부담되어서일 것이다. 그때 가야가 금은슬에게 의혹을 묻지 않은 것도 작은누나의 성깔에 큰누나가 풀이 죽었음을 알아챘기 때문이었다. 가야는 금아리를 노려보았다.

"어지간히도 허기가 졌나 보네. 뭔 고깃국도 아니고 팥 무더기 맹탕이 그렇게 맛있었냐?"

"꼬우면 너희들이 밥시간에 제때 맞춰 오던가."

금아리는 다리를 쭉 뻗고 앉아 입꼬리를 씰룩였다.

"근데 너희 사귀냐? 진흙밭에서도 연꽃은 피어난다더니. 뭐, 네 살 차이면 딱 좋네. 어이, 도련님. 낭자님이랑 어디까지 갔어? 내가 속궁합이라도 봐주랴?"

정말이지 매사에 삐딱한 인간이었다. 혹독한 춤 연습에 탈진한 게 안쓰러워 쥐가 난 종아리를 주물러줘도 시원찮다며 깐죽깐죽, 꼭두새벽부터 설산에 올라 정화수를 길러오는 게 애처로워 새빨개진 두 뺨을 녹여줘도 시답잖다며 투덜투덜, 이 회상이야 옛일로 치부한들 주야장천 친언니를 따라다니며 괴롭히고 할머니의 안방에서까지 이러고 있으니 가야도 끈이 풀려버렸다.

"개떡 같은 소리하고 있네. 넌 사람이 어떻게 그렇게 못돼 처먹었냐? 할머니 장례식에서까지 이러고 싶냐?"

금은슬이 가야의 손목을 붙잡았다. 가야는 아랑곳없이 금아리에게 다가들었다.

"그래서 넌 불만이 뭔데? 뭐가 못마땅해서 밥맛 떨어지게 구는 건데? 은슬이 누나, 네 언니야. 누나가 너한테 욕한 적이라도 있어? 아니면, 같은 당골이랍시고 견제라도 하는 거야?"

견제란다, 견제. 금아리는 까르르 웃어젖혔다.

"우리 도련님이 촉이 뒤집어지셨나. 등신아, 저년이 뭐라고 내가 견제를 해? 엽전만 해서 보이지도 않는구만."

가야는 한복 저고리를 벗어젖혔다. 이 독살 맞은 인간과 기필코 끝장을 보고야 말겠다는 다짐이었다. 하지만 곧 힘이 풀려버렸다.

금은슬이 가야의 허리를 끌어안고 있었다. 울화통이 터졌으나 큰누나의 만류에 겨우겨우 화를 억눌렀다. 핏대를 세울수록 큰누나가 초라해지는 것을 가야도 알고 있었다. 큰누나를 데리고 안방에서 나가는 와중에도 금아리는 끝까지 빈정거렸다.

"야, 그리고 할머니가 뭔 상관이야? 나 할머니 별로 안 좋아해. 저년은 더할걸?"

오후 2시가 막 지났는데도 하늘은 어스름하니 오전 내내 쏟아진 봄비가 서늘한 여운을 전하고 있었다.

그러나 대청으로 나와 찬바람을 쐬도 속은 식지 않았다. 장례식이 끝난 뒤 저 미쳐 날뛰는 인간을 꼭 밟아버릴 것이다. 안방에서 배를 벅벅 긁고 있을 흉하기 짝이 없는 것을 향해 가야는 오른쪽 주먹을 들어 올렸다. 동시에 왼쪽 손을 물레방아 돌리듯 빙글빙글 회전시키며 오른쪽 가운뎃손가락을 서서히 펼쳐 나갔다. 그런 막냇동생을 금은슬이 나무라고, 가야가 큰누나 무릎을 베고 누우려니 앞뜰 관목에서 야광 벌레가 한 마리 보였다.

"누나, 저거 봐봐. 저 벌레 보니까 옛날 생각난다. 일곱 반딧불이 사건 있잖아. 기억나지?"

금은슬이 손바닥으로 가야의 입을 틀어막았다.

"하지 마. 창피하단 말이야."

가야는 큰누나의 손을 치우며 악동처럼 웃었다.

"뭐가 창피해? 감수성 예민한 시절이면 그럴 수도 있지. 아이고, 우리 금은슬이가 그때만 해도 귀여웠는데."

8년 전 여름, 무곡리에는 일곱 마리의 무지개색 반딧불이가 떼를 지어 출몰한다는 소문이 나돌았다. 일곱 반딧불이를 다 잡으면 소원이 이루어진다는 유언비어도 붙어 다녔다.

이 뜬소문을 철석같이 믿던 소녀가 열두 살의 금은슬이었다. 좋아하는 사내아이라도 있었는지 색색의 그림을 공책에 그려가며 혼자서 끙끙 앓고는 했다. 당시 큰누나는 딸부잣집 아주머니보다 옷을 잘 개키고 엔간한 무당보다 무가를 술술 읊는 경지에 들어섰건만, 유독 일곱 반딧불이를 향한 미련을 접지 못했다.

그런 누이를 위해 나선 흑기사가 여덟 살의 금가야였다. 성무 수업에 몸이 묶여버린 큰누나를 대신해 가야는 무곡리의 꼬마란 꼬마는 죄다 끌어모아 마을 곳곳을 누볐다. 늦저녁까지 들판을 방황하다가 어머니에게 혼이 대판 나기도 했고, 저수지를 지름길로 활용하다가 물귀신에게 혼이 반쯤 털리기도 했다. 고생이 고생이라 생색내며 떵떵대고 싶다가도 할머니의 회초리에 만신창이가 되어버린 큰누나를 보고 있노라면 공치사는 쏙 들어갔다. 고된 수련을 버텨내며 조사의 성과만 기다리고 있던 큰누나에게 가야는 이렇게 보고했다.

잡지는 못하고 보기만 했다고, 진짜 무지개색으로 빛나는 일곱 반딧불이가 있었다고, 마음만 먹으면 잡을 수도 있었다고, 그런데 예쁜 반딧불이를 차마 해칠 수가 없었다고.

뻔뻔한 거짓말에도 어린 큰누나는 미소 지었다. 돌이켜보면 큰누나가 그렇게나 산뜻하게 웃던 적이 있나도 싶다. 못내 목격담을 의심하며 진위를 따지는 큰누나의 떠름한 표정도 여전히 생생하다. 이제 보니 큰누나가 무업 외에 그토록 꽂혔던 것이 또 있나 싶다. 소원도 소원이지만 일곱 반딧불이가 정말로 존재하는지 궁금해하는 것 같기도, 반드시 실존하리라고 간주하며 보증을 구하려는 것 같기도 했다.

어쨌거나 일곱 반딧불이 사건은 행복한 결말로 마무리되었다. 머지않아 소문의 내용이 개정되었는데 일곱 반딧불이를 굳이 포획하지 않더라도 목격한 것만으로 소원을 이룰 수 있으며, 더불어 목격자의 가족도 똑같이 수혜를 입는다는 것이었다. 이후 일곱 반딧불이의 실체를 몸소 증언하는 어른들까지 속속 출현했다. 뭐가 됐든 큰누나의 입맛에 맞는 결과가 나온 셈이었다. 최초 일곱 반딧불이의 소문을 만든 사람의 신원도 미상이지만, 그 소문을 고쳐 널리 퍼뜨린 사람의 정체도 수수께끼로 남았다고 알려져 있다.

"그 소문, 네가 바꾼 거지?"

금은슬이 가야의 가슴팍을 통통 때렸다.

"너도 참 대단하다. 여덟 살짜리가 어떤 뻐꾸기 님을 날렸길래 언니들 오빠들 다 믿어버린 거야? 어른들은 왜 갑자기 나선 거고."

"그냥 해본 말인데 다 알아서 믿더라고. 내가 일곱 반딧불이 다 봤다고 뻥치니까 치수랑 수진이랑 다 자기들 아빠를 갈구는 거야. 걔들도 소원이 많았나 봐. 소원 성취의 범위가 목격자의 가족까지라고 해서 그랬겠지. 아빠들은 얼마나 귀찮겠어? 뭔 드래곤볼 모으는 것도 아니고 말이야. 그러니까 어른들도 맞다, 나도 반딧불이를 봤다, 수정된 소문이 사실이다, 우리 자식들 소원도 다 이루어질 거다, 이렇게 말을 맞추는 거야. 웃겨 죽는 줄 알았다니까."

"이게 진짜 못된 것만 배워가지고. 넌 어떻게 된 애가 꼬맹이 때부터 사람을 구워삶고 다니니? 너 같은 꾼이 또 없을 거다."

"여보세요, 그쪽이 제일 좋아하지 않았어요? 아우가 힘겹게 따온 열매를 매몰차게 내던지다니, 이거 배은망덕한 누이일세."

금은슬은 얼굴을 붉히며 웃었다. 가야가 할머니 흉내를 내며 말했다.

"어이, 금 씨 당골. 내가 귓속이고 뱃속이고 든든치가 못한데 피리 솜씨나 뽐내보지. 강 씨 할매가 좋아했던 곡으로 한 곡 뽑아보게나."

"뭐? 뜬금없이 웬 피리야?"

"듣고 싶어서 그래. 한 번만 해줘."

가야가 금은슬의 배 쪽으로 돌아누워 옷자락을 깨물고 늘어지자 금은슬은 마지못해 단소를 가져왔다. 청아한 음률이 앞뜰에 녹아내리니 야광 벌레도 한결 눈부시게 아롱거렸다. 하지만 가락은 곧 끊겼다. 가야가 대뜸 큰누나를 둘러업었기 때문이다. 금은슬은 단소를 입에서 뗄 수밖에 없었다. 얘가 왜 이래? 미쳤어, 너? 그러나 가야는 큰누나를 더 단단히 업었다.

"예쁜이 금 씨 당골아, 얌전히 있게나. 이 몸이 등이 시려서 그래. 그리고 춤이든 노래든 중간에 끊으면 뒷전의 잡신들이 뿔난다는데 금 씨 당골은 강 씨 할매한테 이런 기본도 안 배웠나? 이 아가씨는 얼굴값을 못하는구먼그래."

실낱같은 흐느낌이 울리더니 가야의 저고리 깃이 촉촉하게 젖어 들었다. 큰누나가 막냇동생의 어깨에 얼굴을 묻고 있었다. 할머니에게 야단맞고 작은누나에게 구박당해도 꿋꿋하기 그지없던, 그 암팡지던 큰누나가 울고 있었다.

"미안해……."

누나라는 게 이 모양 이 꼴이라서. 큰누나는 그런 뒷말을 꺼내려다 넣어둔 것 같았다.

가야야말로 울고 싶은 심정이었다. 사실 여덟 살의 치기는 큰누나의 바람을 실현하겠다는 핑계로 자행한 심심풀이에 지나지 않았고, 열여섯 살의 항변은 큰누나가 작은누나에게 잡혀 사는 데서 비롯된 반항이 내재되어 있었다. 큰누나가 좋기도 하지만 그보다는 작은누나가 싫어서, 못된 작은누나를 따돌리고 싶어서 큰누나를 싸고돌았다. 다른 누구도 아닌 금가야 자신을 위한 언행이었다.

어머니는 진심은 없고 사심만 있는 사람이 어찌 무당이 될 수 있겠냐고 핀잔한 적이 있었다. 무당에게 진심이 없으면 신령님도 무당을 뜬다는 말 또한 숱하게 들어왔다. 큰누나를 볼모로 사심을 채운 격이라서 가슴이 욱신거렸다. 큰누나를 향한 의심이 가시지 않은 터라 더욱이 뜨끔거렸다.

3장 귀신 맞이 **273**

가야는 짐짓 활기차게 말했다. 누나, 그때 무슨 소원 빌었어? 큰누나는 그제야 웃어 보였다. 비밀이야, 평생. 가야는 내친김에 의문을 입에 올렸다.

"있지, 누나. 씻김굿 있잖아, 그거 정말 씻김굿 맞아? 그제 진짜 할머니를 씻기는 굿이었어?"

그러자 큰누나는 품에서 얼굴을 떼었다. 뜨듯하던 어깨도 식어가기 시작했다. 그 순간 큰누나가 내쉬는 싸늘한 한숨을 가야는 놓치지 않았다.

미안해…….

금은슬이 남긴 말의 의미가 달리 해석되었다. 이렇게나 착한 동생을 배신해서 면목이 없다고 사죄했던 것 같았다.

…

목각으로 만든 허수아비 인형에 나무젓가락이 박힐 리 없었다. 금가야는 인형이 지푸라기로 엮인 제웅이라고 했다. 차이를 물어보는 금가야에게 도치는 이렇게 말했다.

"무녀들이 각시를 노렸다면 짚으로 만든 제웅으로는 어림도 없습니다. 김홍신 선생의 『풍객』에서도 묘사하기를 최악의 비방을 구사하려면 목각 허수아비를 써야 한다고 하지 않았습니까. 오호대장마저 석 달을 못 버텨 후퇴하고, 법왕의 수문으로도 이태를 버티지 못하는 것이 목각 허수아비라는 겁니다. 이에 비하면 지푸라기 제웅은 소박하기 이를 데 없죠."

강신무가 주술적 공격을 목적으로 안채에 거울을 설치하자, 이에 대한 보복으로 세습무가 화살 박힌 제웅을 날개채에 심어둘 수도 있었다. 하지만 경위를 파악할수록 표적은 따로 있는 듯했다.

제웅에는 사람의 이름이 적힌 무명천을 두른다. 정밀 사격을 위해서는 살을 맞는 사람의 함자가 제웅에 병기되어야 하기 때문이다. 그런데 금가야의 말로는 이 무명천이 절반 넘게 뜯겨나가 이름을 알아볼 수 없다고 했다. 도치는 이 점이 심상찮았다.

강신무가 그들을 겨냥하는 세습무의 주술임을 간파하고 무명천을 뜯었다면, 설사 그 반대라고 하더라도 발견자는 당연히 제웅까지 폐기해야 했다. 무명천을 제거했는데 제웅은 그대로라는 것은 저주를 날린 뒤 저주를 숨기고자, 그러면서도 저주의 효력을 다소나마 지속하기 위함이다. 안채와 날개채를 꺼림 없이 드나드는 양 진영과 원만히 지내는 유일한 사람이 금가야였다. 금가야를 저격하면서도 혹여나 그가 제웅을 목격한들 의심에는 이르지 않게 부린 농간 같았다.

금가야는 더는 대화를 나누기가 힘에 부쳤는지 거기서 돌아갔다. 도치는 주술의 특성상 강신무의 소행일 가능성이 크니

가족뿐만 아니라 이모들도 조심하라고 당부했다. 애동제자들도 강신무로 분류되므로 아무도 믿지 말라고 덧붙였다.

부쩍 쌀쌀해진 날씨에 민도치는 코트를 여미며 걸었다. 비가 물러나 오후 3시가 되어서도 해가 뜨지 않는 통에 주민들도 일찌감치 집에서 쉬는 것 같았다.

옥녀봉 산기슭에 이르러 도치는 걸음을 멈췄다. 뿔테 안경을 추어올리며 다섯 장승을 살펴보려니 이내 눈이 가늘어졌다. 불과 이틀 새, 장승들에서 변화가 생겼다. 금가야에게 돛대를 선물 받았던 사흘 전보다 칠이 더 벗겨져 있었다. 마찬가지로 인위적인 손상이었다.

무녀촌이 주기적으로 장승을 도색하는 의도야 쉽사리 가늠되었다. 오행에서 황색은 중용, 아울러 토$_土$를 의미하는데 흙이 물을 수용하는 토극수$_{土克水}$에 기초하여 음기를 흡수하고자 양$_陽$의 사물을 누렇게 칠했을 것이다. 남해안의 미신촌이므로 바닷물이 방출하는 수기$_{水氣}$의 음기까지 마을에 겹칠 것을 경계해야 했다.

수상한 것은 교란자의 속셈이었다. 양기를 꺾고 음기를 세우고자 한다면 장승을 아예 박살 내버리면 그만이었다. 애초에 장승을 때린 흔적조차 없는 것으로 보건대 나무 부스러기를 야금야금 긁어모으려는 심산이 아닌지 싶었다.

목재 분말 탓에 재채기를 몇 번 할 무렵이었다. 귀가 움찔거렸다. 불현듯 등 뒤에서 기척이 느껴졌다. 열 몇 걸음 떨어진 곳, 아니 그만치도 안 되는 거리에서 누군가 다가왔다.

"형, 놀랐죠?"

그렇게 어깨를 덮치며 장난치는 금가야를 상상하기도 했다. 그러나 아까 헤어졌을 때 보았던 그의 얼굴에는 농담조차 주고받을 여력이 없었다. 그 외에는 이다지도 은밀히 접근할 사람이 없었다. 위협이 분명했고 살기가 선명했다. 외진 곳이라 비명을 질러도 달려와 줄 이는 없어 보였다.

진땀이 흐르며 맥박이 빨라졌다. 몸이 굳어버려 발을 떼기도 여의찮았다. 품속의 목걸이를 더듬으며 기적만 바랄 뿐이었다.

찬바람이 잇새로 파고드는 가운데, 솔개가 사무치게 우는 듯한 괴성이 메아리쳤다.

가까스로 뒤를 돌아본 순간, 솔개의 울음이 둔탁한 타격음에 묻혀버렸다. 무슨 일이 일어났는지 알아채기도 전에 손이 허우적대며 몸이 나동그라졌다. 그리고 의식이 흐려졌다. 마지막으로 외친 절규가 멀리 닿기만을 소망했다.

…

"도치야, 세상에 깡패들만 득실거리는 것 같지? 맞아, 엄마도 그렇게 생각해. 있잖아, 그래서 우리 같은 사람이 헐벗고 굶주린 이웃을 도와줄 의무가 있는 거야. 대단한 선행을 베풀 필요는 없어. 길 잃은 강아지 집에 바래다주고, 넘어진 할아버지 일으켜 드리고, 이렇게 해나가면 되는 거야."

 엄마는 자기 몸 하나 건사하지 못하면서 말은 퍽 그럴싸하게 늘어놓았다. 무당이 언제부터 무武자를 썼다고, 약자가 약자를 구하겠다고 나서는 꼴이라니 가소로울 지경이었다. 잘나가는 큰무당에게 신내림을 받아 격이라도 챙겼으면 웃기지나 않지, 돌팔이 법사한테 사기를 당했으면서 분하지도 않은 모양이었다. 그 망신살을 차마 인정할 수 없어 현실을 부정하는 것이라면 차라리 나으련만 그녀는 신세를 자각할 주제마저 되지 못했다. 엄마는 숨을 거둘 때까지도 약자를 보살피라는 허튼 소리만 입에 올렸다. 그런 돈키호테가 또 없을 것이다.

 그리운 얼굴이 희미해지며 눈꺼풀이 차츰차츰 벌어졌다. 초점에 잡힌 것은 낡은 서까래와 한지를 바른 천장이었다. 고개를 돌려보니 창호지 문 옆으로 두 사람이 앉아 있었다. 크고 작은 머리통이 두 개 다 삭발된 것으로 보아 절 안에 누워있는 듯했다.

 "할머니, 할머니, 저 사람 눈 떴다."

 작은 머리통이 말했다. 큰 머리통이 대뜸 작은 머리통을 콩 쥐어박았다.

"이 얼빠진 것아, 어른한테 저 사람이 뭐냐, 저 사람이. 내가 말 가려 뱉으라고 했어, 안 했어? 넌 어떻게 된 게 하나를 알려주면 열을 까먹냐. 애동제자 애들 반만 닮아봐라."

그러고는 큰 머리통은 창호지 문을 바라보았다.

"어이, 김 원장. 시주님 깨어나셨으니 얼른 들어와 봐. 예까지 온 거 똑소리 나게 처리해야 할 거 아니야?"

그러나 문밖에서는 아무런 대답도 들려오지 않았다. 저 빌어먹을 영감탱이, 그새 가버렸네. 하여간 더럽게 인색하다니까. 큰 머리통은 한껏 구시렁대고는 이쪽을 돌아보았다.

"이보쇼, 의사 선생 말로는 크게 다치지 않은 거 같다니까 걱정 마쇼. 이마에 금이 좀 간 거 같긴 한데 정형외과 가서 진료받으면 괜찮아질 거라나. 그쪽, 서울 양반이지? 내가 말이야, 댁 때문에 허리가 끊어지는 줄 알았어."

도치는 누운 자리에서 퍼뜩 일어났다. 머리가 지끈거렸지만 두 승려 앞에 꿇어앉아 연신 절을 올렸다.

보름달 같은 얼굴의 승려는 탁선, 호두 같은 눈의 사미니는 나림이라고 했다. 탁선이 민도치를 업어 산기슭에서 지척에 있는 절로 데려왔고, 나림이 김 원장이라는 동네 의사를 불러왔다고 했다. 그들이 실신한 민도치를 찾아낸 까닭은 기괴한 소리 때문이었다.

"나림이 애가 나가서 놀고 오다가 새가 무섭게도 우는 걸 들었다는 거요. 새라고 해봤자 왕 까마귀 아니겠냐고 따지니까, 그런 소리가 아니라며 나를 끌고 나가지 뭐요?"

"그래서 할머니랑 장승들 있는 데로 갔는데요, 아저씨가 자고 있었어요. 이마엔 혹이 나 있었고요. 우리 할머니, 힘 되게 세요. 참, 제가 아저씨 이마에 수건 올려놓고 계속 문대고 비볐어요. 두 시간이나요. 근데 아저씨는요, 애들도 아니고 왜 그런 목걸이를 매고 다녀요? 그런 거 갖고 다니는 어른은 처음 봐요."

"야, 이것아. 갈라진 나뭇가지도 제 사연이 있다지 않냐? 초면에 뭘 그리 들들 볶고 있냐? 너 그거 사생활 침해야."

탁선의 구박이 끝날 기미를 보이지 않자 도치는 손을 내저으며 나림을 감쌌다. 그리고 호루라기 목걸이를 매만지며 말했다.

"괜찮습니다, 스님. 이건 제 부적입니다. 몇 년 전인가, 큰일을 겪은 후로 늘 지니고 다니게 되었습니다. 이것보다는 두 분 덕에 살았지만요."

위기에 봉착했을 때 도치는 머리가 하얘졌지만 호루라기로 도움을 청하려는 일념만은 남아있었다. 둔기에 맞기 직전에 호루라기로 내지른, 솔개의 곡성 같은 찢어지는 울림이 사방으로 퍼져나갔다. 궂은 날씨 때문에 인적이 드문 데다 인가와 떨어진 곳에 있어서 도와줄 사람이 나타날지 초조했는데 다행히도 귀인들이 있었다.

느닷없는 소음에 범인도 당황한 나머지 도주했을 것이다. 범인의 얼굴을 확인하지 못해 아쉬웠지만 명줄을 보전한 것만으로 천운이라 할 수 있었다. 여하간에 범인은 장승에 용무가 있는 사람임이 유력시되었다.

"그런데요, 아저씨."

나림이 커다란 눈을 반짝였다.

"아저씨는 가야 오라버니 삼촌이에요? 요즘 맨날 둘이 붙어 다니던데. 가야 오라버니는 어때요? 기운 좀 차렸어요? 어디 아프거나 이러진 않아요?"

염라대왕의 명부에 이름을 올릴 뻔한 환자를 앞에 두고 나림은 오로지 금가야만 걱정하는 데 열성이었다. 민도치 자신이 발견된 배경도 이 비정한 사미니가 연모하는 임을 훔쳐보러 무녀촌에 들렀다가 돌아가는 길에서 기인한 게 아닌지 싶었다. 도치는 나림이 탁선에게 혼쭐나는 장면을 끝까지 지켜본 뒤 입을 열었다.

"스님, 결례인 줄은 알지만 스님과 긴히 나누고 싶은 이야기가 있습니다."

자못 간곡한 목소리에 탁선은 나림에게 턱짓했다. 나림이 문밖으로 나가고 나서야 도치가 말했다.

"스님께서는 과거 무녀촌에 적을 두셨을 겁니다. 무녀촌의 사정에 대해 터놓고 말씀해 주실 수 있습니까."

...

 강신무 계열에서 무병, 무의巫儀, 신당 중 하나 이상이 결여된 무속인은 대개 선무당으로 정의되었고, 대표적으로 점쟁이가 이에 해당되었다. 특히나 호남에서는 영력이 모자란 예능무를 위해 점쟁이가 굿하기 좋은 날짜를 골라주며 공생하기도 했다. 비록 점쟁이야 강신무의 축소판이지만 많은 굿을 치르느라 인력 소모가 심한 무녀촌이면 점쟁이를 참모로 들일 만도 했다.

 민도치가 탁선을 선무당, 정확히는 점쟁이로 점찍게 된 것은 그녀의 승명에서 비롯되었다. 남부지방에서 점쟁이를 명두明斗라고 부르는데 '탁선'이라는 이름과 곁들여 뜯어보니 서로 반대되는 느낌이었다. 명明의 밝음은 탁濁의 흐림으로, 두斗의 채움은 선跣의 비움으로 대조를 이룬다는 생각이 들었다. 탁선은 점쟁이로 살았던 과거를 후회하고, 무녀촌에서 보냈던 나날을 참회하고 있는 것은 아닐까.

 물론 다짜고짜 꿰맞춘 억측이라 상대가 부인하면 그대로 물러나야 했다. 그런데 탁선은 순순히 인정했다.

 "짐 싸고 나온 게 20년이 다 됐지, 아마? 재주가 그것밖에 없는데 무당들 버티고 있고, 문복하는 단골은 점점 줄어들고, 먹고살기 막막했지. 강 선생님이 거둬준 덕에 겨우 사람 구실은 할 수 있었어. 그러다가 부처님께 귀의했고, 어쩌다 보니 부모 잃은 아기보살님 하나 모시고 살게 됐소이다."

탁선이 무녀촌에 소속되기 전, 무녀들과의 경쟁에 밀려도 타동네로 이주하지 않은 까닭은 그녀의 영력이 음혈의 지세에서 근원한다고 믿어서였다. 점쟁이를 지도하는 태자귀가 남자를 꺼리고 여자를 반기듯이 무곡리를 떠나면 주력도 떠나리라는 압박이 그녀를 짓눌렀다. 무슨 연고로 무녀촌과 결별했느냐는 민도치의 물음에 탁선은 주저하다가 말을 꺼냈다.

"예전엔 큰굿이 많았어. 지금도 무녀촌 무당들 출장 나가기 바쁜데 그때는 더했지. 나와바리 안 내주려고 별짓을 다 했다오. 원한을 많이도 사기도 했고."

"나와바리라면, 당골판에서의 이권 다툼을 말씀하시는 거군요."

당골판에는 특정 지역은 특정 무당만이 굿을 해야 한다는 규율이 있었다. 이 불문율을 거스른 무당은 어김없이 험한 꼴을 당했다.

멋도 모르고 남의 구역에서 영업하다가 얼굴에 피멍이 들고 무릎이 상해 졸지에 무업을 접은 신출내기 박수가 있는가 하면, 싼값에 내놓은 굿터가 허위매물인지 모르고 매입해 상을 차리다가 속옷까지 벗겨져 알몸으로 귀가했던 중견의 무녀가 있었고, 혈관성 치매를 앓느라 경계가 헷갈린 나머지 관할 외 지역에서 굿을 치다가 무구의 화형식을 망연히 지켜보게 된 큰 무당이 있었다.

원한을 많이도 샀다는 탁선의 증언과 무녀촌이 지역의 무업권을 지배 중인 실세임을 종합하건대, 암암리에 구전되는 가혹한 처벌을 행사한 주체가 무녀촌으로 귀결되었다. 무녀촌의 주요 수입원이 점복인들 모름지기 무당의 권능을 가시화하는 수단은 굿이었다. 굿을 통해 무당으로서 위상을 확립해야만 점복의 가치도 높아질 터였다. 홍보의 장은 다다익선이고 침략자는 초장에 씨를 말려야 화근이 없는 법이었다. 무녀촌의 재력이면 암흑가의 일꾼을 고용해 복병들을 재기불능으로 만들 수도 있었다.

"이런 점에서 보면 세습무와 강신무의 공존은 배색이 그야말로 절묘하군요. 강 선생님이 조화를 강조하셨던 이유를 잘 알겠습니다. 다만 경쟁자를 처리하는 방식이 독했다는 인상을 지울 수 없습니다. 듣기로는 강 선생님이 참 진보적이고 선행도 많이 베푸신 분이라던데 급진적인 면도 강했던 듯합니다."

탁선은 복잡한 얼굴로 벽에 걸린 불화를 바라보았다. 그러다가 장지문 쪽으로 시선을 돌렸다.

"단돈 만 원 앞에서 쌍심지 불태우는 게 사람 아니오? 신의 공사를 주재하는 사제라고 해봤자 무당도 사람이오. 더군다나 먼저 얻어맞은 건 그네들이고. 무당 세계에서 굿판이 침범당하는 건 집문서 털리는 것보다 더한 신성 모독이오. 그네들도 간절했겠지……."

그러나 탁선의 목소리에는 힘이 없었다. 강춘례를 향한 일말의 도리가 부처의 가르침과 충돌한 듯했다. 그녀는 머뭇대면서도 변호를 이었다.

"맹인들이 뱀을 만지는 것과 같은 이치라오. 비늘을 만진 사람은 비단결이 손에 잡히고, 송곳니를 만진 사람은 손이 물리는 식의."

그렇다고 보고 싶은 것만 보자고 눈을 감아서는 안 될 일이었다. 도치는 화제를 돌렸다.

"해서 스님, 이옥화 여사는 어떤 사람입니까. 제 탁한 눈으로 보기에는 도통 종잡을 수 없어서 말입니다."

탁선을 쯧쯧 혀를 차고는 말했다.

"알다가도 모를 사람이야. 은슬이가 이 동네 딸내미답지 않게 어려서 몸이 약했어. 아픈 큰딸을 옥화 선생이 극진하게 보살폈다더군. 아홉 살 때까지인가, 달이 차고 기울도록 안아주고 업어줬다는 거요. 한데 엄마 된 도리로 그런 것 같지가 않아. 거 있잖아, 남의 집 담장 부숴서 거렁뱅이들한테 길 내주는 부류, 빈민 구제가 일생의 과업인 줄 아는 사람들."

"친딸을 챙긴 게 단지 본인의 낙을 위해서라는 말씀입니까."

"원래가 그릇된 일월이 눈에 밟힌다 싶으면 만사 제쳐두고 시정해야 속이 풀리는 게 그이 천성인데, 귀신 밥 먹을수록 심해지더군. 당골판 문제 때도 혼자만 정의롭더이다. 그러니까 강 선생님이랑도 소원해졌지. 어디 강 선생님뿐이겠소? 친자매처럼 지내던 목련이도 학을 뗐답디다. 옥화 선생도 딱한 사람이야. 자기만의 천명 같은 게 있는 거지. 소신을 위해서는 불구덩이 속으로도 뛰어들 사람이오. 애먼 사람을 불구덩이에 던질 수도 있고."

숭고한 이상, 성스러운 신념은 때때로 광기의 또 다른 이름이 될 수 있었다. 만약 이옥화의 먼눈에 강춘례가 마귀로 비쳤다면 살인을 대업으로 여겼을 터이고, 혹은 강춘례가 마귀에 들린 사람에게 살해되었다고 간주하며 범인을 색출해 처형할 수도 있었다. 이 과정에서 무고한 피해자가 나올 수도, 대를 위해 소가 희생될 수도 있다. 세속의 욕망보다 더 무서운 것이 어긋난 천명이었다.

"가야가 안쓰럽지. 듣자 하니 가야 녀석 태어났을 때 사주팔자 찬양하는 데만 매달렸지, 우리 아들이 예쁘다느니 이런 팔불출 같은 꼴은 전혀 안 보였다더군. 옥화 선생도 그때는 아가씨티 가시잖을 때였는데 말이야. 목련이가 가야를 친아들처럼 대하는 게 그나마 길한 일이오. 이건 참으로 불경한 소리지만……."

 거기서 탁선은 입을 닫았으나 민도치도 이옥화 모자가 육친이 맞는지 의구심을 품어오던 참이었다. 다만 백목련이 금가야를 친아들처럼 대하는 점이 그나마 길이라는 주장에는 찬성할 수 없었다. 변명의 여지가 확보되는 순간을 포착해 사심을 토해내는 사람이면 어떤 교활한 음모를 꾸밀지 모를 일이 아닌가. 당분간이야 강춘례가 금가야의 수호신 역할을 톡톡히 하겠다만, 그 후광이 언제까지 유효할지…….

 "이보쇼, 댁이 이러고 있을 때요? 괜한 짓일랑 하지 말고 경찰한테 말해. 웬 놈한테 죽을 뻔했다고 신고나 하란 말이오. 내가 대신해 주고 싶어도 말하는 게 조리가 없어서 잘할는지 모르겠다고."

 도치는 즉각 동의했다. 그러잖아도 암살에 실패해서 근심하고 있을 범인인데 정대기 경장이 조사에 착수하면 몸을 사릴 게 분명했다. 검거는 몰라도 예방에는 기여할 수 있을 터, 이왕이면 최대한 많은 정보를 모아 출장소에 가고 싶었다.

 "강 선생님이 생전에 남기신 말씀은 없는지요. 며느리가 자신을 경계한다든가, 제자들이나 손주들이 엇나간다든가, 사소한 것이라도 좋습니다. 강 선생님이 무녀촌 외 사람에게 무언가 호소했다면 스님밖에 없을 듯해서 말입니다."

 "나 원 참, 보통내기가 아닌 줄은 알았는데 무데뽀 시주님인 줄은 몰랐구려. 어제 꿈에서 꿍꿍이 다 털어놓을 부처님을 만났고만, 그게 댁이었나 보네."

탁선은 에효 하고 한숨짓고는 말했다.

"집안 사정은 들은 바 없고, 윤회로 들어갈 때라고만 언질을 주시더이다. 그 와중에도 별난 성격은 여전하신지 선물이라며 가투패를 주시지 뭐요?"

"가투패요? 시조놀이 패 말입니까?"

"그래, 화가투패. 어디 인쇄소 가서 제작까지 했나 보더군. 그분이 원래 그래. 놀이 좋아하고, 풍류 좋아하고. 자기가 지은 시조까지 넣었다면서 싱글벙글했다오. 세 묶음만 만든 한정판이라고 잘 간수하라고 하시대. 재밌는 분이라니까 글쎄."

도치는 고개를 갸웃거렸다. 가투歌鬪가 한국의 전통시가를 다룰지언정 일본의 가루다カルタ에서 유래했다는 게 통설이다. 금가야가 술회하기를 강춘례는 일본의 '일'자만 나와도 치를 떨었다고 했다. 그야 처녀 시절의 추억을 늘그막까지 간직할 수도 있겠지만, 구태여 '제작'까지 한 정황이 어딘지 모르게 의아로웠다.

"스님, 그 가투를 보여주실 수 있습니까."

가투를 받은 도치는 백 장의 읽는 패를 방바닥에 늘어놓았다. 명함 크기만 한 패에는 정몽주, 이황, 서화담과 황진이 등 당대의 시인들이 각자의 글월을 뽐내고 있었다. 애동제자들의 교육용으로 보기에는 무속과의 관련성이 없어 보였다. 애당초 그런 교육용 자료를 외부인에게 기념품처럼 뿌릴 이유가 없었다. 찬찬히 톺아보니 이질적인 패가 한 장 보였다.

> 삼병이 귀빠진 날 달밝은 깊은 밤에
> 어여쁜 처녀총각 팔문에서 껴안으면
> 천일과 옥반이 짝을 짓는 그 순간에
> 해묵어 곪은 거울 필경에 닦이리라.
> — 강춘례,「바라나 닿지 못하는 마음」

무속 경문을 시조 형식으로 재구성한 모양이었다. 그렇게 패 한 장만 노려보기를 십여 분, 마침내 글귀의 함의가 읽혔다.

"스님, 가투가 세 묶음만 제작됐다고 하셨는데 남은 두 묶음의 행방에 대해서는 아시는 게 있습니까? 강 선생님이 제자들에게 나누어 줬다든지."

"뭔 대단한 물건이라고 무당들한테까지 돌렸겠어? 무당들이 그거 받는다고 거들떠나 봤겠소? 이장이랑 어촌계장한테 줬나 그럴 거야. 당신, 안색이 안 좋아. 볼일 끝났으면 누워서 쉬다가 출장소에 가든가 해."

무녀촌의 만행이 수면 위로 떠올랐는데 휴식이나 취할 수는 없었다. 도치는 아픈 머리를 부여잡은 채 절을 나섰다.

…

죽어서도 무녀촌만 굽어볼 사람…….

그런 우스갯말이 나돌 정도로 강춘례는 일터에 대한 애착이 남다른 인물이었다. 평소에도 앞날을 전망하며 사후에도 무녀촌이 위세를 떨치게끔 백년대계를 구상했을 것이다. 국보급 무당인들 제명이 다하는 날은 예복할 수 없고, 혹시 모를 변수까지 예측할 수는 없기에 더욱이 철저히 준비했을지 모른다. 강춘례가 불시의 사태에 대비해 특정인만 식별할 수 있는 표식을 곳곳에 남겨두었다는 생각을 떨칠 수 없었다.

안경알이 깨진 바람에 시야가 흐릿해지며 머리가 욱신거렸다. 소주 반병을 단박에 비우고서야 두통을 마춰시킬 수 있었다. 그렇게 민도치는 경찰 출장소를 건너뛰고 무녀촌으로 향했다. 마침맞게 애타게 찾는 사람, 만초 선생이 가옥의 외곽에서 담배를 피우고 있었다.

"어르신, 이번 주 복권 사셨습니까."

"뭐? 웬 복권?"

그러더니 만초 선생은 담배를 떨어뜨렸다.

"꼴이 왜 그래? 이마에 반창고는 뭐고. 어쩌다가 다친 거야?"

도치는 이를 악물고 말했다.

"복권의 당첨 확률을 높이려면 한 장 살 거 다섯 장 사고, 다섯 장 살 거 열 장 사는 것 말고는 가망이 없죠. 이런 무식한 무한 셈법이 무녀촌에서도 횡행했던 것이 아닌지요."

"이 사람이 무슨 소리를 하는 거야. 자네, 병원은 가봤어? 젊은 사람이 몸 간수 잘해야지. 안으로 들어가자고. 약 될 것 좀 내올 테니까."

그러나 민도치는 조금의 꺾임도 없었다.

"갑자년에 출생한 아이는 하나의 갑목, 즉 나무 한 그루를 가지고 태어납니다. 아시는 바와 같이 갑목은 양陽을 상징하고요. 60년에 한 번 오는 갑자년에 병화가 셋이고 오화午火가 둘입니다. 이처럼 생년, 생월, 생일, 생시까지 양기로 가득한 구조를 다른 데서 보신 적이 있습니까."

입술을 달싹이는 만초 선생을 응시하며 도치는 말을 이었다.

"이렇듯 양기가 넘치다 못해 범람하는 사주가 탄생하는 것은 겨울에 봄꽃이 피어나는 기연과도 같습니다. 뭐, 나올 수도 있죠. 이곳 밖에서도 비슷한 사주를 가진 이가 몇 있을 수 있습니다. 해서 이 진귀한 사주가 시골 변두리에서 나오는 게 이상하느냐. 아뇨, 시골도 사람 사는 곳이니 불가능한 일은 아닙니다. 한데 극히 드물게 터지는 이 희귀한 사주가, 하필이면 양기가 고갈된 음혈에서, 그것도 난세에 맞춰 절묘하게 튀어나온다? 복권 당첨 이상의 이변으로 봐도 무방합니다."

"자네는 일단 좀 쉬는 게……."

"가야 씨가 태어났을 때 어르신이 입회하셨다고 들었습니다. 무녀촌 식구라면 모를까, 사주 보시고 작명하시는 분이 출산 현장에 동석할 이유가 있나 싶습니다. 당시 어르신은 자리에 자연스레 섞여들 환경에 있던 겁니다. 그럴 만도 하죠. 어르신 같은 외지인이 며칠 새 이 타지까지 여러 번 출장하는 것이나, 무녀촌이 어르신을 번번이 초청하는 것이나 비효율적이니 말입니다."

도치는 숨을 돌리고는 말을 이었다.

"그때 어르신이 무녀촌에 머물렀던 까닭은 일정한 시간을 전후로 출생할 아이가 여럿이었기 때문입니다. 극소수의 확률을 한 푼이나마 높이려다 얻어걸린 게 금가야가 아닙니까?"

만초 선생은 꿀 먹은 벙어리가 되어버렸다. 도치는 담장 너머 기와지붕을 내다보았다.

"그래서, 가야 씨가 이옥화 여사의 친아들은 맞습니까."

이 사람이 큰일 날 소리를. 만초 선생이 발끈했다.

"강 선생님이 조금 몰두했던 감이 없진 않지만 인륜을 깡그리 무시하는 분은 아니야. 내가 보증할게. 옥화가 가야 친엄마야. 뭔 씨받이 데려오는 것도 아니고 그렇게까지 했겠어?"

그는 단호히 말을 이었다.

"그리고 가야, 아니 은슬이 낳기 전부터 옥화가 강 선생님

며느리였던 것도 불변의 참말이야. 사주 하나 잡겠다고 무녀 애들 여럿이 산고를 겪긴 했는데 가야는 옥화 배에서 나왔다고. 그러니까 강 선생님도 성신님이 보내주신 선물이라고 감동하신 거야. 가야 그놈이 옛날에는 난폭하게도 굴었대요. 그 녀석을 옥화가 사람으로 만든 거라니까. 친엄마 아니면 누가 그런 녀석을 안아주겠어? 안 그래?"

사실 친자 여부는 딱히 상관없었다. 피가 물보다 진하다지만 야욕이 혈맥보다 걸쭉한 경우가 허다했다.

"강춘례 씨는 틈만 나면 가야 씨에게 고춧물을 먹였다더군요. 요요의 안쪽에는 주작을 새겨놓았답니다. 하물며 그 요요는 복숭아나무로 만들려고 했답니다. 귀신을 몰아내려는 일환이라기엔 모순되는 지점이 있죠. 어르신이 더 잘 아시겠지만요."

만초 선생은 미간을 모았다.

"그것참 요상하네. 선생님이 헷갈리셨나? 가야는 냉탕에 담가도 안 식을 사주인데 숯불에 등유를 들이부으면······. 내가 걸음마 떼면 수영 교실부터 보내라고 신신당부했거든? 쥐불놀이 같은 건 절대 시키지 말라고 했고. 가야라는 이름도 화기를 누르려고 지은 건데······."

음양의 재정렬에 힘쓰던 당주무당이, 사주를 그리도 맹신하던 강춘례가 약한 기를 보강하고 강한 기를 억제하는 명리학의 억부용신법抑扶用神法을 간과할 리 없었다. 화火는 근본적으로 양陽의 속성을 가지고 있다. 고춧가루는 열을 발생시키고, 나뭇가지는 불을 확대시키며, 주작은 불의 화신이다. 그렇잖아도 금가야의 과잉된 양기를 극대화했다는 것이다.

"이뿐만이 아닙니다. 손자를 애지중지했다는 강춘례 씨는 가야 씨의 비행을 묵인했습니다. 일반의 시각에서는 단지 무책임한 처사로 보이겠죠. 한데 역학의 관점에서 보면 결함이 훨씬 커집니다. 오행에서 목木은 신맛, 화火는 쓴맛에 대응되지 않습니까. 음주, 흡연, 이런 것은 화기를 북돋우는 행위가 될 수 있다는 겁니다. 가야 씨의 양기가 과열되지 않게, 못해도 강춘례 씨만은 엄격히 관리해야 했다는 겁니다. 비보풍수를 중시하면서 억부용신에 소홀하다는 것은 얼굴은 있는데 눈 코입이 없는 격이죠."

양팔 저울이 한쪽으로 기울었으면 수평을 맞춰줘야 하는데 작정하고 무거운 추에만 짐을 실었다는 말이다. 도치는 예의 가투 패를 내밀었다.

"어르신, 이건 강춘례 씨가 남긴 시조입니다. 어르신이 보기에도 강춘례라는 인간이 참 모질지 않습니까."

'삼병'은 세 개의 병丙이 있는 사주를, '귀빠진 날'은 생일을 말하는 게 틀림없다. '팔문'이란 팔문둔갑八門遁甲에 나오는 여덟 개의 진을 의미할 터, 이는 무속에서 사람과 영혼을 일체화하는 주술로 변용되었다. '천일'은 해이자 양陽, '옥반'은 달이

자 陰이다. '해묵어 곪은 거울'은 음기로 물든 무곡리를 은유할 것이다. 그런 거울을 닦고자 음양을 짝지으면……. 민도치는 욕지기를 참아내며 입을 열었다.

"강춘례 씨는 올해 가야 씨의 생일에 입무식을 진행하라고 유언했다더군요. 누름굿을 받은 가야 씨는 허주굿을 받을 차례입니다. 이런 상태에서, 온갖 잡귀가 모여드는 허주굿을 치르면 어떤 귀신이 들어앉겠습니까?"

가투패를 훑어보던 만초 선생의 겨드랑이에서 지팡이가 흘러내렸다.

"더구나 기묘년이면 양기가 왕성해질 시기인데…… 자폭이라도 노렸다는 건가……?"

금은슬과 금아리의 틀어진 관계만 보아도 강춘례의 냉혹함은 알 수 있었다. 강춘례가 만든 각축장에서 자매는 끊임없이 경쟁했을진대 둘의 사이가 좋아지려야 좋아질 수가 없었다. 언니가 칭찬받으면 동생의 눈이 흔들리고, 동생이 인정받으면 언니의 입술이 일그러지는 구도가 까마득할 무렵부터 반복되었을 것이다. 식사 시간도 매한가지, 깍두기 하나 씹을 때도 밥상 아래서는 발길질이 오갔으리라.

금가야의 말에 따르면, 백목련이 강춘례를 평하기를 무녀촌의 흥망에만 집착하는 전략가이자 야심가라고 했다. 음양이 정상화되어 음기가 감소하고, 이로 인해 무녀들의 신기가 저하되는 것은 사업가인 강춘례에게 나중 문제였다. 무녀촌의 명성이 존속되며 강 씨의 왕국이 영속되는 게 더 중요했다.

그리하여 쉽고 빠른 길을 택했다. 애초에 극단적인 충돌로 지세를 백지화하는 편이 후환 없었다. 불덩이와 얼음덩이가 부딪쳐 증발하듯이, 양극과 음극이 맞닿아 폭발하듯이, 음양을 한 그릇에 담아 깨뜨리는 게 가장 확실한 방편이었다. 수백 년간 음기를 축적한 귀신에 버금가려면 양기를 최대치까지 끌어 올려야 했다. 사주의 형상이 엄동설한에 외로이 떠오르는 태양이므로 한시바삐 눈을 녹여 만개시켜야 했다. 금가야의 양기가 숙성되었을 때 소랑각시를 몸주로 내리고, 소랑각시와 합일된 금가야를 죽임으로써 그 둘을 공멸시키면 음양이 상쇄되며 무속의 성지는 안정을 되찾는 것이다.

결국 금가야는 강춘례가 사육한 제물이었다. 오래도록 공들인 기대작이며 각고 끝에 개발한 야심작이었다. 허명 따위를 위해 고안한 회심의 역작이며 얼어붙은 풍운을 해동하고자 땔감으로 써먹을 장작이었다. 금가야에게 침을 발라둔 이유가 순전히 야망에서 기인한 데다 간판으로 이용할 당골을 얻고자 자매들을 죽기 살기로 싸우게 했으니, 강춘례의 눈에는 하나밖에 안 보였을 것이다. 그녀는 누군가의 할머니가 아니었다. 죽으나 사나 무녀촌의 당주무당이었다.

가옥의 처마 끝에 매달린 물방울이 떨어져 내렸다. 젖은 땅에서는 꿉꿉한 흙냄새가 기어 올라왔다. 귀뚜라미 소리만 적막을 채워주는 이역에서 도치는 담배를 물었다.

　과연 강춘례는 명장이었다. 아무런 조치 없이 흑심이 공개되면 후계들의 반감을 살 수 있었다. 금가야와 십수 년을 동거한 무녀들이 강춘례의 패악에 질려 기구한 소년을 지켜주자고 협력할지 모를 노릇이었다. 금가야의 가족과 이모들이 품을 수 있는 옛정을 깔끔하게 끊어내려면 극적인 계기가 필수로 요구되었다. 금가야가 차기 당주로 임명되면 있는 정도 시들고 없는 샘도 싹트기 마련이다. 이에 맞춰 가투패에 각인한 생전의 염원이 드러나야 강춘례의 계획이 실현될 터였다. 기실 금가야는 별안간 주워 온 자식이 되고 저주의 표적이 되어버렸다.

　도치는 깨진 안경을 고쳐 쓰다가 담배를 놓쳐버렸다. 가옥의 담장 밖으로 곤혹스러운 얼굴이 나와 있었다. 넋 나간 표정으로 눈을 껌벅이고 있는 사람은 금가야였다. 만초 선생과의 대화를 훔쳐 듣고 할머니의 악의를 건너 들은 모양이었다. 마지막 수호신마저 악신으로 돌변하는 순간을 그는 정통으로 맞아들였다.

　금가야에게 다가가려는 찰나 도치는 간지럼을 느꼈다. 뺨을 만져보니 검은 깃털이 손에 잡혔다. 수많은 까마귀 깃털이 밤하늘을 뒤덮고 있었다. 도치는 깃털이 날아오는 곳으로 내달렸다.

펜 라이트로 어둠을 가르자 허공에 떠 있는 작은 형체가 보였다. 그리고 민도치의 치켜 올라간 턱은 내려가지 않았다. 당산나무 가지에 밧줄 같은 것이 내려와 있었다.

그렇게 올가미에 목을 매달고 있는 것은 금은슬이었다.

4장

망아경

가야는 진흙에 파묻힌 요요만 하염없이 바라보았다. 가만히 생각해 보면 할머니의 행보는 미심쩍은 구석이 있었다.

어렸을 적 신병을 앓아 누름굿을 받은 이래, 가야가 무당으로 만들어달라고 밤낮없이 졸라대도 할머니는 묵묵부답이었다. 세습무인 며느리의 반발이 있다 한들 할머니가 손자를 진심으로 걱정했다면 앞뒤 안 가리고 무당으로 만들어야 했다. 손자가 자기 자신을 지키는 요령을 터득하게끔 주력해야 했다. 하지만 그럴 수 없었다. 제물이 무업에 눈을 뜨면 속내가 탄로 날 수 있었다.

할머니의 화법도 미묘한 부분이 있었다. 할머니가 손자를 진심으로 사랑했다면 입에서 나올 말은 몇 개로 정해져 있었다. 훌륭한 무당이 되라고, 이 세상과 저세상을 잇는 튼튼한 다리가 되라고, 쑥쑥 커서 세습무가의 대를 이으라고. 그런데 할머니는 언제나 이런 식으로 말했다.

너는 마땅히 감수해야만 한다. 너는 우리의 희망이다. 너는 우리의 영웅이다. 네 사주가 그렇단다…….

희망이니 영웅이니 했던 말도 다 그런 뜻이었나. 덕담 속에 감춰진 알맹이만 귓속을 윙윙거려서 무채색의 독방으로 몸을 들이는 기분이었다. 죽은 큰누나가 눈앞에 있는데도 아무것도 보이지 않았다.

"이게 뭔 일이래?"

혀를 내두르며 말한 사람은 출장소의 정대기 경장이었다. 무곡리를 가호하는 당산나무, 그 신목의 굵은 나뭇가지에 목이 매달린 금은슬이 창백한 얼굴로 그를 내려다보았다. 바람이 잦아들면서 밤하늘을 수놓던 검은 깃털들이 그녀의 소복에 이어 질척한 흙바닥 위로 내려앉기 시작했다.

정대기가 현장에 운집한 주민들을 통제하는데 백목련이 그의 귓가에 소곤거렸다. 정대기는 혀를 차고는 민도치에게 성큼성큼 걸어왔다. 그가 도치의 누더기 같은 몰골을 보고 물었다.

"뭐야, 누구한테 맞았어요?"

도치는 입을 떼었지만 목소리는 내지 못했다. 이실직고하고 싶어도 허탈하게 주저앉은 소년이 눈에 밟혀 말이 떨어지지 않았다. 어차피 범인을 당장 고발하기에는 한 방이 부족하므로 답변은 하루쯤 연기해도 괜찮을 것이다. 그렇게 마음을 다지며 도치는 그저 넘어졌을 뿐이라고 무마했다. 정대기는 찜찜한 낯빛으로 본래의 임무를 재개했다.

"좌우지간 내가 허심탄회하게 물어볼 테니까 그쪽도 솔직하게 말해요. 나 오기 전에 민도치 씨가 수상한 짓을 했다는 제보가 있어요. 이거 자세히 말해 봐요."

도치가 먼 거리에서 금은슬의 시체를 목격했을 때, 그 외의 사람도 당산나무로 모여들었다. 까마귀 깃털이 날리는 통에 무녀들과 주민들이 현장으로 이끌린 모양이었다. 사람이 목을 매고 죽어있어서 그들은 질겁하며 당산나무로 달려가려 했고, 도치가 안간힘을 쓰며 접근을 제지했다. 도치는 흙바닥을 가리키며 말을 꺼냈다.

"낮 동안 내린 비로 바닥이 질펀해졌습니다. 무녀들과 주민들의 발자국에 범인의 족적이 묻힐까 우려해 만류했던 겁니다."

그러나 도치의 노력은 허사로 돌아갔다. 모두가 우왕좌왕하는 바람에 당산나무 주변 흙바닥에는 발자국이 수백 개는 찍혀 있었다.

"잠깐, 잠깐, 범인이라니요? 누가 은슬이를 저렇게 매달았다고요?"

"까마귀 마을이라는 이명답게 털갈이 철이 아닌데도 깃털이 많이도 떨어져 있더군요. 애동제자들이 포대 자루에 쓸어 담아야 할 정도로 말입니다. 매일매일 청소를 해야 할 게 당연지사, 자루와 청소 도구는 가옥의 외곽에 비치하는 게 편할 터이고 범인은 깃털이 수북이 모인 자루를 들췄을 터인데, 구태여 이렇게까지 연출한 것은 단순한 자살이 아님을 시사합니다. 까마귀 깃털은 이목을 유도하는 미끼였을 겁니다. 결국 범인의 족적은 은폐됐고요."

정대기는 근무모를 벗고 머리를 박박 긁었다. 그도 그럴 것이 금은슬의 사인이야 검시관의 육안으로도 대략은 파악할 수 있겠으나 전문 수사 인력이 이 오지에 입성하려면 길부터 열려야 했다. 앞으로 이틀은 지나야 진위를 가릴 수 있었다.

"그 여자, 그 여자가 일 저지르고 튄 건가?"

"그 여자라니요? 누구 말입니까?"

정대기는 마지못해 말했다.

"이기선 씨요, 잠적했다고 하대. 30년 넘은 무녀촌 붙박이가 갑자기 사라졌다는 거야."

이쯤 되니 자살로 여기는 편이 나을 것도 같았다. 이기선도 금은슬도 소랑각시가 무서운 나머지 먼 곳으로 피난했다고 여기는 게 편안할 듯싶었다.

차갑게 식어버린 딸을 지켜보는 이옥화는 의연히 서 있었다. 그녀의 서리꽃 같은 얼굴에는 자식을 잃은 비애가 보이지 않았다. 금아리는 팔짱을 낀 채 금은슬을 멀뚱히 응시하고 있다. 언니의 선택이 한심하다는 눈빛이었다. 백목련은 경문을 읊으며 상쇠방울을 딸랑이고 있다. 애도가 아니라 복수를 결의하는 듯한 품새였다. 엎드려 통곡하고 있는 만초 선생, 고개를 숙인 채 비손하고 있는 김내철, 헌팅캡을 푹 눌러쓴 길현식 이장이 오히려 망인의 유족 같았다.

민도치의 시선은 그들 중 하나에 못 박혀 있었다.

...

마을의 촉탁의, 김재식 원장은 금은슬이 사망한 지 서너 시간 이상 지났다고 분석하며 타살 혐의를 찾기 어렵다는 견해를 조심스레 피력했다.

금은슬의 안면에서 울혈이 보이지 않는 데다 몸을 결박한 흔적, 격투의 흔적을 포함한 외상이 관찰되지 않아서였다. 밧줄에 의해 새겨졌을 목 부위의 삭흔도 귀 뒤쪽에서 끊겨있었다. 금은슬의 체중은 40㎏ 초중반, 결막의 미세한 점상 출혈로 보아 경추 골절보다는 질식사로 추정되었다. 전형적인 목맨 자살의 징후였다.

그러면서도 김재식 원장은 주저흔이 깨끗하다는 소견을 덧붙였다. 이런 액사에서 자주 나타나는 행동, 질식의 고통에 반사적으로 목을 할큄으로써 남는 손톱자국이 맨눈으로는 확인되지 않는다는 지적이었다. 아울러 금은슬의 품에서는 유서가 발견되지 않았다. 의식을 잃은 상태에서 목이 매달렸을 가능성이 압도적이었다.

도치는 일찌감치 현장에서 벗어났다. 담판을 짓기에 앞서 갈무리할 일이 있었다.

한편 가야는 자갈 해변에서 바다를 보고 있었다. 외따로 떨어져 고독을 씹은 지 두 시간이 넘도록 말소리 한번 들리지 않았다. 큰누나의 죽음 탓에 다들 눈코 뜰 새 없다고 애써 믿으려 해도, 호적이 말소되었다는 생각이 지워지지 않았다.

날 때부터 하늘이 내린 사주라고 칭송받던 나날이 무색하기만 했다. 선빈후락의 운명이라고, 젊을 때 큰 고통을 감내해야 뒷날에 영광을 취한다고 숱하게 들어왔건만 발복은커녕 개운하기도 전에 혈도가 봉해진 것 같았다. 막힌 기혈을 뚫어줄 금침도 안 보이니 이대로 밤바다에 뛰어들어 큰누나를 따라가는 것도 괜찮을 성싶었다.

그렇게 조약돌만 던지고 있는데 한쪽 무릎이 찌르르 따끔거렸다. 불현듯 나타난 금관이 그의 무릎을 쪼고 있었다. 금관은 가야의 선글라스를 입에 물고 있었다. 언제 어디서 떨어뜨렸는지도 모르는 산만한 친구를 위해 챙겨 준 모양이었다.

금관은 선글라스를 내려놓고도 가야의 발치를 계속 기웃거렸다. 두 손으로 안아 올려보니 금관의 입안에는 사탕 껍질 같은 것이 걸려 있었다. 먹을 것이 없어서 쓰레기통을 뒤졌을 것이다. 가야가 껍질을 떼어내도, 간식거리를 내주지 않는데도 외눈의 까마귀는 날갯짓 한번 하지 않았다.

가야는 금관을 꼭 끌어안았다. 금관도 순순히 안겨들어 가야의 쇄골에 머리를 비비적거렸다. 금관이 밭은기침을 할 때마다 촉촉한 흙 내음과 맵싸한 향신료 냄새가 섞인 고린내가 풍겨 나왔다. 그런데도 그 악취는 따끈한 생강차의 온기로 순화되어 시린 코끝을 아물아물 데워주었다.

그리고 자갈들이 부대끼는 소리가 치고 들어왔다. 가야가 뒤를 돌아보자 민도치가 검은 코트를 펄럭이며 걸어왔다. 민도치는 밤의 저편으로 날아가는 금관을 보며 말했다.

"까마귀가 총명한 새라고는 익히 들었는데 이렇게까지 사람을 따르는 건 신기한 일이군요. 저 까마귀는 가야 씨를 주인으로 인지하고 있나 봅니다."

"친구 같은 거예요. 주종 관계 이런 게 아니라."

"그렇군요, 그렇군요. 무위자연을 표방하는 무녀촌답게 가야 씨도 자연과 교감하며 자라왔나 봅니다?"

유년 시절부터 가야는 말 못 하는 동물에게 말을 걸며 놀았다. 강아지와 고양이는 그렇다 치더라도 야생 뱀을 만지며 인사하는 통에 주민들은 기겁하며 수군거렸다. 집에 들어온 뱀은 재산을 불려주는 업구렁이라고 배워서 다른 뱀도 똑같이 정중하게 모셨을 뿐인데, 그런데도 주민들은 싫은 티를 팍팍 내고는 했다. 자기들도 업구렁이를 복덩이라고 숭배하면서 밖에서 보는 뱀은 징그럽다며 몽둥이질을 해대고 있으니, 그 꼴이 하도 거북해서 뱀들과 더 스스럼없이 지냈다. 장미꽃과 호박꽃을 비교하며 차별하는 어른들을 대하자 반항심은 곱이 되었다. 못생겼다는 꽃, 불행을 뿌린다는 꽃을 볼 때마다 기를 쓰고 대화를 시도하다 보니 가야도 어느새 불길한 아이가 되어있었다.

"그런데 형, 이마는 왜 다친 거예요? 진짜 넘어진 거 맞아요?"

"행실이 원체 경솔하다 보니 욕을 보게 됐습니다, 하하. 그건 그렇고."

민도치는 앞머리를 비비 꼬고는 말을 돌렸다.

"당산제 날, 가야 씨가 옥녀봉에 올랐을 때 말입니다."

간신히 다스렸던 마음이 헝클어졌다. 당산제고 옥녀봉이고 속이 메스꺼워지는 화제였다. 말을 끊을 기력조차 사라질 만큼. 민도치는 아랑곳없이 입을 놀렸다.

"소랑정 주변의 석회 가루 때문에, 산짐승에 곤충에 살아있는 엔간한 것이 달아났다고 제가 말하지 않았습니까. 그때 저 까마귀, 금관이 소랑정 안에 들어가 있었을 겁니다."

가야는 귀를 곤두세웠다. 그러고 보니 옥녀봉에 가려고 무녀촌에서 나왔을 때, 담벼락에 앉아 있던 금관이 날개를 퍼드덕거렸다.

"금관도 눈이 따가웠겠죠. 눈을 씻을 물이라고는 소랑정 말고는 안 보였을 테고 말입니다. 금관이 우물 깊이 들어가 돌벽 귀퉁이에 걸터앉아 눈을 씻고 있었다, 식도가 까슬거려서 목을 축이고 있었다, 그런데 웬 동그란 물건이 금관의 정수리를 때렸다, 이렇게 가정해 봅시다."

땀에 미끄러져 우물 속으로 떨어진 요요가 떠올랐다.

"금관이 느닷없이 요요에 얻어맞고 우물물에 빠졌다면 첨벙대는 소리가 진동했을 것이고, 아울러 우물의 구조가 음량을 쩌렁쩌렁하게 과장시켰을 것이고, 졸지에 깃털이 젖은 금관은 날개를 제대로 펴지 못해 돌벽을 발로 더듬어가며 도약하려 했을 겁니다. 고생이 이만저만이 아니었겠다만, 그래도 날렵한 조류이므로 끝내 비행에 성공해 우물 밖으로 탈출했겠죠. 한데 사람이 마침 우물 안으로 얼굴을 내밀고 있었다면, 금관의 부리나 발톱이 본의 아니게 사람의 뺨을 할퀴고 지나갈 수 있습니다. 금관이 실수를 깨닫고 돌아왔을지라도 심야의 산중에서 사람 눈으로 까마귀를 알아볼 수 없는 일이죠."

소랑정에 도착했을 무렵 들었던, 속삭임 같기도 신음 같기도 했던 불쾌한 소리도 우물 안에 있던 금관이 냈던 것일까. 까마귀의 울음소리와는 결이 달랐지만, 한편으로는 눈이 충혈되고 목이 말라붙은 동물의 흐느낌이라 할 수도 있었다. 가야는 튕기듯 일어섰다.

"근데 석회 가루가 날렸잖아요. 그래서 영물들이 다 소랑정을 피한 거고요. 그럼 금관 님도 도망가는 게 먼저지 왜 우물 안에서 샤워를 하고 있어요?"

"둘이 친구라고 하지 않았습니까. 금관도 제 딴에는 친구와 떨어지기 싫어서 그랬겠죠."

가야는 밤하늘을 훑어보았다. 금관이 지나간 자리에는 서너 개의 별이 반짝거렸다.

"그거 진짜예요? 근거가 있는 말이냐고요."

"귀신이 자아를 잠식했다, 귀신이 공간을 왜곡했다, 그 빌어먹을 귀신이 발목을 잡아서 우리 집이 폭삭 망해버렸다, 이런 괴담보다 백배는 세련된 이야기죠. 문학 점수도 쏠쏠히 받을 수 있다고 봅니다만."

익살맞게 한쪽 눈을 찡긋하는 민도치를 바라보며, 가야는 두 손 두 발 다 들 수밖에 없었다. 칠이 다 벗겨진 놋대야도 황금 투구로 둔갑시킬 재간이었다. 이 민도치란 남자는 설령 금관의 존재를 몰랐더라도 다른 어떤 것을 끌어들여 아득바득 꿰맞췄으리라. 그의 세계관에는 귀신과 도깨비가 들어설 틈이 전혀 없어 보였다. 그런데도 무당의 삶과 배치되는 그의 자세는 부적보다 더 따스한 위안이 되어주었다. 가야는 눈물을 머금으며 말했다.

"형님은 혼신들을 못 잡아먹어서 안달인 거 같아요. 그러다가 지옥에 떨어지면 어쩌려고요. 석주 권필도 천제님 딸한테 개기다가 요절했다는데 하늘의 뜻이 무섭지도 않아요?"

민도치는 하늘을 향해 담배 연기를 후 불었다.

"하늘의 뜻이야 갈라버리면 그만 아닙니까."

도치는 웃었다. 가야도 웃었다. 그들은 우렁차게, 아주 시원스레 웃어젖혔다. 민이나 금이나 당분간 웃을 일이 없을 듯해서 미리 웃어두고자 하는 바람이었다. 겨우 속을 해장한 가야는 현실을 마주 보았다.

"형, 삼십육계 알죠? 제가 전부터 대가리를 굴려봤는데요. 연환계라고 해야 하나, 아니면 차도살인? 어쨌든 귀신을 이용해서 사람을 죽인 무당이 있다는 거예요. 무당의 읍소에 각시가 살인 청부업자가 됐다는 거죠. 이거 어떻게 생각하세요?"

가야는 그동안 연구한 것을 털어놓았다.

"그러려면 당연히 굿을 할 줄 알아야겠죠. 충청도인가, 거기가 살煞로 유명한데 그 동네는 앉아서 굿을 친대요. 그 동네 굿을 익히면 다리가 불편한 사람도 어찌어찌 살을 날릴 수 있다는 거예요. 각시 같은 귀신한텐 무릎부터 꿇고 비는 게 효력이 있을 수 있잖아요. 그런데 악마랑 계약하면 업보가 돌아올 수밖에 없거든요? 각시가 무당 대신 사람을 죽여줬으면, 그 대가로 무당의 영혼을 가져가야 인과가 샘샘이 되죠. 그러니까 문제는 범인이 어떻게 역살을 피했냐는 건데……."

곧바로 반박이 튀어나올 줄 알았는데 민도치는 잠자코 있었다. 가야의 의견에 공감한다기보다는 종종 그랬듯이 그만의 사색에 빠진 것 같았다.

가야도 더는 말하지 않았다. 이제는 그와 상관없는 일이었다. 손목시계를 보니 밤 10시, 가야는 잠시 고민하다가 다짐을 굳혔다. 어차피 한번은 집에 들러서 돈이든 옷이든 가지고 나와야 했다.

"전 들어가 볼게요. 찾는 사람은 없긴 한데 그래도 인사는 하고 오려고요. 내일은 제가 형 있는 데로 갈게요. 할 말도 있고. 사랑의 도피를 하자는 건 아니니까 염려 마세요. 그냥······ 아무튼 갈게요."

"같이 가죠. 저도 무녀촌에 볼일이 있습니다."

그러는 민도치의 기색에는 예의 가벼움이 보이지 않았다. 전에 없이 묵직한 저음으로 말하는 그의 얼굴에는 단호한 결심이 서려 있었다.

...

닭들이 연이어 비명을 질렀다. 다시, 또다시 닭 잡는 소리가 돌림노래처럼 울려 퍼졌다. 여자들의 악에 받친 고성이 뒤를 이었다. 오악을 진압하라, 환란을 격퇴하라······. 심상찮은 분위기에 가야는 퍼뜩 솟을대문을 넘어섰다.

알록달록한 무복 차림의 크고 작은 이들이 앞뜰을 오가는데 사람 얼굴이 보이지 않았다. 그곳에는 희번덕이는 눈과 뒤틀린 입술의 귀면鬼面만이 모여 있었다. 청, 홍, 황, 흑, 백, 다섯 색깔의 옷을 입은 사람끼리 패를 이루어 동선을 맞추고 고인들이 악기를 조율하는 것이 새로운 의식을 준비 중이었다. 모두가 예행연습에 열중하느라 수문장 노릇을 할 사람은 없었지만 가야는 민도치에게 손짓했다.

"형, 오늘은 날이 아닌 거 같은데요."

그러나 민도치의 동공은 끄떡없었다. 아니, 살풍경에 눈길을 줄 경황조차 없어 보였다. 자갈 해변을 떠나 앞뜰을 밟기까지, 검은 코트 차림의 사내는 망아경에 빠진 듯 말이 없었다.

눈을 어디에 두어야 할지 갈피를 못 잡던 가야는 이윽고 한 곳을 주시했다. 화려한 굿꾼 중에서도 유독 수수한 무녀가 하나 있었다. 금아리가 하얀 두루마기를 차려입은 채 생머리를 빗질하고 있었다. 그녀의 무덤덤한 민낯은 구릿빛 가면들과 위화감이 없었다.

금아리는 가야와 눈을 마주치자 빗을 내던지고 담배를 꼬나 물었다. 그리고 비틀비틀 다가왔다. 몽유병 환자처럼 비스듬한 걸음새가 꼭 신들리기 직전 같았다. 태도는 평소처럼 서늘했지만 반듯한 무복에서는 죽은 언니를 애도하려는 마음이 묻어나왔다. 생전의 원한이야 어쨌든 망자를 위령하려는 당골의 모습이었다. 가야는 짐짓 태연한 척 말했다.

"무복은 왜 입은 거야? 당집에서 큰누나 씻겨주려고?"

멀리 보이는 뒤뜰의 당집 안에는 촛불이 빼곡하게 켜져 있었다. 그 여섯 평도 안 되는 공간으로 애동들이 제물을 나르고 있었다. 가야가 일을 거들려니 금아리가 피식 웃었다.

"넋? 씻김? 얘가 대갈통 안에 본드를 들이부었나."

금아리가 입을 열자 매캐한 냄새가 풍겨 나왔다. 향냄새나 담배 찌든 냄새와는 다른 탄내였다. 그녀는 눈꺼풀을 떨어대다가 가야의 정수리를 쓰다듬었다.

"곱상한 도련님아, 이 누님이 그럴 여유라도 있으면 퍽이나 좋겠어요. 그래봤자 둥지 박차고 나간 구제 불능을 씻길 바에는 책이나 한 권 더 읽겠지만요."

가야는 멍하니 중얼거렸다. 아니지? 내가 잘못 들은 거지? 큰누나 욕한 거 아닌 거 맞지? 하지만 금아리는 박장대소했다.

"너 졸라 웃다. 우리 도련님이 신을 받으셨나, 비갭이 기생 같은 게 왜 갑자기 꼴값을 떨고 그래? 눈꼴 시리게."

일곱 살배기도 이딴 식으로 속을 긁지는 않을 것이다. 불과 몇 시간 전에 사별한 가족을 욕보이고 있으니 가야도 꼭지가 돌아버렸다.

"암만 원수 같아도 그렇지 죽은 사람이잖아. 깨끗하게 씻겨줄 때까지는 너도 참아야 하는 거 아니야? 네가 그러고도 당골이야?"

"지랄을 싼다, 지랄을. 내가 누구 때문에 개고생하는데. 쥐뿔도 모르면 나불대지를 마, 등신아. 그냥 찌그러져 있으라고."

가야는 금아리의 멱살을 부여잡았다. 한 대 들이받지 않고

4장 망아경

서는 화를 삭일 수 없을 것 같았다. 그러나 방금 승천한 고인이 그의 손목을 붙잡았다. 관목의 야광 벌레도 오늘은 날이 아님을 상기시켰다. 끝내 가야의 손아귀에서 옷깃이 미끄러져 나갔다.

"대장부라는 놈이 이것도 아니고 저것도 아니고, 기왕 칼 뽑은 거 휘둘러보기라도 하지 그마저도 못하고."

금아리는 냉소와 함께 담배 연기를 가야의 얼굴로 뿜었다.

"어이, 도련님. 입씨름하기도 귀찮으니까 잘라 말할게. 괜히 부정 옮기지 말고 이 오빠 데리고 꺼져. 밖에 나가서 비손이나 하고 있으라고. 아니면 방에 틀어박혀서 둘이 손잡고 숙제라도 하시든지."

가야는 기도했다. 다른 누구보다 이 인간을 먼저 데리고 가달라고. 그런 그에게 금아리는 혀를 내밀며 조롱하더니 문득 코를 킁킁거렸다.

"얘네 팔자 하나는 더럽게 좋네. 그래서 진도는 좀 나가셨어?"

금아리는 가야를 밀치고는 민도치의 가슴께에 두 손을 얹었다.

"근데 궁금하다. 야, 이 오빠가 꼬리친 거 맞지? 그렇게 안 봤는데 아구 열어주고 변소 빌려주는 오빠였네? 재미 좀 봤어? 오빠야, 부리 좀 털어봐."

분명 가벼운 손찌검이었다. 그러나 민도치는 풀썩 쓰러지고 말았다. 심신이 분리된 듯 자기가 무슨 꼴을 당하는지도 모르는 듯했다. 가야가 민도치를 일으켜 세우니 그제야 금아리는 이죽거렸다.

"너희, 되게 낭만적이다. 그런데 오빠야, 우리 도련님 어땠어? 좋았어? 저기요, 도련님. 덜떨어진 년 업고 궁상떨더니, 그년 뒈지니까 서울 말로 갈아타신 거예요? 이게 뭔 썩어빠진 쓸개다니?"

그러더니 금아리는 고깔을 쓰고 뒤뜰로 이동했다. 그녀를 보좌하고 있던 단희가 탈을 이마 위로 올렸다.

"언니, 괜찮으세요? 안색이 안 좋으신데, 더 쉬시다가 하시는 게 좋지 않을까요?"

이게 누구를 걱정해? 금아리는 콧방귀를 뀌고는 단희의 볼을 꼬집었다.

"야, 호빵. 새벽 안에 끝낼 테니까 죽이나 끓여놓고 기다려. 간 제대로 안 맞추면 죽는다?"

금아리가 당집 안으로 들어서며 널문이 닫혔다. 뒤뜰의 당집이 제례의 거점, 즉 금아리가 주무로서 제를 주도하고 그 외의 인원이 그녀를 보조하는 양상이었다. 앞뜰의 무녀들이 현란한 춤사위로 귀신의 이목을 끄는 동안, 후방에서 매복 중인 금아리가 불시에 허를 찌르는 전술일 터였다. 무녀들이 형성하는 진이 점차 윤곽을 드러내는 가운데 민도치가 드디어 말을 꺼냈다.

"가야 씨, 어디 가지 말고 꼼짝 말고 있어. 여기 있으면 별일 없을 거야."

민도치는 가야를 남겨둔 채 대청으로 발을 들였다.

...

도치는 복도를 걷고 있었다. 나무판자가 삐걱대는 소리가 심장을 옥죄였다. 숙취 탓에 두통이 심해졌는지 이 짧은 길이 한 치 앞도 보이지 않는 갱도처럼 느껴졌다. 그런데도 촉각만은 날을 바짝 세우고 있었다.

오늘 밤, 무녀촌이 제삼의 초상을 치를 일은 없을 것이다. 무녀들과 애동제자들, 고인들까지 집합한 마당에 암기가 날아들 가능성은 극히 작다. 달집태우기를 할 때처럼 위험한 환경도 아니고, 흉기라고 해봤자 무딘 칼이 전부이니 불상사가 생길 여지는 없다고 보아도 무방하다. 금아리가 폐쇄된 당집에서 의례를 독행한들, 서너 애동이 문 앞을 굳건히 지키고 있기에 그녀의 안전도 보장된다고 할 수 있었다. 무엇보다 이런 공개적인 의례에서 금가야가 산 제물로 봉납될 리 만무했다.

이 말인즉슨, 오늘 안에 결착을 보아야 두루 평안해진다는 의미였다. 직감은 또렷하지만 제련을 생략한 논리로 범인을 공략할 수 있는지가 관건이었다. 전후를 정리할수록 인과가 어긋나며 사기가 꺾여나갔다. 머릿속에서는 진통이 멱차 오르며 손바닥에서는 진땀이 배어 나왔다.

 휩쓸릴 것 없다. 동요할 것도 없고, 초조해할 것도 없다. 나의 맑은 눈이 거짓을 꿰뚫을 것이고, 나의 예리한 사유가 진실을 가려낼 것이며, 나의 결연한 언어가 기만을 깨부술 것이다. 민도치는 주문을 아로새기며 장지문 너머를 내다보았다.

 "꼭 드릴 말씀이 있어 무례를 무릅쓰고 찾아뵀습니다."

 방 안에는 이옥화가 한쪽 무릎을 세운 채 앉아 있었다. 잔머리 한 올 삐져나오지 않은 쪽 찐 머리는 누군가 정성스레 만져준 꾸밈새였다. 간소하지만 흠잡을 데 없는 화장도 오래 공들인 듯 보였다. 신령님에게 예를 갖추고자 단장한 것인지, 조바심을 감추고자 무장한 것인지는 알 수 없었다. 확실한 것은 그녀가 불청객의 내방을 몹시 달갑잖아 한다는 점이었다. 도치는 개의찮고 말을 이었다.

 "기탄없이 이르건대 여사님은 씻김굿의 마무리가 미흡했다고 주장하셨을 겁니다. 굿판의 뒷전을 어설피 맺으면 잡귀들은 눈에 뵈는 게 없을 터이고, 잡귀들이 설쳐대면 보다 강한 음기가 도래할 터이니 무녀들도 노심초사할 만합니다. 독으로 독을 치료한다, 폭주하려는 잡귀들을 퇴치하는 데는 더 독한 귀신이 제격이지요. 무녀촌, 아니 여사님에게는 처용탈을 쓰고 처용무를 추기에 번지르르한 명분이 되었을 겁니다."

"과연 넉넉한 분이십니다."

이옥화가 말했다. 살갗을 파고드는 냉기처럼 차가운 음색이었다.

"쇤네들의 터수를 굳이 짚어주시는 덕행에는 뭐라 감사드릴 말씀이 없습니다만, 선생의 호의는 가슴으로만 받아두겠습니다. 건강을 돌보기에도 여가가 없지 않으십니까. 편찮은 분께 부조를 바랄 만큼 저희가 못나지는 않았을 터인데 선생은 어쩜 이리 배포가 뾰족하십니까."

이옥화는 기어이 착석을 권하지 않았다. 도치는 문틀에 기대며 씩 웃었다.

"제 사주가 여의봉 타고 뛰어놀 팔자라고, 여기저기 쑤시지 않으면 좀이 쑤셔서 제명에 못 죽는답니다. 여사님께서 필부의 순행을 역행으로 틀어주십사 하는 바람입니다."

"여우비 같은 분인 줄만 알았는데 유금酉金의 기질이 다분하시군요. 어쩐지 쇠바늘을 몇 개 품고 계신 것 같기는 했습니다."

"각설하고, 강춘례 씨의 죽음을 되짚어보겠습니다."

정면으로 돌파하는데도 이옥화는 요지부동이었다. 찻잔에 입김을 불어 넣는 그녀를 내려다보며 도치가 말했다.

"아시는 바와 같이 달집의 불은 강춘례 씨만 조준했습니다.

탁 트인 야외에서, 밀집된 군중 중에 강춘례 단 한 사람만 저격했습니다. 사건 당시 강춘례 씨가 달집과 근접해 있기는 했지만, 거리를 두고 있다 치더라도 화마는 오로지 그이만 삼킬 태세였습니다. 귀신이 술수를 부렸다는 생각도 해보았지요. 무녀들이 단체로 범죄를 공모했고, 현장의 증인 모두가 위압에 의해 입을 맞췄을지 모른다는 가설도 세워봤습니다. 허나 다각도로 검토한 끝에 한 사람의 범행이라는 결론에 도달했습니다."

도치는 문지방을 밟으며 말을 이었다.

"가야 씨가 산행 중에도 땀을 뻘뻘 흘릴 만큼 기온은 포근했는데 달집의 불길은 불안정했습니다. 곱게 타는 듯싶더니 일그러진 형태를 이루었다지요. 바람이 약했는데도 불덩이는 분수처럼 출렁였습니다. 연구에 매진하려니 특정 물질이 불과 반응했으리라는 생각이 들었습니다. 실인즉 당산나무 앞 동제 현장은 보이지 않는 가루로 만연했던 것입니다."

이옥화는 찻잔을 내려놓으며 빙그레 웃었다.

"덕망 높은 분께서 말씀에 가림이 없으시니 곤혹을 금할 수 없습니다. 저희는 대화에 있어 말하기보다 듣기가 더 중요하다고 배우고 있는데, 선생도 이참에 침묵의 미덕을 배워보심이 좋을 것 같습니다."

갑작스레 밀려드는 현기증에 이옥화의 말이 이명처럼 들려왔다. 그녀의 자태에 과거의 환영이 겹쳤다가 흩어졌다. 도치는 혀끝을 깨물고는 말했다.

"멀리 갈 것 없이 무녀촌에도 불을 키우는 재료가 있습니다. 무녀들이 엄격한 식단을 준수한다고는 하지만, 제상에는 전이 올라갈 것이고 전을 부치려면 밀가루가 필요합니다. 밀가루처럼 가볍고 잘 터지는 것이 또 없지요. 공기 중에 분포된 밀가루 분진에 열과 압력이 가해지면 연소가 일어납니다. 밀가루를 체로 걸러 극히 고운 입자만 남기면 더욱이 격렬하게 연소하는 가연성 분진으로 거듭나고 말입니다. 이 폭발성 물질이 달집이라는 대규모 열원과 만난다고 가정해 봅시다. 잊을 만하면 뉴스에 나오는 제분소 내 분진폭발 사고를 참고하건대 사건의 기승전결을 한마디로 요약하면."

도치는 손가락을 튕겼다.

"폭살이었습니다. 당연히 폭음도 울렸겠지요. 허나 음파를 반사하는 면이 없는 개방된 공간에서의 폭발이라 폭음은 작았습니다. 게다가 어스선한 분위기, 고인들의 연주가 이를 덮어주었습니다. 뭐, 수류탄이 터졌어도 주민들의 귀에는 닿지 않았겠지만요."

"선생, 송구하지만 우매한 쇤네로서는 선생의 고견을 온전히 이해하기가 어렵습니다. 눈높이가 맞는 분을 찾아보심이 어떻겠습니까."

"그러고 싶어도 여사님 말고는 달리 대화를 나눌 사람이 없습니다. 애동제자 하나가 강춘례 씨의 춤사위에서 묘한 이질감을 느꼈다는 점, 유연한 듯하면서도 무언가 제동을 건 듯 움직임이 뻣뻣해 보였다는 점을 토대로 진상을 알 수 있었습니다. 뻣뻣한 것은 몸이 아니라 옷이 아니었을까, 무복에 핵심장치가 있던 것은 아닐까. 스프레이 형식의 분사형 접착제, 살충제, 락카, 혹은 WD-40, 이런 가연성 용매를 무복에 뿌려 고착시키면 옷감이 풀 먹인 듯 딱딱해질 것입니다. 허나 자극적인 냄새가 문제가 되므로 범인은 보다 신묘한 수를 부려야만 했습니다."

무복이 인화물로 탈바꿈하게끔 기름칠 되었다면 강춘례의 장례식은 무기한 연기되며 무곡리에는 전문 수사 인력이 진작 파견되었을 것이다. 경찰이 방화와 관련된 수상쩍은 증거를 놓칠 리 없기 때문이었다. 무복에는 이상이 없다는 방증이었다. 그리하여 도치는 정상적인 무복과 분진이 날리는 환경의 상호작용을 주목했다.

"정밀한 타격, 또 강력한 폭발을 위해서는 분진을 한곳으로 결집시켜 농도를 극대화해야 했습니다. 찹쌀이나 밀가루를 끓이면 풀이 되지 않습니까. 묽은 풀은 채소에 탄력을 더하는 용도로, 진한 풀은 접착제로 쓸 수 있습니다. 진한 풀을 무복에 먹이면 일견 풀이 섬유에 스며든 것처럼 보입니다. 건조된 상태에서는 아무리 만져 봐도 끈끈한 이물감을 느낄 수 없습니다. 허나 실상은 표면에 투명한 막이 형성되어 굳어진 상태와 같습니다. 코팅이라는 표현이 알맞겠군요. 이런 무복이 수분에 젖으면 코팅 막은 반응을 일으키며 본래의 끈끈한 성질을 되찾아갑니다."

이옥화는 느긋하게 차향을 음미하기만 했다.

"강춘례 씨가 춤을 지속하며 땀을 흘릴수록 무복은 젖어갈 터이고, 코팅 막이 녹아 무복이 끈끈해지면 공중에 뿔뿔이 흩어져 있던 밀가루 분진은 거머리처럼 무복에 달라붙을 터이고, 그리되면 분진은 강춘례 씨를 따라다니고 불티는 분진을 따라가는 흐름이 만들어집니다. 팔 부분부터 타들어 전신 화상으로 번진 것도 춤이라는 것이 팔을 움직이는 동작이 많아 소매부터 땀에 젖기 쉽기 때문입니다. 대량의 분진을 뒤집어쓴 강춘례 씨는 분진폭발로 인한 순간 발화로 사망했던 것입니다."

도치는 숨을 돌리고는 말을 이었다.

"대량의 풀을 대야에 풀어 무복을 흠뻑 적시는 방법이 제일 간단하겠다마는, 남들 눈에 의심쩍게 비칠 공산이 큽니다. 더 정교한 수가 다리미를 이용하는 것입니다. 무복에 풀을 뿌리면서 다림질하면 보다 감쪽같은 막을 입힐 수 있습니다. 옷감이 빳빳해진 게 보기에도 좋았을 것입니다. 현장에 분진이 날리게끔 만드는 것 또한 일도 아닙니다. 사전에 바닥에 깔아두고 흙으로 덮어두면 그만이지 않습니까. 어차피 달집태우기가 시작되면 사람들이 알아서 땅바닥을 훑으며 분진을 일으킬 테니 말입니다."

그리고 도치는 이옥화를 노려보았다. 당산제 날, 여장을 마친 금가야는 안방에서 나오다가 전 부치는 소리를 들었다고 했다. 주방이 위치한 곳은 좌측 날개채, 이 날개채와 떨어진 중앙의 본채에서 지글지글하는 요리 소리가 들릴 리 없었다. 다리미로 옷을 다리는 소리가 새어 나왔다고 보는 편이 타당하다. 본채에서 생활하는 인물은 강춘례를 제외하면 이옥화와 금씨 남매, 개중에서 강춘례의 무복을 거둬들인 사람은 이옥화였다. 밀가루 같은 주방 식재료를 관리하는 사람도 이옥화였다. 그러나……

"말씀 잘 들었습니다."

이옥화가 장고 끝에 말했다.

"그런 식으로 사달이 일어날 수 있다니 참으로 신비로운 이치를 배우는군요. 선생의 고견은 새겨듣겠으니 이만 귀가하셔서 몸을 돌보시지요. 다시금 문답을 주고받을 날을 기다리겠습니다."

밖에서는 북소리가 커지는가 싶더니 곧 멎었다. 오악을 진압하고 환란을 격퇴하라는 무녀들의 외침도 잦아들며 정적이 밀려들었다. 예행연습이 끝나고 본격적인 처용무가 연행될 모양이었다. 이옥화도 처용무에 임하려는 듯 저고리를 매만졌다.

도치는 눈을 가늘게 떴다. 그녀의 소복 치마 허벅지 쪽에 얼룩진 찻잔 크기의 황갈색 자국은 혈흔을 닦다가 남은 것일까, 급변에 실색해 월경이 내려온 것일까, 아니면 진흙을 닦아낸 흔적이 남은 것일까.

"여사님이 보셔도 뜬구름 잡는 헛소리 아닙니까."

도치는 함박웃음을 지으며 말했다.

"안 그래도 허황한 추론이지 않나 했는데 막상 입 밖에 내고 보니 생각보다 훨씬 형편없어서 민망할 지경입니다. 죄스럽지만 여사님, 본인이 여태껏 주절댄 것은 없는 일로 해주시면 고맙겠습니다."

이옥화의 눈꺼풀이 비로소 미동했다. 차분하기 그지없던 그녀의 얼굴에 스친 찰나의 파장을 민도치는 똑똑히 보았다.

"선생의 속을 읽기가 여간 힘겨운 게 아니군요. 유희나 즐기자고 먼 걸음 하시지는 않았을 겁니다. 말하고자 하는 바가 무엇입니까. 대체 무엇을 이르고자 이리 늑장을 부리는 겁니까?"

말투에서도 품위가 벗겨지기 시작했다. 도치는 이마의 반창고를 떼어냈다.

"오래 기다리셨습니다. 이제부터 일련의 사건에 대한 제 진짜 견해를 남김없이 풀어놓겠습니다."

...

 무녀촌은 아직도 금가야의 가치를 모르고 있었다. 그렇잖고서야 이 귀하디귀한 공물을 홀대할 리 없었다. 그렇다는 것은 강춘례의 진의를 공표하면 금가야를 향한 업신여김이 멈출 공산이 크다는 말이 되었다. 오히려 큰무당들은 금가야를 보호하고자 열과 성을 다할 것이다. 차기 당주야 거사 이후에 정하면 그만이니 금가야도 당분간 무사할 터였다.

 도치도 처음에는 설득으로 가닥을 잡았다. 필사의 언변을 발휘한다면 금가야를 동정하는 이가 나타날지 모를 일이었다. 운이 더 따른다면 강춘례의 야욕을 무산시킬 수도 있었다. 그것이 금가야를 보호하는 가장 쉬운 길이었다.

 그러나 기꺼이 어려운 길을 택한 민도치였다. 금가야가 무녀촌을 떠나기로 결심한 이상 그의 처지를 적들에게 떠벌릴 이유는 없었다. 그렇다고 이대로 얌전히 퇴장하자니 쓸데없는 오기가 끓어올랐다. 그간의 응어리를 풀고픈 욕망을 꾹꾹 눌러오던 참이었다. 도치는 재차 주문을 되뇌고는 입을 열었다.

 "옥녀봉은 영물이 병들고 묘목이 시드는 등 원기가 쇠약해졌습니다. 그 가운데 진달래와 철쭉은 번성한 것으로 보아 산의 토양 산성도가 매우 높아진 상태로 보입니다."

 이옥화는 옷장만 훑어보았다.

"만초 선생님은 산봉우리의 각도가 묘하게 비뚤어졌다고 말씀하셨는데 이것도 암반이 풍화된 까닭일 것입니다. 산천이 변하는 것이야 자연의 섭리로 받아들임직도 하지요. 하지만 여러 정황을 고려한 끝에 옥녀봉을 상하게 한 배후가 사람임을 확신했습니다."

도치는 그녀의 등을 뚫어지게 쳐다보았다.

"옥녀봉이 허물어진 데는 잡초가 일조했습니다. 장병들까지 동원되어 제초한 지 한 달이 되지 않았건만 그새 잡초는 나무를 칭칭 휘감을 정도로 무성해졌습니다. 이렇듯 빠른 속도로 정착해 번식한다는 점, 묘목에 기생한다는 점으로 미루어 짐작하건대 잡초는 가시박일 것입니다. 가시박이 나무와 관목을 숙주 삼아 영양분을 빨아먹어 고사시킨 것이지요. 가시박 같은 외래종이 산을 뒤덮었다는 것은 사람이 관여했다는……."

"선생."

이옥화가 돌아섰다. 그녀의 냉랭한 목소리, 맹렬한 눈빛에 민도치는 위축되었다. 눈밭에서 불벼락을 맞은 느낌이었다. 그녀는 짙은 눈썹을 씰룩이다가 몸가짐을 가다듬었다.

"의심이란 무언가를 알고 싶다는 뜻이고, 간섭이란 타인을 도우려는 너그러움과 통하니, 이 작은 마을의 당골은 선생을 꾸짖을 생각이 없습니다. 다만 선생의 학식이 닿는 곳과 저희의 배움이 머무는 곳은 다릅니다. 양지에 서서 음지를 내려보시는데 어찌 심지까지 고루 눈에 담으실 수 있겠습니까."

"그래서 납작 엎드려 음지를 보려는 것입니다."

도치는 끝내 이옥화와 눈을 맞췄다.

"무녀촌과 각시는 일종의 평화 협정을 맺었고, 이에 따라 각시가 당제 날에만 마을에 내려오기로 합의했습니다. 그리고 휴전은 파기되었습니다. 각시가 실력을 행사한 것은 당산제 당일, 언뜻 살피면 각시가 강춘례 씨를 타살함으로써 무녀촌이 침략당한 것으로 보입니다. 하지만 제 생각은 다릅니다. 선공을 개시한 쪽은 무녀촌입니다. 물밑에서 벌인 작전인지라 세간의 눈에 띄지 않았을 뿐입니다."

이옥화는 장롱문을 꽉 닫아버렸다.

"정확히는 한 사람의 자의적인 선택이었습니다. 단 하나의 무녀만이 독단으로 각시를 도발했다는 것입니다. 허나 그 무녀이자 범인, 여사님도 무녀촌 소속이지요. 각시 입장에서는 무녀촌이라는 공동체를 적으로 돌릴 만했습니다."

이옥화는 다시금 소반을 두고 앉아 차를 홀짝였다. 그 앉음새가 아까와 달리 미미하게 흐트러져 있었다. 그러면서도 조소를 띠었다.

"세간의 눈에는 띄지 않는 것이 선생의 혜안에만 뚜렷이 보이다니 쇤네의 가슴이 다 뭉클합니다. 이곳에 발붙이신 지 이레도 되지 않은 분께서 그 모든 흐름을 언제 다 헤아리셨을까요, 그새 점성학이라도 연마하신 걸까요."

"누군가 말하기를, 귀신이 사람의 청부사 역할을 한 것 같답니다. 무당이 각시를 사주해서 강춘례 씨에게 살을 날렸다는 터무니없는 의견이었습니다. 그 졸견을 고견으로 새겨듣고 나서야 실태를 파악할 수 있었습니다."

"아량이 참으로 깊고 넓으십니다만, 훌륭하신 분께서 소신을 너무 자주 바꾸시는 게 아닌지요. 제가 선생의 가르침을 따라가지 못하는 것인지, 선생 스스로도 길을 잃은 것은 아닌지 분별이 되지 않습니다."

도치는 코트를 벗어 던졌다. 그는 기어코 방 안으로 들어섰다.

"무곡리는 기후가 온화하고 무녀촌은 정화수를 대량 보관하는 만큼 세균 번식도 대비했습니다. 여사님의 슬기로 인하여 식초로 정화수의 부패를 예방하는 것이 무녀촌의 전통이 되었습니다. 무위자연을 따르는 무녀촌에서 사용할 천연 방부제로 식초만 한 것이 없지요. 또한 여사님은 물 주는 날이라는 것을 만들어 오래된 정화수를 옥녀봉에 뿌렸습니다. 산의 정기가 응축된 성수를 환원하려는 바람직한 활동으로 볼 수도 있겠습니다만, 식초처럼 산성이 강한 액체는 산도를 높이고 바위를 녹슬게 합니다."

거기에 최단희가 물 주는 날, 정화수가 시큼하다고 말한 것을 갖다 붙였다.

"옥녀봉에 살포되는 정화수에는 식초가 과히 첨가되어 있었습니다. 이런 강산성의 정화수를 맞을수록 암반은 부식을 일으킵니다. 10년 만에 무곡리에 방문했다는 만초 선생님의 말씀까지 더하면, 이 풍화 작업은 최소 10년 앞을 내다보고 진행한 장기 프로젝트로 보입니다."

"강산이 변할 그 긴 세월 동안 산에 기거하시는 신령님들이 쇤네의 수작에 놀아나셨다는 말씀이로군요. 이 누추한 당골을 높이 봐주셔서 면구스럽습니다만, 저희가 모시는 임들이 그리 깊은 인내를 베푸시는 분들이 아니십니다. 새삼 말해 무엇하랴만 불을 지핀 자는 그 연기로 눈이 따갑게 되는 것이 이치입니다. 쇤네가 천지신명의 역린을 건드렸다면 이날까지 무탈할 수나 있겠습니까."

"그렇지요, 거처가 망가지고 있으면 각시도 진작 분개해야 마땅하지요. 더 기다릴 것 없이 무녀촌을 들이받아야 사리에 맞습니다. 그러나 여사님은 우주의 규칙을 역이용해 천지신명마저 속였습니다."

이옥화의 이마에 땀방울이 맺혔다. 그 견고하던 무녀가 흔들리기 시작했다. 그럴 수밖에 없었다. 이 황당한 전개가 그녀에게는 그 어떤 정론보다 치명적이었다. 도치는 박차를 가했다.

"옥녀봉은 무곡리의 정중앙을 상징하기에 토±와 같다고 했습니다. 산은 만물을 지지하니 풍수적으로도 틀린 말이 아닙니다. 내친김에 오행을 탐구하건대, 흙이 물을 흡수하는 토극수의 원리에 따라 식초는 정화수에 섞여 산속으로 수용되었습니다. 식초라는 산성 물질을 옥녀봉의 신령들이 고이 포용했던 까닭은, 식초가 유독한 것을 살균하는 금金의 속성을 지니고 있기 때문입니다. 달리 말해 토생금, 예기찮게도 이 상생 관계가 식초의 공격성을 가려주었습니다. 땅은 금철을 낳는 어머니이고 각시도 산과 친하니 이를 도전으로 간주하지 못했던 것입니다."

면역 체계를 속이고 침투하는 바이러스처럼, 옥녀봉의 인지를 우회해 내부를 점진적으로 파괴하는 사술이었다. 각시는 자기 집을 야금야금 갉아 먹는 것이 달콤한 독약인지도 모르고 식초를 허용했다. 자기 몸에 직접적으로 해를 끼친 것도 아니라 자각은 늦을 수밖에 없었다.

"실례지만 선생."

이옥화는 숨을 길게 고르고서 입을 열었다.

"음양오행이란 어느 한쪽으로 치우치는 순간 어그러지는 법입니다. 선생은 식초에서 금金의 강직한 기운을 보셨으나, 본디 금金에는 서리 같은 음기가 도사린답니다. 금기金氣가 과용되면 양陽의 따사르움까지 절단하는 냉담한 쇠도끼로 수렴되기 마련인데, 이리 심화된 음기에 산신님인들 온전하시겠습니까. 산신님과 동거하는 각시님이 십여 년이나 이를 몰랐다는 것은 언어도단이요 어불성설이지요."

"옳으신 말씀입니다. 금기金氣가 쌓여 음기만 넘쳐흐르면 옥녀봉은 양기가 허해질 것입니다. 안식처의 음양이 무너져가는데 각시도 두 팔 걷어붙이고 뛰쳐나와야지요. 하지만 양기를 보충해 주는 보약이 있었습니다. 가시박이 생태계를 교란할지언정 엄연히 식물입니다. 가시박의 특성은 성장과 역동을 의미하는 양陽과 직결되고, 상승과 확장을 지향하는 목木과 일치합니다. 그만치나 번식력이 강한 양목陽木이면 양기 부족을 채우고도 남습니다. 산 것에게는 유해한 가시박이 각시 같은 신령에게는 허전한 앞마당을 꾸며주는 비보풍수가 될 수 있는 것입니다."

"그렇다지만……."

도치는 말을 자르고 들어갔다.

"예, 그렇다지만 가시박은 단기간에 덩굴을 조성하는 목木이라 외려 양기 과열이 되겠지요. 가시박이 옥녀봉이란 토土를 정복해 목극토가 왕성해지면 음양이 또 반대로 기울 수 있습니다. 그러나 말씀하신 대로 금극목, 진한 농도의 식초가 금金으로 수렴되어 가시박의 양기를 절제했습니다. 살균력이 강한 석회 가루도 금金으로 비축되어 음기를 보강했습니다. 해막만 봐도 그렇지 않습니까. 오행의 조화는 긍정으로만 발현되는 것이 아닙니다. 일련의 장치들이 역으로 균형을 맞춰 각시를 눈가림하며 옥녀봉을 독살했던 것입니다. 결과적으로 각시에게 신벌의 동기를 제공했을 터, 이 음양의 역상생은 사람이 조작했다고 보아야 맞습니다."

이옥화는 자못 여유롭게 미소 지었다.

"선생이 쇤네의 결백을 증명해 주시는군요. 선생, 저는 한 해가 다 되는 동안 산신님을 뵙지 못했습니다. 사연을 구구절절 늘어놓지는 않겠습니다만, 불온한 씨를 뿌릴 새가 없었습니다."

"그리 들었습니다. 근 1년간 산행을 꺼리시다가 이번에는 씻김굿을 위해 어쩔 수 없이 등산하신 것으로 알고 있습니다. 제초 작업의 시기를 고려하건대 가시박이 새로이 우거진 것은 한 달 전으로 봐야겠지요. 그렇습니다, 여사님의 손으로 씨를 뿌릴 수는 없었습니다. 하지만 여사님의 뜻을 이행할 전령이 있었습니다."

이옥화는 찻잔을 꽉 쥐었다.

"여사님이 가까이 두고 아끼셨던 옥녀봉의 너구리들이 마을로 내려온 것도 환경 악화로 인해 먹이가 줄어들었기 때문일 것입니다. 물 주는 날 이른 아침, 가야 씨가 날개채에서 새끼 너구리를 안았을 때, 한쪽 팔에만 끈적이는 것이 묻었습니다. 새끼 너구리가 산중에서 나무 진액을 맞았다면 전신이 끈끈해야 하건만, 옆구리 혹은 등만 점성이 높았다는 것입니다. 여사님이 항상 머금고 있는 솔 내음까지 가산하니, 여사님이 송진을 이용해 너구리들의 몸에 가시박 씨앗을 붙였음을 알 수 있었습니다. 너구리들이 옥녀봉으로 돌아갈 즈음이면 송진의 접착력이 약해져 씨앗이 떨어지고 발아하게 되겠지요. 그날 너구리들에게 사과를 대접하면서 알코올에 손을 담갔던 것도 송진을 닦아내려고 그랬던 게 아닙니까?"

찻잔이 달그락거리는 소리가 심해졌다.

"설사 각시가 식초를 혐오한들 마구잡이로 신벌을 난사할 악신이 아닙니다. 그랬다면 대소변을 배설하는 산림 생물들은 새끼를 낳기도 전에 폐사했어야 합니다. 가시박도 매한가지, 각시가 불편하다고 해서 함부로 나서기도 난감합니다. 최종적으로 씨를 뿌린 것은 너구리가 되는데, 이 영물에게 죄를 묻는 것도 가당찮은 짓입니다. 이렇듯 인과율이 왜곡되어 여사님은 귀신을 때리고도 업보를 피할 수 있었습니다."

그 순간 시간이 느려졌다. 이옥화의 손에서 떠난 찻잔, 귀 옆을 스치고 지나가는 바람, 등 뒤에서 울리는 날카로운 파열음, 벽을 타고 흘러내리는 유리 파편. 그녀의 눈은 핏줄이 팽팽하게 부풀어 있었다. 마침내 가면이 뜯겨나갔다.

...

정공법으로는 격파할 수 없는 상대였다. 미쳐 돌아가는 세상에서는 미치지 않는 게 미친 짓이었다. 그녀를 굴복시키려면 무당의 방식으로 접근하는 전략이 최적이었다. 민도치는 이옥화를 몰아붙였다.

"무녀촌이 예의주시하는 소랑각시는 음기의 집합체입니다. 이토록 음습한 귀신에게 소랑정이라는 폐우물은 안방으로 삼기에 더할 나위 없습니다. 항시 물에 젖어 음기를 머금고 있으니 수극화水剋火의 이치에 따라 어지간한 불은 진화할 수 있지요. 하지만 산이라는 것이 본래 화재에 속수무책입니다. 가시박 같은 목木으로 에워싸인 산이면 더욱 그러합니다."

게다가 옥녀봉은 목형산이었다. 목木은 화火를 생하므로 미신적으로도 산불에 취약했다.

"각시가 무녀촌을 불신하기 시작한 것은 1년 전, 쥐불놀이 때입니다. 구태여 무녀가 동참한 일이 아닌데도 여사님은 가야 씨를 따라나섰습니다. 각시의 심기를 건드리기에 이보다 더 좋은 기회가 없었기 때문입니다. 때마침 가야 씨가 넘어져서 보다 교묘한 수를 꾸릴 틈이 포착되었습니다. 옥녀봉에 산불을 내는 것은 비록 무산되었다마는, 각시의 노여움을 사기에는 충분했습니다."

쥐불놀이 당시, 금가야는 차라리 어머니가 무복을 입고 나왔으면 낯부끄럽지 않았을 것이라고 했다. 그렇다고 이옥화의 옷차림이 평소 입는 한복도 아니었을 것이다. 금가야가 넘어지자 이옥화는 검은 생머리를 나부끼며 달려왔다고 했다. 그녀가 한복을 입었다면 지금처럼 쪽머리를 했을 것이다. 필시 한복 외의 사복을 입고 있었으리라. 그녀가 무복 및 한복을 피한 이유는 주민들 틈에 섞여 각시로부터 정체를 은폐하기 위함이 틀림없었다.

"누차 언급한 대로, 각시의 신벌은 합당한 명분이 전제되어야 발동됩니다. 영토가 황폐해진다고 해서 누구 하나를 지목해 책임을 전가하기는 모호한 감이 있습니다. 산불 미수도 한 번쯤은 실수로 여기고 눈감아줄 수 있습니다. 하지만 불길한 우연이 재삼재사 겹치면 각시도 추리를 시도할 법합니다. 누가 나를 죽이고 있었다, 누가 나를 죽이려고 한다, 허나 범인을 색출하기란 난항이었습니다. 옥녀봉의 생태계 교란은 치밀하게 추진됐을뿐더러 범인은 산을 피하고, 불을 피하고, 굿을 피하며 신의 눈이 닿는 곳은 모조리 피했습니다. 하물며 오른손을 왼손으로 바꾸며 신의 감식안을 철저히 속였습니다."

이 설정이면 각시가 무녀들의 꿈에라도 출현해 사정을 주지시켜야 했다. 그러나 각시를 쳐다도 보지 말고 각시가 하는 말은 듣지도 말라는 무곡리의 금칙이 소통 부재를 야기했을 것이다.

"이 상황에서 큰불이 나면 각시가 격노하는 것이 당연지사,

올해 달집을 크게 만들자는 여사님의 주장은 일견 합당했습니다만, 산불에 델 뻔한 각시로서는 선전포고로 보일 수밖에 없습니다. 각시가 당산제 굿판에 늦게 나타난 것은 자기를 위협하는 강력한 화기가 무엇인지 가늠해야 했기 때문입니다. 옥녀봉인지, 당산나무인지, 금가야의 화기인지, 달집의 화기인지, 타진할 시간이 필요했습니다."

이옥화의 낯빛은 색이 바래 있었다.

"옥녀봉을 먼저 둘러본 각시는 금가야에게 적의가 없음을 확인했고, 이를 기점으로 달집에 있는 무녀를 적으로 규정했습니다. 무녀촌의 수장은 강춘례, 달집을 승인한 결정권자도 강춘례, 화세가 최고조에 이르렀을 때 달집 앞에서 춤추던 무녀도 강춘례, 그리하여 각시는 강춘례 씨를 오인 사격했던 것입니다."

물론 달집의 화력을 확대시킨 화약은 밀가루, 강춘례의 무복을 불쏘시개로 만든 연료도 밀가루일 것이다. 애당초 성공확률이 희박한 계획이었다. 무당인 이옥화로서는 신의 힘을 빌려야 했고, 역살을 모면하려면 음양의 법칙까지 합산하며 견적을 내야만 했다.

"그러잖아도 각시를 견제하던 차에 수장이 당해서 무녀들은 분노했을 것입니다. 원래 씻김굿 날에 해야 했을 것은 각시의 기력을 중화시키는 약식 제례였을 것인바, 당산제 잔치로 각시를 안심시킨 뒤 은연중에 음기를 녹일 목적이었겠지요. 이 소소한 간이 의식을 거창한 벽사의식으로 발전시킬 구실이 생겼으니 여사님도 끝까지 각시를 이용할 수 있었습니다. 박연주라는 아이에게 들린 조상신은 강춘례 씨마저 속이리만치 요령이 빼어났다지요. 국보급 무당에 미치지 못하는 백목련 씨가 박연주의 조상신을 간파했다는 것은 그럴 수밖에 없는 환경이 구축되었기 때문입니다."

그 지독한 귀신조차 질겁하며 퇴각할 법했다. 근래의 무녀촌은 백 년 묵은 원귀까지 몸서리치게끔 무장되어 있었다.

"팥죽과 복숭아를 먹고, 봉숭아로 손톱을 빨갛게 물들이고, 씻김굿으로 가장한 벽사굿을 연행하고, 요귀를 박멸시키는 처용을 소환하고, 주야장천 가시가 돋쳐 있으니 귀신이 된 고인도 생가에 들를 수 없습니다. 금줄과 부적으로 방비된 해막으로 갈 수도 없습니다. 이옥화 씨, 당신은 강춘례 씨의 혼백이 나타나 진실을 고할 가능성을 원천 봉쇄해야 했습니다."

한때는 강춘례의 음모를 알아차린 이옥화가 아들을 지키고자 벌인 불가피한 범행으로 참작하려고 했다. 금가야의 입무식을 반대한 이유도 아들의 내림굿이 패륜적인 봉헌식임을 알고 있기 때문이라고 생각하려고 했다. 그러나 좋게 넘어가려 해도 그럴 수가 없었다.

"며느리로서 시어머니가 미울 수도 있지요. 부하로서 상사가 못마땅할 수도 있습니다. 차기 당주가 자기가 아님을 깨닫고 원한을 품었을지도 모르겠습니다. 여하간 당신이 추구하는 천명이라는 것은 그저 허울에 불과했습니다. 당신이 진정 아들을 위했다면 금가야는 벌써 해막에서 보신하고 있어야 합니다. 소금물을 금가야에게 실컷 먹인 것도 같은 맥락이 아닙니까. 금가야에게 갑옷을 입히면 그 광택이 부각되어 되레 각시의 감시망에 걸릴 터이니, 칼질 없이 고기를 써는 묘수라고 여겼을 것입니다."

이옥화는 자리에서 일어섰다. 귀신처럼 창백한 안색으로, 소복 치마를 나풀거리며 다가왔다. 그녀의 손에는 가위가 들려있었다. 도치는 아랑곳없이 말했다.

"본인이 내막을 동네방네 떠들면 각시가 당신을 벌하는 것은 시간문제입니다. 이미 천기가 누설됐을지도 모르고요. 역풍을 그나마 피하는 방법이 무곡리를 벗어나는 것입니다. 아무렇지 않게, 조용히 떠야 당신에게 이롭겠지요."

한 발짝, 또 한 발짝, 느릿느릿 걸어왔다.

"내일 아침, 음기가 물러날 즈음에 자수하면 당신은 동네 밖 경찰서로 인도될 것입니다. 육로가 막혔다지만 연쇄살인범이 죄를 실토한다는데 경찰도 헬기를 띄우잖고서야 배기지 못합니다. 이것이 본인이 베풀 수 있는 최선의 호의입니다."

번뜩이는 가윗날이 눈가를 스쳤다. 이옥화는 도치에게 밀착했다. 흡사 인형이 된 것처럼 시선에 초점이 없었다. 그러면서도 파르르 떨리는 턱에는 살의가 묻어나왔다. 하지만 가위는 곧 바닥에 떨어졌다. 그녀는 대뜸 도치의 셔츠 깃을 다듬어주었다.

그녀가 속삭였다. 더는 부인하지 않겠다고, 이 모든 것이 저의 불찰이라고, 왜 알량한 계교로 선생의 귀한 시간을 뺏었는지 송구스럽기 이를 데 없다고. 그리고 덧붙였다. 이 미천한 몸이 처한 어려움을 헤아려주신다면 온 힘을 다해 보답하겠노라고.

민도치가 물었다. 동기가 무엇입니까. 그녀는 목젖을 꿈틀대고는 말했다. 제가 절도를 잃고 말았습니다. 민도치는 나직이 따져 물었다. 차기 당주 자리가 탐나신 것입니까. 그녀는 목에 걸린 말을 겨우 끌어 올렸다. 그렇게 되었습니다.

민도치는 마지막 질문을 건넸다. 가보가 그것뿐입니까. 대답은 들을 수 없었다. 그녀의 목소리는 입안에서만 맴돌았다. 문답은 그대로 종료되었다. 도치가 방에서 나가려니 그녀가 팔을 잡았다.

"선생, 넘치는 것은 모자람만 못하다 했습니다. 선생은 더 넓은 곳에서 더 높이 뻗으셔야 할 분이 아닙니까. 큰나무가 타버리면 피차 좋을 것이 없습니다. 이쯤에서 물러나 주시지요. 선생에게 현명한 처사가 무엇인지, 선생도 아시리라 믿습니다."

이옥화의 어투는 협박조로 변해 있었다. 예의 저자세는 온데 간데없이 금세라도 사람을 불러 민도치를 입막음할 기세였다.

큰나무라는 표현을 곱씹자 강춘례가 떠올랐다. 무녀촌의 쌍벽이라는 금씨 자매, 사주만으로 초신성이 되어버린 금가야가 연달아 그려졌다. 더 따질 것도 없었다. 이 여자는 피붙이마저 정적으로 대하는 괴물이었다. 모정도 온정도 없는 철혈이었다. 도치는 그녀의 손을 뿌리치고는 등을 돌렸다.

복도를 걸으며 이를 사리물었다. 손톱이 손바닥을 파고들만치 주먹을 그러쥐며 도치는 울분을 씹어 삼켰다.

무녀들을 집결시켜 만인이 모인 무대에서 이옥화를 맹공하는 방법도 생각했다. 그것이 가장 효과적인 수임은 잘 알고 있었다. 하지만 끝내 유예했다. 괜스레 걸리는 것이 있었다.

이마의 열상이 따끔거리며 통증이 머릿속을 엄습했다. 두통이 가슴께까지 전염되자 도치는 아무 방이나 열고 들어갔다. 몸을 가누지 못하고 쓰러졌을 때 촛불과 무신도가 보였다. 하필이면 강춘례의 신방에 들어와 있었다. 사력을 다해 버텼지만 은은한 향냄새가, 이옥화와의 대면이 결국 과거를 들쑤셨다.

엄마가 간간이 발작을 일으키자 동네에는 이상한 소문이 돌았다. 인류학에 빠삭하다고 자부하는 몇몇 아주머니는 엄마의 증상이 무당이 되려는 전조라며 입을 모았다. 나아가 이 참견쟁이 이웃들은 웬 멋쟁이 노인을 데려왔다. 노인은 엄마가 신을 받지 않으면 인다리, 이를테면 신을 거역한 죄로 가족이 또다시 다치는 불상사가 생긴다고 경고했다.

엄마도 처음에는 허튼소리로 치부했다. 독실한 천주교 신자인 그녀에게 무업은 먼 나라 이야기였다. 남편과의 사별에도 엉엉 울었을 뿐 하느님을 저버리지 않던 그녀였다.

엄마가 십자가를 내던진 것은 그녀의 둘째 아들이 병영 사고로 죽고 나서였다. 남은 식구가 하나밖에 없다는 현실이 그녀를 미신의 수렁으로 몰아넣었다. 그녀는 연이은 죽음을 인다리로 인한 사달로 확신하며 그 노인에게 내림굿을 받았다. 노인이 내림굿을 빌미로 병자를 착취하는 돌팔이 법사임은 나중에 알게 되었다.

사이비 신령님에게 무슨 계시를 받았는지 엄마는 폐사한 유기견의 극락왕생을 절절히 기도했고, 없는 돈 쪼개서 없는 이와 나누었다. 빈자를 위한답시고 무료로 점을 치며 장마철에는 수재민을 구호하면서 겨울에는 연탄을 나르기도 했다. 사시사철 혹사하니 몸이 이겨낼 도리가 없었다.

엄마는 앓아눕고서도 정의의 노래를 멈추지 않았다. 가난한 이를 품어 안으라, 힘없는 이들의 지킴이가 되어라, 여기까지는 새겨들을 유언이었다. 하지만 그다음 구절은 도저히 용납할 수 없었다.

기도의 힘을 믿고 하늘의 섭리를 믿어라······.

엄마를 보내드린 뒤 연수원 생활을 때려치웠다. 그리고 엄마를 부추겨 내림굿을 받게 한 돌팔이 법사를 응징하는 데 피땀을 쏟아부었다. 법으로 심판할 수 없다면 그의 권위를 무너뜨려 빈곤케 만들면 될 일이었다. 그의 신당을 찾는 고객이 싹 끊기게끔 평판을 추락시키면 그만이었다. 그러려면 무당보다 무속에 대해 더 많이 알아야 했다. 신이란 것들도 죄다 적이었다.

　유의미한 민속자료가 대개 순한문과 일어로 되어있어 외국어까지 공부하느라 의자에서 엉덩이를 뗄 새가 없었다. 무라야마 지준부터 미르체아 엘리아데까지, 한자는 물론 히라가나에 불어에 온갖 활자 쪼가리와 밤낮으로 눈싸움하는 통에 안경잡이 신세가 되어버렸다. 그래도 연구에 착수하고 오래지 않아 엔간한 민속학 교수 뺨치는 고수로 거듭날 수 있었다.

　한동안 말하기를 잊고 살아서 독학의 결과를 신명 나게 떠들어댔다. 돌팔이 법사는 여러 사람이 모인 굿판에서 망신을 당했고 이내 신당도 문을 닫았다. 이에 그치지 않고 그가 상을 차리는 곳마다 따라가서 굿의 구성을 신랄하게 지적했다. 그 덕에 사람들은 도치를 젊고 유능한 민속학자로 지레짐작했으나, 실은 내일이 없는 낭인이었다.

　머지않아 민간인 신분으로 어쩌다가 참극을 종결시키자 도치의 능력을 높이 사는 재야의 인물이 속속 출현했다. 그들이 의뢰하는 일이란 하나같이 험한 것이었다. 그 일이 그럭저럭 체질에 맞는 듯하다가도 피비린내를 반복해 맡을수록 심신이 피폐해졌다. 그러면서도 내면 깊은 곳에는 자극에 중독되어 신선한 자극을 갈망하는 또 다른 그가 있었다. 그렇게 살다 보니 어느덧 평범한 삶으로 돌아갈 수 없는 기질이 되어있었다.

이리된 노릇, 이왕이면 엄마의 유언이나 실천하고자 했다. 다만 기도가 아니라 지성으로 약자를 보듬기로 다짐했다. 생각해 보면 이 올곧은 대의를 외피 삼아 사심을 채우려는 것 같기도 했다. 금가야를 위한다는 선의가 과연 진심에서 우러났는지 그조차도 알 수 없었다.

어쩌면, 대결의 순간만 목 빠지게 기다렸을지도…….

향냄새가 더는 코에 걸리지 않는 것이 후각마저 망가진 것 같았다. 가물가물한 시야에 무지갯빛 무신도가 들어왔다. 도치는 그림 속 신령을 빤히 바라보았다.

할 만큼 했으니까 그쪽이 마침표를 찍으십시오.

그리고 수마가 덮쳐왔다.

…

가야는 손목시계를 흘끗 보았다. 새벽 4시 30분, 지친 무녀들이 귀면을 벗고 팔다리를 두들겼다. 고인들도 악기를 내려놓고 목과 손목을 풀었다. 그러면서도 각자 위치를 사수하며 대형을 유지했다. 가벼운 농담이 오가기도 했지만 휴식도 잠시, 심상찮은 기류에 일동은 뒤뜰로 이동했다.

"무릇 옥이란 천지 일월의 정화이니 만고에 걸친 보배일 것이옵고…… 추는 음양 조화의 기틀이니 생사의 근원일 것이옵고…… 경은……."

금아리가 당집에 입실한 지 6시간째, 독경 소리는 끊임없이 이어졌다. 오랜 시간 지속된 기도에 피로가 쌓인 듯 음색이 갈라지기 시작했다. 그리고 기침 소리가 섞여갔다. 당집 앞에서 비손하는 애동들이 널문을 돌아보는 횟수가 늘어났다.

"저 누나, 괜찮겠죠?"

가야가 누구에게랄 것도 없이 말했다. 그러나 대답은 돌아오지 않았다. 이옥화도, 백목련도, 김내철도, 아무도 입을 열지 않았다. 단희도, 연주도, 예진이도, 그의 말에 귀 기울일 새가 없었다. 다들 현실과 단절된 듯 당집에서 눈을 떼지 못했다.

가야는 마른세수를 하며 당집을 쳐다보았다. 어쨌거나 금아리에게 별 탈은 없을 것이다. 큰누나에게는 미안한 말이지만 금자매를 비교하면 기예, 체력, 배짱, 전 부문에서 금아리의 압승이었다. 무교의 성지에서 독보적인 무녀라는 것은 전국 제일의 무당임을 의미했다. 그런 인재를 신령님이 저버리지 않을 터였다.

"목에 깃든 신령이…… 옥액을 산포하사…… 더러움을 씻기며 명하노니…… 치아에 깃든 신령이…… 백옥 같은 이치를 하사하사…… 삿됨을…… 흉함을……."

 그러나 금아리의 목소리는 확연히 졸아들었다. 온종일 노래를 불러도 튼튼했던 성대가 텁텁해졌다. 가야는 이옥화의 팔을 붙잡았다.

 "어머니, 잠깐 들여다봐야 하지 않을까요? 큰누나도 그렇게 됐는데 작은누나라고……."

 말이 뚝 끊어졌다. 정신을 차려보니 바닥에 엎어져 있었다. 왼쪽 뺨이 욱신거렸다. 누가 나를 때렸구나, 그래서 넘어졌구나. 그런데 누가 나를 때린 거야. 가야는 고개를 들었다. 어머니가 내려다보고 있었다. 이를 갈며, 경멸에 찬 눈으로 아들을 노려보았다.

 그래도 때릴 것까지는 없지 않나. 남들 다 보고 있는데 넘어가 주시지. 이거 사내대장부 체면이 말이 아니잖아. 이 꼴을 당했는데 무슨 낯짝으로 동생들을 대하지? 맞아, 어머니도 요즘 굿판에 못 나가셔서 몸이 근질근질하셨을 거야. 그러니까 연극놀이를 하신 거겠지. 어머니도 참, 진작 말씀해 주셨으면 나도 멋지게 연기했을 텐데. 이제 서둘러 달려오시겠지. 괜찮냐고, 미안하다고 다독여주실 거야.

 하지만 어머니의 행방은 묘연했다. 가야의 시선이 향한 곳에는 난생처음 보는 여자가 서 있었다. 한편으로는 그 모습이

낯설지 않았다.

 사실 변화는 예전에 알아차렸다. 할머니의 유언이 공개되고 나서였다. 어머니가 변하기 시작한 것은. 변했다기보다는 제자리로 돌아왔다는 말이 옳을 것이다. 이러나저러나 그녀에게는 각시를 쫓아내야 할 이유가 있었다.

 무업으로 보람을 성취하는 사람이었다. 그런데 굿을 치지 못하는 몸이 되어버렸다. 무녀들의 신기를 북돋는 각시가 있으면 경쟁자들과의 격차가 더 벌어진다. 그럴 바에는 각시를 없애버려 모두가 하향 평준화되는 편이 낫다. 그래야만 당주 무당이 되어서도 아랫사람들의 멸시를 피할 수 있다. 힘든 이를 웃겨주는 것, 슬픈 이의 손을 잡고 울어주는 것, 이 사명은 사심으로 긁으면 맥없이 벗겨지는 금박이었다.

 가야는 그녀를 멀거니 바라보았다. 각막에 뿌연 안개가 고였지만 선명히 볼 수 있었다. 그녀의 눈동자에 새겨진 야망을, 가엾으리만치 애타는 열망을, 절대로 보석을 포기하지 않겠다는 집념을. 변함없는 충성을 서약했던 장군이 망상에 사로잡혀 왕위를 찬탈한 것처럼, 풍요를 관장했던 신이 왕좌를 독차지하고자 혈육까지 잡아먹은 것처럼, 어머니였던 사람은 덧없는 예언에 홀린 듯 돌아오지 못할 강을 건너고 있었다.

 나락으로 떨어지고 있으려니 누군가 손을 잡아주었다. 가야를 일으켜 세운 사람은 민도치였다. 민도치는 비틀비틀하면서도 이옥화를 똑바로 바라보았다. 이옥화도 민도치를 표독스레 응시했다. 공방은 오래가지 않았다.

금아리의 음성이 턱턱 막혀갔다. 기침 소리도 빈번해졌다. 무녀들과 애동들은 보다 열심히 비손했다. 금아리는 뭔가를 토하는 와중에도 쉴 새 없이 경을 읊었다. 간절히 호소하듯 말을 쥐어짜는 것이 위태롭기 그지없었다.

숨소리 섞인 목소리가 요동치더니 차차 꺼져 들었다. 단말마의 비명에 이어 털썩 넘어지는 소리가 울려 퍼졌다.

민도치는 지체 없이 당집에 접근했다. 백목련이 신칼을 들고 막아섰다. 민도치는 죽일 테면 죽이라는 식으로 널문의 문고리를 잡았다. 여러 사람이 그에게 엉겨 붙으며 소란이 번져 나갔다.

가야는 그 혼전을 망연히 쳐다보았다. 신칼로 민도치를 때리는 백목련. 그런데도 어떻게든 당집을 열려는 민도치. 민도치의 머리채를 잡고 끌어내려는 이옥화. 안경이 떨어져 나가도 굴하지 않는 민도치. 그런 민도치의 몸을 물어뜯는 애동제자들. 엄마와 이모들, 동생들은 다 어디로 갔을까. 우리가 저렇게 추악한 종이었던가.

가야는 뒤엉켜 있는 사람들을 지나쳐 당집의 널문을 밀어 당겼다.

촛불들이 온통 시뻘겋게 물든 실내를 밝히고 있었다. 음식물이 흐트러진 바닥도. 무신도가 걸려있는 벽면도. 꽃무늬가 새겨진 낮은 천장도. 목이 떨어진 신령 상이 널브러져 있는 제단도. 검붉은 포도주가 물보라치며 퍼진 듯 사방은 피로 도배되어 있었다. 다소곳이 누워있는 금아리 역시 온몸이 피에 절여져 있었다. 그 앞에서 생명을 다한 부적이 마지막 불꽃을 흩날렸다.

...

"선생, 지금 딸아이는 신명님을 모시는 중입니다. 더는 무례를 용납할 수 없습니다."

이옥화는 화살 다발을 튕겨내는 성곽 같았다. 그녀를 위시한 대여섯의 애동지자가 당집 앞을 가로막고 있었다.

"이옥화 씨, 사람이 죽었습니다. 변고 앞에서 신불이 다 무슨 소용입니까?"

그들에 맞서는 민도치는 성난 눈으로 한곳을 주시했다. 그의 시선은 애동들의 얼굴을 넘어 이옥화의 두 눈에 단단히 꽂혀있었다.

무녀촌과 민도치의 대치는 30여 분을 넘어갔다. 그들은 열 보 남짓의 거리를 두고 서로를 향해 핏대를 세웠다.

금아리의 죽음을 확인한 뒤 도치가 경찰에 신고하려는 새 벌어진 일이었다. 핸드폰의 전파가 양호한 곳을 찾으려니 널문이 폐문되었고 당집은 봉쇄되었다. 금아리의 시체가 당집 안에 있건만 현장을 에워싼 무녀들은 길을 터주지 않았다.

"아리 씨가 살아있으면 응급처치라도 해야 하지 않습니까? 사람 목숨이 달렸는데 이따위 만행을 계속할 겁니까?"

"선생의 눈으로 재단할 일이 아닙니다. 딸아이는 거꾸러지지 않았습니다."

굳게 닫힌 널문 밖으로 독경 소리가 새어 나왔다. 금아리를 대신해 독송하는 사람은 백목련으로 추정되었다.

도치는 시선을 옮겨보았다. 만초 선생이 안절부절못하고 있다. 김내철과 고인들은 팔짱을 끼고 관망하고 있다. 그들이 도치에게 힘이 되어줄 가망은 없어 보였다. 도리어 이덕규의 우악스러운 손에 끌려 도치가 쫓겨날 판이었다.

그때 따르릉하는 자전거 소리가 들려왔다. 금가야가 정대기 경장을 불러왔을 것이다. 정대기는 부리나케 뛰어 들어왔다.

"무슨 일이에요? 아리가 죽다니요? 덕규 씨는 왜 사람 멱살을 잡고 그래? 그거 놔요, 놔."

이옥화는 심호흡하더니 정대기에게 말했다.

"이른 새벽에 번거롭게 해드려 낯이 없습니다. 딸아이가 춤을 추다가 넘어졌을 뿐이니 근심하실 것은 없습니다. 공무로 바쁘실 텐데 이만 돌아가셔도 됩니다."

도치는 이덕규를 밀치고 정대기를 바라보았다.

"거짓말입니다. 살아있더라도 굉장히 위독한 상태입니다. 당집 문부터 열어야 합니다. 경장님도 아리 씨가 어떤지는 직접 봐야 할 것 아닙니까?"

정대기는 이옥화와 민도치 사이에서 갈팡대다가 당집을 내다보았다.

"근데 누가 안에서 기도하는 거 아니에요? 아리 목소리랑은 다른 거 같긴 한데…… 민도치 씨, 아리가 위독하다는 게 정말이에요?"

"제 목을 걸고 맹세합니다. 이러고 있을 시간이 없습니다. 하루 새 줄초상이 나게 생겼는데 망설일 겁니까?"

이옥화가 질세라 끼어들었다.

"민 선생님께서 머리의 상처 때문에 잠시 흐려지신 게 아닌가 싶습니다. 저희는 민 선생님의 병세가 우려되는데 정 선생님이 의원으로 모시고 가심이 어떻겠습니까. 딸아이의 안위는 기도가 끝난 뒤에 확인하셔도 늦지 않습니다. 정 선생님, 부디 민 선생님부터 살펴주시길 바랍니다."

도치는 실소를 터뜨렸다. 그만이 다른 방향을 보고 있다는 착각에 휩싸일 지경이었다. 금아리의 죽음이 참인지 거짓인지도 헷갈릴 따름이었다.

정대기의 결정드 뻔히 보였다. 제 식구 감싸기식으로 미적

대다가 시체가 손상되고서야 혼비백산할 터였다. 도치는 체념한 채 흐름에 내맡겼다. 정대기가 고심 끝에 말을 꺼냈다.

"그래요, 이런 건 경찰관이 직접 봐야죠. 아리가 당집 안에 있다는 거죠? 여사님, 문 열어주시죠."

...

새벽의 어둠이 옅어지며 몇 줄기 빛이 내려오고 나서야 당집의 문이 열렸다. 백목련이 담담한 표정으로 빠져나왔고 정대기가 교대하듯 안으로 들어섰다. 아니나 다를까 생을 마감한 금아리가 얌전히 누워있었다. 피 칠갑이 된 내부를 둘러보며 경악하는 정대기에게 민도치가 일렀다.

"아리 씨의 피는 아닐 겁니다. 어제 닭 잡는 소리가 유난하더군요. 의식에 쓸 닭 피를 모았을 겁니다. 애초에 원액으로 준비해야 효험이 커진다고 생각한 모양입니다."

"이게 다 닭 피라고요? 주술 같은 건가? 사람 대신 분신 내세우는 그런 거?"

"예, 대수대명代數代命을 위한 제물일 겁니다. 액운과 싸우려고 온갖 살을 날렸을진대 술자도 방패가 필요했겠죠. 귀신의 반격을 방어하는 동시에 술자를 대신해 희생하는 대역으로 닭 피를 썼던 겁니다."

"그런데 어쩌다 죽은 거죠? 사고는 아닌 거 같은데. 자상도 따로 없는 거 같고. 독살이라도 되려나. 잠깐, 아리 혼자 당집에 들어박혔다면서요? 6시간 넘게요."

도치는 입을 벌렸다가 다물기만 반복했다. 시체는 전신이 닭 피에 절여 있어서 피부의 색소 침착, 손톱의 변화를 검사하기 어려웠다. 시도 때도 없이 경문을 낭송해서인지 구강에도 닭 피로 보이는 것이 고여 있었다. 맨눈으로는 독살 여부를 판별할 수 없었다.

"민도치 씨, 내가 알기론 말이에요. 당제 며칠 전부터 은슬이, 아리, 둘 다 식단을 빡빡하게 관리했대요. 아리는 술을 그렇게나 좋아했는데 자중했다는 거예요. 굿 때문이겠죠. 강 선생님 돌아가시고는 그게 더 이어졌고."

정대기는 탄식했다.

"어처구니가 없네. 이 동네가 이런 적이 없었는데. 고참급 무당도 달아나고 진짜 신령님이 노하시기라도 한 건지……."

도치는 응당 타살일 경우부터 계산했다. 첫째로 떠올린 것은 사람을 서서히 말려 죽이는 시차를 이용한 독살이었다.

금아리의 사망 시각은 새벽 5시경. 그녀가 마지막으로 음식을 섭취한 시간은 전날 낮 2시였다. 식사는 팥죽과 삼색나물, 금가야와 금은슬을 제외한 무녀촌 식구 및 만초 선생과 고인들도 같은 것을 먹었다. 이후 금아리는 물 한 모금 마시지 않았다.

그런데 까다롭게 식단을 관리하던 금아리만 죽었다. 무려 15시간 동안 금식을 수행하던 그녀만 불귀의 객이 되어버렸다.

담뱃갑 안에 독성 약물이 묻은 담배 몇 개비가 숨겨져 있었다?

도치는 고개를 가로저었다. 금아리가 생전 마지막으로 흡연한 시간은 어젯밤 앞뜰에서 금가야와 실랑이를 벌였을 무렵일 것이다. 이때가 오후 11시경, 그녀는 당집에 틀어박혀 사망할 때까지 밖에 나오지 않았다. 그녀가 제례 중에 담배를 피울 가능성은 없다. 기도에 몰두하느라 담배는 고사하고 물 마실 시간도 없었다.

식사는 문제가 없었고 식사 자리가 문제였다?

이 가설도 기각이었다. 그 과격한 금아리가 자기 밥그릇에 뭔가를 하는 것을 가만히 보고 있을 리 없다. 누군가 독약을 내밀며 금아리를 협박했어도, 그녀라면 순순히 먹지 않았을 것이다. 오히려 저항하다가 폭행당해 사망하는 그림이 자연스럽다.

그렇다면 무엇이었나. 금아리만 암살했던 독침은. 한나절을 잠복하다가 돌발적으로 반응하는 독극물? 아니, 아니, 그런 전설의 맹독이 있을 턱이 없지 않은가.

도치는 머리를 쥐어뜯었다. 내가 이옥화를 벼랑 끝으로 내몰았다. 나의 추궁이 이옥화에게 각시를 죽여야만 하는 동기를 만들어주었다. 어제의 선택이 오늘의 참사를 낳아버렸다. 같잖은 정의감으로 포장한 사심이 금아리를 희생시키는 광기를 촉발하고 말았다.

정대기가 현장 조사를 끝마칠 때까지 이렇다 할 증거는 발견되지 않았다. 애동들의 통곡이 굽이치는 뒤뜰에서 정대기는 민도치에게 넌지시 말했다.

"무녀촌 사람들, 영 구리네요. 살인사건으로밖에 안 보이는데, 내가 보니까 귀신 한 마리 잡겠다고 아리를 제물로 바친 거 같아. 내일 길 열리면 본서 직원들 와서 뒤집어엎을 거거든요? 그때까지는 내가 잘 심문해 볼게. 민도치 씨, 이제 나 그쪽 백 퍼센트 믿어요. 이옥화, 백목련, 이것들 다 긴급체포 대상이야. 그런데 도치 씨는 밖에서 바람이나 쐬는 게 좋겠어. 여기 사람들 그쪽 보는 눈이 꼭 소도둑놈 꼬나보는 거 같잖아. 도치 씨를 위해서 하는 말이에요."

일출이 지나 아침이 되었으나 시커먼 양떼구름이 몰려들어 폭우가 한바탕 쏟아질 것 같았다.

이마에 맺혀있던 땀방울이 무릎 위로 떨어지자 가야는 눈을 떴다. 언덕배기에 홀로 앉아 있으려니 만감이 교차했다.

그토록 미워했던 금아리, 그 증오스러웠던 작은누나가 판이하게 다가왔다. 각시가 당집에 들어와서 금아리를 매질했다면 문밖으로 나와야 했다. 그게 아니더라도 건강에 적신호가 켜졌으면 몸부터 챙겨야 정상이다. 금아리처럼 섬세한 인물이 자기 몸 상태를 모를 리도 없다.

하지만 작은누나는 끝까지 버티다가 죽었다. 일찌감치 살려달라고 울부짖었으면 목숨줄을 붙들었을 텐데 본능을 거슬렀다. 어째서 기도에만 연연했는지 어렵잖게 답을 찾을 수 있었다.

왜 산에 오르십니까.

그곳에 산이 있기 때문이지요.

왜 무모하게 사자와 싸우려 드십니까.

그것이 라만차식 기사도랍니다.

살아내는 게 아니다. 살아지는 것이다. 그 악착같던 무녀는 최후의 순간에도 정절을 구부리지 않았다. 투정 한번 없이, 불평 한마디 없이 숙명에 순응했다. 기껏해야 친구를 잃기 싫다는 사심만으로 무당이 되려 했던 사람과는 격이 다른 조예였다.

그러나 깨달아봤자 늦어버렸다. 처음부터 무녀촌에 섞일 수 없는 낙오된 운명이었다. 차라리 할머니의 뜻을 자진해서 공개하는 편이 나을 성싶었다. 각시를 받아들이고 자폭하는 게 서로에게 이로울 듯했다.

가야는 저 멀리 바라보이는 옥녀봉을 향해 비손했다. 소랑각시라고 불리는 이름 모를 여인, 음지에서 숨죽이고 있다가 사람 손에 끌려 양지로 나온 그녀도 화가 날 법했다. 모두가 자기를 탓하며 욕하고 있으니 우울해지는 게 당연했다. 외롭기도 했겠지. 친구 하나 없어서 엄청나게 적적했을 거야. 진작에 무구를 내려놓고 화해의 손길을 내밀었다면 못 이긴 척 받아줬을지도. 옥녀봉에서 따라다닌 것도, 지하실까지 쫓아온 것도, 놀아줄 벗님을 마침내 찾아서인지도 몰라.

주변의 소음이 희미해지는 와중에 육감이 경고했다. 기척이 등에 맞닿고서야 불청객의 출현이 감지되었다. 그러나 가야는 뒤돌아보지 않았다.

...

공주를 구하려면 마왕의 숨통을 끊어놓아야 한다. 그렇지 않으면 게임은 네버 엔딩 스토리가 될 뿐이다. 범인을 궁지에 몰아넣는 것만으로 게임을 끝낸다는 생각은 기합만으로 마왕을 물리친다는 공상이나 다름없었다. 적어도 이 세계에서는 그랬다. 번지수를 잘못 찾아도 한참을 잘못 찾은 느낌이었다.

도치는 잔디밭에 뻗어 누웠다. 무력함과 나른함에 절로 눈이 감겼다. 선잠에서 깨어나 담배를 다섯 개비째 죽였을 즈음이었다. 나뭇가지를 밟는 소리가 귓바퀴를 건드렸다.

김내철이 걸어오고 있었다. 아우 둘을 대동한 것이 민도치를 겁박이라도 할 듯한 태세였다. 그도 그럴 것이 김내철도 옥과지역 세습무가의 자손이며 무녀촌의 오랜 동관이다. 그가 무교의 성지를 모독하고 다닌 이방인을 곱게 볼 리 없었다. 신불새와 김개울이 각각 대금과 장구를 들고 있는 까닭은 대장의 언행을 감추기 위함일 것이다. 그들이 악기를 연주하는 동안 김내철이 도치에게 주먹질할 듯했다.

도치는 주섬주섬 몸을 더듬었다. 핸드폰은 감도가 약했고 호루라기는 어디에 두고 왔는지 손에 잡히지 않았다. 경쾌한 풍악이 풀벌레 소리와 어우러지는 가운데 김내철이 말했다.

"민도치 씨, 쉬엄쉬엄하는 게 어떤가."

그의 음성은 낮았지만 정제된 발성 덕에 말귀는 알아먹을 수 있었다.

"뭐 때문에 자네가 동분서주하는지 알아. 하지만 염려할 거 없어."

보아하니 위해를 가할 생각은 없는 모양이었다. 김내철은 도치의 옆에 앉았다.

"이건 말이야, 까치 같은 얘기야. 까치가 길조라는 건 도시 사람들이나 할 생각이지. 농민들에겐 농작물 거덜 내는 흉조이지 않나."

무슨 수작인지는 몰라도 선문답에 응해줄 기분이 아니었다.

"이 지경이 됐으니 더 숨기고 할 것도 없겠지. 내가 하는 말은 흘려듣게나."

김내철은 주위를 두리번거리고는 말을 이었다.

"여섯 나라는 지금 난세가 아닐세. 오히려 가장 평온한 시기를 보내고 있어."

"무슨 말씀입니까? 여섯 나라라니요? 혹시……."

"조용."

김내철이 얼른 말을 끊었다. 도치는 '여섯 나라'가 가야국, 즉 금가야를 가리키고 있음을 알 수 있었다. 김내철은 무언가를 피하고자 에둘러 비유하고 있음이 틀림없었다.

"자네도 알 거 같은데 그곳은 전란으로 잿더미가 되지 않았나. 적군이 유리할수록 아군은 보안 유지에 철저해야지, 이것저것 떠들어대서 좋을 게 뭐가 있겠나. 주군의 용태가 공개되면 적군은 얼마나 더 기세등등해지겠어?"

풍악의 장단이 한결 빨라졌다. 박자를 따라 도치의 머리도 바삐 굴러갔다.

무녀촌은 소랑각시와 전쟁을 치르고 있다. 한낱 사소한 정보라도 적의 손에 넘어가면 독으로 되돌아온다. 기밀을 엄수해야 함은 두말할 것도 없다.

"이제 알겠나. 여섯 나라가 망국 취급을 받는 건 허허실실의 계책이야. 심지어 허수아비가 주군의 대역으로 살고 있다고 들었어. 카게무샤라고 들어봤겠지?"

허수아비라면 제웅을 뜻할 텐데 제웅이 주군의 카게무샤라니. 정대기가 했던 말이 머리를 때렸다.

주술 같은 건가? 사람 대신 분신 내세우는 그런 거?

제웅은 산 사람의 대리물로 부정적인 감정이 투사되는 흉물이다. 그런 만큼 목적에 따라 이중적으로 기능했다. 증오의 대상을 저주하고자 제웅을 찢어발기는 요술이 있는 반면, 공동체에 찾아올 불운을 전가하고자 사람을 대신해 제웅을 욕하고 때리는 풍속도 있었다. 제웅이 대수대명의 주물로서 금가야로 위장한 총알받이가 될 수도 있다는 말이다.

그렇다, 그럴 수도 있다. 그리 보아도 들어맞는다.

무녀촌과 소랑각시의 싸움이 시작된 후 아들에게 동네 밖으로 피신할 것을 권유한 이옥화. 그런 어머니의 뜻을 거역한 금가야. 이옥화도 금가야의 반응을 예상했을 터인즉 그녀가 아들의 대쪽 같은 성미를 모를 리 없다. 강제로 추방해도 언제 다시 문턱을 넘어설지, 혹여나 소랑각시의 마수에 걸려들지 알 수 없기에 차선책을 모색해야 했다.

소랑각시의 이목을 돌리려면 제웅이 선두로 나서야 하고, 제웅이 존재감을 발휘하려면 금가야를 없는 사람으로 만들어야 했다. 사람과 제웅, 진짜와 가짜, 양자의 역전을 위해서는 금가야가 주워 온 자식이 되어야 했다. 무시하고, 외면하고, 하물며 적대해야 했다. 소랑각시와의 대립각이 첨예해질수록 금가야를 향한 핍박도 심해져야 했다. 무엇보다 정보가 유출되지 않도록 각별히 주의해야 했다. 김내철이 완곡해서 말하는 이유도 소랑각시의 청력을 경계하기 때문이요, 무당으로서 천기누설을 피하려는 심산이었다.

그러나 곧이곧대로 받아들이기에는……

"민도치 씨도 내 아우들 봤지? 저 뺀질뺀질한 녀석들 재주가 악기 몇 개 다루는 건데, 그것도 밥심이 없으면 못 할 일이지. 밥만 먹인다고 가락이 나오겠나? 반찬이 어쩌고 투정하는 통에 맏형 되는 놈은 골치가 아프다네."

이옥화의 금가야 지키기는 백목련 및 강신무가 전적으로 협조해야만 성립되는 일이었다. 그렇다면 세습무와 강신무는 흑심으로 임시 동맹을 체결한 게 아니라는 말인가. 무녀촌 전원이 한뜻으로 단결한 것은 그들이 숙적으로 간주한 귀신, 그 사악한 귀신이 양기를 탐해서였다? 소랑각시가 호시탐탐 노리고 있는, 달리 보면 이 마을에서 가장 위태로운 최약자를 엄호하기 위함이었다? 그들은 금가야 단 하나만을 위해 모든 것을 불사르고 있었다?

"민도치 씨를 보면 말이야. 영점을 잘못 맞추고 있는 것 같아. 제갈량과 주유가 서로 물고 뜯는 악연이라도 적벽대전은 이들끼리 벌인 싸움이 아니잖아."

세습무와 강신무의 싸움이 아니다……. 빼앗으려는 귀신과 지키려는 무녀들의 싸움이다……. 이옥화와 무녀촌이 소랑각시에 결사 항전을 다짐하게 된 것은 당산제 날, 그간 숨겨왔던 금가야의 존재가 들통났기 때문이다……. 허허실실의 계책이니 애동들도 매사 태평하게 행동해야 했다…….

도치는 악을 쓰며 부정했다. 내가 틀렸다? 말도 안 되는 소리였다. 터무니없는 소리였다. 겨우 제웅 하나로 오판을 인정하라니? 해막이라는 안전지대가 있는데 힘들게 돌아갈 필요는 없지 않은가? 그러자니 선명한 음성들이 귓속을 후벼팠다.

화火는 근본적으로 양陽의 속성을……. 나뭇가지는 불을 확대시키며……. 사주에 나무가 네 개나 있다고……. 넘치는 것은 모자람만 못하다…….

이옥화가 남긴 말의 함의가 비로소 이해되었다. 이덕규의 목기木氣와 금가야의 화기가 중첩되면 목생화로 상생되어 양기가 증폭된다는 뜻이었다. 그리되면 각시가 냄새를 맡을 수도 있기에 해막으로 피신시키지 못한다는 하소연이었다. 이옥화는 천기누설을 금해달라고 부탁하고 있었다. 드러내 놓고 말할 수 없어서 제발 속을 알아달라고 간청하고 있었다.

도치는 쥐구멍에 숨고 싶었다. 그 자신도 이런 화법으로 이기선을 떠보았건만 막상 큰 그림은 놓치고 있었다. 기실 금가야는 언제나 사달의 중심에서 벗어나 있었다. 위협이라고 하기에는 좀스러운 헛소동뿐이었다. 그런데도 어제의 그는 이옥화를 난타하는 데 홀려 있었다.

이옥화가 흥분했던 것은 범행이 발각되어서가 아닐 수도 있다. 반드시 수비해야 하는 요충지가 침범당했기 때문인지 모른다. 이옥화가 마지못해 누명을 쓰고 자백했다면, 그녀를 공격한 논리는 단편적인 사실을 편의대로 꿰맞춘 궤변에 불과했다. 그런데도 어제의 그녀는 없는 죄를 시인하면서 자기 자신을 내던지고 있었다.

보고 싶은 것만 보고 있던 사람은 누구였던가. 보이는 게 다가 아니라고 열변했던 사람은 누구였던가. 선의를 악의로 곡해하며 객기나 부리고 있었다니, 지금까지 나는 무엇과 싸워 왔던 것인가. 내 망집이 그려낸 허상인가, 내 안에 도사리고 있는 마귀인가.

그녀의 소복 치마에 얼룩진 주황색 자국은 남은 자식이나마 지키려는 몸부림이 남긴 흔적이었을까. 장녀를 잃어버린 슬픔에 잠식되면 막내까지 빼앗길 수 있으니 바늘로 허벅지를 찔러가며 눈물을 들이마신 것은 아니었을까. 아들에게 상처를 주고 나서 그녀의 심정은 어땠을까. 보석을 포기하고 싶지 않은 마음에 본의 아니게 아들을 때렸을 때 얼마나 속상했을까.

다만 그런데, 그렇다고는 하다만……

"선생님, 적군은 총포로 포격하는데 아군은 화살이나 쏘며 응전하고 있습니다. 이러한데 아군 중 하나가 화살에 맞았다면 내분을 셈하는 게 선번이지 않습니까."

　제웅이 금가야의 대역이면 종전 때까지는 젓가락 같은 촉을 꽂아두면 아니 되었다. 소랑각시가 무녀들의 작전을 간파해서 제웅을 공격한들 고작 활시위나 당길 리는 없었다. 못해도 하나 이상의 무녀가 주술적 가해를 자행하는 게 분명했다. 소신이야 둘째 치고 이대로 탁류에 휩쓸려서는 안 된다는 생각이 북받쳤다. 느닷없이 습격당했던 경위까지 가산하자 민도치는 투지가 불타올랐다.

　김내철은 대답 없이 콧수염만 만지작거렸다. 제웅의 존재 여부만 알고 있지 촉에 대해서는 모르는 표정이었다. 하기야 금가야가 제웅을 발견한 장소도 마루의 판자 아래라고 했다. 누군가는 보호를 위해, 또 다른 누군가는 해악을 위해, 무녀들 사이에서 암투가 오갔을 것이다. 그런 도치의 속내를 투시한 듯 김내철이 말했다.

　"여튼 여섯 나라를 지지하는 국민이 월등히 많다는 걸 알아두게. 그 까탈스러운 무희조차 정성으로 혼을 태우지 않았나."

　입에 물려있던 담배가 미끄러졌다. 도치는 금아리에게 받은 얼레빗을 꺼내 보았다. 촘촘한 빗살 틈새로 머리카락 몇 올이 끼어있었다. 세습무가 제일의 춤꾼이자 천의무봉의 경지에 이른 무녀라는데 그래봤자 유아적 성향이 강한 어린애였다. 당집에서 죽을 때까지 기를 쓰고 버틴 까닭도 치기에서 비롯되었을 것이다. 일찌감치 도움을 청했다면 살았을진대 그깟 자존심 따위에 목숨을 걸다니 우스운 노릇이었다. 그토록 미운 엄마만큼이나 바보 같은 여인이었다. 도치는 손바닥에 얼굴을 파묻었다.

"설마 해서 말하는데 민도치 씨, 여섯 나라의 주군은 전황을 모르는 게 나아. 기밀의 중요성은 잘 알지? 자네도 더는 실속 없는 짓 하지 말고. 사정을 안 이상 자네가 그럴 필요는 없잖아."

김내철은 도치의 어깨를 두드렸다.

"정나미 떨어지는 소리해서 미안하네만 자네가 걱정돼서 이러는 게 아니야. 나도 무당집 자식일세. 내 할 일을 하는 거니까 빚으로 남길 건 없어."

김내철은 자리에서 일어났다.

"더 나서지 말고 오늘은 어린 주군님의 동무가 되어주는 게 어때? 그분도 외롭지 않겠나? 친구가 그리울 거야."

그리고 대금과 장구의 연주가 멎었다.

...

강춘례를 죽인 사람은 이옥화였다. 이 결론이 끝끝내 철회되지 않았다. 어떠한 경우의 수에서도 이옥화는 빠짐없이 등장했고, 금은슬이 출연한 가설에서도 이옥화가 어김없이 악역이었다.

두 동강이 난 유서로 미루어 유언의 내용을 미리 파악한 사람이 있으며, 이로 말미암아 그 사람이 강춘례의 음모를 간파했다는 전개에 다시금 천착했다. 도치는 사건을 재구성하며 장면을 상상으로 시각화했다.

발단은 당산제 전으로 거슬러 올라간다. 강춘례를 문안한 이옥화, 그런데 강춘례는 안방에 없다. 이옥화는 살날이 얼마 남지 않은 시어머니가 유언을 남겨두었을 가능성을 떠올린다. 차기 당주 선임이 미정인 상황, 이옥화는 후임자가 본인이 확실한지 궁금하다. 혹은 사사건건 마찰했던 시어머니가 어떤 본심인지 호기심이 들 수도 있다.

강춘례가 부재중인 틈을 타 이옥화는 안방의 가구를 뒤져본다. 그러다가 유서를 입수한다. 유서 하단에 금가야와 관련된 끔찍한 암시가 있다. 무업에 정통한 무녀만이 해독할 수 있는 내용이다. 강춘례의 간계를 깨달은 이옥화는 놀란 김에 유서를 반으로 찢어버린다.

그때 누군가 안방에 들어온다. 당황하는 이옥화, 그 바람에 유서 반쪽을 바닥에 떨어뜨린다. 떨어진 반쪽은 얄궂게도 문갑 아래 좁아터진 틈새로 들어간다. 그것이 며칠 전 발견된 문제의 유서이다. 나머지 반쪽은 이옥화가 가지고 있었다. 그렇게 강춘례를 숙청하는 이옥화, 다만 곧바로 장례식이 거행되어 남은 유서를 수습할 겨를이 없다.

강춘례 사후, 유서로 인한 분란이 고조된다. 이옥화는 백목련을 포함한 무녀들에게 강춘례의 음모를 설명한다. 그러나 의견은 분분하다. 강춘례를 향한 백목련의 충성심이 남다르거니와, 오랜 갈등 탓에 세습무와 강신무의 냉전은 쉽사리 종식되지 않는다. 소랑각시에게 패배한 뒤 금가야 지키기가 대두되고 나서야 연합전선이 구축된다. 씻김굿 당일, 금가야를 자상하게 대했던 백목련이 이틀 새 돌변한 것도 그런 사연이 있어서였다…….

도치는 거기서 영상을 정지시켰다. 이옥화가 강춘례에게 살의를 품게 된 심리를 엄밀히 분석하니 모정이 작용했다고 보기는 어려웠다. 그리 모성애가 강한 어머니가 아들만 뒷바라지하며 딸들에게 희생을 강요할 리 없었다. 남아선호사상이나 신봉할 그릇이 아니다. 유독 병약했던 금은슬을 달이 차고 기울도록 업어준 사람이 이옥화였다.

그간의 정황을 보건대 이옥화는 무녀의 소명이라는 굴레에 구속된 외골수였다. 엄마가 그랬듯이 이옥화도 망상과도 같은 이타주의에 갇혀있을 것이다. 이옥화는 패륜적인 악덕을 실행하려는 시어머니를 용서할 수 없던 것이 아니었을까. 금가야가 아니라도 불합리에 처한 이가 보인다면 가림없이 나섰을 듯

싶었다. 도치는 영상을 재생시키며 구간을 앞당겨보았다.

안방에서 이옥화와 맞닥뜨린 제삼의 인물은 금은슬, 이 세습무가의 맏이는 강춘례 일체를 모방하리만치 열렬한 할머니 추종자이다. 또한 강춘례의 안방 벽면에는 무구가 몇 점 걸려있다. 고깔이든 지전이든 할머니의 무구를 응용하고픈 금은슬, 당산제의 주무 중 하나로서 금아리와의 격차를 좁히고자 온 힘을 쏟고 있던 참이다.

금은슬이 우왕좌왕하는 어머니를 보고 까닭을 묻는다. 머리가 하얘진 이옥화, 현장에서 말을 얼버무린 뒤 추후 귀띔한다. 어머니의 회유에 금은슬도 대업에 동참하지만 점차 엇나가기 시작한다. 금가야 지키기에 앞서 무녀촌 일생일대의 결전, 소랑각시와의 혈투가 금은슬에게 제동을 걸어버린다. 각시가 약화되어 음기가 완화되면 그녀의 신기도 정체된다고 믿기 때문이다. 금아리를 향한 경쟁심이 이를 한결 부채질한다.

바꿔 말해 무녀촌의 지침을 위반한 사람, 소랑각시에게 힘을 실어준 사람은 금은슬이다. 근거는 금가야와 금관의 상호작용, 또 금아리의 행실에 있다.

금은슬이 사망한 이후, 자갈 해변에서 금가야에게 안긴 금관이 밭은기침을 했던 것은 금가야의 목깃에 석회 가루 및 목재 분말이 묻어 있기 때문이다. 그것은 금은슬이 사망하기 전, 금가야가 금은슬을 업어줄 때 묻게 된다. 금은슬이 소랑정을 헤집고 장승을 긁은 것이다. 아울러 금아리는 주야장천 금은슬을 따라다니며 들볶았다는데 그 과정에서 언니의 불찰을 목격할 만하다. 결벽이 심한 금아리로서는 윗선에 보고하는 행위를 옹졸한 짓으로 여겨 금은슬을 향한 문책을 오롯이 자기 몫으로 삼게 된다.

시점을 원점으로 돌려, 상술한 연유로 금은슬은 씻김굿 또한 저지해야 하는 입장에 처하게 된다. 앞뜰 한가운데서 춤추는 금아리는 섣불리 건드릴 수 없다. 그리하여 폐쇄된 신방에 있던 이기선을 급습한다. 죽일 필요는 없다. 의례에 지장이 가게끔 혼선만 유발하면 성공이다. 장녀의 일탈이 광적으로 정의를 맹신하는 이옥화에게는 단죄의 동기가 되기에 충분했다……

영상이 뚝 끊겨버렸다. 이런 줄거리라면 비할 데 없이 공헌한 금아리가 죽을 이유가 없었다. 그렇다고 금아리만 사고를 당했다고 보기에도 탐탁잖았다.

도치는 자조의 한숨을 내쉬었다. 있지도 않은 범인을 만들어내는 것은 아닌지 재차 회한에 사로잡혔다. 그저 탁한 눈으로만 누군가를 뜯어보는 것은 아닌지 자책이 스멀거렸다.

"가야 씨, 식사는 했습니까?"

불쑥 나타나 어깨를 휘어잡고 옆자리에 앉기까지도 가야는 아무런 반응이 없었다. 그 앞에 널브러진, 지퍼가 반쯤 열린 배낭 밖으로 옷가지와 일회용 세면도구가 삐져나와 있었다. 그리고 책 한 권이 굴러다녔다. 100페이지 남짓의 두께, 주머니에 쏙 들어갈 판형의 책이었다. 저자는 우리문화연구원, 제목은 〈전남 서사 무가〉. 이쪽 지방 무속의 기능요를 망라한 선집이었다. 도치가 무가집을 건네자 가야가 말했다.

"짐 챙기다가 딸려 왔나 봐요. 나름 레어템이라는데요. 형 가지셔도 돼요. 중고로 팔아도 2만 원은 받을걸요."

가야의 눈두덩은 부어 있었다. 미처 마르지 않은 눈물 자국이 두 뺨에 그려져 있었다.

"생각해 봤는데요, 어머니는 제가 미워서 때린 게 아닌 거 같아요."

도치는 무가집의 책장만 팔랑팔랑 넘겼다.

"제가 어리바리하게 굴어서 그러신 거겠죠. 빨리 귀신을 잡아야 다들 평안해지는데 아들이란 놈은 눈치 없이 훈수나 두고 있으니까."

그래도 자기 어머니라고 두둔하고 있거나, 어머니의 참뜻을 끝내 깨우쳤거나, 다만 어느 쪽이든 가야는 좋게 생각하려야 그럴 수 없는 사면초가에 빠졌을 것이다.

"어머니는요, 원래 그런 분이세요. 힘든 사람 보면 아들딸 제쳐두고 튀어 나가거든요. 이모들은 우화등선이라도 하려는 게 아니냐고 뒷담질 까기도 했어요. 신선이 되고 싶어서 선행만 쌓는 광인이 아니냐는 거죠. 그래도 어머니 같은 분이 왕자리 꿰찼으면 백성들도 살기 좋았을걸요? 낭만이 살아 숨 쉬는 철혈 군주라고 해야 하나."

밖에서 볼 때나 낭만이지, 안에서 보면 그런 절망이 또 없음을 민도치는 뼈저리게 알고 있었다.

"긴 머리도 지긋지긋해요. 잘 마르지도 않고. 담배도 끊으려고요. 형한테만 말하는 건데요, 솔직히 뽀대 좀 내보려고 피운 거예요. 형도 이것만 피우고 끊으세요."

가야가 건넨 담뱃갑은 절반 넘게 차 있었다. 도치는 라이터를 꺼내려다가 그만두었다. 어차피 마비된 혀와 코가 맛과 향을 거부할 터였다.

"있잖아요, 형. 인제 와서 드리기는 염치없는 말씀인데요."

짐짓 쾌활하던 목소리가 잠겨 갔다.

"……그만 하세요. 형은 다치셨잖아요. 이렇게까지 멋있는 척하실 이유가 있어요? 하나도 없잖아요. 귀찮지도 않냐고요."

좁은 시골길에는 노견 한 마리가 빛을 받는 땅과 그림자가 드리운 땅에 몸을 걸치고 있었다. 들판 너머 아스라이 펼쳐진 한옥이 늙고 여린 개보다도 작게 보였다. 도치는 무녀촌의 가옥을 손바닥 위에 올려놓았다. 어째서인지 받쳐주고 싶었다.

금가야 씨, 당신을 위함이 아닙니다.

그렇게 선을 긋고 싶었다. 그런데 정작 입에서는 얼빠진 대답이 흘러나왔다.

"그야 돛대가 얼마나 귀한 건지 잘 알고 있으니까."

그러자 가야는 도치의 얼굴을 빤히 쳐다보았다. 그러고는 웃음을 터뜨렸다. 도치도 따라 웃었다. 하지만 그곳에는 이내 까마귀 소리만 머물렀다. 가야의 시선은 무녀촌을 향해 있었다.

"애동 애들이요, 되게 불쌍한 애들이에요. 병원에서 안 받아줘서 온 애도 있고, 병원 갈 돈이 없어서 온 애도 있어요. 입양도 안 되는 애들이 태반이고요. 애들한테는 별일 없겠죠?"

"내일이면 경찰 수사반이 도착합니다. 그분들이라면 금방 진실을 밝혀줄 겁니다."

"그렇군요. 내일이나 돼야……."

가야의 말이 옳았다. 돌아가는 판세로 보건대 하루 사이, 몇 시간 사이에 명을 달리하는 사람이 추가될 여지가 다분했다. 그렇다고 호기롭게 나서서 범인을 무찌르기에도 무기가 빈약하니 답답한 노릇이었다. 범인의 유무부터가 오리무중이라 진정 귀신이 저지른 사달인지 혼란할 지경이었다.

노을이 지며 하늘은 붉어지기 시작했다. 서서히 풀려가던 도치의 눈이 이윽고 한곳에 고정되었다.

길바닥 한편에서 예의 노견이 손바닥만도 안 되는 참새를 괴롭히고 있었다. 아니, 괴롭힘이 아니었다. 노견의 깡마른 몸뚱이, 부릅뜬 눈에는 굶주린 배를 채워 생을 연명하겠다는 절박함이 서려 있었다. 그것들을 하염없이 응시하려니 민도치는 급기야 무위자연에 빠져들었다.

개의 발톱에 찍혀 죽어가는 새의 모습이 그지없이 애처로웠다. 하지만 저 불쌍한 새 역시 한때는 자기보다 작은 것을 먹어 치워 살아남았을 것이다. 새를 물어뜯는 개의 이빨은 서슬이 시퍼렇건만, 그 안에 담긴 생존의 본능은 또 얼마나 순수한가. 석양 무렵의 세상은 동전의 양면 같아서 동쪽을 보면 화사한 낮이지만 서쪽을 보면 쓸쓸한 저녁이다. 무릇 삼라만상이 저마다의 음양을 품고 있을진대 한쪽만 노려보며 인과를 구분하기에 여념이 없었으니, 이는 넓디넓은 바다를 한 움큼의 물로 헤아리려는 것과 무엇이 다르겠는가.

도치는 깨진 안경을 벗어냈다. 시야가 탁 트이며 만방이 훤해졌다. 막혀있던 코가 뚫리며 숨길이 확 열렸다. 그러나 통찰로 인한 쾌감은 일절 맛볼 수 없었다.

"가야 씨, 내 말 잘 들어."

도치는 조곤조곤 말을 늘어놓았다.

"그 사람이 그랬다고요? 그래서 사람들은 왜요? 저기······."

말이 끝나기도 전에 달각달각 구둣발 소리가 울려 퍼졌다. 가야를 남겨둔 채 도치는 미친 듯이 달렸다.

왜 울고 있느냐.

자식놈이 죽었기 때문이옵니다.

왜 의원에 데려가지 않았느냐.

야밤에 출타할 수 없어 의생도 볼 수 없었사옵니다.

원님은 치안을 위해 통금을 명했을 뿐이었다.

어찌 그리 병색이 완연하느냐.

약을 먹지 못했기 때문이옵니다.

왜 약을 제때 달이지 않은 것이냐.

마을 사면이 막혀 약재상이 들어올 길이 없사옵니다.

원님은 호랑이를 방비하고자 길을 봉쇄했을 뿐이었다.

어찌 그리 야위었느냐.

먹을 것을 구할 수 없기 때문이옵니다.

어찌하여 그리 궁핍해졌단 말이냐.

양반댁이 가세가 기울어 얻어먹을 음식도 끊겼사옵니다.

원님은 공정을 위해 부자들을 지엄히 다스렸을 뿐이었다.

백성들은 원님에게 머리를 조아리며 예를 갖추었다. 하지만 원님의 가슴속에는 그들의 원망이 메아리쳤다.

사또만, 사또만 없었더라면……。

...

"민도치 씨? 산책이라도 나오셨나."

"담배나 한 대 같이 태울까 해서 찾아뵀습니다. 선생님, 우리 심곡을 다 열고 얘기해 봅시다."

"그렇게 사교적인 친구인 줄은 몰랐군. 한데 자네가 연초에 불이나 붙일 때인가. 그럴 여유가 있으면 상한 몸이나 추스르지 그래?"

"제가 부리나케 들려온 것은 질책이 아닌 설득을 위함입니다. 더는 살생에 연연하실 필요가 없습니다."

"살생이라니, 맞담배 피우면서 하기는 씁쓰름한 얘기로구만. 왠지 결백하다고 외쳐야 할 분위기 같은데. 대감마님, 이 불초의 원통한 심정을 어찌 다 고하오리까, 이러면 되려나?"

지나치게 활기찬 가락에는 흥분과 오열이, 경련하는 손에는 체념과 자조가 혼재된 김내철이었다.

"아무렴요, 좋습니다. 이제부터 드리는 말씀은 제가 범인에게 일방으로 전하는 알림이라 생각하셔도 됩니다. 범인은 더 이상 칼춤을 출 이유가 없습니다. 강춘례 씨의 죽음, 금씨 자매의 죽음, 이런 건 길게 주절댈 것도 없습니다. 요점만 간추리면……."

"그만, 그만. 등산할 때는 발밑을 보는 게 먼저인데 자네 눈은 벌써 정상에 올라가 있군그래. 첫발부터 차근차근 디뎌보게나. 담화를 좋아하는 자네가 아니던가."

김내철은 장의자 한편을 내주며 착석을 권했다. 김내철의 의중을 어림잡은 도치는 속절없이 그의 옆자리에 앉았다.

"무녀촌에 얽힌 난마를 풀려면 강춘례 씨의 유서부터 재점검해야 합니다. 강춘례 씨가 사망한 후, 씻김굿이 거행되기 전, 이 사이에 금은슬 씨는 강춘례 씨의 안방에 들렀습니다. 시기를 특정하자면 씻김굿을 비방굿으로 이용하자는 논의가 있을 무렵, 더 정확히는 반쪽짜리 유서가 발견되기 전입니다. 결과적으로 아리 씨에게 밀려났지만 은슬 씨는 씻김굿의 주무가 되고 싶었습니다. 할머니를 위령하고픈 애달픔이건, 무녀로서 타는 목마름이건, 동생한테 주무를 양보할 수 없다는 의욕으로 충만했습니다. 은슬 씨가 자신감을 고양하려면 할머니의 유산을 취해야만 했습니다."

"그럴 만도 하지. 강 선생님 인세에 계실 적에도 할머니 지전 물려받겠다고 난리 친 게 은슬이었으니까. 참 가련한 아이야."

김내철의 입가에 알 수 없는 미소가 걸렸다. 텅 비어버린 듯하면서도 은은한 독기가 묻어나와서 두 개의 인격이 서로를 밀어내는 듯했다.

"그렇죠, 그렇습니다. 다만 지전뿐만이 아니었다고 봅니다. 그 외에도 정신적으로 기댈 만한 할머니의 유품을 소유하고 싶었을 것입니다. 당주무당이 손수 만든 부적을 몸소 태우고자 하는 염원도 있을 만하지요. 한데 안방을 뒤지던 은슬 씨의 수중에 들어온 것은 강춘례 씨의 유서였습니다. 유서의 전문을 유추하건대 가야 씨를 공물로 바치라는 극언은 없었을 것입니다. 한 장짜리 유서에 욱여넣을 분량도 아니거니와 내용이 여간 심오한 게 아니지 않았습니까. 어떠한 장소를 유서에 기재했다는 가정이 더 타당합니다."

"강 선생님의 본의가 기록된 문서가 따로 있었다?"

"그러합니다. 강춘례 씨는 해당 문서, 이를테면 노트 한 권을 문갑 깊은 곳에 보관하고 있었습니다. 은슬 씨도 혹한 마음에 노트를 읽어볼 만합니다. 차기 당주로 지명된 이가 풋내기 막냇동생이라니, 무녀촌의 쌍벽으로서 오만가지 감정이 교차했겠지요. 처음에는 은슬 씨도 아리송했을 것입니다. 유서와 교차검증을 수차례 하고 나서야 내려앉았을 터인즉, 그이로서는 친하기 이를 데 없는 막냇동생이 희생양이 되게 좌시할 수 없었습니다. 지전이고 부적이고 노트부터 품었겠지요. 남들이 할머니의 심중을 알아서 좋을 게 없으니 기회를 엿보아 처분하려 했습니다. 이때 반사적으로 할 행동이 있다면 요사스러운 유서를 동강 내버리는 것입니다. 한데 그 찰나, 불청객이 안방에 방문했습니다."

도치가 말하는 불청객은 응당 김내철이었다. 김내철과의 우연한 조우에 금은슬은 황망한 나머지 유서의 반쪽을 흘렸을 것이다.

"불청객, 다시 말해 범인도 강춘례 씨의 안방에 중요한 볼일이 있었습니다. 은슬 씨나 범인이나 둘 다 그리 떳떳한 행보는 아니지만 은슬 씨는 직계이므로 참작할 구석이 있지요. 이에 반해 범인은 엄연한 외부인, 따져보건대 은슬 씨의 추궁이 있었을지도 모르겠습니다. 다만 은슬 씨가 특출난 당골인들 갓 스물 된 아가씨였습니다. 사람으로서의 관록은 범인이 우위였다는 말씀입니다."

"하긴 다 커서까지 일곱 반딧불이를 믿는 아이였으니 속이기는 쉬웠겠지. 할머님이 안방에서 울고 계시는 것 같아서 들렀다고 둘러대면 그러려니 하고 넘어갔을 거야. 한데 말이야."

김내철의 눈이 빛났다.

"은슬이는 누가 죽인 거지? 이것도 알고 있나?"

예의 느긋한 모습과 달리 진심으로 궁금하다는 표정이었다.

"은슬 씨가 무업에 애착했다는 것은 두말할 것도 없습니다. 음기가 경감할수록 신기도 감소한다고 믿어 소랑정 주변을 파헤치면서까지 각시를 원조했을 것입니다. 당산제 당일 막냇동생이 해를 입은 것에 가책을 느껴도 그 막역한 막냇동생보다 우선시한 것이 무업이라 행위를 멈출 의사는 없었습니다. 하지만 막냇동생은 달랐습니다. 가야 씨는 예나 지금이나 큰누나를 한결같이 업고 감쌌습니다."

도치는 담배를 꺼내며 말을 이었다.

"할머니를 잃었다는 상실감, 할머니의 유서로 인한 배신감, 여동생에게 차이는 열패감으로 가뜩이나 우울하던 차에 남동생을 향한 죄책감마저 맞물리고 말았습니다. 은슬 씨도 심경이 천 갈래 만 갈래로 찢어졌겠지요."

"설마, 자살이라는 건가?"

도치가 고개를 끄덕이자 김내철의 언성이 올라갔다.

"이해가 안 되는군. 듣자니 목을 매는 사람은 여러 흔적을 남긴다던데 은슬이는 매우 깨끗하지 않았나?"

"극히 드문 경우지만 액사를 기도하는 이도 주저흔 없이 사망할 때가 있습니다."

"그건 또 무슨 경우인가?"

"자살자의 의지가 확고한 경우입니다."

단지 직관으로 넘겨짚은 견해가 아니었다. 민도치는 고찰의 결과를 입에 올렸다.

"차차 얘기하겠지만 범인은 다섯 장승에 용무가 있었습니다. 장승의 겉면이 점차 훼손된 점으로 추정하건대 몇 번을 들렀겠지요. 아울러 은슬 씨가 사망한 날은 비가 와서 발자국이 찍히기 좋은 환경이었습니다. 그리고 은슬 씨와 범인의 악연도 이어졌습니다."

그날은 궂은 날씨 탓에 인적이 드물다 못해 사람 그림자도 찾아볼 수 없었다.

"다섯 장승에서 임무를 완수한 범인은 무녀촌으로 복귀하는 길에 은슬 씨의 시신을 목격합니다. 무심결에 당산나무로 달려갔을 수도 있겠지만 흑심으로 움직였을 공산이 더 큽니다. 범인은 시신을 검사해야만 했습니다. 은슬 씨가 혹여나 자살했다면 유서를 소지하고 있을지도 모르기 때문입니다. 방에서 은슬 씨와 맞닥뜨렸던 경위가 유서에 적혀있다면 범인에게 불리하게 작용할 수도 있습니다. 따라서 범인은 당산나무 주변에 부득이하게 발자국을 남겨야 했고, 이 족적을 은폐하려면 까마귀 깃털을 날려 주민들을 유인해야 했습니다."

그런데 김내철의 반응을 보니 금은슬은 유언 한마디 없이 유랑의 길에 오른 모양이었다. 모든 것이 무상해졌으니 필적을 새길 여력마저 없었던 것일까. 아니면 남동생과의 추억을 독차지하고 싶었던 것일까. 그것도 아니면 순전한 독립심인지도 모른다. 무녀촌에 대한 환멸을 분출하고자 신목에 동티를 내고 떠났을지도. 도치는 앞머리를 쓸어올렸다.

"그날 제가 습격당한 장소도 다섯 장승 쪽입니다. 최소 뇌손상, 재수 없으면 골로 갈 수 있던 고비에서 경미한 열상으로 그쳤다니 의아롭더군요. 호루라기 소리 탓에 범인이 경황이 없었을지언정 최초의 공격부터 약했다는 인상을 지울 수가 없었습니다. 숙고 끝에 범인의 근력이 저하되었다고 판단했습니다. 손목 관절에 염증이 생기면 물건을 자주 떨어뜨릴 정도로 악력이 약해지기도 하지요."

때마침 김내철은 손목을 돌리고 있었다. 그가 입을 떼려 하자 도치가 가로막았다.

"물론 이것만으로 관절염 환자를 금수 취급하는 것은 아닙니다."

김내철은 어깨를 으쓱이더니 계속하라고 턱짓했다.

"제가 가야 씨와 최초 대면한 것은 강춘례 씨의 장례식 둘째 날, 무녀촌의 한옥 앞에서입니다. 선글라스를 끼고 어린아이들과 애써 시시덕거리고 있더군요. 우리 민과 금이 다시 만난 것은 당일 저녁, 다섯 장승이 있는 옥녀봉 산기슭에서입니다. 이것이 그날 가야 씨의 첫 외출일 것입니다."

"아마 그랬을 거야. 오후만 해도 손님이 물밀듯이 몰려들었으니까. 자네와 가야의 스토리는 흥미롭구만. 쇠가 불을 만나면 문드러져야 하는데 재밌게도 명검으로 상생했나 보군."

"예, 그 명검 만드는 스토리가 관건입니다. 재회 다음 날 새벽, 민과 금은 옥녀봉에서 세 번째로 만났습니다. 이런저런 대화를 나누다가 가야 씨가 선글라스를 찾을 일이 생겼습니다. 한데 어디서 잃어버렸는지 나오는 게 없었습니다. 반나절 전만 해도 풀피리를 불면서 착용했던 선글라스가 돌연 없어졌다는 점으로 미루어 짐작하건대 가야 씨가 선글라스를 분실한 때는 재회 날 저녁, 장소는 다섯 장승 근방일 것입니다. 선글라스는 그곳에 사흘간 방치되었을 것인바, 딱히 먹을 것도 아니고 눈에 잘 띄는 것도 아니니 들짐승이 가져가지는 않았겠지요. 공교롭게도 가야 씨와 친하게 지내는 금관이라는 까마귀가 선글라스를 물어왔습니다."

도치는 셔츠의 목 단추를 풀었다.

"가야 씨 말로는 금관에게 풍기는 악취가 훈훈했다더군요. 주관적인 느낌이겠거니 하고 넘기려는데, 묘사가 제법 구체적이었습니다. 촉촉한 흙 내음, 맵싸한 향신료 냄새, 따끈한 생강차, 이것을 종합하니 말 그대로 생강에서 우러나온 향이라고 패를 읽게 되었습니다. 생강은 관절염을 완화하는 약초로 유명하지요."

"가만, 까마귀가 선글라스를 줍기 전에 생강을 먹었다? 글쎄, 내가 까마귀라면 출출해 죽겠어도 생강을 씹지는 않을 것 같은데."

"지당한 말씀입니다. 영물들에겐 생강 특유의 향이 독초처럼 여겨질 수 있습니다. 하지만 매운 냄새가 중화되고 달짝지근하게 가공된 생강이면 입에 넣어봄직도 합니다. 어저께 금관을 보니 사탕 껍질 같은 것을 입에 머금고 있더군요. 알사탕 따위를 싸는 포장지였겠지요. 사람으로서도 이런 사탕류가 휴

대하기 편할 테고요. 부리로 먹이를 통째로 삼키는 까마귀의 습성과 금관의 구강에 남아있던 껍질과 향기를 아우르자니, 점성이 높은 사탕류임을 알 수 있었습니다. 미처 삼키지 못한 끈끈한 생강 젤리 및 포장지가 금관의 입천장에 붙어있던 것입니다."

도치는 김내철을 쓱 돌아보았다.

"그러잖아도 관절염과 투병 중인 범인은 불온한 작업에 직면해서 긴장이 배가 되었습니다. 범인이 다섯 장승으로 이동하면서 근육을 이완하고자 버릇처럼 생강 젤리를 찾았다면, 그 과정에서 손힘이 빠져 한 개 이상을 떨어뜨렸다면, 그런데 하필 그 한 개의 껍데기가 반쯤 벗겨져 있었다면, 시력을 잃어버려 먹이를 구하는 데 고충을 겪고 있는, 그리하여 후각이 한층 예민해진 까마귀에게 얻어걸릴 수 있습니다. 동쪽에서 젤리를 먹고 서쪽에서 선글라스를 주웠다는 가설보다는, 동선이 겹쳐 두 개를 취했다는 것이 자연스럽습니다."

도치가 말을 맺고 담배 한 개비를 다 피웠을 때 김내철이 껄껄 웃었다.

"찬물 끼얹어 미안하네만, 주장을 뒷받침하는 물건 하나쯤은 보여줘야 나 같은 끼쟁이도 구워삶을 수 있지 않겠나. 손에 잡히는 것도 없고 눈에 잡히는 것도 없으면 모래로 성을 쌓는 꼴이 아니겠나?"

"이외에도 확증은 차고 넘칩니다. 다만 질책이 아니라 설득이라고 재차 역설하는 바입니다. 선생님도 무녀촌의 실정을 꿰고 싶어서 이러시는 게 아닙니까."

도치는 추이를 지켜보았다. 지원군이 도착하려면 시간이 걸릴 듯싶었다. 그때까지는 반드시 김내철의 발을 묶어두어야 했다. 그러나 이 시답잖은 사담을 그가 내리 들어줄지가 미지수였다. 김내철이 이따금 재킷 안주머니를 더듬을 때마다 도치는 숨이 막혔다. 그의 무스탕 안에 숨겨져 있는 것이 날붙이임이 쉬이 직감되었다. 지극히 침착하면서도 한편으로는 몹시 냉정해서 도치로서는 마음을 졸일 수밖에 없었다. 도치가 신에게 구원을 청하려니 김내철이 말했다.

"뭐, 말문이 열렸으니 닫힐 때까지 기다리는 게 예의겠지. 더 해보게나."

...

고인들이 무곡리에 도착한 날, 김내철은 노후 자금 마련을 위해 신불새와 김개울을 무녀촌에 양도하려 했다. 그러나 강춘례는 김내철이 제시한 금액에 반발하여 완고하게 거절했다.

김내철이 이옥화와 면담한 것은 강춘례가 사망한 지 하루도 지나지 않아서였다. 마찬가지로 중개료를 요구하기 위함이었다. 이때만 해도 이옥화가 차기 당주로 임명되는 것이 당연했기 때문이다. 여러모로 심경이 어수선했던 이옥화는 차후에 논하자는 식으로 계약을 유보했다.

그런 김내철에게 접촉한 사람이 이기선이었다. 강춘례의 유언 일부가 공개된 이래 차기 당주 금가야를 확보해 위풍이 당당해진 강신무, 개중에 이기선은 고인들의 중개 거래에서 파생될 이익을 탐냈다. 이기선은 알선자를 위한 알선자를 자처하며 김내철에게 보상 명목의 환급금을 요구했다. 금전으로 연결된 이상 김내철과 이기선의 관계는 균열이 갈 수밖에 없었다.

이후 씻김굿 당일 의례가 거행되기 몇 시간 전, 이기선의 신방에서 피아의 불화가 심화되었다. 급기야 그들은 드잡이하며 치고받았고, 이로 인해 이기선은 제단에 머리를 찧어 실신했다. 이기선이 의식을 회복한들 김내철을 고발할 수 없었다. 거래에서 중재자 역할을 하는 것을 독단으로, 또 단독으로 추진한 까닭이었다. 무녀촌 내지 강신무의 사활을 건 의례를 목전에 두고 추태를 저질렀으니 진상이 밝혀지면 백목련부터가 이기선을 질타할 터였다.

금은슬이 사망하고 뒷거래가 폭로될지 모를 상황에서 결국 심적 압박을 이기지 못한 이기선은 도주하게 되었다…….

"이렇게 볼 수도 있겠습니다만, 너무나도 현실적이라 외려 심심한 감이 있더군요. 이기선 씨가 음기에 목말라 무녀촌을 배신했다는 가설도 틀린 것이, 강신무라는 인간이 신령님이 눈을 번뜩이는 신방에서 자작극을 꾀하면서까지 큰굿에 훼방을 놓을 리 없습니다. 다방면을 눈여겨보고 나서야 실마리를 잡았습니다."

민도치의 음색은 오래된 성당에서 울리는 종소리처럼 나직이 내리깔렸다.

"선생님이 말씀하신 바와 같이 무녀촌은 적과 교전 중입니다. 치열한 전쟁통에서는 변절자, 내통자, 반역자가 나오기 십상입니다. 수백 년에 걸쳐 동신급으로 안착한 강적과 벌이는 무모한 싸움이라면 첩자가 필히 출현합니다. 이기선 씨의 점괘로는 무녀촌의 필패가 나왔습니다. 각시의 수족이 되기로 작심한 이기선 씨는 금가야를 대리하는 제웅에 촉을 박았습니다. 그리고 씻김굿, 즉 금아리 씨의 음사를 방해하려 했습니다."

김내철은 묵묵히 이야기를 듣고 있었다.

"허나 구경꾼으로 가득한 앞뜰에서 굿을 치는 아리 씨를 드러내 놓고 저지할 수는 없었습니다. 이기선 씨에게는 교묘한 공작이 절실했을 터, 고심 끝에 나온 방편이 새로운 밀정을 포섭하는 것이었습니다. 그렇다고 무녀들을 매수하는 것은 난수이고, 여물지 않은 애동들을 선동하는 것도 헛수입니다. 며칠이 지나면 무곡리를 뜰 외부인, 무당만큼이나 굿에 기여하는 악사가 적임자입니다. 천하제일의 당골이라도 고인의 조력이 없으면 우아름이 지고 안무가 삐끗할 테니 말입니다. 마침맞게 그 고인도 사심을 품고 있던 참이었습니다. 이기선 씨는 점술로 이를 내다보고 서슴없이 접근했습니다."

김내철은 고개를 끄덕였다.

"한데 이기선 씨의 점괘는 반만 맞았습니다. 그 고인이자 범인, 김내철 선생의 사심을 그릇 풀이했던 까닭입니다. 김 선생님은 이기선 씨의 제안을 비열한 짓으로 여겼습니다. 강춘례 씨의 씻김굿을 악용하는 것까지야 수단으로 감안할지라도, 무당이 산 사람의 등에 칼을 꽂는 것만은 용납하지 못한 것으로 보입니다. 여기서 산 사람이란 굿판에 딸려 나온……."

"그건 넘어가지. 낯이 좀 간지럽군."

김내철이 손을 내저었으나 민도치는 멈추지 않았다.

"선생님이 못해도 애동들만은 아꼈다는 것을 금아리 씨가 죽은 원인을 깨닫고서 알았습니다. 더 말할 것도 없이 아리 씨는 살해되었습니다. 정교하게 계획된 독살이며, 점진적으로 체내를 부식시키는 독약이 사용되었습니다. 그리고 아리 씨는 안식에 들면서 의미심장한 전언을 남겼습니다. 아리 씨의 부고야말로 선생님이 살의에 속박될 이유가 없다는……."

도치는 흠칫거렸다. 김내철의 오른손이 무스탕 안에 들어가 있었다. 재킷 안에서 나온 손에 들린 것이 손수건임을 보고서야 도치는 입을 열었다.

"세상사 모든 직업이 그러하듯이 무당도 직업병이라는 것이 있지 않겠습니까. 이번 경우에는 귀신 잡는 벽사무鬭邪巫의 고질적인 직업병이 되겠지요."

"직업이라, 격식을 차려줘서 고맙군그래. 해서 자네가 말하는 직업병이란?"

"수은 중독입니다. 부적의 글씨를 쓰는 데 사용되는 붉은색 액체, 진사 내지 경면주사로 불리는데 이는 황화수은을 함유한 광물입니다. 수은은 별다른 해독제가 없는 맹독이기도 합니다."

"나도 무당집 자식이라 그쪽은 조금 아는데 수은으로 사람 잡는 건 쉽지 않아. 부적용 경면주사는 달여서 쓰는데 참기름을 섞거든. 몸에 칠해도 별일 없다는 얘기야."

참사를 일으킨 장본인이 경위를 모를 리 없을 터인데 김내철은 답안을 채점하듯 민도치를 떠보고 있었다. 도치는 기꺼이 시험에 응했다.

"경면주사를 물감 용도로 다루는데 수은 중독에 걸릴 수 있느냐, 또한 그것으로 돌연사할 수 있느냐, 이건 당연히 아닙니다. 허나 가열이 되었을 때가 문제입니다. 부적을 태우는 그 순간이 문제란 말입니다. 부적에 불을 붙이면 주사액이 타면서 증기가 발생하는데, 이 수은 증기에 노출되면 급성 호흡 곤란이 올 수 있습니다. 행위가 반복되어 고농도 수은 증기를 흡입하면 폐 손상으로 일도에 사망할 수도 있습니다."

 더군다나 이 어리석은 모험을 강행한 장소가 당집이라는 밀실이었다. 엎친 데 덮친 격으로 금아리는 그전부터 부적을 많이도 태우고 있던 참이었다. 무녀촌이 처용무의 초읽기에 돌입했을 무렵, 금가야와 다투던 그녀에게는 진한 탄내가 배어 있었다.

 "하여 급성 수은 중독만으로 금아리가 사망했느냐. 아니요, 제 생각은 다릅니다. 일류 무녀답게 수은에 내성이 강했을 게 분명할뿐더러, 애당초 수은 중독으로 인한 사고라면 범인이 누구인지 가릴 필요도 없습니다. 수은을 달고 사는 벽사무에게 치명타가 될 수 있는, 사망을 은밀하게 부추겼던 또 다른 극약이 있던 것입니다."

 물 주는 날 애동제자들이 화장실 앞에서 줄을 서고 있던 것, 내림굿을 준비 중이라는 박연주가 혈변이 심해졌다는 것을 상기하며 도치는 말을 이었다.

 "비소가 얼마나 무서운 독물인지는 가타부타할 것도 없습니다. 한데 비소가 아무리 독해도 소량만으로 사람을 죽일 수는 없습니다. 조금 섭취해 봐야 복통이나 설사로 그치고 맙니다."

 "실타래가 얽히고설키는군. 그래서 아리를 해친 게 수은이라는 건가, 비소라는 건가."

 "둘 다입니다. 본초학에 이르기를, 수은과 비소의 혼합은 독성이 극대화되는 최악의 조합인데 대표적인 예로 사약이 있습니다. 이것들을 병용하면 수은 중독이든 비소 중독이든 건강 악화가 눈에 띄게 가속된다는 것입니다. 정리하면 금아리는 만성 수은 중독이었다, 미량의 비소가 그이를 알게 모르게 좀먹었다, 당집 안에서 수십 수백 장의 부적을 태워 대량의 수은 증기를 들이마셨을 때 두 독약의 연계가 극에 달하고 말았다."

도치는 초연히 말을 던졌다.

"선생님이 하얀 분말의 삼산화비소를 사전에 지참했다고 셈하기도 했습니다만, 거듭 생각하니 무곡리에 발을 딛기까지도 흉심은 없던 것으로 보입니다. 다섯 장승의 변화를 살펴보면 강춘례 씨와 내담한 이후로 계획을 구상한 것이 유력합니다. 다섯 장승이 누렇게 도포되어 있다는 것은 염료를 사용했다는 뜻이고, 염료는 인공과 천연으로 분류될 것인데, 무녀촌의 자연 친화 주의를 고려하면 후자가 사용되었다고 보는 게 맞습니다. 장승을 채색한 물감이 황화비소로 조성된 광물, 이를테면 웅황 내지 계관석을 용해한 염료였고 선생님은 장승을 긁어 비소를 채취했던 것입니다."

그렇게 보아야만 수백 년 동안 이어진 무곡리의 불가사의를 해독할 수 있었다. 마을의 남자들이 단명하는 데 황화비소가 일조했다고 전제해야 음양으로 논리를 양립시킬 수 있었다.

태곳적 수맥이 뒤틀려 양기가 쇠락했을 때부터, 무녀들은 음기를 제어하고자 황색 광물로 장승 등을 칠했을 것이다. 이 전통이 예부터 고착되었으므로 농사를 포함한 바깥일, 나아가 쥐불놀이나 논밭 태우기에 주로 참여하는 성별은 독소에 오염될 수밖에 없었다. 다섯 장승에서 분포되는 비소는 농도가 불규칙했을 터, 마모가 진행될 때마다 간헐적으로 방출되니 면역 체계가 발달하기도 여의찮았다. 옥녀봉과 동떨어진 해막 같은 곳에 거주하는 부두 노동자가 아니고야 사내들은 허약하기 마련이었다.

"무녀들이 비소를 빼돌렸으면 집에 있는 염료를 써야 사리에 맞습니다. 무녀촌에 대해 속속들이 알고 있지만 집단에 속하지는 않은 외부인이 저지른 소행으로 볼 수밖에 없습니다. 10년 만에 이곳에 왔다는 만초 선생님보다는 매달 같이 굿을 쳤다는 고인이 용의자로 적합하지요."

김내철이 또다시 재킷 안을 훑었지만 민도치는 거침없었다.

"선생님은 주방을 드나들며 대형 식기에 누런 비소 가루를 뿌렸습니다. 귀신과의 투쟁에 임하는 무녀촌이 근래 팥죽을 주식으로 삼았기에 색깔이 섞이기도 용이했습니다. 후추 뿌리듯 흩뿌렸으니 무녀와 애동제자가 변화를 체감하기도 어렵습니다. 배가 조금 아프다고 해도 신령님이 주시는 시련이니 하고 대수롭잖게 넘겼을 것입니다. 범인 또한 매한가지, 속이 울렁거려도 죽을 정도는 아니니 참아냈을 법합니다."

"아리야말로 인내했지."

김내철은 어깨를 늘어뜨렸다.

"그 애의 줏대가 화를 자초하고 말았어. 저번달만 해도 삼촌, 삼촌, 하면서 업어달라고 칭얼거렸는데 그게 어찌나 웃기던지. 다 큰 처녀가 아비뻘 되는 놈한테 안기려고 들다니, 아리도 어지간히 친구가 없던 모양이야."

단순히 죄의식 탓이라고 하기에는 김내철의 눈은 젖어 있었다. 참화를 부른 원흉이 연민에 빠져 있으니 민도치는 피가 끓어올랐다.

"그렇죠, 전적으로 옳습니다. 금아리라는 인간의 유아적 성향이 자업자득이 된 셈입니다. 며칠간 식단을 엄격히 관리했건만, 영면하기 불과 하루 전에 그 빌어먹을 팥죽을 세 그릇이나 처먹어 비소를 축적했으니 말입니다. 그런데, 그 딸뻘 여자애한테 당신이 측은지심을 느낄 자격이 있습니까?"

"세 그릇이라니? 그건 뭔 말인가?"

민도치는 화를 삭이며 강춘례의 안방에서 있었던 금씨 남매의 일화를 설명했다. 김내철은 손수건으로 눈가를 가렸다.

"아리는 앞날을 점쳐서 팥죽을 독식했다는 건가? 형제들을 지키려고……?"

도치는 고개를 가로저었다. 남매간의 우애로 매듭지으면 오죽 좋으련만 금자매를 관찰한 바로는 그런 아름다운 결말이 나올 수 없었다. 버금이 으뜸을 목표하고 으뜸이 버금을 견제하듯이, 금아리도 금은슬을 의식했다는 해석이 훨씬 와닿았다. 언니를 밑으로 깔아두면서도 내심 독주에 걸림돌이 될 수 있는 유일한 경쟁자로 인정했다고 보는 편이 옳았다.

본래 왕관이란 무거운 법이다. 바늘로 허벅지를 찔러가며 욕구를 절제했을 그녀가 팥죽을 과식한 것만 보아도 알 수 있다. 금아리는 금은슬의 밥 한 톨, 국물 한 방울까지 뺏어 먹으며 일인자의 위상을 사수하는 데 전념했을 것이다. 도전자도 동정을 원할 리 없으므로 이 결론이 금은슬을 그나마 애도하는 길이다. 도치는 마침내 대단원으로 넘어갔다.

"더 논할 것도 없습니다. 여태껏 말한 것을 취합하면 무속의 성지가 몰락했다는 답이 도출됩니다."

"몰락이라니? 혹시……."

"예, 무녀촌에는 이제 무녀가 없습니다."

...

"이옥화와 백목련을 비롯한 무녀촌 식구 전부가 비소를 먹었는데 금아리 혼자 비명횡사했습니다. 이는 부적을 태운 무녀가 금아리뿐이라는 의미가 되고, 금아리만 부적을 태웠다는 것은 성물을 다루며 의례를 집행할 수 있는 무녀가 그이밖에 없었다는 방증이 됩니다. 금아리만이 수은과 비소를 동시에 흡입할 조건에 있던 것입니다."

김내철은 믿기잖은 듯 민도치를 뜯어보았다. 하지만 세속의 통념과 무속의 관념을 한눈에 담은 끝에 도달한 귀결이었다.

"강춘례의 혼백이 찾아오지 못할 정도로 무녀촌은 웬만한 귀신은 덤빌 엄두도 못 낼 요새가 되었습니다. 그러한데 박연주에게 들린 잡귀를 내치는 작업은 평소보다 오래 걸렸습니다. 잡귀가 정체를 드러내리만치 쇠약해졌는데도 그랬다는 것인데, 여기엔 모순이 있지요. 전날 있었던 씻김굿의 여진으로 무녀들의 피로가 누적됐다면 백목련도 잡귀의 정체를 간파하지 못했을 것이고, 백목련이 잡귀를 한눈에 알아볼 정도로 영력이 올라왔다면 잡귀 내치기가 그리 부진할 리 없습니다. 이때가 무녀들의 신기가 빠져나가기 시작할 때입니다. 잡귀가 본색을 드러내고 물러난 것은 강신무의 주술이 아니라 무녀촌의 사막 같은 환경 때문이었습니다."

"아니, 말이 되지 않아. 성급한 예단이지 않나? 당골들까지 단체로 신기를 잃었다니? 그랬다고 쳐도 어째서 호언장담하는 건가?"

"오늘 새벽의 소란을 복습해 보십시오. 금아리가 사망했는데 이옥화가 당집을 폐문했던 것이며, 가당찮은 거짓말까지 하면서 경찰을 내쫓으려 했던 것이며, 백목련이 당집 안에서 금아리를 흉내 냈던 것이며, 이들이 해가 뜰 때까지 당집을 수성했던 것이며, 이 정황이 제 주장을 견지하고 있지 않습니까."

도치는 목소리를 가라앉혔다.

"들키지 않으려고 그랬던 겁니다. 무녀가 부재하다는 보안이 유출되면 각시의 사기가 상승하리라고 우려했던 겁니다. 금아리의 시신을 내주지 않으려 했던 것도, 어떻게든 산 사람처럼 꾸며 밤에 쳐들어올 각시에 대비하고자 함이었습니다. 민도치라는 몹쓸 한량이 건방지게 까불어서 금아리 지키기가 무위로 돌아갈 양상이었기에 무녀들은 차선이나마 도모해야 했습니다. 음기가 물러나며 각시가 후퇴할 때, 일출 때까지만이라도 기밀을 지켜야만 했습니다."

김내철의 콧수염은 떨리고 있었다.

"선생은 고위급 무녀들의 입을 봉하려 했습니다. 수은에 중독된 무녀들에게 상극의 약재를 먹이면 범행이 수월하다고 여겼을 것입니다. 어떠한 흉보가 날아들어도 무녀촌은 각시의 소행으로 간주하며 벽사의식을 강화할 테니, 무녀들도 부적을 태우는 일이 잦아집니다. 그러나 진척은 선생의 예상보다 더뎠습니다. 신이 떠버려서 무녀들이 부적을 태우기는커녕 붓을 잡을 수도 없었기 때문입니다. 시름시름 앓아야 할 무녀들이 멀쩡하니 선생도 조바심이 났을 것입니다. 비소의 양이 부족했다고 속단해서 서너 번을 장승에 찾아갔겠지요."

도치는 금아리의 날카로운 눈매를 그려보았다. 분명 괴로웠으리라. 과민한 체질이기에 몹시나 아팠을 것이다. 그런데도 격렬한 의식을 단행하며 최후를 담담히 맞아들였다. 마지막 무녀라는 긍지가 그녀를 지탱했을 것이다. 풍차를 괴물로 착각하고 돌진했던, 오직 하나의 연인만을 섬겼던 서방의 기사가 아른거렸다.

"무당은 무당을 알아본다는 말이 있습니다. 무곡리에는 무당이 진심을 잃어버리면 신도 무당을 뜬다는 말이 있습니다. 무녀들의 신기가 증발한 것은 씻김굿 이후 금가야 지키기가 개시된 시점, 최약자인 금가야를 보호하려는 무녀촌의 방침은 언뜻 선의로 정의할 수 있습니다만, 이건 어디까지나 사람의 기준입니다. 신령님의 기준에서는 누구 하나가 무엇보다 우선시되는 게 사심으로 비칠 수 있는 것입니다. 그 가운데 진심을 지킨 이들이 있었습니다. 금가야 지키기라는 대의를 따르면서도 신심을 최우선시한 것이 금자매입니다. 금은슬은 남동생에게 피해를 주면서까지 무업을 첫째로 두었고, 금아리는 각시에게 대들었을지언정 그것은 남동생이 아니라 무업 그 자체를 위함이 자명합니다. 이들은 무업을 최고의 가치로 대우했기에 신기를 가호해 줄 신령이 하나 이상은 남았던 것입니다."

그 신심이라는 것이 실존한다고 할지라도 점괘로는 해결이 어려운 사건이었다. 세습무인 금아리는 신의 말을 가려듣는 등, 점술에는 능하지 않아 금은슬의 죽음을 정확히 점칠 수 없었다. 애동제자 중 금아리와 비슷한 신념을 고수한 강신무가 있더라도 큰 어르신 격의 고인을 고발하기는 난감한 일이었다.

"선생도 명색이 무당집 자손인데 허튼짓을 꾸몄으니 신기를 상실할 수밖에 없지요. 사심만으로 장승을 훼손하면서 신의 분신을 오욕했으니 신기가 날아가는 것은 당연지사, 결국 무녀촌이나 선생이나 서로의 신기가 유효한지조차 가늠하지 못했습니다. 그런데 단 한 사람, 선생을 적발할 법한 그이마저 함구하는 것이 수상하더군요"

"이 씨 누님이로군."

"그렇지요, 이렇게 되면 각시에게 충성을 맹세한 이기선 씨도 신기를 보전해야지요. 그 우수한 강신무라면 범인의 상을 점찍고도 남습니다. 만인 앞에서 범인을 지목하면 자신의 입지도 견고해지니 주저할 것은 없습니다. 하지만 이기선 씨는 양이나 음이나 전말을 누설하기에 껄끄러운 사정이 있었습니다. 요컨대 양지와 음지, 두 세계에 양다리를 걸친 인간이 김내철 씨 당신밖에 없다는 것입니다."

달빛은 부드러웠다. 그 만월 같은 달을 배경 삼아 기러기 떼가 북으로 날아가고 있었다. 둥근달은 이별에 길들여진 연인처럼 새들을 차분히 보내주었다. 도치는 별 하나를 바라보며 말을 꺼냈다.

"강춘례 씨는 유산의 기부처를 알아보는 일을 이옥화 씨에게 일임했습니다. 사적으로는 몰라도 공적으로는 며느리를 향한 신뢰가 두터웠을 것입니다. 대소사도 빠짐없이 공유했겠지요. 하지만 두 사람은 음기를 정화하는 데 있어 대립했습니다. 가야 씨의 사주는 선빈후락, 대기만성의 형상입니다. 강춘례 씨는 손자의 기운이 만개할 때를 기다려 제물로 쓰려 했고, 이옥화 씨는 시어머니야말로 아들이 초년에 겪을 역경으로 풀이한 게 틀림없습니다. 강춘례 씨의 힘이 워낙 강한 터라 이옥화 씨도 극단적인 수를 동원했겠지요. 아울러 이옥화 씨는 무녀들을 결집시켜 가야 씨를 지키려고 했습니다. 이러면 모정이 작용했다고 봐야만 합니다. 맞습니까?"

질문이 아니었다. 동의를 구하기 위함이었다. 기러기들이 시야에서 사라질 때까지 호응은 들려오지 않았다.

"화답이 늦어서 미안하네. 그런데 자네 입맛에 맞는 대답은 못 해주겠어."

그러고도 김내철은 수 초를 뜸 들이다 말했다.

"목련이가 무녀촌에 들어왔을 때 미움을 많이 샀다더군. 그럴 만도 한 게 목련이 녀석도 성깔이 보통이 아니지 않나. 그 애를 친동생처럼 보살핀 게 옥화였다고 하네. 목련이는 서른이 다 될 때까지 옥화 언니가 차고 다니는 팔찌는 어디 브랜드거냐, 언니가 쓰는 향수는 뭐냐, 뭔 여고생인 양 수줍게 물어

보더군."

"그 말씀은……."

"목련이는 강신무야. 선견지명이 있는 아이라고. 스무 해 동안이나 한솥밥 먹고 같이 봄맞이하면서 친언니처럼 모시는 분이 어떤 사람인지 수백 번은 점치지 않았겠나. 점이라는 게 암만 귀걸이에 코걸이라도 그만큼 쌀을 던지면 진리가 나오게 마련이야."

그런 백목련마저 이옥화에게 등을 돌렸다니 더 왈가왈부할 것도 없었다. 천생의 소질이랄지, 불의와 타협하지 않는 성품이 무업과 뒤엉켜 이옥화를 광기로 휘감았을 것이다. 그녀에게 사심이란, 모성애마저 초월하는 절대적인 정의인 모양이었다. 그렇다면 금아리를 방치하고 금가야만 보호했던 심리도 이해되었다. 금아리에게는 있고 금가야에게는 없는 것, 그것은 신념과 집념으로 점철된 무당의 사명이었다. 금아리는 자기 속이 타들어 갈 것처럼 쓰라려도 힘든 이를 웃겨줘야 하는 운명이었고, 금가야는 힘든 이로서 춘하추동 담백해도 모자란 이에게 떠안겨야 하는 처지였다.

뒤늦게 무리를 쫓아가는 기러기 한 마리가 둥근달과 포개지자 달의 얼굴에 상처가 새겨진 듯하였다. 도치는 밤하늘에서 눈을 떼었다.

"사담은 접어두겠습니다. 제가 선생에게 강변하고자 하는 바는······."

쐐기를 박으려는 순간 도치는 망설였다. 김내철의 태도를 보자니 그의 마음을 돌릴 수는 있을 듯했다. 당장 내일이라도 무녀촌의 실태를 백일하에 고하겠노라고 공언하면 그가 발톱을 거둘 성싶었다. 사달을 조기에 마감하면 민도치로서도 큰 공을 세우는 일이었다. 그런데도 자꾸만 말이 목에 걸렸다.

"부자는 망해도 3년은 간다고 했습니다."

도치가 장고 끝에 말했다.

"무녀촌의 아성도 당분간은 끄떡없을 것입니다. 다만 제가 선생님께 이른 것을 단골들에게 귀띔하면 무녀촌도 추후 앉을 방석이 사라지지 않겠습니까. 폭로까지는 가지 않아도 미신을 맹신하는 명사들은 무녀촌에 발을 끊을 것이고, 친일을 빙자해 사욕을 취한 이들도······."

"그 대단하신 민도치 선생도 헛발질할 때가 다 있구만."

김내철이 말을 가로챘다.

"무녀촌에 딱히 원한은 없어. 오히려 고마운 사람들이지. 친일이라, 그런 얘기도 나돌았나 보군. 그런데 뭐, 매국노 찾는 건 나 같은 건달 나부랭이가 할 일이 아니야. 그냥 미친놈의 헛짓거리로 봐주면 고맙겠네."

잘못 짚고 말았다니, 우습게도 안도의 한숨이 나왔다. 하지만 그것도 잠시, 도치는 '왜'를 대하는 그의 자세가 심히 안일

했음을 각성할 수 있었다. 기법을 파훼하는 데 몰입하느라 동기는 뒤로 밀어두었다. 불현듯 제삼의 경우가 계산되었다.

이 동네 세습무들단 해도 사변 때마다 어느 줄에 섰는지······.

"따님이 나랏밥을 먹고 있다고 들었는데, 젊은 나이에 정계에 입문한 것은 아닌지요."

김내철의 눈꺼풀이 꿈틀거렸다.

"위정자의 친일 여부는 여야 할 것 없이 민감한 사안입니다. 정치권에서 친일 인사가 쟁점이 될지라도 그들은 서로를 덮어주고자 적대적 공생을 꾀할 것입니다. 하지만 선생님이 찾으시는 물건이 친북과 연관된 것이고, 자제분이 속한 곳이 보수정당이면 얘기가 달라집니다. 전도유망한 보수 정치인이 등판했는데 그이의 조부모가 종북 행위에 관여했다는 사실이 알려지면 지지자들은 조건반사적으로 성원이 식을 것이고, 진보는 싹을 잘라두기 위해서라도 음해를 가할지 모를 노릇이고, 그리되면 자제분이 힘겹게 쌓은 기반이 하루아침에 무너질 수도 있겠지요. 아버지로서도 노심초사할 일입니다."

금가야가 뜯어온 종잇장이 육이오 때, 좌익활동에 가담한 세습무계 무당들의 명부라는 생각이 들었다. 옥과의 명물들 같은 일류 예인 집단이 호남의 당골판이나 전전했던 점이 석연찮기 때문이었다. 아니, 아니, 강춘례가 악사들을 독점하겠다는 사유만으로 명부를 극비리에 보관할 리 없다. 김내철의 부모를 넘어 다른 유명한 함자도 기재되어야 일급비밀의 자료가 될 터였다. 그 유명한 함자의 주인들과 무녀들이 암묵적 이해관계를 형성하며 서로를 공고히 지켰기에 무녀촌도 오래도록 번영을 누린 것이 아니었을까.

물론 부유층에 고위직인들 전쟁통에 친북 행위로 이득을 취하기는 어려운 일이다. 그런 이가 있었더라도 대대적인 숙청으로 이제는 다 불귀의 객이 되었을 게 유력하다.

하지만 기어코 살아남은 권력자가 적잖다고 상정하지 않고서야 김내철의 행보를 딱 부러지게 설명할 길이 없었다. 그가 강춘례의 안방에 들렀던 까닭도, 전면에 나서지 않고 시간을 끌며 관망했던 까닭도 그 명부를 찾기 위함이 아니었을까. 딸의 뒷날을 위해 조상의 허물이 기록된 문서를 처분하고자 분투했을 것이다.

"졌네, 졌어."

김내철이 피식 웃었다.

"자네도 정말 질리는 인간이군. 그래, 나도 처음엔 반신반의 했어. 그런 알짜배기 자료가 이런 촌구석에 있다니. 그런데 이런 곳이라야 숨기기 좋을 듯도 싶더군. 그게 공개되면 나라가 한바탕 뒤집어질 수도 있겠지."

그런데 김내철은 어디까지 알아냈을까. 그도 오랫동안 열심히 조사했을진대 명부의 존재를 알고 있는 사람을 몇으로 추릴 법했다. 강춘례를 만났고, 이옥화도 만난 것 같았다. 그런데 백목련은 건너뛴 듯했다. 자식과 관련해 무소식이 희소식이라고 말했던 김내철, 천기누설을 우려했던 그 남무가 아까부터 직설로 일관하고 있다는 것은······.

"꼬락서니가 한심하게 됐군. 우리를 얼치기 기쁨조라고 맘껏 놀리셔도 할 말이 없네."

"아니요, 저는 그리 생각하지 않습니다."

도치는 즉각 말을 받았다.

"터놓고 이르자면 오늘로써 소신이 바뀌었습니다. 우리나라 역사에서 무당이 천대받은 것은 말할 나위도 없는 사실 아닙니까. 무당이라고 해봐야 평범한 사람인데 조국에서는 버림받고 있으니, 일견 이상적인 사상에 심취해 적국을 추종하게 되는 것도 무리는 아닙니다. 낳아준 어머니는 뺨을 때리고 새어머니를 자처하는 자는 약을 발라준다는데, 이래서야 생모를 봉양할 효자가 몇이나 있겠습니까."

김내철의 손은 품 안에 들어가 나올 기미가 보이지 않았다. 그런데도 민도치는 김내철을 정면으로 바라보았다. 말로 할 수 있는 일은 다 끝났으니 눈으로나마 호소할 수밖에 없었다.

"사내대장부 나셨구먼그래. 이옥화 여사님 못잖은 성인군자를 또 뵙게 될 줄이야, 오래 살고 볼 일일세. 이런다고 동전 한 닢 떨어지기라도 하나."

애환과 달관이 섞인 목소리였다.

"핑계로 들리겠지만 동관이 아닌 사람까지 끌어들이고 싶지 않았어. 민간인은 빠져줬으면 했지. 그래서 자네는 말이야, 뭐 때문에 잔소리하는 거야? 구르고 망가지면서까지 끼어들 일이 아니잖아."

"마침 지나가는 길이기도 했고, 빚을 진 것도 조금 있어서 말입니다."

김내철의 뺨이 누그러지기 시작했다. 간절한 회유에 마음이 동했는지 살기를 접어둔 것 같았다. 도치는 김내철의 무릎에 손바닥을 올려놓았다.

"선생님, 그만하십시다. 명부라는 것이 참인지 거짓인지는 저도 모르겠지만 어디에 있는지는 알려드릴 수 있습니다. 여기서 더 어긋난 아버지가 되셨다가는……."

"아니, 됐네. 아버지 되는 놈은 옛날에 죽었어."

단념의 눈빛이 아니었다. 김내철의 두 눈에는 하늘이 두 쪽 나도 종지부를 찍고 말겠다는 결기가 고여 있었다.

"민도치 선생, 미안하게 됐어."

외부인 주제에 너무 많이 알고 있다는 투로 들렸다. 하기야 김내철이 이야기를 고이 들어준 이유도 그가 파악하지 못한 내막을 알아내고 싶어서일 터였다. 생의 황혼에 들어섰으니 지난날의 의문을 다소나마 해소하고 싶었으리라.

김내철도 이미 숙지했을 것이다. 무녀촌과의 추문을 꺼리는 높으신 분들이 모든 후폭풍을 무마해 주리라는 것을. 그가 무차별 살인을 자행해도 딸의 이름이 먹칠될 일은 없다는 것을.

도치는 쓴웃음을 지으며 숲길을 둘러보았다. 까마귀 울음소리만 간간이 들려올 뿐 밤공기는 고요했다. 그제처럼 봄비 몇 줄기 쏟아져 우거지상을 감춰주면 더없이 기쁘겠다만, 이 망할 신령님은 빗방울 몇 알 하사해 줄 아량도 없어 보였다.

역시나 뼈아픈 실패였다. 어느 정도 예상한 결말이기는 하나, 막상 복부가 뜨거워지니 허탈할 따름이었다

김내철이 칼을 거둬들이자 민도치는 배를 움켜쥐고 엎어졌다. 바닥이 선혈로 물들어갔다.

...

"가야야, 그게 참말이야?"

"그래서, 그 장구 치는 인간은 어딨다는 건데?"

오솔길에는 잔가지 부러지는 소리와 거친 숨소리가 뒤섞였다. 이덕규와 정대기는 숨 가쁘게 뛰면서도 말을 쉬지 않았다. 그들 앞에서 뛰어가는 가야는 대꾸할 틈이 없었다.

민도치는 사람을 최대한 모으라고 말했다. 그가 김내철을 붙잡아둘 동안 제압을 위한 인원을 동원하라는 지시였다. 그

러나 가야는 발품이나 팔고 있을 여유가 없었다. 범인과 단신으로 대적하려는 민도치였다. 집집마다 일일이 문을 두드리다가는 그에게 변고가 생길지 모를 일이었다. 출장소에 들러 무녀촌에 전화하니 김내철이 없다는 게 확인되어 심란이 가중되었다.

다행히도 정대기가 가야의 두서없는 이야기를 경청해 주었다. 정대기는 김내철이 위험인물이라며 문단속에 유의하라고 유선으로나마 무녀촌에 당부했다. 그리고 길현식 이장에게 전화해 비상사태임을 알리는 마을 방송을 요청했다. 이제 범인은 독 안에 든 쥐였다.

문제는 김내철과 민도치의 종적이 묘연하다는 점이었다. 민도치가 가야를 남겨두고 떠나기 전에 진상을 간추려 설명했을 때, 그도 김내철의 소재까지는 파악하지 못한 눈치였다. 가야는 궁리 끝에 그럴싸한 가설을 세웠다.

여태껏 그랬을 것이다. 범행에 앞서 김내철은 무곡리의 신령들에게 양해를 구했다. 그가 무당임을 고려한 끝에 내린 결론이었다. 이번에도 범죄를 계획하고 있다면 산, 들, 바다, 어딘가에서 산신님, 지신님, 용왕님에게 거사를 위한 응낙을 구할 터였다. 정대기와 이덕규를 데리고 무곡리를 활보하니 용왕당은 이미 다녀간 듯했고, 그렇다면 옥녀봉에 있을 가능성이 컸다.

가야는 왈칵 울음을 터뜨렸다. 나 때문이다, 전부 다 나 때문이다. 나 때문에 그가 성급히도 나선 것이다. 내가 어리광을 부려서다. 내가 지껄인 약한 소리가 그를 사지로 몰아넣었다.

절망에 빠지려던 찰나, 시야 끝에 폐우물이 들어왔다. 가야는 가까스로 침착을 찾고 소랑정을 응시했다.

각시야. 한 번만, 한 번만 도와다오…….

소랑정을 넘어 관목을 가로질렀으나 민도치도 김내철도 보이지 않았다. 산신당을 맴돌며 이름 석 자를 수차례 불러보아도 돌아오는 것은 타람의 속삭임뿐이었다. 가야는 숨을 고르며 어둠을 살펴보았다. 한쪽에서 신음이 들려왔다. 누군가 바위에 등을 기댄 채 앉아 있었다.

가야는 그 앞에 수그려 앉았다. 전혀 위로되지 않을, 괜찮냐는 물음이 나왔다. 민도치는 대답 없이 엷은 미소만 지었다. 온몸이 경련을 일으키고 비지땀을 흘리는 게 상태가 심상찮았다. 민도치를 부축하려던 순간 가야는 주춤거렸다. 질척한 액체가 손바닥에 묻어나왔다. 민도치의 복부에서 핏물이 줄줄 흘러내렸다.

가야는 맥없이 주저앉았다. 결국 불행을 전가해버렸다. 무고한 이방인이 역살을 맞고 말았다. 고개를 푹 숙이자니 목덜미에서 희미한 압력이 느껴졌다. 눈앞에는 민도치의 창백한 얼굴이 맞닿아있었다. 가야의 옷깃을 부여잡고 있는 그의 손은 심히 떨리고 있었다. 무언가를 말하려고 애쓰고 있건만 그의 목소리는 입안에서 선회했다.

"진정하고, 지혈부터 하자고. 덕규 씨가 이 친구 데리고 김원장님 집으로 가요. 할 수 있죠?"

정대기의 지휘에 이덕규가 민도치를 업었고 그들은 빠르게 하산했다. 등산 때와 달리 가야는 뒤로 처지고 있었다. 평생 흘릴 눈물을 지난 며칠간 다 쏟아낸 줄 알았는데 여전히 샘은 마르지 않았다. 정대기가 가야를 다독였다.

"가야야, 집은 걱정하지 마라. 김내철 얘기는 해놨고 집에 사람들 많잖아. 수적으로 유리한 데다 너희 집 어른들, 다 강한 분들이야. 무기로 쓸 것도 많으니까 김내철이 혼자서는 아무것도 못 할 거다."

그러나 정대기의 낯빛에는 확신이 없어 보였다. 설상가상으로 민도치의 숨결은 식어갔.

치고 차이는 몸들이 당산나무를 지나칠 때였다. 그들의 눈동자가 일제히 번쩍였다. 이 칠야에서 유난히 밝게 빛나는 곳이 하나 있었다.

잿빛 구름이 봉오리를 피었다. 요원한 거리에서 보이는 무녀촌은 이글대는 불길에 휩싸이기 직전이었다. 대형화재가 나게 생겼는데 동네는 한적하기 그지없었다. 범죄자가 활동 중이라는 방송 탓인지 외출을 일절 삼가고 있었다. 정대기는 울분을 토하더니 이덕규를 쳐다보았다.

"덕규 씨, 김 원장네 가면 이장한테 바로 전화 날려. 소방대고 주민이고 다 출동하라고 해. 가야 너도 사람들 좀 데려와라."

그러고는 권총을 꺼내 들었다. 정대기는 방화범이 무녀촌에 있다고 판단한 모양이었다. 가야가 따라나서자 그가 제지했다.

"말 들어, 인마. 나도 경찰이야. 가오 떨어지게 꼬맹이한테 빌붙을 거 같냐. 어른들이나 불러오라고."

말을 받아치려니 충동에 사로잡혔다. 그렇다, 또 어떤 비극이 기다리고 있을지 알 수 없다. 사람이 다치는 꼴을 더 보기는 죽기보다 싫다. 파문당한 마당에 남을 구하고자 나설 이유도 없다. 그전에 내가 죽을지도 모르는데 어른들에게 맡기는 편이 현명하다. 그런데도 시선은 한옥에 고정되어 옮겨지지 않았다.

좀처럼 식지 않는 가슴을 차가운 머리로 냉각하면서, 아까 민도치가 하려고 했던 말을 가늠해 보았다. 운명 따위에 얽매이지 말라는 충고였을 것이다. 이런 내 모습을 큰누나가 보았다면 어떻게 반응했을까. 알량한 잔꾀는 접어두고 안전한 장소로 피신하라고 권했을까. 작은누나는 뭐라고 했을까. 방해된다며, 저리 꺼지라며 손사래나 쳤을지도. 이모들은, 동생들은, 그리고······.

여러 목소리가 머릿속을 쑤석거려서 무엇을 골라잡아야 할지 어지러웠다. 귀를 막은 채로 귀를 기울였다. 늘 그랬듯이 하고 싶은 대로, 내키는 대로 행동해야 직성이 풀릴 듯싶었다. 무당은 무당이고, 신령은 신령이고, 영웅은 영웅이고, 금가야는 금가야였다. 그러자니 오기가 치솟았다. 무녀촌, 민도치, 정대기, 다들 자기 잘난 맛에 멋있는 척하는 게 괜스레 아니꼬웠다. 가야는 정대기를 덥석 끌어안았다.

"혼자서 뭘 어쩌려고요? 언제 올지 모르는 지원 기다리려고요?"

"알아, 안다고. 다 아니까……."

"저기, 삼촌. 집에요, 열 몇 살 애들도 있어요. 얘네 다쳤다가 삼촌이 윗선 눈 밖에 나면 어떡해요? 경찰도 계급발이 끗발 아니에요?"

"뭐? 이 자식이 말하는 거 봐."

그러면서도 정대기는 마지못해 수긍했다. 그를 도와주되, 함부로 나서지 않겠다고 약속하고야 발을 뗄 수 있었다.

외곽에 다다를수록 화세가 격해지며 비명들이 부딪쳤다. 화로가 되어버린 한옥으로부터 사람들이 대피하고 있었다. 연주를 안고 나오는 만초 선생님이 보였다. 애동 둘을 들치고 나오는 목련이 이모도 볼 수 있었다.

가야는 몸이 굳은 단희를 입구에서 끌어내고, 넘어진 정아를 바로 세우며 숫자를 세어보았다. 하나, 둘, 셋, 넷……. 무녀들에 애동들에 고인들에 수가 얼추 맞아떨어졌다. 이대로라면 전원 무사했다. 그런데 마지막 하나가 끝내 채워지지 않았다. 가장 가까이서 코아왔던 그 얼굴이 시야에 잡히지 않았다.

큰 손, 작은 손, 주름진 손, 하얀 손이 저고리를 붙들고 뜯어 말렸다. 가야는 그 많은 손을 뿌리쳤다. 그리고 무녀촌으로 뛰어들었다.

솟을대문을 넘자마자 멈칫거렸다. 매캐한 탄내에 코와 입을 틀어막았다. 따가운 열기에 눈을 뜨기도 힘들었다. 간신히 몇 걸음 전진하자 희미한 윤곽들이 너울거렸다. 정대기가 권총을 빼든 가운데 가야는 어렵사리 시선을 가다듬었다.

자욱한 연기로 뒤덮인 앞뜰, 그 복판에 김내철이 서 있었다. 연신 콜록대는 그의 풍채가 가야의 눈에는 기묘하게 비쳤다. 각진 턱과 거친 콧수염은 평소와 다름없었다. 그런데도 어딘지 모르게 팔이 네 개 달린 거인 같았다.

그와 맞서는 이옥화는 의연히 버티고서 경문을 외우고 있었다. 불을 그토록 무서워하던 사람이 초탈한 듯 독송에 일념이었다. 그 고고하던 세습 무당이 어울리잖게 방울까지 흔들어댔다. 변변찮은 술법, 초라한 장난감으로 거인에게 대항하고 있었다.

어머니…….

힘껏 외쳐보았다. 사위가 요란해서 미치지 않았다. 한 발의 총성이 울리며 귀가 먹먹해졌다. 하지만 그녀의 청아한 옥음은 귓속을 떠나지 않았다. 불붙은 기왓장이 우수수 떨어져도, 거인이 자기를 어깨에 걸머져도, 그녀는 옥추경의 낭송만 이어 나갔다. 거인은 그녀를 매달고서 화마가 용솟음치는 안채로 향했다. 정대기가 총을 쏘며 쫓으려니 대문 지붕이 내려앉았다. 퇴로가 막히고 있었다.

엄마…….

목놓아 불러보았다. 그녀의 뒤를 따라가며 계속해서 부르짖었다. 그녀는 아들에게 눈길을 주지 않았다. 거인에게 잡혀가면서도 의식에만 열중이었다. 불길이 팔에 옮겨붙는데도 거인을 물리치는 데만 혈안일 뿐이었다.

정말이지 못난 어머니였다. 무당의 소명을 부풀려 받아들이고, 그 허황한 신념을 업이라 믿어 의심치 않으며, 신기루와도 같은 광휘만 찾아 헤매는 사람이었다. 그래서 도망가지 않았다. 자기가 떠나면 거인도 뒤따라 나올 테니까. 저 무서운 거인을 밖에 내놓으면 다른 사람이 다칠지도 모르니까. 그야말로 바보 중의 바보였다. 늙어빠진 말을 전설의 명마로 착각하는 광적인 몽상가이며, 닳아빠진 창을 들고 덧없는 싸움에 투신하는 불굴의 망상가였다.

그러나 가야가 느낀 것은 용맹함이었다. 고결함이었다. 뜻밖에도 아름다움이었다. 어머니의 이름은 잊히기 시작하건만 무녀의 자태는 폐부에 맺혔다. 정대기에게 끌려가면서도 가야는 불구덩이 속으로 몸을 담그는 그녀에게 닿지 않을 손을 뻗고 있었다.

  모두가 들판에 나앉아 호흡을 골랐다. 무녀들, 고인들, 애동들, 그들의 눈은 한곳에 쏠려있었다. 붉게 번지는 밤하늘 아래 무교의 성지가 통연히 불타올랐다.

종장

 이 방향으로 오줌 쌀 일도 없으리라고 그토록 이를 갈았건만 결국 또 오고야 말았다. 무녀촌이 줄초상을 치르고 보름이 지났을 무렵, 민도치는 무곡리에 재방문했다.
 칼침을 맞고도 목숨을 부지할 수 있던 것은 코트 안주머니에 넣어둔 무가집 때문이었다. 책의 두께가 칼끝의 압력을 무디게 하는 완충재로 기능해서 치명상은 면할 수 있었다. 김내철이 칼로 찔러 박는 찰나, 그의 손힘이 풀린 듯도 했으나 여하간 금가야가 건네준 방패가 없었더라면 근육층 손상으로 끝나지 않았을 것이다. 나흘 새, 이 작은 마을에서 생명의 은인을 몇이나 만난 셈이었다. 부처님과 신령님에게 번갈아 신세를 진 꼴이라 그동안 고수하던 무신론이 무색해진 느낌이었다.
 한편으로는 유감이 더러 남아있었다. 가족과의 해후는 또다시 아득해졌고, 한 송이 서리꽃으로 져버린 그녀와 더는 문답을 나눌 수 없다는 미련도 떨쳐내기 어려웠다. 유아세례 이후, 강산이 두 번쯤 변한 뒤 받은 고해성사에서 신부님에게 호되게 혼나고야 잘못을 뉘우칠 수 있었다. 신부님은 배은망덕한 생각은 집어치우라며 꾸짖었다. 형제님 본인의 사연은 차치하고, 무가집의 희생을 기리기 위해서라도 책의 몫까지 착실하게 살라는 일침이었다. 입심으로 둘째가라면 서러운 민도치마저 합죽이로 만드는 성직자의 말발이었다.

  아니나 다를까, 언론은 대형화재만 짤막하게 보도했다. 이로 미루어 무녀촌의 역사도, 그 명부란 것도 한꺼번에 소각된 모양이었다.

  옥녀봉에서 보였던 김내철의 반응을 숙고하니 강춘례가 평범한 문서를 시한폭탄으로 둔갑시켜 이모저모로 써먹었다는 의심이 일었다. 친일이든 친북이든 용도에 맞게 가공하면서 무녀촌의 허물을 공유한다는 구실로 단골들에게 언질을 주었을지 모른다. 강춘례의 교활함을 반추하건대 명부의 내용은 완곡하게 암시하되, 다만 단골들이 지레 겁을 먹게끔 기만했을 만도 했다. 명부의 배경은 영원한 수수께끼로 남을 터이고, 걸출한 당골들마저 흙으로 돌아갔으므로 무녀촌과 연을 끊는 명사가 속속 나올 성싶었다.

  이 사건에서 제일 기이한 사람은 단연코 이옥화였다. 강춘례의 최측근이던 그녀가 명부의 실체를 모를 리 없을 터인데 어째서 김내철과 공멸했는지 납득되지 않았다. 명부의 진위를 떠나 설사 김내철을 마귀로 인식했든 협상의 여지는 있었다.

죽음을 택한 이유가 공동체를 위한 순교로도, 과오를 청산하려는 회개로도 볼 수 없었다. 그녀만의 천명을 그녀만의 방식으로 받들었다고 해야 할진대, 육신을 불사르던 그 최후의 순간에서 그녀는 무엇을 보았을까. 순결한 영혼만이 볼 수 있다는 조물주의 용안이었을까, 금빛 날개를 펼치고 창천으로 비상하는 한 마리 금시조였을까.

소리를 지르면 들릴 법한 거리에 있는 한옥을 바라보며 도치는 안경을 추어올렸다. 무녀촌의 가옥은 꽤 많은 건설노동자가 드나드는 게 보수공사에 한창이었다. 기껏해야 중학생도 안 되는 소년들이 낄낄대며 일을 돕고 있었다. 신기한 것은 그 소동에도 애동제자가 적잖이 보인다는 점이었다. 갈 데 없는 고아들일 것이다. 그렇게 생각하려니 다섯 보 앞에서 익숙한 얼굴들이 눈에 띄었다.

하나는 애동들의 큰언니뻘이라는 최단희, 또 하나는 호두 같은 눈의 사미니 나림이었다. 그들은 어깨동무하고 서 있었다. 둘 다 썩은 무말랭이라도 씹은 표정임을 보아 제삼자가 위력으로 화해를 강요한 게 틀림없었다. 유력한 용의자가 땅바닥에 앉아 두 소녀를 사진 촬영하고 있었다.

"강호의 도리가 암만 똥간에 빠져도 그렇지, 코딱지만 할 때부터 서로 미워하면 쓰겠냐? 봐봐, 무불巫佛끼리 의자매 맺으니까 얼마나 보기 좋아? 야야, 좀 웃어라, 웃어. 누가 보면 억지로 붙여놓은 줄 알겠네."

 윗도리를 벗은 채 키득대고 있는 사람은 금가야였다. 공사를 열심히 거든 듯 얼굴과 윗몸이 검게 그을려있었다. 원체 피부가 하얀 터라 이제야 흑백 사이에서 중도를 찾은 것도 같았다. 짧게 자른 머리 위로는 금관이 얌전히 서서 자매들의 도원결의를 구경하고 있었다. 가야는 민도치를 보자 퍼뜩 일어섰다.

 "형, 웬일이에요? 몸은 괜찮아진 거예요?"

 어떻게 지내나 궁금하기도 하고 꼭 전하고픈 말도 있어 겸사겸사 들렀다는 말을 돌려가며 늘어놓았다. 가야는 재회에 감격한 듯 기뻐했으나 이내 고개를 숙였다.

 "죄송해요, 형. 진작 찾아봬야 했는데 그게 잘……."

 병문안할 경황이 없을 만도 했다. 가족의 장례식, 가옥의 재건도 그렇거니와 무녀촌 전원이 하루가 멀다고 경찰서에 들락날락했을 것이다. 아울러 존속에 해당하는 금가야는 경찰 입장에서 요주의 인물이었다.

 도치는 문득 발목에서 간지럼을 느꼈다. 시선을 내리자 금관이 발톱으로 그의 구두를 긁고 있었다. 친구의 친구도 자기 친구라고 도장을 찍어주는 듯했다. 새로 장만한 신발에 실금이 쩍쩍 가는데도 도치는 싱긋 웃었다.

 "병원에서 금가야라는 인간의 낯짝을 봤다면 복장이 터졌을 겁니다. 이리 빨리 몸이 낫지도 않았겠죠. 아주 잘했습니다."

가야도 웃음을 터뜨렸다.

"너무하신다, 정말. 이 아우가 큰형님 보기 부끄럽지 않게 술 담배도 싹 끊었구만. 봐요, 맡아보세요. 땀내만 그윽하잖아요."

어수선히 안부를 주고받은 뒤 도치가 그간의 사정을 물어보니 가야가 말했다.

"마을회관에서 먹고 자고 하고 있는데요. 후원해 주시는 분들이 있어서 박살은 안 날 거 같아요. 그냥저냥 유지되지 않을까 싶어요. 전 목련이 이모를 어머니로 모시기로 했어요. 우리 어머니, 사람이 좀 싱겁긴 한데 완전 의리파예요. 괜히 안 좋게 생각한 게 겸연쩍더라고요."

도치는 고개를 돌렸다. 백목련이 가옥의 허물어진 담장을 매만지고 있었다. 도치와 눈이 마주치자 그녀는 목 인사를 건넸다. 신기를 상실했어도 어른으로서 가야에게 가르칠 게 많은 사람이었다. 신아들을 친아들처럼 아껴줄 것이다. 도치는 묵례로 화답하며 그녀의 신기가 회복되기를 기원했다. 그러면서도 노른자를 놓치기 싫다는 욕심을 주체하지 못했다.

"한데 가야 씨는 괜찮겠습니까. 제대로 된 무당이 확 줄어서 각시가 독을 품고 있을 텐데요. 과거는 뒷전으로 밀어두고 백지로 돌아가는 것도 괜찮아 보입니다만."

이 지긋지긋한 고향 땅은 버리고 새출발을 해보자는 말이었다. 내친김에 서울로 올라가서 다른 유익한 일을 해보자는 제안이었다.

"제가 형님 덕분에 크게 배운 게 있는데요."

가야가 코 아래를 문지르며 말했다.

"각시가 괴롭혔다, 각시가 무당을 잡아먹었다, 그 빌어먹을 각시가 파탄을 몰고 왔다, 이건 각시한테 미안한 말이잖아요. 적어도 이번 흉사는 각시가 저질렀다기에 증거가 부족하니까요. 그리고 각시 같은 귀신이 저 같은 놈을 노렸으면 예전에 잡아먹었겠죠. 각시를 딱히 좋아하는 건 아니지만, 그래도 사과는 해야 할 거 같아요. 다 안고 가려고요. 에이 뭐, 연상의 누님이랑 사귄다고 치죠. 저보다 몇백 살은 더 먹었는데 농염한 매력이 있지 않겠어요? 각시가 안 도와줬으면 형도……."

가야는 무녀촌의 가옥을 돌아보았다.

"무당 팔자가 뭔지 알았어요. 칼을 뽑았으면 무라도 썰어야죠. 죽이 되든 밥이 되든 끝장을 보려고요."

역시나 강춘례 같은 걸물이 눈독 들인 이유가 있었다. 사주라는 것이 그저 미신은 아닌지 이 열여섯 소년은 보통내기에게 종속될 그릇이 아니었다. 도치는 옥녀봉을 내다보았다. 날씨가 좋아서 산봉우리까지 눈에 담을 수 있었다. 각시도 신임 당주무당의 진심을 고이 받아들일 모양이었다.

다수의 희생으로 갈등이 봉합되니 이 삭막한 음혈에도 평화가 싹트기 시작했다. 이렇게만 간다면 모든 것이 만사형통일 듯싶었다. 이들의 미래를 위해서라도 더는 재를 뿌리면 아니 되었다. 그런데도 도치는 기어이 초를 치고야 말았다.

"가야 씨, 미안하지만 어머님에 대해 짚고 넘어가고자 합니다."

가야의 낯빛이 굳어버렸다. 등을 돌리며 정수리를 마구 긁더니 풀썩 주저앉았다. 그의 입에서 떨리는 목소리가 흘러나왔다.

"나쁜 분은 아니세요. 저한테는 되게 좋은 분이었죠. 저도 그분한테 많이 배웠는데요. 따지고 보면 그분이 틀린 건 없어요. 어쨌거나 불우이웃 도와준 건 맞잖아요. 그분이 없었으면 저도 지금 없었을걸요? 그냥 넘어갈게요."

"이옥화 여사가 무당의 소명에 과몰입했던 것은 사실입니다. 피붙이가 눈에 걸릴지라도 그보다 가련한 이가 보였다면 그이를 더 위했겠죠. 맞습니다, 지당한 해석입니다. 하지만 제 생각은 다릅니다."

"무슨 말이에요? 제가 봐도 그분은······."

"아니요, 그렇지 않습니다. 가야 씨가 집안을 뒤지다가 보았던 수많은 거울, 여기에 해답이 있습니다."

도치는 차분히 말을 이었다.

"거울을 물리적으로 보면 오행에서 금金에 해당하지요. 물처럼 투명한 데다 사물을 있는 그대로 비치는 속성은 수水와도 직결됩니다. 금金이 화火에 취약하다고는 하나, 금생수金生水의 상생에 따라 수水를 강화시키기도 합니다. 아울러 풍수지리에서는 현관에 큰 거울을 달지 말라고 가르치는데, 이는 거울이 밖에서 들어오는 햇볕을 굴절시킨다고 믿어서입니다. 다시 말해 거울은 양기를 삭감시키는 음기가 짙은 주물이 될 수 있다는 것입니다. 가옥 내 숨겨진 거울들이 화기를 중화하면서 가야 씨를 알게 모르게 식히고 있었다는 말입니다. 가야 씨의 양기를 증진하려 했던 강춘례 씨가 화火를 이기는 물건을 진열하지는 않았겠지요. 그이와 대비되는 사람이 그랬다고 보는 게 마땅합니다."

"누가 그랬다는 거예요? 설마……."

"거울은 세습무가 거주하는 본채에만 설치되어 있었습니다. 날개채에 거주하는 강신무가 본채를 그렇게나 자유롭게 나다니며 구석구석에 거울을 깔아두기는 힘든 일입니다. 다른 어느 것보다 무업을 중시한 누님들이 그랬다고 보기도 어렵습니다. 어머님은 가야 씨에게 소금물을 자주 먹였다고 했는데, 소금 또한 바다의 용신이 낳은 산물이라 수극화의 상극으로 불길을 제압합니다. 이뿐만이 아닙니다. 어머님의 소복 치마에는 찻잔 크기의 황갈색 얼룩이 있었습니다. 변고 탓에 월경이 찾아왔다면 자국이 이보다 더 넓게 퍼져야 하고, 애초에 혈흔이

스몄다면 치마는 암적색 내지 흑갈색으로 변색되어야 합니다."

금관이 자리를 피해주듯 날아올랐다.

"한복 겉치마에 대개 주머니가 없는 것은 귀한 의복에 구멍을 낼 수 없다는 관습 때문입니다. 옛 어르신들만 보아도 겉치마를 들쳐 용돈을 꺼내 애들에게 주시고는 하지 않았습니까. 이로 보아 어머님의 속치마 주머니에 있던 물건이 땀과 빗물에 젖으면서 이염된 게 분명합니다. 빨간 염료가 하얀 천에 흡수되고 시간이 지나면 연한 주황빛이나 황갈색으로 물들기도 하지요. 가야 씨가 색종이로 접은 장미꽃을 어머님께서 항상 간직하고 있었다는 뜻입니다."

가야의 눈은 금관이 그리는 궤적만 따라다녔다.

"어머님도 아들의 음양이 심히 기울어지고 있음을 일찌감치 알아챘을 만합니다. 하지만 시어머니의 입김이 워낙 강한 터라 적극 대응할 수는 없었을 것입니다. 어머님이 모색한 끝에 나온 방편이 거울과 소금물이었습니다. 시어머니에 맞서 지혜를 내놓는 게 십수 년 동안 이어졌을 것인데, 어머님께서 내심 아들을 귀히 여기셨다는 것은 옥녀봉만 보아도 알 수 있습니다."

도치는 목소리를 낮췄다.

"양기를 탐하는 각시는 가야 씨의 천적이 될 수밖에 없습니다. 어머님도 이를 모를 리 없을 터인즉, 선빈후락의 사주에서 가야 씨가 초년에 겪을 액운을 각시라고 판단했을 것입니다. 한데 동신급의 귀신을 타도하는 것은 기실 불가능한 일이지요. 그나마 어머니로서 할 수 있는 헌신이 각시를 약화시키는 것, 즉 각시의 보금자리를 헐어버려 점진적으로 기력을 빼앗는 것입니다. 부정을 없애고 복만 들여 선락후락이라는 최고의 기운을 창출하고자 기를 쓰고 외부의 환경을 개조했겠지요. 어머님께서는 옥녀봉의 밭을 갈면서, 무녀의 행로를 거스르면서까지 아들의 운명을 바꾸려 했던 것입니다."

"그게 저를 위해서라고요?"

자식의 탄탄대로를 위한 모정인지, 그녀만의 정의를 위한 열정인지, 사시사철 위험에 처해 있는 약자를 위한 동정인지, 어느 것이 사유인지는 이옥화의 혼백이 소환되지 않는 이상 풀 수 없는 미제였다. 다만 발효와 부패가 그러하고 길조와 흉조가 그러하듯이, 어차피 인간사 천태만상의 이치가 맹인들이 뱀을 만지는 것과 진배없었다. 도치는 마음의 눈을 감고 비늘만 어루만졌다.

"동화 같은 얘기네요."

도치의 열띤 변호가 썩 내키잖은 듯 가야는 떠름히 웃어 보였다. 도치가 애써 외면하는 심연까지 훑고 있다는 미소였다.

"갈게요. 차 한잔 대접해 드리고 싶은데 집안일이 많아서요. 참, 형 결혼할 때요, 제가 기깔나게 상 깔아드릴게요. 공짜로 해드릴 거니까 긴장하지 마시고요. 형은 평생 무료예요. 고마워요, 형. 진짜 고마워요."

도치는 멀어져 가는 가야를 물끄러미 바라보았다. 저 기구한 소년과 그를 받치는 무녀들은 앞으로도 미신의 그늘에 일신을 묻고 살아갈 것이다. 그 누구도 저들의 망념을 바로잡을 수 없으리라. 하지만 민도치는 그들을 비난하지 않았다.

군대로 끌려간 아들을 걱정하는 부모치고 기도 한번 해본 적 없는 이가 있는지 의문이고, 임부의 순산과 태아의 건강을 위해 부질없는 주문을 읊어대는 이가 드문지 의문인가 하면, 이역만리 떨어진 행운을 거머쥐고자 천운에 기대어 헛된 희망을 꿈꾸는 이가 적은지 의문이다. 막연한 타인에게 돈을 꿔달라는 것처럼 신이라는 존재에게 매달리다가도, 뒷간에서 나올 적에는 안면을 몰수하는 이가 소수인지 의문이다. 이 팍팍한 세상에서 원할 때만 신을 찾고 필요할 때만 신을 부르는 처사가 알뜰할지언정, 그 현명하다는 이들에게 한결같은 절개를 조롱할 자격이 있는지 의문일 따름이다. 하늘의 뜻이야 갈라 버리면 그만이라고 배짱부렸던, 그러나 정작 아쉬울 때는 신에게 구원을 청했던 그 남자는 결코 그들에게 돌을 던질 수 없었다.

도치는 담배를 물었다가 도로 담뱃갑 안에 집어넣었다. 그리고 고개를 젖히고 턱을 치켜들었다. 반듯하게 서서, 구름 한 조각을 우러러보며 두 손을 모았다.

하늘이여, 신령이여. 당신의 어여쁜 딸들이 승천하나니, 부디 너른 마음으로 그들을 보살펴주소서. 그들의 짐을 덜어주고, 그들의 넋을 씻겨주고, 그들이 그곳에서만은 편히 쉴 수 있도록 덕을 베풀어 주소서.

비나이다, 비나이다······.

작가의 말

 "(전략) 풍수설에 따르면 마을이 옥녀탄금형玉女彈琴形이라 한다. 마을 뒷산에서 발원한 물이 마을 중앙을 지나 바다로 바로 흘러들어갔다. 이런 형국 때문에 이곳 남자는 큰 인물이 나지 못하고, 여자들은 드세고 방종이 심했다. (중략) 또 마을에 3정4교三井四橋가 있었는데, 이들 세 우물은 여신들이 목욕을 하던 곳이었다 한다. 풍수설에 따라 이렇게 수구막이를 하였으며, 여기에 그치지 않고 풍속을 교화할 목적으로 당집에 '소대각시'로 부르는 세 여신을 모셔왔다고 한다."

> * 남도민속학회, 〈남도민속연구 제30집〉, 유교적 신격과 무속적 신격의 공생 현장—여수 돌산 군내리 당집과 당제를 중심으로—中

이와 같은 군내리의 민속이 저에게는 마치 전설의 섬처럼 다가왔습니다. 이 섬의 실체를 반드시 알아내고야 말겠다는 욕망으로 가득했더랬지요. 마침맞게 읽고 있던 책이 이청준의 『이어도』였다는 점이 이런 탐정 본능을 자극하는 데 한몫했을 것입니다.

존 딕슨 카의 『화형 법정』은 이 안개로 짙은 섬을 음양으로 살펴볼 줄 아는 탐정의 안목을 빌려주었고, 아야츠지 유키토의 『시계관의 살인』은 이 뒤틀린 시공간을 온전히 즐길 줄 아는 탐정의 여유를 알려주었고, 와카타케 나나미의 『이별의 수법』은 역경 속에서도 꿋꿋이 전진할 줄 아는 탐정의 투지를 길러주었고, 이러다가 조립된 퍼즐이 『무녀촌』입니다.

그럼에도 불구하고, 명탐정이 되는 데는 결국 실패했다는 생각이 듭니다. 미스터리는 명쾌한 해답을 제시해야 하는 장르인데, 질문만 던지다가 끝낸 것을 보아 아무래도 저는 안티미스터리적인 기질이 다분한 속물인 모양입니다.

그래도 알 수 없는 것을 알아내야만 직성이 풀리는 욕망의 노예가 저뿐만이 아니라는 점이 위안입니다. 그 욕망이야말로 가장 위대하고 낭만적인 미스터리라고 믿으며, 탐정 역할은 이제 독자 여러분에게 넘기고자 합니다.

무책임한 작가와 함께해주셔서 진심으로 감사드립니다.

고태라 드림

무녀촌

초판 1쇄 인쇄일 2025년 07월 16일
초판 1쇄 발행일 2025년 08월 05일

지은이 고태라
펴낸이 양옥매
디자인 표지혜
마케팅 송용호
교 정 이원희

펴낸곳 도서출판 책과나무
출판등록 제2012-000376
주소 서울특별시 마포구 방울내로 79 이노빌딩 302호
대표전화 02.372.1537 팩스 02.372.1538
이메일 booknamu2007@naver.com
홈페이지 www.booknamu.com
ISBN 979-11-6752-653-3 (03800)

* 저작권법에 의해 보호를 받는 저작물이므로 저자와 출판사의 동의 없이 내용의 일부를 인용하거나 발췌하는 것을 금합니다.
* 파손된 책은 구입처에서 교환해 드립니다.